Oscar bestsellers

di Mauro Corona

nella collezione Oscar

Aspro e dolce
Cani, camosci, cuculi (e un corvo)
I fantasmi di pietra
Nel legno e nella pietra
L'ombra del bastone
Storia di Neve
Storie del bosco antico
Vajont: quelli del dopo
Le voci del bosco

nella collezione NumeriPrimi°

Il canto delle manére

nella collezione Scrittori italiani e stranieri

Come sasso nella corrente
La fine del mondo storto
La ballata della donna ertana

MAURO CORONA

I FANTASMI DI PIETRA

OSCAR MONDADORI

I edizione Scrittori italiani e stranieri settembre 2006
I edizione Oscar bestsellers marzo 2008

ISBN 978-88-04-57737-9

Questo volume è stato stampato
presso Mondadori Printing S.p.A.
Stabilimento NSM - Cles (TN)
Stampato in Italia. Printed in Italy

Anno 2012 - Ristampa 8 9 10 11 12 13 14

www.librimondadori.it

I fantasmi di pietra

Alla cara memoria dell'amico Corona Felice (Cice Mela),
cui devo molte delle mie storie

Avvertenza

Salvo alcuni amici, i personaggi di questo romanzo sono inventati. Il paese serve soltanto a contenerli. Ogni riferimento a persone e fatti realmente accaduti è da ritenersi puramente casuale.

Inverno

Ogni volta che penso a Erto, il mio vecchio paese, quello abbandonato dopo il Vajont, con le vetuste case una attaccata all'altra e le vie di acciottolato buie e strette, la memoria va verso l'inverno. Il primo ricordo è il tempo degli inverni, la memoria è quella della neve. Notti infinite, silenzi laboriosi, lunghi, pazienti, interrotti solo ogni tanto da sprazzi di allegria nelle feste di Natale e Capodanno. Porte di stalle s'aprivano per cambiare l'aria, il fiato delle bestie usciva nel gelo, condensava in nuvole azzurre che si alzavano lentamente mescolandosi più in alto al fumo dei camini. Odore di legna spaccata, l'aspro aroma del carpino nero, albero nodoso, cocciuto, che non lascia braci, quello di pane cotto del faggio accatastato a solivo, o la mandorla del ciliegio, disposto in tronchi da metro, con la faccia rivolta a ponente per stagionare meglio. I legni, per diventare buoni, dovevano guardare il tramonto, «verso dove finisce la strada» diceva mio nonno. Solo così risultavano migliori, meno tenaci, meno aggressivi. La consapevolezza della fine toglieva loro irruenza e resistenza. Anche l'uomo se pensa al tramonto diventa migliore. Questa regola valeva per legno da oggetti che non dovevano subire forti attriti o sforzi disumani. I pattini della slitta da legna, di quella da fieno o degli slittini da ghiaccio dovevano essere duri, cavati da faggi cattivi stagionati col muso a settentrione. Il muso di una pianta significa la parte più grossa, il metro e mezzo basale. Guardando il freddo nord, il legno s'induriva oltre misura, reagiva, metteva corazza d'acciaio. A completare la tempera d'osso ci voleva una mano di luna calante, dicembre e gennaio. Febbraio era già tardi, i legni sentivano forza di calore, sole che premeva contro la montagna per farsi vicino.

Allora rinunciavano a difendersi, si lasciavano andare, non era più tempo di stagionatura. Quello era l'attimo da sottrarli al sole e metterli nel buio delle soffitte fino al ritorno della luna di gennaio, per poi esporli di nuovo con le facce a settentrione o a ponente. Almeno due anni, ci volevano, per tirare un legno come si deve. Due anni di pazienza e cure attente, come invecchiare un vino. Meglio ancora se gli anni erano tre. Oggi non usa più, quei gesti sono passati, tra qualche tempo saranno remoti, forse lo sono già. Di tutto quello che fu vita, lavoro, tradizione, cultura, non vi è rimasta traccia. Del mio vecchio paese resta soltanto un buon odore di pietra morta e muschio. E basta.

Percorro d'inverno con le mani in tasca le antiche vie di ciottoli, tra le case di sasso bianco rimaste in piedi dopo oltre quarant'anni di abbandono. Sulle altre, quelle ormai finite in terra, passo scavalcando macerie. Travi di larice rosso sangue ancora sani dopo quattrocento anni, squadrati a colpi d'ascia, occhieggiano semisepolti dalle pietre scalpellate provenienti dal monte Borgà. Su tutto trionfano l'ortica secca e sambuchi scheletriti. La foresta torna a riprendersi il territorio, ricresce là, dove l'uomo l'aveva estirpata per fare casa e orti. Anche d'inverno le ortiche resistono, pungono. Selve di steli disseccati emergono dai sassi. Rigidi, sottili, cattivi, non cedono nemmeno al vento, vivono tra i fantasmi di pietra, tengono compagnia alle case abbandonate. C'è ancora qualche vecchio, pochi, rari come i cuculi a marzo. Hanno sguardi malinconici, la tristezza trapela, non c'è verso di scacciarla, chiudono occhi acquosi che non sorridono più. È strano, ho l'impressione di sentire ancora voci di bambini. Girano tra le case abbandonate, attorno alle macerie di quelle crollate, sul sagrato della chiesa, che resiste nonostante sia stata spogliata di tutto. Emana quell'aria di mistero, di santità, di presenza divina che hanno le vecchie chiese e che nessun tempo o mano umana riusciranno a soffocare. Che ne sarà in futuro del vecchio paese? La desolazione circola tra le case, salta dentro finestre vuote, perlustra i sottoscala, percorre cortili, s'arrampica sui meli, spia, accarezza. Si leva il vento dell'inverno. Come un tempo. Qualche porta sbatte. Molte case non ci sono più, ma il vento è sempre lo stesso. La pietra messa a pavimento resiste al passare degli anni, quelle dei muri poste una sull'altra se non sono accudite, amate, riscaldate, cadono. "Un peso deve cadere altrimenti non è un peso" scrisse Carlo Michelstaedter prima di spararsi. Era la sera del 17 ottobre 1910. Gli erano cadute addosso le pietre della vita. Senza amore non si resiste al vagito del tempo, che è sempre giovane, sempre passato. Non si regge al suo sbadiglio contagioso che ci porta il grande sonno. Il mio caro, vecchio paese si lascia morire per mancanza d'affetto, si sta suicidando per abbandono. Partire per un viaggio in pieno inverno a mani in tasca non è facile. Eppure è un viaggio di nemmeno un chilometro.

Inizia dalla parte a valle del villaggio. La via bassa guarda il Vajont che ha ripreso la sua antica voce. Non c'è più l'acqua della diga. Incontro un turista infreddolito, paonazzo. Indaga curioso, fa domande, cerca risposte che non so dare. Nella memoria vedo bambini, allora parlo di quelli. Ragazzini che scendono con slitte sul ghiaccio vivo. Ero tra loro. Si partiva dalla curva di Costa, all'imbocco della Val Zemola, tre chilometri più in alto. La fuga terminava sul greto del Vail che s'apriva la strada fumando la pipa nei lastroni ghiacciati, curvando nelle anse di vetro, saltando finestre di cristallo. Lungo questo scenario fiabesco, il fiato della valle usciva lento in grandi spirali, vapori di nebbia azzurrina salivano a carezzare il borgo San Martino depositando sulle case un sottile strato di fiorellini bianchi. Davanti alla chiesa di Beorchia si doveva curvare. Era una curva veloce, impegnativa. Soprattutto perché con la destra bisognava fare il segno di croce in velocità. Guai transitare di fronte la chiesetta senza segnarsi. «Tutti all'inferno» diceva mia nonna, «andrete tutti a Satana.» Quel gesto m'accompagna anche oggi. Ho dimenticato molte cose di quel tempo lontano. Mi sono scrollato via paure e tabù come il cane si scrolla l'acqua dal pelo. Ma farmi il segno di croce quando passo davanti una chiesa, un capitello o un'immagine sacra, è cosa che ancora conservo. È un gesto che m'aiuta a vivere, a sperare.

La chiesa oggi non ha più fiori, nessuno mette un vaso di gerani alla finestra. Lì accanto la fontana sbuca dalla roccia, l'acqua scorre adagio nella canaletta di marmo. Se ne ode appena il passo felpato. La sua voce è soffocata da vegetazione e sterpaglie di ogni specie. Le onnipresenti ortiche e il ghiaccio frenano quel suono che canta da oltre quattro secoli. «Un'acqua che fa venire la tosse pagana» dicevano i vecchi. Invece è buona. Se uno si siede e ascolta capirà che non vi è musica più bella di una fontana che scorre, così come la voce dei torrenti, o il vento tra gli alberi. O quando lo stesso fa suonare i flauti delle gole rocciose.

Dalla chiesa proseguo verso l'alto, l'antica strada larga e massicciata è ormai solo un sentiero. Incontro una casa, un tempo era "la Villa", con portico ad archi e torretta. Di quella grande casa ora esistono solo i muri portanti, il resto è crollato. Alla mia destra altri muri solitari, vuoti, senza tetto, né solai, né porte né finestre di legno. Comincia il viaggio tra i ruderi, nel nulla, dentro le stanze morte di abitazioni che un tempo ebbero calore, vita, un camino acceso, famiglie unite. Era gente povera ma rideva, s'accontentava di poco. La povertà consolida gli affetti, fa voler bene. A sinistra, la discarica all'aperto della nostra infanzia dove io, Silvio, Carle, Meto e gli altri si andava a cercar tesori. Oggi è coperta da salici e ontani. È inverno, sono scheletriti. Non avevamo molta fortuna, non erano tanti gli oggetti da buttare a quel tempo. La discarica è pulita, liscia, raspata dall'acqua e dal ghiaccio che hanno riportato alla luce lo splendido acciottolato di pietra lavorata. Oggi rottamiamo molte più cose, infinitamente più cose. Robe utili, ancora buone, adoperabili. Ma non si buttano più nella nostra discarica. Per questione d'igiene, si scaricano nei cassonetti dove si può trovare di tutto. Nelle città anche bambini appena nati. Se voglio un televisore, basta che rovisti nei cassonetti. Non dico al primo, ma al quarto, mi porto a casa un buon apparecchio a colori. Che tempi! Provo a immaginare cosa sarebbe successo nel 1962 o '63 se, nella nostra discarica, Silvio e io avessimo trovato un televisore funzionante. Non oso immaginarlo. Rottamare è il verbo del terzo millennio. Rottamare oggetti ancora buoni, perfettamente funzionanti, a favore di pezzi uguali solo più moderni.

Una rampa di pochi metri con scalini in pietra grigia mi porta all'inizio della via San Rocco. A destra l'altra fontana, una grande vasca di marmo rosso, scavata quasi un secolo prima dal mitico scalpellino Jaco dal Cuch. Fonda più di un metro, larga un altro, lunga due, piena d'acqua fresca, pulita. È là, che aspetta qualcuno che vada ad attingere. Ma nessuno pone il secchio sui ferri, sotto il getto abbondante. A sinistra lo sfacelo. L'intera fila di case, attaccate una all'altra, è distrutta. Restano solo i muri. Case dove ferveva un brulichio di vita sono morte. Ricordo le coetanee, compagne di scuola, i vecchi artigiani che d'estate lavoravano all'aperto. La bottega del calzolaio, morto nel Vajont perché quella sera si trovava alla frazione Spesse. Un brav'uomo che m'insegnò a fare navi e uccelli in volo, usando corna di vacche fatte bollire. Fece appena in tempo. Era molto bravo a modellare le corna di mucca. Le porte di quelle case sono cadute dai cardini, divelte dal tempo e dalle intemperie. Il vento entra, fa scricchiolare le madie piene di memorie e di tarli, cassetti sconnessi e tavoli sghembi tremano. Stufe di maiolica e ghisa giacciono sfasciate sui pavimenti, corrose dal salnitro del tempo, arrugginite e mute. Nelle loro pance, dove una volta ardeva il fuoco, ora abita un grumo solido di cenere e calcinacci coperto di ghiaccio e neve indurita, che diverrà poltiglia col disgelo di primavera. Da un vecchio fornello stacco un piccolo ovale di ceramica con la scritta: "Fabbrica cucine Vittorio Zadra, Longarone".

Sulle facciate che guardano a meridione, verso il torrente Vajont, arbusti, edere e fitti rampicanti hanno fasciato le pietre in un abbraccio soffocante. Nonostante l'inverno abbia tolto le foglie a quelle piante voraci e invadenti, fusti, nodi e ramificazioni stanno perennemente aggrappati ai muri come reti d'acciaio in attesa della malta di improbabili restauri. È una desolazione insopportabile. Sulla destra, incollato al muro che sta per crollare, l'antico affresco ritrae un santo sconosciuto, gobbo, e un cavaliere sul cavallo, come Don Chisciotte. Altre figure sono quasi scomparse. Sta là da più di un secolo. Voci remote dicevano fosse opera del leggendario pittore Sistasio Contro, di famiglia illustre che aveva generato altri figli di genio: musicisti, avvocati, preti, notai e contrabbandieri.

Come a lenire un po' la tristezza di quel luogo, alta sopra il muro, finalmente c'è una casa tenuta bene: fiori secchi ai davanzali, un cagnolino che abbaia, un ragazzino di circa tredici anni, Antonio, alla finestra saluta il passante con un cenno della mano. Ma quelle scene sono visioni rare, se non uniche, nel paese vecchio. Il bambino rientra subito, è inverno, fa freddo. Un metro più avanti riappaiono la distruzione, il crollo, l'oblio, la solitudine. Una casa balza d'improvviso da quel groviglio di macerie, bella, appena ristrutturata, una mosca bianca come il bambino che saluta e il cagnolino. Ma non vi abita nessuno.

Da balconi di fienili e vecchie stalle cadenti, pendono ciuffi di fieno color cenere come fasci di capelli ingrigiti dagli anni. Stanno lassù, sospesi e muti assieme ai ghiaccioli che sono appesi ai tetti, nuvole grigie, ferme al davanzale dalla notte del Vajont. Nessuno è più tornato a disturbare la quiete del villaggio. Percorro budelli stretti e ripidi, vedo le case degli amici d'infanzia, le porte chiuse, sigillate dalla polvere del tempo che ha tappato fessure e connessure con un bordo grigiastro. È il cuore ghiacciato della vecchia Erto, il cuore indurito di tutti noi che l'abbiamo abbandonata. Vedo bambini della memoria scendere veloci sul ghiaccio verticale della via Fontane che cala verso il Vajont. Calzano scarpe con suole di legno, lisce, levigate come cera, minisci favolosi, difficili da domare. Sci che allietavano i nostri pomeriggi invernali. Come con gli slittini, anche con le galosce piallate si partiva tre chilometri più a monte, all'inizio del pendio, sulla curva di Costa. Rimanere in piedi su una spanna di legno piatto esige equilibrio eccellente. Lo avevamo acquisito adagio in anni di discese, inverno dopo inverno, senza stancarci, divertendoci un mondo. Quelle vie strette, ripide, acciottolate, oggi prive di vita, erano i nostri campi di sci, allegri, vivi, pieni di voci. Scivolavamo fino a mezzanotte su quei budelli fiocamente illuminati da qualche lampadina d'angolo.

Più avanti a sinistra c'è una casa a me cara. È la casa della nonna materna. Da piccolo, ogni pomeriggio andavo a macinare il caffè girando la manovella di un enorme macinino nero a ingranaggi esterni. Caffè speciale che la vecchia tostava un pugno per volta, giorno dopo giorno, sul fuoco del caminetto, dentro una palla di ferro con lunghe maniglie. Il profumo dei chicchi abbrustoliti si spandeva per la contrada, saliva fino all'osteria Pilin dove qualche avventore constatava ad alta voce che la Tonina "brustolava" il caffè. A destra, piena d'erbacce secche imprigionate da ghiaccio e neve indurita, occhieggia la tetra pozza dei morti, una letamaia che contiene cupi ricordi. In quel buco di pochi metri quadrati, all'inizio del Novecento, due compari di nozze si pugnalarono a vicenda e morirono nella pozza, uno sopra l'altro come cani rabbiosi. Nell'angolo interno della buca, dopo l'abbandono del Vajont, forse per ricordare quel remoto episodio è nato un salice coi rami a croce. Una croce naturale a memoria di due disgraziati che si uccisero per una donna. Sotto il ghiaccio trasparente della via appaiono le pietre dell'acciottolato, un mosaico regolare, unito, solido, che resiste all'aggressione del tempo proprio perché ha la forza di restare unito. Non tutte quelle pietre vanno d'accordo tra loro, ma per il bene della strada restano unite. Gli abitanti del vecchio paese non hanno avuto questa tenacia. Dopo la tragedia si sono disgregati, hanno aperto vuoti nel mosaico sociale. Negli interstizi s'è infilata l'acqua dell'assenza diventata un ghiaccio che ha divelto, scardinato, l'unità delle tessere. La forza generata dallo stare uno accanto all'altro è andata distrutta. Chi ne ha fatto le spese, dopo oltre quarant'anni, è stato il vecchio paese. Sta crollando giorno dopo giorno, inesorabilmente, tetto dopo tetto, muro dopo muro, gli uni addosso agli altri. Amen.

Sulla facciata nord della casa di mia nonna, nell'unico metro quadro di intonaco rimasto, sbiadita ma ancora leggibile, campeggia l'indicazione che, se non fosse stata scritta molto seriamente, suonerebbe ironica al limite del beffardo. "Piazza Santa Rita." Ci vuole un bel coraggio a definire piazza sei metri quadri di acciottolato a pendenza verticale. Eppure, prima dell'oblio, le lettere e le cartoline recapitate in quella zona recavano indirizzo giusto: "Signora Antonia della Putta, piazza Santa Rita numero venti, Erto-Udine". Volevamo bene alla nostra piazzetta, ancella di quella pomposamente definita grande che si trova alcuni passi più in alto, davanti all'osteria Pilin. Nelle sere d'estate ci si riuniva proprio là, abbarbicati al breve slargo Santa Rita, ad ascoltare i vecchi contastorie che dalle soglie, fumando pipe di sambuco grosse come tazze da caffè, ci dilettavano con mille racconti. Oggi tranne una vecchietta indomita, classe 1919, che vive sola accanto alla casa di mia nonna, lungo tutta la via, da Fontane alla chiesa di San Rocco, non esiste anima umana. C'è un abbandono tetro, diroccato, triste. Nelle strettoie circola un silenzio che sussurra qualcosa, forse un invito a tornare, a rivedere i posti vecchi, stanchi di aspettare. Qualcuno, dopo anni, è tornato. Per rendersi conto del danno, più che altro a curiosare. Si è commosso nel sentire il suono vuoto delle scarpe lungo le vie morte. Ha trovato la sua casa distrutta dalle nevi di quaranta inverni, dalle piogge oblique che hanno marcito il sottotetto, dai venti del nord che hanno buttato in aria le tegole come fogli di carta. Ortiche e sambuchi hanno invaso i cortili ospitando bisce, lucertole e ramarri, unici guardiani di quel mondo perduto.

Gli orti muti ricordano frutta, verdura, fagioli, cipolle. E susine per fare marmellata. Nella casa più avanti, a picco sul Vajont, varco un cancello la cui porta giace al suolo da anni. Ormai s'è fusa con la terra. Monto tre scalini che suonano a vuoto, entro nel cortile: una striscia di terra e ghiaccio stretta e lunga in fondo alla quale una vite morta abbranca l'angolo della casa coi tentacoli secchi di una piovra imbalsamata. Quel che ferisce l'anima sta a lato del cortile, sopra il bordo del muro. Un'altalena penzola da un melo come un braccio in disuso. C'è il seggiolino in legno ancora attaccato al cavo. Solo un filo d'acciaio da teleferiche poteva resistere alla corrosione di quarant'anni d'intemperie. Un capo ha ceduto, l'altalena si tiene al ramo con un braccio solo. Ci furono bambini in quel cortile. Giocarono a dondolarsi, l'altalena lo testimonia. Il papà aveva capito che un pezzo di corda normale si sarebbe usurato diventando pericoloso. Esperto boscaiolo, era ricorso al cavo d'acciaio, quello da teleferiche. Voleva creare un giocattolo indistruttibile, che durasse nel tempo, per figli e nipoti. Forse, solo per i figli. Avrebbe preferito che rimanessero bambini, allegri, a giocare nel cortile, rincorrersi, spingere l'altalena, senza imbattersi nel dolore dell'età matura. Erano tanti quei bambini, una bella nidiata di cinque. Li conoscevo, uno per uno. Non abitano più la casa dell'altalena. Sono sparsi per il mondo, in cerca di un pezzo di pane. Montagna avara, paese ripido, patria ingrata non offrivano altro che fatiche. Di sicuro non sanno che la loro altalena sta ancora attaccata al melo con un braccio spezzato, ma è sempre là, nel cortile, che li aspetta. Stranamente in quel luogo è rimasto tutto uguale. Tranne la porta fusa nella terra e l'altalena mutilata, il resto è come un tempo, come se non fossero passati tanti anni, come se il ghiaccio avesse congelato la casa per riconsegnarla un giorno a quei bambini finiti in giro per il mondo. Ho strappato il cavo dal ghiaccio e l'ho fatto passare sul ramo in modo che l'altalena sembrasse ancora a posto, come una volta. Con quel piccolo accorgimento la casa pareva meno triste, pronta a ricevere i figli lontani qualora fossero tornati.

Poco più in là una casupola stretta, alta, con scale esterne che danno su un poggiolo di legno argentato dal tempo, comunica l'idea di un vivere faticoso e stentato ma essenziale, ordinato, non privo di una tranquilla serenità. Una casa dalla quale si riceve un senso di pace. Sul poggiolo, sparsi sulle assi, numerosi libri di preghiere coperti di polvere dicono che tra quei muri abitò gente di fede. Una fede salda e semplice che vuol dire dedizione a Dio senza porgli domande. Lettrice di quei libri era una vecchietta, mite e timida, che pregava giorno e notte e donava tre quarti della pensione ai poveri. Viveva con un fratello. Sono entrambi morti, e anche la casa è morta ma conserva la dolcezza di un nido di rondini. Quella casupola ospitava gente buona e onesta, sentimenti rimasti incollati ai muri. Ho raccolto una decina di quei libretti, che tengo sul comodino come oggetti preziosi. Uno in particolare ha la mia simpatia. È cucito con ago e filo come una scarpa rotta. La vecchina, quando capì che per troppo uso si stava sfasciando, corse ai ripari. Lo salvò nell'unico modo che conosceva, rattoppandogli addosso una pezza di tela scura come per imbastire la tomaia degli scarpetti, arte in cui eccelleva. Ho un sogno nella vita.

Più che un sogno un desiderio. Mi piacerebbe che qualcuno comperasse o affittasse quella casa, la facesse rivivere, anche solo qualche mese all'anno. La tenesse da conto, accendesse il fuoco nella stufa, s'affacciasse al poggiolo. Non importa chi lo fa, può essere chiunque, gente di fuori, studenti, una famiglia in ferie. Saranno i benvenuti.

Questo vale per tutte le case abbandonate di Erto vecchia. Quelle ancora buone, s'intende, quelle abitabili, che aspettano qualcuno prima che le spallate del tempo le buttino in terra. Proseguo dentro l'inverno del villaggio. Gli scarponi frantumano barbe di ghiaccio che emettono suoni argentini. Un vento tagliente corre tra le vie, entra nei cortili, nelle case, nei vestiti, nell'anima. Guardo la casa del caro amico Carle. L'aveva ristrutturata con sacrifici. Era sua intenzione tornarvi ad abitare, voleva invecchiare nel luogo d'origine. Il destino non gli concesse questa soddisfazione. Dalla dimora di Carle, proseguendo verso il tramonto, sulla sinistra appare il cielo di Marzana, sul lato opposto della valle. Un tempo l'azzurro non si vedeva. Una fila di case occupava lo spazio. Oggi non ci sono più, il vuoto è riapparso liberando cielo. Allungando la mano, si possono toccare le pietre dei crolli accatastate alla rinfusa una sull'altra. Ricordo una casa dall'aspetto fiabesco tutta in legno, con scala esterna di larice e un grande portico a galleria sopra il quale, appollaiate come nidi di rondini, vivevano quattro famiglie. D'inverno nevicava. Il freddo tappava tutti dentro, il paese restava deserto. Percorrevo quella stretta via per andare a trovare mia nonna. Di fronte alla casa fiabesca alzavo gli occhi. Vedevo teste di bambini che guardavano cadere i fiocchi. I camini fumavano giorno e notte, per non far raffreddare le stanze. Sulle macerie di quella splendida casa in cui sognavo di abitare, oggi qualcuno ha alzato una rete metallica per rinchiudervi galline da uova. Un investimento a rischio. Non per l'aviaria, per la gioia della volpe.

Calpesto sassi ed erbe ghiacciate. Lungo tutta la via non

c'è altro. Sopra un alto muro di sassi tappezzato di muschio rattrappito, un cortile abbandonato dorme nel gelo. Le case attorno lo guardano attonite, senza voce. Imposte scardinate penzolano nel vuoto come bandiere di legno a mezz'asta lungo i muri. Un cesso di cemento, che stava incollato alla parete della casa come un francobollo, è crollato. Lo squarcio lascia intravedere l'interno di una stanza con le giacche da festa ancora appese alle grucce. Era gente di chiesa, andava a messa ogni mattina mettendo la giacca buona. Qualche metro prima vi è una casupola dove tirava avanti i suoi giorni una vecchina tutta sola, che pregava sempre e invitava al perdono. La chiamavano "quella che non fa del male a nessuno". Girava casa per casa, dove sapeva ci fossero dissapori, nel tentativo, spesso riuscito, di sedare quelle incomprensioni inutili. Cercava di metter pace tra parenti rissosi o componenti di famiglie in disaccordo. Era di una bontà disarmante. Forse per questo riusciva a convincere i contendenti che non valeva la pena beccarsi. Alcuni la prendevano a male parole, ma lei non batteva ciglio.

Lungo l'intera via abita la desolazione dell'abbandono che, anno dopo anno, corrode i muri delle case strette nell'abbraccio glaciale dell'inverno. Da tutto questo sfacelo, come immune dai morsi del tempo, si salva la casa della vecchia che non faceva male a nessuno. L'abitazione è rimasta intatta, integra come appena tirata su, come se la bontà della donna fosse nascosta dentro i muri a preservare la casa dalle spallate del tempo. La bontà è un conservante speciale, mantiene giovani, fa rimanere bambini, tiene in piedi l'entusiasmo, la fiducia, il buonumore. Chiedevamo alla vecchietta se aveva paura della morte per sentirci rispondere che non aveva alcuna paura, anzi, non vedeva l'ora di morire per incontrare Dio. Il destino la premiò prima che potesse assistere al dramma del Vajont. Il 2 ottobre 1963, sette giorni prima della catastrofe, qualcuno s'accorse che il camino di colei che non faceva male a nessuno non fumava. Non fumò per tutto il giorno. Allora andarono a chiamarla senza ottenere risposta. Spinsero la porta (non chiudeva mai a chiave) ed entrarono. La vecchietta stava seduta sulla panca del focolare, la schiena appoggiata al muro, lo sguardo rivolto verso l'alto, dove s'apriva la cappa del camino. Teneva la corona del rosario nella mano destra, l'unghia del pollice puntata sulla settima Ave Maria. Aveva un'aria tranquilla. «È morta pregando» dissero. Il suo viso cercava Dio nella cappa del camino. Quel Dio che voleva incontrare dopo morta e che ora, sicuramente, le stava davanti. Non molto tempo fa ho saputo che la casetta di quella santa donna è stata venduta a un foresto. Spero che il nuovo padrone non apporti troppe modifiche a quel luogo di pace. Se saprà rispettare l'interno, dove l'anima della vecchietta palpita tra i muri come un pulcino nell'uovo, ne riceverà benefici. Lì dentro si sentirà sereno e rilassato. Il piacere della bontà si eredita. Abita i luoghi dove è stato esercitato, impregna i muri, le assi, i solai, i soffitti, cala addosso come neve benefica a chi apre la porta e accende il fuoco.

Bassa sulla sinistra, lungo il limite del prato che guarda il Vajont, c'è una casa misteriosa, mai vista aperta in vita mia. È la dimora degli amanti disperati. Non si è mai saputo quel che realmente successe. Li trovarono sul pavimento morti, abbracciati l'uno all'altra, senza segni di violenza. Nella stanza era tutto in ordine. Le tendine bianche dai bordi ricamati coprivano le finestre che guardano la valle, la stufetta di mattoni rossi era spenta, il letto di ciliegio intarsiato con motivi floreali disfatto. Lui era un abile scultore, lei ricamava. Aveva imparato a Burano dove era stata ospite di suore otto anni. Sul pavimento di larice chiaro qualche vestito, una collanina, un bicchiere. Avvelenati dal fumo della stufa. Così mormorava la gente, così raccontava mia nonna Maria. Nessun segno, nessun biglietto, nessun messaggio per dare una ragione a quel gesto. Forse il sopprimersi non ha ragione. Forse molte. Regnava nella stanza la malinconica dignità della morte cercata, frutto di solitudini, dell'incapacità di chiedere aiuto, ostacolati da se stessi, abbandonati dagli altri e dalla speranza. I due amanti se n'erano andati con discrezione, senza imputare ad alcuno il fallimento dei loro sogni, dell'assenza di voglia di vivere. Ma, scavando un poco nella vicenda, si scoprono un paio di don Rodrigo che balzarono come lupi a impedire quell'amore.

Si ha l'impressione che le tragedie nei vecchi paesi si mettano d'accordo per spostarsi da una casa all'altra. Percorrono le vie passandosi il lugubre testimone del dramma, originando vicende dolorose che lasciano un alone di mistero e inquietudine anche dopo anni. Poco più in là della casa dei tristi amanti, una costruzione ormai fatiscente s'affaccia sulla valle percorsa dal torrente. La parete che guarda a levante è caduta in terra, ma quella occidentale è ancora a posto. Nel pezzo di muro buono una finestra senza imposte, come un'occhiaia vuota, spia il tramonto del sole. Era la casa dell'uomo solitario. S'affacciava ogni tanto a quella finestra, silenzioso, lo sguardo triste, occhi senza entusiasmo ma nemmeno disperazione. Era uno sguardo perso, lontano, come di uno che non vuol più saperne di questo mondo.

Pochi se ne accorsero, forse nessuno. Mio fratello e io, assieme alla nonna paterna, lo avevamo incontrato il pomeriggio precedente. Avevo dodici anni, l'anno prima che passasse il rasoio del Vajont. Il mese era dicembre, Natale vicino. Quell'uomo, abile artigiano, aveva confezionato per me e mio fratello un paio di sandali a testa, adoperando avanzi di tomaie e vecchie suole. Voleva farci un regalo. Quel pomeriggio, guidati dalla nonna Maria, eravamo andati a ritirarlo. Ci accolse con sorriso buono, una dolcezza di padre. La stufa di ghisa ardeva nella stanza, ceppi di carpino la facevano soffiare come una locomotiva. Fuori era freddo, le vie intasate di neve. Ci parve di entrare in un nido caldo. Accanto alla madia, una piccola catasta di legna stava in attesa di entrare nelle fauci della stufa. Era carpino. Carpino nero secco, per questo i cerchi della piastra ballavano indemoniati. È legno potente, rende incandescente la ghisa delle stufe, ma ha un difetto: non lascia braci. Ogni mattina bisogna riaccendere il fuoco da zero, mentre col faggio basta aggiungere rami secchi sulle braci che restano vive tutta la notte.

Il nostro amico ci fece accomodare su una panca, l'unico pezzo d'arredamento assieme al tavolo, una sedia, un baule e una madia di ciliegio rosso. Quella stanza era l'essenza della sobrietà, eppure comunicava calore e protezione. Forse perché c'era il fuoco. L'uomo, che stava sbocconcellando qualcosa, s'interruppe per badare a noi. Da un cassetto del tavolo tirò fuori croste di formaggio che ridusse a pezzettini con il coltello affilato come un rasoio. Tagliava direttamente sul tavolo. Mia nonna gli fece osservare che così lo rovinava. Rispose che sarebbe durato più il tavolo che lui. Forse, a quel punto, aveva già fatto la sua scelta. Oggi penso così. Sistemò i pezzetti di croste sulla piastra rovente della stufa. Quando cominciarono a fondere, con la schiena del coltello li raschiò via facendoli cadere su un piatto di legno. Ci porse il piatto invitandoci a mangiare. Le croste erano bollenti, scottavano, ma sparirono in un lampo. Mia nonna non ne volle, disse che non aveva i denti. Allora le porse un bicchiere di vino e uno lo bevette lui. Poi rovistò in un baule che faceva anche da panca e tirò fuori i sandali. Erano una meraviglia. Ce ne consegnò un paio a testa. Prima guardò quali fossero i più grandi e i più piccoli, io ero maggiore di mio fratello, avevo il piede più lungo. Ce ne andammo contenti dopo averlo salutato, abbracciato e ringraziato più volte.

Il giorno dopo, intorno alle due, in paese corse voce che qualcuno s'era tolto la vita. Il vecchio Cionte, che passava davanti alla finestra del nostro benefattore, buttò dentro l'occhio per curiosare. S'accorse che l'uomo era troppo alto e i piedi non poggiavano sul pavimento. Allora guardò su.

Il corpo era tenuto sospeso da una corda al collo. Mia nonna ci disse che si trattava dell'amico dei sandali. Partii di corsa e andai alla sua casa. C'erano uomini. Avevano sfondato la finestra, lo stavano tirando giù. Presi paura ma volli guardare ancora una volta quell'anima buona e gentile che prima di lasciare questo mondo aveva fatto un paio di sandali a due ragazzini in miseria. Oggi la casa è crollata del tutto, ma una parte, quella che guarda il tramonto, con la finestra dalla quale sbirciai, è ancora a posto. Ogni volta che passo non posso fare a meno di ricordare il nostro benefattore, mormorare una preghiera per lui. Fu uomo solitario e triste. Disperato al punto che, un freddo giorno d'inverno, decise di togliere il disturbo da questo mondo senza nemmeno aspettare il Natale. Forse non voleva passarne un altro da solo. Aveva cinquant'anni.

Giù, nella vecchia casa di Erto, in qualche angolo della polverosa soffitta piena di ricordi e oggetti inutili, ci dovrebbero essere ancora i sandali del nostro amico. Finirono lassù, nell'oblio delle cose inutili, perché dopo il disastro del Vajont erano diventati patetici, obsoleti. In confronto alle calzature che ci regalò la carità del mondo, facevano pena.

Vado avanti nel gelo, attento a non scivolare. Fiori di brina tappezzano il muro alla mia destra. Muschi e licheni di vetro occhieggiano muti accanto a scie di cristallo formate dall'acqua gelata di un tubo che perde. Dopo una strettoia scomoda, la via riprende a salire erta, come vuole il nome di questo disgraziato paese. La prima cosa che incontro a mano buona è ciò che resta dell'antica osteria Santon, chiamata così perché all'entrata c'era una statua enorme di san Giovanni con un fiasco in mano. I muri sono ancora in piedi, a piombo, robusti, ma dentro tutto è crollato. Soffitti, stanze, solai, intercapedini; tutto per terra. Era un ritrovo mitico, che suscitava una certa inquietudine nell'avventore nuovo, soprattutto nei giovani. I vecchi, avvezzi a tutto, erano abituati da tempo ai bugigattoli stretti, alle stanze senza luce, alla penombra perenne della misteriosa osteria. Per via del terrapieno che la sovrastava, la bettola pareva collocata sottoterra come una catacomba. Forse era quello il motivo dell'apprensione che suscitava. Una volta entrati, si aveva l'impressione che nessuno, nemmeno un moscerino, avesse la remota possibilità di uscire vivo. Là dentro mancava il fiato, si veniva presi da claustrofobia come se la porta dovesse chiudersi per sempre alle spalle dell'avventore. Pareva di varcare il punto di non ritorno.

Così fu per il leggendario contrabbandiere Scalvin Filippin Zuano, che un giorno d'inverno non uscì dall'osteria con le sue gambe. Nato l'11 maggio 1880, aveva fatto carriera e soldi esercitando il contrabbando sulle coste di Marsiglia. Per quel tempo, e soprattutto per un ertano, era una cosa di gran prestigio frequentare la mala marsigliese. Diventare un capo, ancora di più. Si racconta che a Marsiglia avesse un motoscafo veloce, attrezzato per controllare via mare i suoi traffici. Viaggiava sempre armato di rivoltella, che teneva bene in mostra nella cintola. Non per spavalderia, sia chiaro, come deterrente a eventuali nemici che aveva numerosi. C'è da dire però che Scalvin non pensava due volte a tirarla fuori e sparare qualora la deterrenza non fosse bastata. Si favoleggia ancora della prestanza fisica di Scalvin Zuano e del suo fascino. Alto, capelli neri, lunghi, due occhi che non si potevano guardare tanto erano acuminati e fulminanti. Occhi azzurri, fermi, implacabili, che facevano ammutolire e toglievano parola e gesto a coloro che osavano sfidarli. Chi lo sfidò e lo uccise dovette spararagli alle spalle nella fumosa e buia osteria Santon. Se il temuto contrabbandiere si fosse voltato, il killer sarebbe diventato di pietra, Scalvin era la Medusa, pietrificava. Avevano messo una taglia sulla sua testa, forse fu questo il motivo che armò la mano all'attentatore. Scalvin beveva al banco, la rivoltella alla cintola. L'altro arrivò da dietro, armato di fucile. Non lo chiamò per farlo voltare, sarebbe stato rischioso. La vittima avvertì il pericolo dal silenzio calato di colpo nella sala. Era una martora, fiutava la valanga. Avrebbe potuto difendersi. Non lo fece. Nemmeno quando una voce gridò: «Attento!». Forse era stanco di vivere, Scalvin Zuano. Per questo non si voltò. L'altro sparò alle spalle, solo così poteva uccidere il leggendario contrabbandiere. Un solo colpo. Scalvin crollò sull'impiantito. Cadendo ruotò voltandosi verso gli avventori. I suoi occhi erano rimasti aperti, fieri, limpidi. Noncuranti della morte che arrivava, guardavano il drappello di vigliacchi, spaventati, annichiliti, che non avevano avuto il coraggio di bloccare il giustiziere. Forse fecero apposta. Non vedevano l'ora che venisse tolto di mezzo. Era ricco, bello, coraggioso, troppo superiore a loro, troppo invidiato per dargli una mano. Volevano vederlo morto, furono accontentati.

Ho avuto la fortuna di entrare nell'osteria Santon quando ancora era in funzione. Al mattino, l'odore delle cicche di toscano e trinciato forte fumate la sera stagnava come pece nella stanza. Appena entrati, si provava un senso di nausea. Due damigiane di vino, una bianca, una rossa, stavano sul bancone con le cannucce infilate. L'oste spinava il nettare direttamente dal tubo. Sotto il bancone stavano i bottiglioni di acquavite pronti all'uso. Un fuoco ardeva nel caminetto d'angolo, a mano buona di chi entrava. La latrina era all'esterno, vicino alla stalla. Spesso scoppiavano risse. C'erano salami e formaggio, chi voleva poteva mangiare. L'osteria chiuse i battenti il giorno successivo al Vajont. Il padrone bruciò san Giovanni col fiasco in mano e se ne andò per sempre. Quella notte sciagurata non chiuse solo l'antica osteria, ma un'intera epoca. Un paese pugnalato al petto si chinò su se stesso e morì. Con lui morirono usi, costumi, tradizioni, cultura. Quella notte chiuse i battenti la vita di Erto. E non li ha riaperti mai più.

Di fronte alla Santon c'è un'intera fila di case crollate. Dalle macerie emergono oggetti appartenuti alle famiglie che vi abitarono un tempo. Sedie, cucchiai, catini di smalto che a toccarli crepitano come fuoco di sterpi, vecchie panche spaccate. Una casa ancora in buono stato mi ricorda un amico scomparso da poco al quale la sorte non regalò fortuna. Morì, sono certo, senza disperazione. Era piuttosto stanco. Aveva ristrutturato il nido dell'infanzia per vivere con la sua rondine e, quando sarebbero arrivati i rondinotti, anche con loro. Invece niente. La rondine morì neanche un mese dopo il matrimonio. Allora lui se ne andò e non volle più entrare in quella casa. E non volle nemmeno altre donne. Mai più. La casa ha voluto resistere, non ha ceduto ai colpi del tempo né alla sfortuna. È rimasta in piedi a dispetto di quelle attorno, che sono crollate. Pare voglia dirci che l'amore semplice, pulito, ingenuo, può sostenere anche le pietre scosse dai terremoti. All'ospedale di Belluno gli portai un po' di caffè in un bicchiere di plastica. Mi ringraziò. Alla sera era morto.

Pochi metri sotto, una decina di case l'una attaccata all'altra come i grani del rosario parlottano sottovoce in attesa che la neve degli inverni ne squassi i tetti, che le piogge autunnali s'infiltrino a marcire i solai, che la motosega del tempo le rada al suolo come vecchie piante. La quarta della fila partendo da levante è una casa misteriosa. Si racconta vi abitasse una vecchia piena d'oro. La chiamavano "la Vecia de Or". Scomparsa lei, nessuno ha mai trovato quel tesoro anche se qualche manigoldo è penetrato di notte nella casa e ha scavato nei muri e sotto il pavimento. Da giovane era stata all'estero, aveva vissuto in varie città del mondo fino a tarda età. Poi volle tornare a morire nel suo paese. Cosa che, si presume, avvenne nel 1925 giacché il suo corpo non fu mai trovato. La chiamavano la Vecia de Or ma molti, mio nonno Felice tra questi, sostenevano che aveva anche diamanti, perle e pacchi di banconote sconosciute. Cosa ne facesse di tutti quei tesori nessuno lo capiva, dal momento che viveva nella miseria più nera. Chi andava a trovarla, raccontava di una casa spartana con una stufa di mattoni rossi, una panca nera di caligine, un lettino accanto alla stufa e qualche pentola. Altro non esisteva. Dentro una nicchia annerita dal fumo, stava una Madonna in legno scolpita da Genio Damian Sguima, il mitico intagliatore del paese che operava proprio in quel periodo. La sua specialità erano i sant'Antonio da Padova ma, a un certo punto, Sguima decise di passare alle Madonne. Solo che, abituato a scolpire sant'Antonio, le Madonne avevano volto maschile. La vecchia pregava giorno e notte la "Madonna-uomo" come soleva chiamarla. Per superare i gelidi inverni ertani, la Vecia de Or si faceva riempire la casa di legna dal boscaiolo Santo Corona della Val Martin. Gliela pagava in moneta sonante e sempre più di quello che chiedeva. Però voleva solo ed esclusivamente legna di carpino. Santo le chiese il motivo di quella scelta particolare. La vecchia rispose che le piaceva il carpino perché, al contrario degli uomini, non lascia tracce. Brucia, si consuma e sparisce senza lasciare brace alcuna. E concluse: «Così dovrebbero fare gli uomini, sparire come il carpino. Invece gli uomini non vogliono sparire. Quando sono costretti perché viene la morte, vogliono ancora lasciare il segno del loro passaggio». Fedele alla sua teoria, si comportò come il carpino. Una mattina chiuse la porta a chiave e s'allontanò con la gerla coperta da una tela nera. Era il 17 settembre 1925. Da quel giorno nessuno la vide mai più. Non sono pochi, però, quelli che pensano abbia fatto la fine del carpino contro la sua volontà. Alcuni sostengono che quella mattina la Vecia de Or stesse spostando il tesoro nella gerla. Ma, per sua disgrazia, s'imbatté in uno senza scrupoli che fece sparire lei e il tesoro.

La casa è rimasta chiusa per oltre ottant'anni fino a quando tempo fa qualcuno, forse per curiosità o più probabilmente per cercare il tesoro, ha sfondato la porta. Dentro non ha trovato nulla, solo la stufa di mattoni rossi coperta da tre dita di polvere. Mancava la Madonna-uomo di Genio Damian Sguima. Come faccio a sapere tutto questo? È stato colui che ha sfondato la porta a riferirmi, un amico che ancora spera di trovare la gerla piena d'oro. Se avesse ascoltato bene le storie del paese, forse non cercherebbe là. Tutti ricordano che la vecchia se ne andò con la gerla sulla schiena. Almeno così si racconta, ma sono passati tanti anni e col tempo le leggende s'arricchiscono di particolari.

Pochi metri più avanti, la strada di ciottoli picchia verticale verso il torrente Vajont. All'inizio della discesa, sulla sinistra, una casa antica dall'aria misteriosa come tutte le abitazioni abbandonate da tempo monta la guardia sul vuoto della valle. Una fascia d'argento larga quattro dita ha sigillato la parte bassa della porta sul retro, come a voler impedire qualsivoglia tentativo di aprirla. È il ghiaccio dell'inverno, accumulatosi un poco per volta alla base del battente, che ha prodotto quel sigillo. La porta è una delle più belle e ben fatte del paese, con maniglia e serratura speciali, lavorate a mano con ottimo gusto e fattura. Quella casa era l'antro del fuoco, la magica fucina di Mano del Conte, il fabbro più abile del mondo. Di lui si racconta fosse capace di fare le ali alle mosche in ferro battuto, leggere e funzionanti come quelle vere. Il difficile era montarle sulla mosca che le aveva perse. Mano del Conte le montava e le mosche tornavano a volare. È opera sua il grande cancello del cimitero. Ma quel manufatto non palesa tutto il virtuosismo di Mano del Conte. Il paese custodisce opere sue ben più raffinate. Robe che a vederle lasciano allibiti. Una volta, per fare uno scherzo alla moglie, mentre era assente costruì e collocò nell'angolo alto della cucina una ragnatela di finissimo fil di ferro, col ragno al centro che attendeva la preda. La spruzzò di cenere a caldo che pareva vera. Quando la moglie s'accorse dell'intruso, prese la scopa e tirò giù la ragnatela a scopate. Questa cadde per terra con tintinnio d'argento. Solo allora la donna s'accorse che era opera del marito. Quando il podestà gli commissionò il grande cancello del cimitero, Mano del Conte all'inizio rifiutò. Disse che in un camposanto il portone non serve, i morti non scappano e pure i muri attorno sono robe inutili. Il podestà tentò di convincerlo dicendo che era per gli animali. Caprioli, capre, pecore e vacche potevano entrare a disturbare i morti, peggio ancora danneggiare le lapidi. Mano del Conte rispose che i morti sono contenti se gli animali vanno a trovarli. Forse più contenti di quando si presentano certi parenti. «In quanto a lapidi» disse, «gli animali farebbero bene a spaccarle tutte, sono inutili come cancelli e muri. Ai morti non serve niente, solo qualche preghiera, un po' di terra e una piccola croce per sapere dove stanno.»

Alla fine il podestà lo convinse. In fondo Mano del Conte doveva campare del suo lavoro, le riflessioni filosofiche non gli portavano pane in tavola. Così, per necessità, il grande fabbro mise mano all'opera che oggi tutti possono ammirare all'entrata del cimitero. Se il mondo è pieno di opere d'arte, al cospetto delle quali i manufatti di Mano del Conte sono patetiche ramaglie di ferro, spesso ciò è dovuto al bisogno economico dell'artista. Molte volte è stata la fame a far lavorare i geni. La necessità di guadagnarsi un pezzo di pane gli ha fatto produrre quelle opere che oggi tutto il mondo può ammirare. Così fu per Mano del Conte, il cancello del cimitero lo forgiò per necessità. Credo che pure la recinzione della chiesa di Casso sia opera del fabbro ertano. Anche quella volta, fu il bisogno di pane a muovere il maglio sul battiferro.

La fucina si trovava nella parte bassa della casa, quella che guarda il Vajont, sul retro stavano la cucina e due stanze. Durante i rigidi inverni, alcuni uomini si riunivano nell'antro di Mano del Conte, accanto al fuoco della forgia, per scambiare quattro chiacchiere. Ma soprattutto, per cavare dall'acciaio di balestre d'automobili quegli strumenti indispensabili al loro lavoro di intagliatori, boscaioli, scultori e artigiani di ogni genere. Quasi tutti gli attrezzi da taglio che circolavano in paese erano usciti dalla fucina di Mano del Conte. Almeno fino intorno agli anni Quaranta, quando il grande vecchio varcò quel cancello che lui stesso aveva forgiato e assemblato per i morti del suo paese.

Spingo la porta di quella casa circondata dal gelo e da fasci di ortiche secche. Il sigillo di ghiaccio cede esplodendo in mille schegge. Apro e sbircio. C'è ancora la stufa coi pomelli d'ottone che scaldava la cucina nei lunghi, interminabili inverni. Anch'essa è opera del maestro ertano. Già negli anni Venti, aveva pensato a tubi che corressero per la casa a portare il calore un po' ovunque. Se consideriamo che tale accorgimento è diventato d'uso solo in un passato relativamente recente, abbiamo un'idea della creatività del nostro mago. Un giorno Bastiano Ciolt Corona, uno della frazione Spianada, per metterlo in difficoltà gli commissionò un calice da donare alla chiesa. Il fabbro capì che era una provocazione, ma stette al gioco. Mano del Conte studiò con occhio attento quello che usava don Chino Planco durante le messe. Poi si mise all'opera. Ne costruì uno tal e quale a quello del prete. Era così perfetto che non si notavano differenze nemmeno sotto minuzioso esame. Chiamò Ciolt Corona e porgendogli il calice brillante come il sole, disse: «Eccolo, è pronto». Bastiano Ciolt sbiancò. Convinto che Mano del Conte avesse rubato l'originale dalla chiesa, attaccò a dirgli che era diventato matto, che andava all'inferno, che finiva in galera e altre amenità. Il fabbro, ridendo, rispose che non sarebbe andato da nessuna parte, quel calice l'aveva fatto lui, con le sue mani. Bastian Ciolt non voleva crederci e stava per allontanarsi da quel pazzo sacrilego. Mano del Conte lo tranquillizzò, afferrò il calice, lo avvolse in uno straccio e assieme al committente si recò da don Planco il quale confermò all'allibito Bastian Corona che il suo calice stava al sicuro nel tabernacolo. Per rassicurarlo andarono in chiesa, il prete aprì l'antina dorata e, dopo la genuflessione di rito, prese il calice e lo sollevò. A quel punto, Mano del Conte fece vedere a don Chino il suo calice. Quando il prete venne a sapere che l'aveva fatto lui, non restò meno allibito di Bastian della Spianada. Il fabbro donò l'opera al ministro di Dio dopodiché, rivolto all'esterrefatto committente, gli disse: «La prossima volta che intendi mettermi alla prova pensa qualcosa di intelligente». Così dicendo se ne andò.

Dalla casa del fabbro pochi metri a valle, sulla destra, sale una stradina ripida. Dopo aver sfiorato un paio di fienili e alcune stalle, mena alla canonica e alla chiesa. La canonica è un pezzo di storia ertana. Quei muri celano segreti di secoli. Al tempo dell'ultima guerra, reggeva la parrocchia un prete dal polso di ferro, dotato di eccezionale personalità e, soprattutto, di potere inusuale per un semplice ministro di Dio. Godeva di conoscenze potenti, tra cui quella di Galeazzo Ciano del quale era amico personale nonché confessore di famiglia.

Un vecchio boscaiolo mio amico, Genti Paol de Cort, classe 1921, mi raccontava di tre cassette in ferro e legno dotate di robusti lucchetti. Contenevano documenti e lettere, affidati dallo stesso Ciano nelle mani di quel sacerdote che li nascose in canonica. Delle tre cassette due, mi diceva Genti Paol, furono prelevate da un gruppo di gerarchi e portate via ma una, l'amico giurava che non uscì mai dalla zona. Non era certo fosse rimasta in canonica, ma in territorio ertano sicuramente. Genti rivelò un luogo preciso. Parlò di un antro, una grotta sospesa a dieci metri d'altezza sotto la parete occidentale del monte Cornetto dove, secondo lui, assieme alla cassa c'erano anche parecchie armi. Non ho ancora visitato quella spelonca, penso che la cassetta sia ancora in canonica sepolta sotto una lastra del pavimento o celata nell'intercapedine segreta di qualche muro interno. Non sono certo, vorrei cercare. Non posso demolire a picconate la canonica, ma ho la sensazione che prima o dopo la mia ricerca darà frutti. Mi piacerebbe mettere le mani su quella cassetta che, a detta di Genti, non era nemmeno tanto grande, circa cinquanta centimetri di lunghezza per trenta di lato. Sarei curioso di sapere cosa contiene. Qualcosa so. Il vecchio amico parlava di documenti, lettere, e una pistola Luger con diverse cartucce.

Sulla canonica, mio nonno Felice Corona Menin raccontava una storia udita da suo padre. A quel tempo, circa nel 1880, reggeva la parrocchia un prete di nome Gioacchino Planco. Don Chino era un bell'uomo, alto uno e novanta, biondo, spalle come un armadio. D'inverno spaccava legna all'aperto, in canottiera come fosse estate, i suoi bicipiti facevano voltare le donne. Nell'autunno 1886, don Planco decise di allevare un maiale per salsicce. Poco prima di Natale, radunò alcuni uomini che lo aiutassero a far fuori il porco e ridurlo in salami. Finito il lavoro appesero i prodotti sotto la cappa del camino in canonica. Due di quelli che lo avevano aiutato decisero di rubare i salami la notte stessa. Per accedere alla canonica usarono il camino. Calatosi all'interno, uno ficcava il bottino nel sacco, l'altro lo tirava su. Svegliato da certi rumori, don Chino andò a vedere. Trovandosi scoperti, i ladruncoli cercarono la fuga. Quello sul tetto tirò su la corda, si calò e sparì. Quello in canonica, senza corda non poté trarsi d'impiccio. Infilatosi nella cappa del camino, si denudò. Mentre don Planco con una candela in mano lo esortava a uscire, nel buio, lui si sporcò la faccia e il corpo con la fuliggine fino a diventare più nero della notte. All'ennesimo richiamo di don Planco, l'ertano con voce camuffata in tono terribile disse che era il diavolo. A quelle parole don Chino si mise a ridere. Disse: «Sei il diavolo? Salta fuori, voglio vederti in faccia». L'ertano rispose: «Prima apri la porta, in modo che escano le anime dannate dalla casa del prete». Don Chino aprì il portone della canonica e tornò dal ladruncolo con la candela in mano. «Ora fatti vedere» disse forte. L'ertano mosse due passi verso il prete che sollevò il lume per far chiaro. Quando gli si parò davanti quell'essere infernale, nero come carbone, peloso, malamente illuminato dalla luce fioca, si spaventò sul serio. Indietreggiò. Anche se era un Marcantonio di uno e novanta, don Chino non se la sentì di affrontare Belzebù a mani nude. «Ti scongiuro di sparire, Satana maledetto» disse brandendo il crocefisso dal tavolo. Satana prese i vestiti sottobraccio e con velocità di gatto guadagnò l'uscita. Mentre filava come un fulmine, rivolto al prete disse: «Grazie delle luganeghe don Chino, al diavolo piace la luganega fresca». Così dicendo sparì, nudo e crudo nella notte invernale.

Sotto la canonica, un fienile posto di fronte a una casa di pietra bianca finemente lavorata guarda la dirimpettaia con le occhiaie vuote delle finestre. Il fienile dista solo tre metri dalla casa di pietra, una delle poche ancora in buono stato. Il mio amico Pianco e io la chiamavamo "la casa della donna che si spoglia". Tornano ricordi lontani. L'adolescenza pulsava nella vita con tutta la sua forza. Avevo dodici anni. In quella casa, assieme agli zii viveva una bella ragazza di vent'anni. Durante la fienagione la signorina, nella pausa pomeridiana, soleva prendere il sole distesa su un lenzuolo nel cortile davanti casa. Un costume da bagno, che allora ci sembrava da capogiro, ne rivelava le grazie. L'amico Pianco era cinque anni più grande di me. All'ora giusta, lui e io scalavamo il muro del fienile di fronte la casa. Da una finestra spiavamo in silenzio quelle curve a me ancora sconosciute ma non per questo meno stimolanti. Ero giovane, non sapevo niente di sesso né mi interessava più di tanto. Non prestavo molta attenzione all'amico che, sottovoce e con gli occhi fuori dalle orbite, mi spiegava quel po' che sapeva di tette, cosce, sedere e altre parti nobili della ragazza stesa al sole. L'ignara lucertola se ne stava a rosolare tranquilla sopra il lenzuolo. «Sarebbe bello vederla tutta nuda» bisbigliava Pianco dall'osservatorio. Come a esaudire il desiderio, il destino un giorno volle accontentarci. Scoprimmo che la ragazza, nei pomeriggi caldi, dopo aver raccolto il fieno, faceva il bagno in cucina, dentro una tinozza. Dopodiché s'avvolgeva attorno un asciugamano e saliva al piano di sopra. In una stanzetta si profumava e metteva abiti freschi. Di quel rituale, Pianco era venuto a conoscenza per caso. Quando la nipote si lavava, la zia trascorreva un po' di tempo dalla mamma del mio amico per non disturbare l'intimità della ragazza. Origliando le due comari, Pianco venne a conoscenza dell'abitudine della lucertola. «Bisogna appostarci finché la vediamo nuda» disse. Il nostro fienile-osservatorio aveva parecchie finestre. Una di queste guardava dritta la stanza dove la pulzella si ritirava dopo le abluzioni. Giorno dopo giorno, con pazienza che rasentava il masochismo ci mettemmo alla posta. Finché il momento buono arrivò.

A scopo d'iniziazione, quel giorno invitammo anche Cesto Corona detto Cestin, ragazzino paffuto e ingenuo, un anno più grande di me. Cestin non brillava per coraggio, però era simpatico. Credendo che interessasse anche a lui il corpo femminile, ci parve giusto convocarlo. Si trattava di vedere una ragazza nuda, non era poco, allora. Con parecchi sforzi, lo issammo lungo il muro del fienile e ci mettemmo alla posta. Faceva un caldo boia, seppur a torso nudo, ci scioglievamo come burro sul fuoco. Api ronzavano nell'aria, intente di fiore in fiore. Giravano senza sosta entrando anche nel fienile. Nell'aria regnava il magico silenzio del mezzodì. Qualcosa di misterioso andava e veniva dalla casa al fienile, come per dirci che stava per accadere il miracolo. Non ho memoria di quanto tempo passò, di sicuro qualche ora, ma alla fine la nostra pazienza venne premiata. D'improvviso la signorina apparve nella stanza: piedi scalzi, asciugamano stretto in vita da un cordone. Sono passati tanti anni, ma l'episodio mi balza nitido davanti agli occhi come fosse accaduto ieri. Ricordo il bianco candido dell'asciugamano e quei piedini! Il cuore cominciò a battere, stavo per vedere una donna tutta nuda. Di solito potevamo contemplare solo il culo spiando quelle che andavano alla latrina. Mi prese un po' di rimorso. Percepivo che stavamo facendo una cosa disonesta nei confronti di una persona ignara e tranquilla. Ma la voglia di vederla nuda era troppo forte, rimorsi e dubbi finirono sotto il fieno. La ragazza rovistò in una cassapanca, prese qualcosa che poteva essere una gonna e la posò sul letto. Poi, stando al centro della stanza, slacciò il cordone dell'asciugamano che la copriva. Un po' di tela s'aprì, apparve qualcosa ma non tanto. Le stavamo di fronte, non più di tre metri, nascosti dietro al fieno, potevamo spiare senza essere visti. Era questione di secondi, stava per togliersi quel maledetto straccio. Ma il tempo all'improvviso si fermò.

Cestin non ce la fece a reggere quello che per lui era peccato mortale. Gli avevano insegnato, come del resto a noi, che il sesso femminile era porcheria, cosa neanche da nominare. Figuriamoci vedere una donna nuda! Preso da indomabili rimorsi, sul più bello si levò in piedi e attaccò a piagnucolare a voce alta. Diceva che non voleva, che non si poteva, che si andava all'inferno e altre amenità. Quella lagna durò pochi secondi ma furono sufficienti. La ragazza con un guizzo di serpe si spostò tra la lista di muro che separava le finestre e sparì. Fu un attimo. Un braccio abbronzato spuntò dal nulla e tirò con stizza la pesante tenda di panno grigio che occultò la visuale. Era tutto finito. Pianco non aprì bocca. Iniziò a mulinar calci nel sedere di Cestin e con le mani gli dava schiaffi in testa finché il poveraccio finì bocconi sul fieno. Non pago, dopo averlo malmenato, con un'ira che mi impressionò gli prospettò di ammazzarlo e seppellirlo nel fieno. Alla fine ebbe pietà del guastafeste. Dopo un ultimo calcio, tenendolo per il braccio, lo calò fino al suolo. «Non farti più vedere in circolazione» ringhiò Pianco con occhi assassini. Da quel giorno per noi quella rimase la casa della donna che si spoglia, anche se nuda non la vedemmo mai.

Mentre percorro questa via dentro il cuore ghiacciato dell'inverno, nel paese che non c'è più tornano le loro figure. Pianco e Cestin sono da tempo sottoterra. Stanno spiando il mondo dal regno delle ombre. Sono andati nell'aldilà ancora giovani. Il loro ricordo mi accompagna sempre. Ogni tanto mi tornano in mente le tante avventure di gioventù vissute assieme.

La via dopo il fienile s'allunga solitaria, le case diminuiscono finché appare sulla destra la casa del Signore. La vecchia chiesa se ne sta lì, abbandonata e spoglia, sostituita nel paese nuovo da una che pare una banca. Il vecchio edificio era riferimento, guida, luogo dove tutto andava a posto. Abitavo a nemmeno dieci metri dall'entrata. La contrada San Rocco stava raggruppata attorno alla chiesa come i pulcini intorno alla chioccia. Ricordo la prima volta che vi entrai. Furono brividi. Forse non era la prima, ma ricordo quella. Non posso dire che vi misi piede, stavo in braccio a mia nonna Maria, ma il terrore che mi colse appena dentro lo sento sulla pelle come fosse ieri. Avevo sei anni, rivedo tutto. All'inizio mi impressionarono l'austerità del luogo, il silenzio che aleggiava tra i muri, il mistero che stava inginocchiato tra i banchi. La vecchia varcò la soglia facendo il segno di croce, lo fece fare anche a me muovendomi la mano.

Appena dentro ebbi l'impressione di essere spiato. Numerose statue di santi, tutte in legno, mi guardavano con occhi ammonitori. La severità e l'immobilità di quegli sguardi mi lasciarono senza fiato. Una di quelle statue, a grandezza naturale, era a dir poco terrificante. Due ceffi barbuti dall'espressione truce, con affilati coltelli stavano scuoiando un uomo legato al palo. La pelle del poveretto penzolava dalle mani insanguinate dei macellai come una giacca floscia. La vecchia intuì che ero rimasto scosso. S'affrettò a spiegarmi che era san Bartolomeo, spellato dai suoi aguzzini, e che lui non mi avrebbe fatto nulla. E nemmeno gli assassini potevano farmi nulla, essendo di legno non si sarebbero mossi. Così dicendo mi avvicinò a uno degli scuoiatori e mi ordinò di toccarlo, cosa che non volevo assolutamente fare. Ma, dopo averlo sbirciato a lungo, trovai il coraggio di allungare un dito e toccargli la barba. Fu come se di colpo si animasse, voltandosi verso di me col coltello alzato e lo sguardo assassino. Allora tolsi la mano di scatto, attaccai a piangere e picchiare la nonna. Tutt'intorno, nelle nicchie alte un paio di metri, vigilavano altre statue, alcune d'aspetto decisamente più dolce. C'era una Madonna vestita d'azzurro, col bambino in braccio. Lo guardava con una tenerezza che non ricordo d'aver mai visto in mia mamma. A meno che non lo abbia fatto quando ero in fasce. A destra dell'entrata c'era sant'Antonio da Padova, ai lati dell'altare san Pietro e Paolo, tutti a grandezza naturale. Lungo il perimetro dei muri, stava appesa una Via Crucis formata da quattordici formelle di pino cembro. Le aveva scolpite, lo avrei saputo vent'anni dopo quando le copiai per una chiesa di Sacile, Ermanno Moroder, maestro d'arte di Ortisei in Val Gardena, nel 1890. Sull'altare spiccava un crocefisso alto un metro, di legno nero come ebano levigato a marmo. Quando mi buttai nell'avventura di scolpire alberi quel crocefisso, opera del geniale Andrea Brustolon, nativo della Val di Zoldo, diventò il mio modello preferito. Lo è tuttora.

Il martirio di san Bartolomeo è una delle poche statue scampate ai saccheggi perpetrati a danno della nostra vecchia chiesa. Il Cristo del Brustolon si è salvato ma, per timore che venga rubato anche lui, è stato sostituito con una copia. Quello autentico sta al sicuro. L'unica nota triste è che non possiamo più ammirarlo al suo posto sull'altare. Ma è meglio non vederlo perché è in un luogo protetto, che non vederlo perché rubato.

Un tempo vi era la cantoria sopra l'entrata principale, tutta legno scolpito con il grande organo messo al centro. Fu rimossa nel 1962, poco prima che il Vajont demolisse la valle. Un sacerdote di idee piuttosto moderne decise di smantellare la cantoria, capolavoro dei maestri scultori di qualche secolo prima. In un gesto di generosità, regalò i pezzi di legno e le tavole scolpite ai parrocchiani per fare fuoco. I miei paesani non se lo fecero dire due volte. Almeno servì a qualcosa, la vecchia cantoria. Ugual fine toccò alla balaustra in legno lavorato che separava i fedeli dal celebrante. Smantellata e data in pasto al fuoco anche lei. Era un assieme di colonnine tornite, istoriate da motivi floreali. Ma il pezzo forte della follia rinnovatrice fu l'asportazione delle lastre di pietra rossa del pavimento, sostituite da un orribile getto di plastica bitumata multicolore. Le lastre, un metro e mezzo per un metro, spesse trenta centimetri, provenivano dai Libri di San Daniele, sul monte Borgà. Millequattrocento metri di dislivello che gli ertani avevano superato due volte al giorno con le slitte sulle quali caricavano una lastra per volta. Le avevano tirate fino alla chiesa dove vennero messe in opera. Nel 1606 un incendio la danneggiò e fu ristrutturata, come riporta una targa sotto l'ala del tetto che guarda a meridione. Uno scalpellino ci lasciò la pelle sotto una di quelle lastre. Era messa in verticale pronta per essere caricata. Clemente Giona Ziano si piegò a stringere un calzare. Forse fu il vento o il terreno molle. La lastra, che non era legata, si rovesciò sopra Giona Ziano. Sentirono le ossa scricchiolare come quando si schiaccia un cesto di vimini secchi. Quando la lastra fu ferma sentivano che sotto Giona scricchiolava ancora. Alcuni volevano seppellirlo sul posto, tra le montagne che aveva amato. Altri dicevano di tirarlo in paese su una slitta e metterlo nel camposanto. Altri dissero che sotto la lastra era già sepolto. Giona Ziano non aveva parenti, viveva solo come un cuculo, in paese era benvoluto da tutti. A fine discussione, vinsero coloro che volevano lasciarlo riposare sulla montagna.

Clemente Giona Ziano fu seppellito accanto ai Libri di San Daniele, tra le rocce bianche e rosse che circondano il Borgà. Un mucchio di pietre segnalava il luogo del riposo eterno. I secoli e le nevi s'occuparono di smantellare il cumulo di sassi e nessuno si prese la briga di rifarlo. Gli uomini non ebbero necessità di salire al monte a cavar pietre da opera, ormai il paese era stato fatto. Di conseguenza non rinnovarono la lapide di sassi dello sfortunato scalpellino. Così Giona Ziano oggi riposa tranquillo nell'oblio, dentro la calma perenne dei monti. Nessuno sa dove si trova la sua tomba, nemmeno pressappoco. È stato dimenticato. Ma il suo spirito esiste. Vaga per la montagna nella pace delle sere d'estate, nel grande silenzio del mezzodì, nei colori delle foglie d'autunno, nelle radure di Casera Vecchia, dove ascolta il risveglio del mondo nei mesi di aprile e maggio, quando intorno cantano i galli forcelli. Forse sono un nostalgico, peggio ancora, romantico, ma penso che sarebbe giusto scegliersi il sito dell'eterno riposo. Va da sé che i luoghi devono essere compatibili con il buon senso e la logica. Se uno non è papa, non può pretendere di essere messo nelle cripte di San Pietro dove riposano i papi. Occorre valutare bene. Personalmente vorrei essere sepolto sotto un larice nella Val Zemola, dove sono cresciuto. Per croce, il larice. Ai condannati a morte si concede l'ultimo desiderio. Siccome siamo tutti condannati a morte, ci spetterebbe l'ultimo desiderio: sceglierci il posto. Si riposa meglio nei luoghi amati, si gode forse quella pace cercata in vita e mai trovata.

Mi accorgo che sto divagando, riprendiamo il viaggio delle quattro stagioni, lungo le vie del paese abbandonato. Ripensando alle lastre di pietra rossa che formavano il pavimento della nostra chiesa, mi sovviene un episodio. Ce n'erano due di colore diverso, quasi bianche, lunghe un paio di metri, poste al centro della navata, fissate agli angoli con sigilli di piombo. Si mormorava che fossero tombe contenenti spoglie di preti antichi che avevano retto la parrocchia lungo i secoli. Mia nonna paterna Maria Corona lo diceva spesso e, ogni volta che entrava in chiesa, pregava sistemandosi proprio in quel punto. Quando la chiesa era zeppa di gente (prima del Vajont lo era sempre), nessuno si permetteva di mettere i piedi sulle lastre diverse. Anche se non c'era spazio per i fedeli, su quelle piastre rimaneva il vuoto. Per rispetto a coloro che stavano sotto non si poteva stare sopra. Poi al parroco venne l'idea del rinnovamento. Fu preso dal vortice di modernità, un vento che spazzò via organo, cantoria, balaustra e il pavimento. Quando toccò a quelle di colore strano c'eravamo anche noi: Silvio, Carle, l'Altro Carle. Insomma tutti quelli di contrada San Rocco. Volevamo vedere cosa c'era sotto quel mitico rivestimento. Celio, che scavava, disse: «Lastre bianche, roba di lusso». Tolte le coperture apparvero dieci scheletri, cinque in una tomba, cinque nell'altra. Si potevano ancora distinguere brandelli di paramenti, pezzi di stole: tutto questo faceva pensare che ossa e teschi fossero veramente appartenuti ai preti che nei secoli ressero la parrocchia, come si raccontava in paese. Alcuni scheletri portavano una croce sullo sterno, altri un anello al dito. Furono estratti tutti e deposti sul sagrato della chiesa. Uno deve essere stato giovane, perché aveva tutti i denti a posto ed erano perfetti. Ossa e teschi vennero messi in sacchi di carta che la signora Cate, padrona dell'osteria Pilin, aveva gentilmente fornito per la bisogna. Il prete incaricò noi giovani di portare i sacchi al cimitero per ridare sepoltura a quelle ossa che da secoli dormivano sotto il pavimento della chiesa. E potevano benissimo stare ancora là, in santa pace, senza che qualcuno dovesse per forza toglierle dal sonno secolare. Intanto che il prete voltò l'occhio fregai uno di quegli anelli che tengo ancora. È d'oro, con una croce circondata da scritte in latino. Mentre portavamo le ossa al cimitero, Silvio si mise a correre. Sobbalzando, il fondo del sacco cedette e si spaccò. Per strada rotolarono ossa e teschi. Tutti ci mettemmo a ridere. Il prete non rise. Prese a calci Silvio che, rosso in faccia come le creste dei forcelli, tentava di rimettere a posto i teschi. Ma il fondo era rotto e rispediva tutto sulla strada. Alla fine il sacco venne sostituito. Silvio fu costretto a recitare l'atto di dolore per aver, secondo il prete, mancato di rispetto alle ossa. L'apparizione dei suoi colleghi usciti dalle tombe della chiesa lo aveva agitato.

Ma non erano solo quelli i defunti che riposavano nei paraggi. All'esterno, sul sagrato di fronte al portone, nei tempi antichi esisteva un cimitero di pochi metri quadri. Sotto quel fazzoletto di terra stavano sepolti, uno sopra l'altro, i morti del paese. Mia nonna diceva di vederli tutti assieme il 2 novembre. Quel giorno i defunti uscivano dalla terra e si radunavano in ombre silenziose sul sagrato. Io non vedevo niente, forse perché ero ragazzino: a quell'età non si ha ancora fede. Ma mia nonna li vedeva e, tenendomi per mano sull'ingresso del sagrato, li segnava col dito uno a uno e pronunciava i loro nomi. «Guarda quello, guarda quell'altro, quella è mia comare Angelica. Guarda Domenico fratello di tuo nonno, che magro è diventato!» E avanti, morto dopo morto. Ne riconosceva tanti, piangeva a nominarli. Sembrava li vedesse sul serio. Mia nonna non era più a posto con la testa. In ultima beveva, aveva l'arteriosclerosi, vedeva morti dappertutto. Che esiste un antico cimitero sotto il sagrato invece è vero. Dalle buche che si scavavano per gioco, spesso emergevano ossa umane. Quando alcuni operai tracciarono le fondamenta per far passare i tubi del riscaldamento, tirarono fuori teschi. Oggi il sagrato è coperto da una soletta di cemento. I morti non vengono più disturbati, sono cementati. Durante l'esumazione degli scheletri nella chiesa, mia nonna si fece dare da Celio una di quelle croci che stavano sullo sterno di alcuni di loro. Guai se avesse saputo che avevo fregato un anello! Per purificarla dalle incrostazioni, alla sera la fece bollire in un catino di acqua e sale. Disse che avrebbe portato bene alla famiglia. Con quella croce sarebbe entrata in casa la fortuna, ce n'era bisogno. Aggiunse che, in buona fede, non era peccato aver tolto quell'amuleto al suo proprietario.

Non aveva fatto i conti con l'arteriosclerosi. L'appese a un chiodo sul cantonale d'angolo, accanto alla Madonna. Dopo una settimana che aveva inchiodato la croce, attaccò a dire che sentiva passi di notte lungo le scale, e le scale di legno scricchiolavano come ossa pestate, e questi passi si fermavano davanti alla sua camera come in attesa di qualcosa. Diceva che le candele si accendevano da sole, e avevano fiamme a forma di croce. Vedeva spiriti maligni con la cresta. Dopo mezzanotte udiva qualcuno ansimare nella soffitta. Una sera mentre faceva la minestra scappò nella stalla. Tra le fiamme del focolare aveva visto la faccia di un prete che la minacciava con la croce alzata a pugnale. Ci volle del bello e del buono a farla rientrare. Di sicuro quella sera aveva bevuto più del solito. Ma era soprattutto la malattia. La vecchia, arteriosclerosi o no, prese paura. Si convinse che il prete tra le fiamme era il padrone della croce che gli aveva sottratto. Il giorno dopo corse in cimitero col piccone da cavar patate e sotterrò la croce dove erano state seppellite le ossa e i teschi dei preti balzati fuori dalla chiesa. Da quel giorno non sentì più passi lungo le scale, né ansimi nella soffitta, né vide candele che s'accendevano da sole, né facce di preti tra le fiamme. Vedeva altre robe, ancor più brutte e spaventose, e la croce del prete non c'entrava nulla.

Mia nonna morì con la corona del rosario in mano. Non la mollava un secondo. Diceva che teneva lontani quei fantasmi che ormai la perseguitavano sempre. Il giorno che se ne andò, mio padre e io eravamo a caccia di forcelli dalle parti del monte Lodina. Era il mese di maggio, un bel mese per i galli. La notte precedente avevo fatto un sogno. Dormivamo nel Casòn delle Strie. Sognai che camminavo lungo un sentiero ripido, quando accanto a me apparve una donna. Questa donna, gentilissima, mi aiutò a portare lo zaino facendolo volare a un metro da terra. Io camminavo e lo zaino mi seguiva sospeso a mezz'aria. Dietro c'era mio padre, ma a lui non gli volava lo zaino e faticava. Mentre andavo su, la donna disse che dovevo scendere in paese, per quello mi aveva alleggerito dello zaino. Mio padre e io non le davamo retta. Ci disse che aveva mandato un cuculo a pregarci di scendere ma non avevamo capito. Mi svegliai. Nel buio del Casòn, circondato dal silenzio severo e misterioso dell'alta montagna, rammentai che per due giorni un cuculo era venuto a cantare su un cespuglio a due metri dal ricovero. Con impegno l'uccello insisteva a cantare e non temeva la nostra presenza. Ci eravamo meravigliati molto.

I cuculi si tengono lontani dalla bestia uomo. Raccontai quel sogno a mio padre. Aggiunsi che poteva essere un segno, un messaggio, un qualche avvertimento. Forse sarebbe stato opportuno tornare a casa. Rispose brusco: «Non esser scemo, se badi ai sogni non vai neanche a pisciare». Allora quel giorno cacciammo i forcelli alla Galvana, ma io ricordavo la donna che ci esortava a scendere e mi faceva volare lo zaino.

Verso sera udimmo richiami venire dal bosco basso. Era Bubi, un amico cui lasciavamo sempre detto il luogo delle battute. Fosse successo qualcosa, sapeva dove trovarci. Arrivò e disse che la nonna Maria, mamma di mio padre, era morta intorno a mezzogiorno. Subito ricordai il sogno. Dissi al vecchio che se avessimo dato retta a quell'avvertimento facevamo in tempo a trovarla viva. Scendemmo insieme a Bubi. A casa venimmo a sapere che la vecchia, ultraottantenne, si era sentita male durante la notte, nell'ora che avevo fatto il sogno. Al mattino, ancora cosciente, aveva manifestato il desiderio di vedere me e mio padre. Chiese di noi fino alla fine. Quando fu morta, qualcuno incaricò Bubi di rintracciarci. «Bastava dar retta al sogno» disse mio padre sconsolato. Il magone per non aver fatto in tempo a raccogliere le ultime parole di sua madre tormenta ancora il vecchio nonostante siano passati quarant'anni. Oggi ha gli anni di lei quando morì, se ricorda quel fatto gli cade una lacrima.

A sinistra e a destra della chiesa sorgono le case della via San Rocco. L'inverno le ha chiuse nel pugno d'acciaio. Nessun camino fuma, nessuna finestra è aperta. I muri portano barbe di neve, sui vetri la brina disegna fiori. Questa porzione di via è composta da un gruppo di case, una decina in tutto, compresa la mia. I ricordi dell'infanzia stanno in quei cortili. A un passo dalla chiesa, c'è la casa di Silvio. Poco distante una casupola abbandonata. Fino a pochi anni fa ci abitava un uomo solo. Regalava a tutti un sorriso. «Non costa nulla» diceva. Era un grande giocatore di morra. Lo chiamavano "il Solitario". Quando morì, la casa venne sprangata. È vecchia, fatta di pietra e legno, dentro custodisce la sua storia. Quella casa ospitò la prima scuola di morra. Tra i muri della cucina, generazioni di giovani hanno imparato a giocare. Anche noi. Poi c'è la casa di Carle, dell'Altro Carle, di Ciano, di Meto, di Bia, di Giosa e, via via, tutte quelle degli amici con i quali ho trascorso l'infanzia. La casa del Solitario era il covo dei giocatori di morra clandestini. Quasi tutte le sere ci riunivamo da lui per sfidarci a buttar dita sul tavolo. Non si cedeva mai. S'andava avanti giorno e notte finché le assi non si macchiavano di sangue. Dalle nocche spellate spuntavano le ossa. Noi giovani volevamo a tutti i costi battere i vecchi morristi. Ma era quasi impossibile venire a capo di quei giocatori formidabili. Pinotto, Celio, il Polte, il Solitario, Bastian dei Govoi, Zeleste, ti guardavano in faccia e sapevano con quante dita uscivi come leggere un libro aperto. Si perdeva, dovevamo pagare bottiglie su bottiglie. Giocavamo anche tre giorni e tre notti di fila. Una sera il Polte imbrogliò Pino, il quale afferrò l'ascia per mozzargli le dita. C'è ancora il taglio sul tavolo. Pino sferrò il colpo, l'altro tirò via la mano, l'ascia si piantò nelle assi. Un paio di noi, a turno, facevano da mangiare. Chi perdeva comperava il vino da Pilin. Gli alimentari li portavamo da casa. Non si giocava mai a soldi, solo vino, fatta eccezione per Celio che chiedeva anche un pacchetto di tabacco.

Intorno agli anni Settanta Silvio, che aveva studiato idraulico alla scuola di Arba, presso Maniago, ebbe l'idea del secolo, di quelle che rimangono nella storia dei paesi. Impiantò una doccia nel ripostiglio interno della sua casa. Dopo laboriosi tentativi, alcuni finiti in fragorosi botti, riuscì nell'impresa. In capo a un mese la doccia era pronta. Funzionava a legna come una vecchia locomotiva ma consumava più del doppio. A ogni tornata non bastava il cassone dell'Ape pieno di tronchi per mantenere il fuoco a regime. Il bollitore, comprato per poche lire in un recupero, era una bomba innescata. Emetteva sibili preoccupanti seguiti da scoppi e brontolii sospetti che inducevano il docciaiolo a fuggire a gambe levate. Una volta scoppiò, l'Altro Carle schizzò sulla strada nudo come mamma lo aveva fatto. È stato un miracolo se siamo usciti vivi dalle grinfie di quella vaporiera. Oggi fa sorridere l'idea che una delle conquiste maggiori degli anni Settanta per noi fu la doccia con acqua calda. Ma a quei tempi nelle "ville" ertane ancora non esisteva, ci si lavava nella tinozza, sovente con un pezzo di sapone fatto in casa mischiando grasso animale e soda caustica. Silvio fu l'ideatore e il costruttore della comodità del secolo e come tale gli spettava, anzi pretendeva, vantaggio. Era sempre lui a entrare nella doccia per primo. Quando aveva finito, e ci metteva un secolo perché essendo alto e grosso ha più superficie, si degnava di darci il turno. Solo dopo di lui quelli che chiedevano ospitalità igienica potevano lavarsi. Non pareva vero disporre di quanta acqua calda si voleva, senza scaldare ogni volta il pentolone per il ricambio alla tinozza. Era diventata la casa della doccia, un lusso che pochi potevano permettersi.

All'alba del terzo millennio esaltare la casa con la doccia come una rarità può indurre a meraviglia. Ma nei primi anni Settanta si stava ancora nel Medioevo e non erano poche le latrine di legno a cielo aperto sparse sui colli. Sembra un'epoca remota, invece si tratta di appena trentacinque anni fa. A Erto, solo tre famiglie avevano il telefono. Due apparecchi pubblici stavano nelle osterie Pilin e L'Alpino di Giota. È incredibile il cambiamento avvenuto in pochi anni. Oggi tutti possiedono un cellulare, quando non ne hanno due o tre. Nelle famiglie ogni persona ha un'automobile, ma capita di vedere cinque fratelli con cinque auto diverse. Le stufe a legna si tengono più per moda che per necessità. Le case del paese nuovo sono riscaldate a gasolio, bagni e lavandini buttano acqua calda a volontà, in ogni stanza c'è un televisore con videoregistratore e marchingegni vari.

I ragazzi studiano quasi tutti nelle vicine università di Udine, Venezia, Padova. Per agevolare lo studio si sono muniti di computer, stupisce la velocità con cui hanno imparato a usarlo. Sono avvenuti più cambiamenti negli ultimi trent'anni che in duecento prima. Ed è, forse, per piazzare e gestire tutta questa tecnologia che il paese vecchio è stato abbandonato. Le case del paese vecchio, piccole, raccolte, essenziali, non potevano ospitare i nuovi oggetti. I marchingegni moderni, per essere collocati, hanno bisogno di spazio. E così gli attrezzi dell'igiene. Bagni, docce, vasche, idromassaggi, cessi, bidè, water esigono spazio. Dove vivo oggi il cesso è più grande, lussuoso e pulito che non la cucina della vecchia casa ertana. Ma in quella sono cresciuto, ho trascorso gli anni dell'infanzia, della gioventù e spero di tornarvi a morire.

Per ficcarci dentro le modernità, è stato deciso di costruire un paese nuovo, grande, sguaiato, avveniristico, cementato, assurdo, inutile. Quello vecchio, preso dalla malinconia, si sta lasciando morire. Amen.

Cammino verso il termine della contrada. Un sottile strato di ghiaccio copre la via acciottolata, c'è rischio di scivolare. L'inverno nel paese vecchio è allo stato brado, la fa da padrone, corre lungo le strade abbandonate. Un tempo gli uomini zappettavano il ghiaccio per renderlo ruvido, le donne passavano dietro a spargervi manciate di cenere in modo che la scarpa non scivolasse, il passo così diventava sicuro. L'inverno veniva controllato, domato, tenuto a bada giorno dopo giorno. Si limavano i pericoli che portava tramite interventi continui. Si spalava la neve dai tetti perché il peso non li sfondasse. Chi aveva l'acqua in casa lasciava il rubinetto aperto, veniva giù appena un filo, pareva olio, il freddo non poteva congelarla. Le patate per le semine di primavera venivano riposte sotto la scala, coperte di fieno altrimenti diventavano sassi. Allo stesso modo, finestre e porte delle stalle erano sigillate con matasse di fieno per tenere il calore all'interno. Ogni volta che si apriva e si chiudeva l'anta, il fieno doveva essere calcato di nuovo. La legna, ordinatamente affastellata sotto le tettoie o lungo le pareti esposte a solatio, occhieggiava impaurita, già rassegnata alle fauci del fuoco. Nei periodi più rigidi, la fiamma non si spegneva mai. La si teneva accesa giorno e notte altrimenti la casa diventava un antro gelato, ostile, la vita moriva come un seme buttato sul marmo.

Di fronte alla mia stalla, come a voler resistere se non all'uso quanto meno alla memoria, vi è ancora la latrina in legno di larice. Avevamo tolto un asse nella parte bassa per spiare il sedere alle donne che entravano a fare i bisogni. Ci mettevamo nel folto della siepe, sulla strada di San Rocco, in paziente attesa finché qualcuna della contrada si recava al cesso. Ce n'era due, latrine, una poco più in là in seguito smantellata per fare un pollaio. Erano a disposizione di tutti. Attraverso il buco tra le assi, abbiamo conosciuto il corpo della donna, o meglio, quella parte di corpo che più interessava. Dopo aver visto, placavamo a mano il desiderio che ci prendeva spiando quei culi favolosi. Conoscevamo le donne dal loro sedere. «Quella è la tale, quella è la talaltra.» Avevamo dodici-tredici anni, le visioni erano forti, accattivanti, efficaci. Molto tempo dopo la vita è diventata normale, tutto si è banalizzato, il desiderio placato, il mistero scomparso perché conosciuto, forse anche troppo visto. Ma, forse, è solo l'età.

Le ultime case, serrate nel gelo dell'inverno, raccontano storie dimenticate, raduni di gente nelle stalle, bestie fumanti, vacche da mungere, caldiere di latte cagliato, ricotte messe a fumicare, formaggio e burro appena fatti. Era la via con la maggior concentrazione di bestiame dell'intero paese. In pochi metri quadrati decine di stalle, mucche e capre e, in un angolo, l'immancabile maiale da ingrasso. Una di quelle stalle andò a fuoco alcuni anni fa, sono rimasti solo i muri anneriti. Le altre crollano una per volta. I tetti hanno dato accesso all'acqua delle piogge, alle nevi pesanti del disgelo, ai venti di tramontana che hanno divelto le finestre rimaste a penzolare, come bandiere di legno dai lugubri scricchiolii. Quando il vento si butta a capofitto dai monti e le fa dondolare sembrano braccia senza tendini. In quella desolazione, in quel silenzio abbandonato, la tristezza stringe il cuore al passante. La contrada pullulava di gente prima che il Vajont spazzasse tutto con una manata come si spazzano le briciole dal tavolo. All'improvviso un balcone stride, un volto appare. È un vecchio con la barba grigia lunga fino alla cintola, gli occhi cisposi persi lontano, sul cranio un berretto di lana per combattere il freddo. Fuma e osserva la valle senza muoversi. A guardarlo bene pare che gli occhi acquosi non vedano nulla, solo il vuoto che lo circonda. Fissa tutto come se fosse cieco. Accanto a lui, sul davanzale, una bottiglia. Il vecchio l'afferra e tira un sorso senza guardare quanta roba c'è dentro. Lo saprà quando non ne uscirà più. Ogni tanto sputa di sotto, verso la strada San Rocco. Sembra che sputi addosso al mondo intero, come se la vita, la società, gli amici, le donne, lo avessero nauseato. Spesso guarda il cielo e bestemmia. Ha ottantatré anni.

Quel vecchio è mio padre, l'unico rimasto nella contrada San Rocco abbandonata da Dio e dagli uomini. Sua moglie, mia madre, rimane chiusa in cucina, giorno e notte, due metri per due di spazio pieni di fantasmi e ragnatele. Vede personaggi ai quali parla, a volte con dolcezza e timidi sorrisi. Forse dialoga con la sua gioventù, forse rivede se stessa ragazza, quando era bella con i capelli scuri, i denti candidi e perfetti. Ha ottantun anni. Beve. Solo bianco. Vede persone nella cucina con le quali parla. Quando la sua voce si addolcisce penso si rivolga a lontani amori, tornati a cercarla nella sua testa solitaria. Ha i capelli completamente candidi, tagliati corti, ribelli, spinosi, indomabili come è stata la sua esistenza. Sognavo di recuperare mia mamma, prima o dopo. Avrei voluto dia logare almeno una volta, dopo un tempo infinito di separazione. Prima che fosse troppo tardi volevo parlarle. La vita ci ha divisi. Astio, vendette, orgoglio e ignoranza non hanno permesso di riavvicinarci. Ci son voluti anni prima di decidermi a fare il passo. Sono stati troppi. Ora che mi sono deciso è tardi. Lei non c'è più con la testa. Mi chiama Sebastiano, Carlo, mi insulta, dice che sono un ladro, un foresto. Così l'ho persa due volte. È la punizione che il Signore riserva agli sciocchi orgogliosi: arrivare troppo tardi. Le cose bisogna farle per tempo, quando è ora, altrimenti non tornano più.

Mio padre alla finestra guarda le montagne. Cerco di evitarlo, perché non mi veda scantono dal pollaio. Ma non riesco a schivare il suo istinto di bracconiere. «Chi sei?» grida. «Io!» rispondo uscendo all'aperto. «Che sei venuto a fare, a spiare un vecchio?» «Passavo per caso.» «Tu non vai da nessuna parte per caso. Cosa vuoi?» «Niente, sono venuto a vedere i posti senza gente.» «Io ci sono ancora» risponde il vecchio, «per me basto e avanzo.» «C'è anche mia mamma» dico. «Lei vive in cucina, vede gente che non c'è, parla con loro, l'é deventada mata.» Mi porto sotto la finestra attento a non scivolare sui ciottoli di vetro. Il vecchio sporge la faccia, mi guarda le mani, s'accorge che son vuote. Chiede: «Non hai portato una bottiglia?». «No, ma vedo che ce l'hai.» «È quasi finita» risponde. «Non ti devi presentare senza bottiglia, quante volte te l'ho detto?» «Torno su, ne prendo una, ma prima finisco il giro.» «Va bene, ti aspetto.» Si ritira dalla finestra e scompare come ombra nel gelo.

Avanzo ancora un poco, fino alle ultime case, guardo stalle deserte. Sbircio dalle finestre senza imposte, occhiaie vuote che danno sul tempo perduto. C'è il letame rappreso di quarantatré anni fa, quando fummo costretti a fuggire la notte maledetta. Profuma ancora un poco, come a voler perpetuare se non la vita, almeno la memoria. Le mangiatoie sono vuote, i muri hanno messo barbe di nebbia congelata. Le vasche di pietra scavata per abbeverare sono vuote, tutto comunica tristezza. Fa freddo e allora immagino quella via d'estate tanti anni prima. La vita brulicava vivace, serena. Si campava di pastorizia, agricoltura. Lungo la stradina acciottolata c'era un viavai continuo di uomini che portavano fasci di fieno sulle spalle, donne che scortavano capre e vacche a sgranchirsi le gambe. I bambini giocavano attorno alla chiesa. Gli orti pieni di verzura mandavano un profumo intenso che si mescolava a quello del fieno e del letame. I letamai erano davanti le case, a pochi metri, ma nessuno si lamentava per l'odore. Era un odore buono, effluvio di vita. In autunno, verso novembre, via con le gerle, bambini e adulti, a portare quel letame nei campi, nei prati, negli orti per concimare la terra, per far nascere i fiori e le erbe buone. Ci pensava la neve a calcarlo bene, a frollarlo, a scioglierlo. Infine, il disgelo di primavera lo avrebbe infilato nella terra tornata tenera e ricettiva.

Verso sera, prima che l'ala di corvo della notte venisse a stendere la sua ombra sul villaggio cotto dal sole, tutto il brulichio si fermava, la gente concedeva alle membra il meritato riposo. Le sere erano troppo belle per cenare in casa, sulle panche delle cucine affumicate, dove il fuoco del camino ardeva anche d'estate a mezzodì. Allora si vedeva gente uscire col piatto di minestra in mano, o con polenta e fagioli o altro ancora, e sedersi sulle soglie, sui bassi muri della via San Rocco, sui ciocchi da spaccare legna e mangiare, raccontare novità, accadimenti, storie. Fino all'arrivo del buio. I più anziani accendevano pipe di ogni foggia, altri arrotolavano sigarette di un tabacco tutto stecchi chiamato "di seconda". Tiravano avanti, tranquilli chiacchieroni nell'ombra della sera, finché gli sbadigli, come lamenti nell'aria mite, invitavano all'atteso sonno. Uno alla volta, chi prima chi dopo, s'alzavano, rientravano e prendevano direttamente le scale del primo piano per intanarsi nelle camere da letto, cullati dal canto dei grilli e dall'aria fresca della notte. Era vita semplice, essenziale, scandita da preghiera e lavoro. Giornate piene sui prati, nei campi, nei boschi. Alla fine, quando il sole lambiva le rocce del Borgà pallide come il teschio di un bue corroso dalla calce, suonava la tromba segreta che faceva riunire tutti nella contrada San Rocco.

Di notte, sugli alberi attorno, cantavano gufi, civette e barbagianni. Qualche stanza s'illuminava, una candela s'accendeva per scacciare la morte che, secondo la superstizione, quelle bestiacce portavano nel canto.

Avanzo ancora un poco, fino all'ultima stalla. La via finisce. Oltre, vi sono prati a pendenza verticale induriti dal gelo, qualche campo pietrificato; una coperta di neve ormai solida ricopre tutto. Più in là, nemmeno duecento metri, c'è la dimora finale, il piccolo cimitero dove riposano in pace tutti gli ertani, sepolti con i loro dolori e le loro fatiche, le loro speranze. L'ultima stalla, un po' fuori mano, mi riporta alla memoria una donna. Sbircio dalla finestra. Ragnatele piene di polvere penzolano come reti da pesca. Una falce, un rastrello, un secchio da mungitura, testimoni del passato agricolo, stanno in un angolo. Quella donna era contadina, ma non avrebbe sfigurato nei film di Fellini. Bella, capelli scuri, raccolti dietro alla nuca in una crocchia tenuta da spilloni. Un sedere da far girar la testa, fianchi come una manza. Da giugno a settembre mandava le vacche in malga, tranne una che teneva per il latte. D'estate mungeva con la porta della stalla aperta. Mungeva indossando la gonna. Per tenere stretto il secchio tra le cosce, se la tirava su fino alla pancia. Seduta sul seggiolino, mostrava quelle gambe splendide fino al bordo delle mutande bianche come il latte nel secchio. Non vi era giorno che Silvio, l'Altro Carle e io non si passasse davanti alla porta all'ora della mungitura. Guardavamo estasiati quelle cosce bianche, forti e terribili, così invitanti e così irraggiungibili agli occhi di tredicenni. Dopo aver guardato, come a segnale convenuto, con una scusa o con l'altra ci separavamo, ognuno in cerca del cespuglio, del fienile, o altro luogo dove liberarci a mano dalla voglia che ci prendeva a vedere quelle gambe. Dopo il Vajont quella donna vendette le mucche e se ne andò in una città del Nord, la pacchia per noi finì. Forse non lo sapeva, ma fu la causa di centinaia di nostre manovre manuali, una per ogni mungitura.

Molti anni dopo, credo più di trenta, ebbi modo di conversare con lei. Ormai aveva passato i sessanta. Parlammo di tante cose. Con un bicchiere in mano si diventa loquaci, spesso si va oltre il dovuto. Le raccontai delle nostre voglie adolescenziali, quando ci mostrava le gambe fino alle mutande. E, infine, le dissi di come placavamo le voglie che ci scatenavano le sue cosce. Le dissi che più volte Carle, Silvio e io avevamo pensato di saltarle addosso, immobilizzarla e fare quello che era da fare. Credo che, se avessimo avuto qualche anno in più anziché tredici, l'avremmo violentata di brutto là, sul posto, senza la minima esitazione. A sentire questa storia, l'amica arrossì come una bambina, e allora mi parve bella come ai tempi della mungitura. Riuscì a dire soltanto: «Va' là, va' là, hai voglia di scherza re, eravate bambini».

La via ora finisce, non resta che percorrere ancora trecento metri, fino all'ultima casa, quella del Signore, l'antica chiesa di San Rocco. Il freddo punge, il vento lancia spilli di vetro sul viso. Avanzo lungo la stradina. Sulla destra, dove un tempo scivolavano ripidi i prati del Baèrt, rasati e senza un sasso che danneggiasse la falce, cresce una selva informe e disordinata come gente che grida. Il bosco è tornato a prendersi il terreno. La boscaglia viene su a mangiarsi i prati quando questi sono abbandonati dall'uomo. Gli alberi dicono: «Torniamo là, dove eravamo prima, quegli stolti non hanno più bisogno del prato». I campi, i prati, gli orti che circondavano il paese erano stati strappati al bosco con fatiche disumane. Ogni albero, ogni groviglio, ogni ceppo, ogni radice erano stati estirpati in profondo a colpi di piccone. Sulla terra ripulita si spargeva uno strato di fiorìn, un pulviscolo sottile di fieno e segatura. Il fiorìn veniva sepolto sotto uno strato di letame e l'anno dopo il prato era pronto. Il fiorìn germogliava, faceva erba. All'inizio corta e rada, poi sempre più alta e fitta come la chioma di un bosco. Ho avuto la fortuna di creare un praticello sulle rive del Vajont sotto la guida di mio nonno Felice. Ero bambino. Subito dopo, venne l'acqua della diga e lo sommerse. Mi dispiacque, l'avevo fatto io, con le mie mani, portando fiorìn e letame nella gerla.

Se si voleva ottenere un campo o un orto, una volta tolte le piante, le radici e tutti i grovigli, bastava mettere letame e vangare. Il primo anno venivano patate grosse e abbondanti, poi sempre più rade e piccole perché la terra si indeboliva come una bambina malata. Allora si cambiava campo, se ne creava uno nuovo in modo che la terra del primo riprendesse forza. Affinché questo accadesse, le si dava il letame migliore, quello più grasso. Le si dava ogni genere di leccornia, qualche ricostituente, e quella bambina in convalescenza tornava energica come prima. Campi, prati, orti, boschi e animali erano la vita, occorreva amarli, curarli e rispettarli. Prima doveva mangiare la vacca, dopo il padrone.

Avanzo verso la chiesa. La boscaglia informe e disordinata, ricresciuta in luogo dei prati, allunga braccia di rami spogli e ossuti fino alla strada. Quei rami sembrano gridare, minacciare. Anch'io, come tutti, ho una parte di colpa nello sfacelo del paese. Quelle braccia stecchite dall'inverno, contorte in un cielo di cenere, i pugni chiusi pronti a calare sulla testa, prendono voce, gridano: «Cosa fate, disgraziati? Svegliatevi! Non vedete che il paese sta cadendo a pezzi? Vigliacchi! State bene nelle case nuove, riscaldamenti, bidè, water. Non avete più memoria. Dove siete vissuti? Da dove siete partiti? Avete scordato le fatiche dei vecchi per lasciarvi una casa, un tetto sulla testa. Non fate un passo, non muovete un dito per salvare il paese, fate finta di non vedere, di non ricordare. Buoni a nulla. Parlate di Vajont, della tragedia del Vajont! Il paese abbandonato cade a pezzi un po' alla volta, casa dopo casa. Questo è il Vajont!».

Proseguo. Dopo la predica nei pressi del mio orto abbandonato il groviglio di boscaglia incolta e urlante si calma improvvisamente, come se si fosse pentito della sfuriata. Conosco migliaia di alberi tornati a riprendere possesso del terreno. Due sono scampati al Vajont: il grande faggio e il frassino. Il faggio dominava la valle come il faro guarda il mare. Immenso, solenne, parte dal bordo della strada San Rocco e svetta verso il cielo. A metà si biforca, la sua punta s'alza parecchi metri sopra le case. Erano pochi i ragazzi che riuscivano a scalarlo fino in cima. Oggi è ancora là, con i suoi duecento anni, ma non guarda più la valle come un tempo. La vegetazione lo ha circondato, alberi nuovi gli sono cresciuti attorno, per assediarlo, stuzzicarlo, come a volergli togliere quel potere che ha esercitato per due secoli. Lui non se la prende, ne ha viste tante, è vecchio, stanco, non ha più voglia di polemiche. I suoi rami spogli, alcuni grossi quanto un albero normale, spintonano nuvole di piombo, lanciano maledizioni agitandosi come braccia nere. La punta graffia la porcellana del cielo, vorrebbe bucarlo per far scendere un po' di colore su quella terra desolata. Non ce la fa, il cielo di maiolica inizia a mandar neve. Quando vivevo da solo, in via Balbi nella Erto vecchia, la prima cosa che vedevo al risveglio era il vecchio faggio. La finestra stava di fronte all'albero, era buona cosa per me iniziare la giornata con quella visione. Mi metteva di buonumore. Ho un po' di nostalgia per quella finestra.

Cinquanta metri più avanti, verso la chiesa, poco sotto la scarpata, viene su tranquillo, sinuoso con fianchi da donna, l'antico frassino che noi chiamavamo "il Vèch". È un albero misterioso, riservato, come tutti i frassini. Ai suoi tempi, prima che il Vajont scombinasse tutto, anche lui dominava il pendio ma con meno autorità, meno spudoratezza del faggio. I frassini sono discreti, miti, non esagerano mai, sono timidi, non appaiono. Anche lui come il faggio è circondato da erbacce e alberi nuovi, cresciuti allo stato brado, arruffoni e invadenti ma simpatici. Invidiano la bellezza femminea del frassino. Ci vorrebbe la mano dell'uomo a curare un poco quella selva disordinata, educarla, tirarla su nei principi del rispetto, potandola e ordinandola di grado in grado. Anche gli alberi vanno educati, altrimenti fanno un po' quello che vogliono, esagerano, s'allargano, diventano invadenti, occupano spazi non loro, entrano nelle abitazioni.

Questa regola vale soltanto vicino ai paesi, al limitare delle case, sul bordo dei sentieri. Quando invece si tratta dei grandi boschi aperti, che crescono fin sotto le pareti dei monti, allora si può chiudere un occhio, ma anche per quelli un po' di cura ci vuole da parte dell'uomo. Senza controllo crescono male, diventano troppo fitti, i giovani alberi vengono soffocati da quelli più grandi. È un po' come nella società: ci vogliono delle regole, altrimenti il più forte prevarica sul debole.

Stretto nella morsa dell'inverno silenzioso, sul margine di neve della strada, l'antico frassino lascia trapelare la perfezione del corpo, la dolcezza del carattere. Al contrario del vicino faggio, che impreca contro il cielo con gesti scomposti, il frassino spande i rami in cerchio con modestia, senza arroganza. Hanno la perfezione di una tela di ragno. Adesso che la selva ribelle è spoglia e trasparente, si può notare la sinuosità del frassino rispetto agli altri alberi. Non vi è un angolo acuto, un ramo che rompa l'equilibrio, vada per conto suo, una protuberanza fuori luogo che infastidisca l'occhio. Tutto è perfetto in lui. I rami, anziché aggredirlo ricamano il cielo, il corpo non si oppone, si lascia toccare. Equilibrio e armonia si tengono per mano in quell'albero umile e intelligente. Al contrario del faggio, il frassino si lasciava scalare con facilità dai bambini. Concedeva il piacere della cima, non voleva vantare primato d'inaccessibilità. È valore dei buoni non sottrarre ma concedere.

Dal frassino in avanti, la strada fa una curva e ritorna alla chiesa di San Rocco. Lungo quel tratto di via che rasenta il cimitero, da bambini costruivamo le capanne. Erano una quindicina, un piccolo villaggio. Non di rado, d'estate, si passava la notte in quelle primitive abitazioni di frasche e rami di nocciolo. In una di quelle capanne assistetti a un fatto. Alla nostra compagnia di dodicenni, sovente s'aggregavano alcuni giovani sui diciotto. In special modo due. Costoro si facevano masturbare da noi ragazzini, e noi lo facevamo con semplicità, come se fosse un gioco innocente, una cosa normale. Se ti rifiutavi, erano sberle e calci in culo a non finire, e guai far parola con nessuno. Quel giorno era di luglio. Uno di questi diciottenni si mise a scherzare con una ragazza che ne aveva sedici. Erano nella capanna e io stavo con loro. All'inizio il giovane le si buttò sopra e lei rideva, pensava a uno scherzo. Era convinta che finisse tutto lì, con quelle mosse di lui che mimavano il coito. Ma a un certo punto prese a fare sul serio. La ragazza ammutolì. Tentò di sottrarsi, poi si spaventò e non reagì più. Non gridò nemmeno, emise soltanto un piagnucolio indistinto. Alla fine si rassegnò. Mi spaventai e scappai all'aperto. Dopo un po' uscì lui, e dopo ancora un po', lei. Pareva non fosse successo niente, ma la ragazza aveva il viso di fuoco. «Guai se parli» mi disse il giovanotto puntandomi il temperino sotto il mento. Né io né lei abbiamo aperto bocca. Sono passati quarantaquattro anni, solo oggi racconto quella brutta storia. In seguito al Vajont lui emigrò, morì trent'anni dopo. Lei vive all'estero. Molto tempo dopo lo incontrai. Ogni tanto tornava al paese. Dialogando riesumai di proposito quel lontano episodio. «Ti ricordi quando...» Guardava in giro, come se gli stessi parlando di un fatto di nessuna importanza. Poi rispose: «Non era neanche vergine».

Il viaggio prosegue. Ancora pochi passi e mi trovo davanti alla chiesa di San Rocco. La nostra amata chiesa, forse più amata di quella grande, sta piantata nell'erba, sola e abbandonata, circondata dal bosco selvatico, in questo periodo spoglio e trasparente. Dopo la tragedia del Vajont, il bosco è tornato a prendersi gli spazi liberi, i prati, la strada e tutto quanto un tempo era pulito e falciato. Anni fa venne imbiancata a nuovo, fu un peccato. Le facciate esterne erano tempestate di ex voto: nomi, richieste di aiuto, ringraziamenti, suppliche, bestemmie di gente disperata, il tutto inciso sulle malte con punte di chiodo, di coltello, con un pezzo di coppo. Quelle facciate erano un romanzo, pagine ferme nel tempo, accessibili a chiunque come le incisioni a temperino sulle porte delle baite. Ogni tanto mi recavo in San Rocco a leggere qualche pagina del libro. Alcune frasi facevano sorridere, altre mettevano tristezza, altre malinconia. Vi erano dichiarazioni d'amore eterno, con nome e cognome degli amanti. Sapevo che alcune di quelle sfortunate anime erano scomparse nel Vajont e mi veniva da pensarle felici, mentre affidavano al muro della chiesa la dichiarazione d'amore. Altri nomi si giuravano amore eterno dentro un cuore trafitto, inciso sull'intonaco. Nella realtà si erano dati soltanto botte e insulti giornalieri fino alla separazione volontaria o, nel peggiore dei casi, finché morte non li aveva separati. Alcuni ringraziavano Dio per aver ottenuto un aiuto che aveva odore di miracolo. Altri lo maledivano perché, pur avendo chiesto con umiltà, non avevano ottenuto niente. Spesso vi erano incise solo le iniziali di un nome e mi divertivo a cercar d'indovinare chi si celava sotto i graffi sulla malta. Ricordo delle frasi, in particolare, che erano quasi bestemmie. Una diceva: "Dove sei Dio? Dove ti sei nascosto?" e sotto la firma: Jan. Un'altra era questa: "San Rocco ha solo una piaga, io mille", Vittorin. Devo dire che incontravo poche parole offensive, la maggior parte erano autentici atti di fede e amore verso Dio. Ma alcune frasi muovevano delle severe critiche al Creatore.

Quando, molti anni dopo, lessi il libro di Zvi Kolitz *Yossl Rakover si rivolge a Dio*, un capolavoro di nemmeno trenta pagine edito da Adelphi, ricordai parecchie frasi incise sui muri della mia chiesetta. Alcune sembravano tirate fuori di sana pianta dalle pagine di Kolitz. Al culmine della disperazione, gli uomini si rivolgono a Dio usando lo stesso metodo: una rispettosa ribellione, uno scatto d'orgoglio, come a volergli dire che non ne possono più, che non hanno più la forza di resistere.

Un tempo, lungo la strada della chiesa, troneggiavano una quindicina di faggi secolari chiamati i faggi di San Rocco. Erano alberi colossali, patriarchi di oltre duecento anni. Un giorno li tagliarono tutti. Fu, appena dopo la guerra, un inverno di gran neve e freddo da castigo. Gli uomini della contrada posero mano ad asce e segoni. Forse avevano bisogno di legna, chissà. I patriarchi caddero uno alla volta come obelischi abbattuti dal terremoto. Della mia infanzia ricordo ancora gli enormi ceppi gialli come favi di miele, circondati da insetti che ronzavano. I ciocchi si stavano decomponendo, nel loro interno traforato andavano a nascondersi i cervi volanti. Nelle sere d'estate, come anime vaganti, gli splendidi coleotteri s'alzavano in volo e venivano verso il paese. Si muovevano con eleganza nell'aria viola del tramonto: parevano stormi di aerei in formazione. Catturavamo i maschi per tenerli qualche giorno in un vasetto. Chi riusciva ad avere l'esemplare con le corna più grandi era campione. Dopo la sfida li lasciavamo liberi e il gioco alla cattura riprendeva. Verso l'autunno sparivano improvvisamente. Forse s'intanavano al calduccio nelle viscere dei ceppi di San Rocco. Non si vedevano più fino alla primavera successiva. Mia nonna Maria sosteneva che erano spiriti maligni venuti a tentare la gente. «Quando volano verso il paese, in qualche casa succede baruffa» diceva. Era convinta di questo e cercava di colpirli in volo, con la scopa. I cervi volanti, amici delle sere d'estate, misteriosi, affascinanti, discreti. Non ne ho più visto uno, si sono estinti, come i ceppi di San Rocco, scomparsi, sbriciolati dal tempo, bevuti dalla terra.

Guardo dentro alla chiesa attraverso la finestra di sinistra. Vuota. Sotto lo stipite s'apre una fessura nel marmo. Serviva per raccogliere le offerte, monetine che i fedeli facevano scivolare dentro. Con un fil di ferro sagomato apposta, l'Altro Carle, Silvio e io riuscivamo a cavarle una per volta fino all'ultima. Uno lavorava di fil di ferro, due montavano la guardia che non arrivasse qualcuno. Si divideva equamente. Finché un giorno don Luigi ci beccò. La cuccagna era andata avanti per molto tempo, ma quel pomeriggio d'estate finì. Il prete sospettava di noi. Ogni tanto, passando sotto la strada per non essere visto, si metteva in appostamento dietro la siepe della Madonna. Era chiamata così perché tra i rami di un carpino nero avevano inchiodato una Madonna di legno. Don Luigi non fece scandalo nei confronti dei ladruncoli. Avrebbe potuto darci in pasto al pubblico, portarci in predica, svergognarci di fronte all'intero paese. Non lo fece. Era uno che capiva. Prima ancora di essere prete era uomo, comprendeva i ragazzi, gli errori dei ragazzi. Ce la cavammo con un paio di ceffoni a testa e altrettanti calci nel sedere. Disse che ci aspettava per la confessione. Infine ci ordinò di dare una mano alle donne a pulire la chiesa grande per tutto l'anno. Ripensandoci, non era andata male. Se mio padre fosse venuto a conoscenza del fatto mi avrebbe ammazzato di botte. Lo stesso per i complici. Le famiglie tolleravano tante cose, tranne il furto e fare la spia.

Sbircio attraverso la finestra, lo sguardo mi cade sull'altare. Quando l'occhio entra in una chiesa punta sempre l'altare. Tutto ciò che sta ai lati sembra non esistere. Si dirige l'attenzione al sito dove c'è Lui. È gesto di rispetto, un timore che non permette di guardare da un'altra parte. La precedenza va all'altare, dopo viene tutto il resto. L'altare di San Rocco mi fa pena. Di lui è rimasto poco, soltanto il telaio in legno scolpito. Statue, santi, angeli, la Madonna, cornici a fiori, le nuvole, non ci sono più. Una notte i ladri portarono via tutto quello che c'era di amovibile. Lasciarono il telaio, troppo pesante da spostare. Erano splendide statue in legno scolpite in Val Gardena trecento anni prima. Anche le nuvole erano di legno. A fissarle per qualche attimo pareva si muovessero nel cielo tanto erano leggere. Dopo la scoperta del furto, una vecchia che adesso è morta si recò davanti alla chiesa. S'inginocchiò e lanciò una maledizione da far accapponare la pelle. Augurò ai profanatori di morire entro due anni. Ma dovevano essere anni di dolori atroci, causati da mali incurabili. Le chiesi perché due anni e non tre, o uno solo. Rispose: «Uno è poco, tre troppi, il giusto è due. Coi dolori che ho pensato ne hanno abbastanza». Chissà se la maledizione della vecchia è andata a segno. Non mi dispiacerebbe. Certa gente si merita questo e altro e non è degna di ricevere pietà. San Rocco era troppo ingombrante per rubarlo. Lo lasciarono in pace al suo posto. Si trova ancora là, il fedele cane vicino al ginocchio con la piaga. È una scultura in legno dipinto, proveniente da Ortisei in Val Gardena. Splendida, come lo erano quelle rubate.

Il viaggio nella via San Rocco in veste invernale finisce davanti alla porta della chiesa. Torno indietro a mani in tasca. Sbircio all'interno della casa dove ho trascorso infanzia, adolescenza, gioventù. Mio padre abita al primo piano, quello basso è stato abbandonato, troppo freddo per due vecchi. Il focolare è spento. Sulle pareti, gli attrezzi dell'antica vita stanno appesi silenziosi, rassegnati. Falci, rastrelli, asce, segoni, zappini, roncole, corde, gerle sono coperti dalla polvere degli anni, "la tintarella di secoli", come dice Brodskij. Stanno a testimoniare un passato di fatiche, semplicità, in compagnia della natura, boschi, prati, montagne. Chi li userà più quegli utensili? Nessuno. L'epoca è passata. Anche se si tornasse a lavorare boschi, prati, campi (e si tornerà), gli attrezzi sarebbero diversi, certamente non quelli. Quelli rimarranno là, appesi al muro, silenziosi, coperti di polvere e tristezza. Finché qualche pronipote non li butterà in una discarica per ottenere spazio da ristrutturare la casa o piazzare un mobile. Sul caminetto c'è ancora una bottiglia di acqua sigillata da un tappo coperto di ceralacca. Sta lì dal 1948. Contiene ciò che resta di Neve Corona Menin, una ragazza di ventinove anni in odor di santità. Per una misteriosa malattia morì all'improvviso. Non poterono seppellirla perché il suo corpo si sciolse in poche ore come se fosse stato di ghiaccio. Di lei restò soltanto una macchia d'acqua sul pavimento. Una parte uscì da sotto la porta e andò a bagnare il cortile polveroso. Maria Corona Menin, sua madre, quando vide la figlia che se ne andava da sotto la porta come acqua limpida, afferrò una bottiglia e ne raccolse un po'. La riempì fino all'orlo, la sigillò con un tappo di sughero e ceralacca e la posò sulla mensola del camino dove si trova tuttora. È un'acqua che non si muove, come fosse ghiacciata. Pare aspetti qualcosa, o qualcuno. Guarda la casa vuota, silenziosa. Nessuno più vi abita, tranne i fantasmi del passato. Quel litro d'acqua, tutto ciò che resta di Neve Corona Menin, sta lì a vegliare la casa, ad ascoltare quei fantasmi che di notte circolano tra i muri, nelle assi scricchiolanti, nelle madie tarlate piene di memorie e di anime morte.

Dopo aver contemplato la bottiglia, rivolgo lo sguardo al focolare spento. Ha scaldato generazioni, ora nessuno più accende il fuoco, vi butta sopra un po' di legna secca per sentirla crepitare. Per secoli ha fatto il suo dovere. Negli inverni senza fine dell'alta montagna, ha scaldato tutti. Bambini si sono accovacciati attorno a quelle quattro pietre squadrate da chissà quale ignoto scalpellino del tempo. I vecchi pisolavano sulle panche che lo circondavano dopo giornate di fatica. Attorno al larìn si svolgeva la vita. Gli uomini intagliavano oggetti in legno da vendere d'estate nelle città. Le fiamme dei ceppi di carpino davano allegria, calore e luce sufficienti alla casa laboratorio. Ogni cucina aveva il larìn, sul quale ardeva fuoco tutto l'anno. A mezzogiorno polenta, la sera minestra. Il mattino latte con la polenta avanzata il giorno prima. I cibi si cuocevano sul larìn, in pentoloni di rame appesi alla catena sopra le fiamme. Una volta cotti a puntino, tutti attorno alla grande tavola di larice a mangiare. Si lappavano i piatti come i cani, non serviva nemmeno lavarli. La fame non mancava, né ai ragazzi né agli adulti. Oggi arrivano i turisti a vedere il Vajont, il vecchio paese. Soprattutto la domenica. Spesso mi sento chiedere: «Scusi, dov'è che si mangia bene?». Rispondo come rispondeva mio nonno: «Rimanga tre giorni a digiuno, dopo mangerà bene in qualsiasi posto». Al di là delle battute, ricordo di aver sempre avuto fame da ragazzo. Quello che mangiavo non era mai sufficiente a saziarmi del tutto. Quante migliaia di polente ha cucinato il vecchio focolare di casa! Ora è freddo e muto.

D'inverno il bagliore delle fiamme riverberava sulla neve. Le finestre diventavano occhi di barbagianni, rosse, baluginanti, inquiete. Anche d'estate, luglio, agosto, i ciocchi di carpino ardevano per cuocere il cibo. Ma era d'inverno che la magia si sprigionava dalle lingue di fuoco. Quando nevicava si stava tutti dentro, accanto al focolare. Vecchi, adulti, bambini circondavano il larìn come pulcini attorno alla chioccia. Si godeva fino a ore tarde quel calore amico che vinceva l'inverno. Erano i momenti in cui gli uomini scolpivano gli oggetti. Lavoravano dal mattino fino a notte fonda. I ragazzi dovevano imparare. All'inizio le mansioni erano semplici: levigare i manufatti, segare pezzi di legno, girare la mola per affilare utensili. Ma un po' alla volta si imparava a intagliare anche noi. Ciotole, scodelle, cucchiai, forchette, mestoli, taglieri uscivano dalle nostre mani. I tornitori facevano categoria a parte. Erano ben visti. Non tutti sapevano tornire il legno, invece tutti sapevano scolpire, era più facile.

I tornitori producevano arcolai, fusi, sedie, pestatali e uova di carpino per rattoppare le calze.

Nelle sere d'inverno nell'intera via San Rocco ardeva una grande luce rossastra che colava dalle finestre sulla neve. Era il riverbero dei caminetti che divoravano quintali di carpino. La neve diventava rossa come insanguinata. Tracce profonde saltavano qua e là, di porta in porta. Tutti si scambiavano visite, tra una famiglia e l'altra c'era amicizia. Una sera d'inverno, nella mia casa, accanto al camino che ardeva, vidi una scena che ancora mi porto dentro. L'ho pure usata in un romanzo. Avevo dieci anni. Ero andato a zonzo per sentieri, con la slitta. Nevicava come solo può nevicare nei giorni vicini al Natale. Neve fitta, leggera, che portava allegria. Verso le cinque tornài a casa. Spinsi la porta ma la trovai sprangata. Guardai attraverso le finestre. Non vedevo nulla, tende di panno scuro occultavano l'interno. Si intuiva il riverbero del fuoco, e quello di due lampadine il cui chiarore forava le tende come occhi di gufo. "Roba strana tutto quel chiuso" pensai, "non era mai successo." Nella finestra verso la chiesa la tenda non era stata tirata bene, in basso s'apriva un pertugio, un angolino di vetro come metà francobollo lasciava filtrare luce. Da quello sbirciai all'interno. Ciò che vidi mi spaventò. Due uomini stavano in piedi accanto al fuoco. Sul tavolo di larice c'era una donna sdraiata, la testa poggiata a un secchio messo di traverso, le gonne tirate su fino alla pancia. Le gambe, allargate una per parte, superavano i bordi del tavolo. Inginocchiata davanti a lei, una vecchia le rovistava dentro la vagina con un ferro da maglia. Riconobbi i due uomini e anche la vecchia, non la donna con la testa sul secchio. Mi spaventai ma continuai a guardare. Quelle cosce aperte, grosse e bianche come quarti di maiale, intimorivano e allo stesso tempo eccitavano. Altro non vedevo perché davanti c'era la vecchia. Il ferro da maglia che teneva in mano lo vedevo bene. A un certo punto la donna sdraiata tirò su la testa per controllare il lavoro della vecchia. Allora riconobbi anche lei. Mi sembrò che avesse guardato verso il triangolo di vetro da dove spiavo. Credetti m'avesse riconosciuto, scappai via a gambe levate. Mi rifugiai pochi metri più in là, dalla nonna di Carle. Non aprii bocca con nessuno, nemmeno con Carle. Ancora non lo sapevo, ma avevo assistito a uno di quegli aborti clandestini praticati da megere senza scrupoli, alle quali ragazze terrorizzate dalla gravidanza si rivolgevano per risolvere il problema. Alcune erano costrette per evitare botte, emarginazione e soprusi. Non ultimo quello di essere bollata come donna da non maritare. La scena mi colpì parecchio. Per anni mi sono visto davanti quelle enormi cosce bianche. Tale ricordo mi scatenava voglia di donna, che placavo a mano dietro qualche cespuglio, nel fienile o nella stalla.

Il giorno dopo era vigilia di Natale. Mia nonna disse che avevano portato all'ospedale una donna. Appena pronunciò il nome, riconobbi quella che la sera prima si faceva rovistare dentro il sesso con un ferro da maglia dalla vecchia. Non aprii bocca, nemmeno con mia nonna. Ero sicuro di aver visto qualcosa di storto. Temevo mi sgridasse per aver spiato e temevo anche i due uomini. Incuriosito le chiesi: «Cos'ha questa donna che l'hanno portata in ospedale?». La vecchia rispose: «La polmonite. Ha preso la polmonite, ma tu cosa t'intrighi? Fila via, va' a giocare!». Quaranta anni dopo chiesi spiegazioni a uno dei due uomini che assistettero l'aborto. Restò allibito. Non sapeva che avevo visto, non credeva che fossi rimasto zitto. Nonostante le mie assicurazioni, ancora non si convinceva che avessi assistito alla scena. Allora gli raccontai certi particolari. Si convinse. Soprattutto quando feci i nomi dei protagonisti, vecchia compresa. La ragazza aveva rischiato la morte per emorragia. I medici la avevano salvata a pelo. Mi premeva un ultimo dettaglio. Chiesi: «Perché proprio a casa mia?». «Tuo padre» disse «aveva prestato la cucina a uso clinica. Era l'unico che mi fidavo.» Uno dei due assistenti di quella lontana sera era mio padre. Il primo è andato nel regno dei morti, il vecchio vive ancora ma è come fosse morto da tempo. Vino e demenza senile lo hanno rimbambito, è assente, dubito ricordi ancora quel fatto. Non gli ho mai detto che avevo visto. Solo ora, che non sa più leggere, l'ho scritto.

Il viaggio d'inverno lungo la via San Rocco termina qui. Ora aspettiamo la primavera per visitare la via Centrale. Sperando che la buona stagione racconti cose migliori.

Primavera

Maggio è arrivato, i cuculi cantano, due o tre campi superstiti sono vangati, la terra ha ricevuto sementi, il sole le scalda, è tempo di riprendere il viaggio lungo le vie del paese abbandonato. Si va per la via Centrale, partendo da occidente, dove dorme il sole. Dovrei tralasciare la contrada Spesse, non c'è più. Fu spazzata via la notte del Vajont, con tutti gli abitanti. Ma è difficile non ricordare quell'oasi tranquilla, una radura splendida, dove viveva gente laboriosa e geniale, artigiani fantasiosi, che inventavano di tutto. Come lungo il greto del Vajont, alle Spesse c'erano segherie e mulini, tanto che la contrada si chiamava anche Mulini. Sopra quel piccolo villaggio vigilava la mole turrita del Borgà con le sue ossa di pietra, candide, sforacchiate come scheletri di uccelli rosicchiati dalle formiche. Era il regno dei bracconieri della contrada, primo su tutti Francesco Filippin detto Checo de Costantina. Si ritrovavano di notte, sempre al Passo Colòn, chiamato anche Scalèt, sotto la cima del monte. Non vi erano segreti in quella zona per i bracconieri del Passo Colòn. Era terreno loro, riserva privata, bisognava chiedere permesso prima di metter naso da quelle parti con un fucile in mano. Checo Filippin cacciava lassù anche d'inverno. Durante i gelidi bivacchi, si scaldava bruciando sterpaglie e loppe (erbe secche) che s'abbarbicavano all'asciutto sotto antri e caverne. Salire al Passo Colòn in gennaio non è uno scherzo, neppure oggi con i materiali di cui disponiamo. Scarponi termici, ghette, tute in goretex, piumini, lassù mollano la presa. Sessant'anni fa era peggio, eppure Checo saliva e stava lassù anche tre giorni. Si racconta che la vigilia di San Sebastiano, in piena notte, per non congelarsi come una rapa, incendiasse ciuffi di loppe per poi metterseli tra la giacca e il petto. Quelle brevi fiammate, che si spegnevano in un attimo, regalandogli pochi secondi di tepore gli salvarono la vita. Aspettò così fino all'alba lontana. Tutta l'estate dormiva fuori casa, in un angolo dell'orto. Vera bestiaccia, Francesco Filippin. Per arrotondare le magre entrate s'era improvvisato guida alpina. Conduceva sulle montagne, che conosceva a menadito, inglesi e tedeschi. D'estate bazzicavano da queste parti. Lo cercavano anche italiani, ma con quelli Checo non s'intrigava. Diceva che erano cragne, gente tirchia, pagava poco e niente. Non cambiava mai la sua divisa da bracconiere. Il dottor Paolo Gallo un giorno lo fotografò in posa di caccia. Tre anni dopo gli fece un'altra foto, la divisa era sempre la stessa. La barba gli arrivava alla cintola, portava un cappellaccio calcato in testa. Fumava trinciato forte. Arrotolava sigarette in brandelli di giornale. Risultavano grosse come pali. Non ebbe malattie, nemmeno un raffreddore. Morì nel Vajont. L'acqua lo spazzò via mentre stava coricato sotto una coperta nell'angolo orientale dell'orto. In contrada Spesse c'era molta acqua. Una sorgente copiosa si diramava in ogni direzione. Gli artigiani la incanalarono per far girare mulini e segherie. I più bravi realizzavano figure di legno che si muovevano sotto la spinta di minuscole ruote. Si potevano vedere nei prati ometti variopinti alti una spanna che falciavano, rastrellavano, spaccavano legna, battevano l'incudine, piallavano assi.

Due gemelli geniali avevano scolpito un intero presepe che si muoveva. Lo visitai nel settembre del 1963, rimanendo estasiato. Lo avevano costruito d'estate, con l'intenzione di lasciarlo esposto fin dopo Natale se l'acqua non gelava. Quelle figurine parevano vive. Pastori, animali, Re Magi, la Madonna, san Giuseppe, non si spostavano però alzavano le braccia in gesti di adorazione. Due pastorelli segavano legna per scaldare il Bambin Gesù. Uno di qua e uno di là del cavalletto muovevano la sega senza sosta. Chi s'inchinava, chi porgeva qualcosa, chi faceva altri lavori. Tutto era vivo in quel presepe. Per me fu una scoperta sbalorditiva. Nella frazione Spesse vivevano i più abili artigiani del paese. Gente che inventava di tutto. A primavera il luogo acquistava una bellezza da paradiso terrestre. Piccole radure circondate da larici e pini scuri punteggiavano l'intero paesaggio. Viste dal sentiero dei carbonai, sembravano occhi di gufo che spiavano la vita della gente.

Un giorno d'aprile andai a fare un giro da quelle parti. Avevo dodici anni. Era pomeriggio, i cuculi cantavano, gli uccelli s'indaffaravano attorno ai nidi, uomini e donne stavano chini sui campi con zappe e vanghe. Nella parte alta della frazione c'era una piana contornata da meli selvatici che si può ancora ammirare. L'acqua del Vajont la risparmiò. Oggi è inselvatichita, ma la sua bellezza non è venuta meno. Quel giorno dalla radura arrivava un suono. Andai a vedere cos'era quel suono. Incontrai un uomo sui trent'anni. Lo conoscevo. Stava appoggiato a un larice storto e suonava il violino. Era uno strumento bello, con un diavolo scolpito vicino all'impugnatura. Gli chiesi se me lo faceva provare. Non riuscivo a tenerlo sotto il mento, e nemmeno a cavare altro se non qualche stridio. Disse che lo aveva costruito lui, un po' alla volta, nella sua bottega di falegname. Tutto con legni della zona. A quei tempi ogni casa aveva una camera dotata di banco da falegname e attrezzi d'ogni foggia e per ogni uso. Gli uomini, soprattutto i vecchi, costruivano tutto ciò che serviva alla famiglia. Cucchiai, forchette, piatti, scodelle, manici da falce, da zappa, da scure, slitte, slittini, secchi, grondaie, porte, finestre, scale. L'interno delle abitazioni veniva arredato con gusto. Si costruivano letti, madie, scansie, cantonali, panche, sedie, mastelli. Erano rari quelli che non sapevano usare le mani per intagliare, scolpire, scavare, piallare, assemblare. Essere buoni artigiani significava sopravvivenza. Gli uni imparavano dagli altri. E si tramandava l'arte ai figli. Quelli delle Spesse erano i migliori. Entrare in uno di quei laboratori era un'emozione mozzafiato. Soprattutto per un ragazzino. Il caos regnava sovrano. Lavori appena abbozzati occhieggiavano dappertutto. Utensili dalle forme strampalate suscitavano domande: "A cosa servirà?". Alcuni artigiani avevano anche il tornio, fatto girare da una lunga e flessibile pertica di frassino mossa dal piede. Con quello creavano pestatali, arcolai, ciotole.

L'uomo della radura suonava alla buona il suo violino. Avendolo costruito senza alcuna nozione, non aveva idea di come fosse il suono. Non era uno Stradivari o un Guarnieri del Gesù, ma a me piaceva ascoltarlo e ammiravo colui che lo aveva costruito. Le corde e il crine dell'archetto disse che le aveva comperate a Padova. Quando s'accorse che lasciavo gli occhi sullo strumento, promise che me ne avrebbe fatto uno quella stessa primavera. Ma doveva tagliare il legno il 21 maggio, dopo mezzanotte, quando il bosco si mette a cantare. «Allora sì che il violino suona bene» disse. Quel violino non lo costruì mai. Venne il Vajont che gli rubò moglie e figli. Lui si salvò perché era via. Perse la voglia di costruire violini e quella di vivere. Iniziò a bere. La sorte in seguito gli riservò drammi a non finire, compreso il carcere per una brutta storia di omicidio. Lo rividi dopo trent'anni. Venne a trovarmi a casa. «Mi hai fatto il violino?» chiesi. Non ricordava nessun violino né i particolari che io invece rammentavo. Allora gli dissi di quando lo avevo incontrato nella radura poco prima del Vajont, mentre suonava un violino fatto da lui. A quel punto ricordò e le lacrime gli rigarono il volto, che non era cambiato quasi niente in tutti quegli anni. Morì di lì a poco per stanchezza di esistere. Che non è il suicidio diretto ma un lasciarsi andare lentamente, giorno dopo giorno, guardando lontano verso chissà quale ricordo.

Mi viene in mente un uomo grande e grosso che viveva solo in una casupola altrettanto solitaria. Quell'omone era ghiotto di una cosa: i pulcini appena nati degli uccelli, soprattutto quaglie, merli e tordi. In primavera, durante il periodo dei nidi, mandava me e mio fratello a caccia di quei minuscoli esserini ancora implumi. Dovevamo rubarli dai nidi prima che mettessero la peluria, altrimenti non ce li pagava. Nella teglia faceva fondere un'unghia di burro, aggiungeva due manciate di erbe aromatiche e vi buttava gli uccellini senza pulirli dalle interiora. Diceva che il buono stava proprio nelle microscopiche budella. Non tagliava nemmeno il becco, era molle come argilla. All'inizio glieli portavamo vivi, in un sacchetto. Venti, venticinque bocciolini rosei che pigolavano chiedendo da mangiare. Saccheggiavamo tutti i nidi delle valli attorno al paese. Ci dava trenta lire a sacchetto, non importa se erano tanti o pochi. Pagava alla consegna. Con quei soldi compravamo carrube e castagne secche. Un giorno si stufò che gli portassimo gli uccellini vivi. Disse che ci avrebbe aumentato la paga se li portavamo già morti. «Non siamo capaci di ucciderli» balbettai. «È facile» disse. Afferrò una alla volta quelle testoline tra pollice e indice e, facendo pressione con quelle dita grosse come pali, le faceva scoppiare con un puff che pareva un soffio. «Dovete fare così» farfugliò indifferente, «se me li portate morti vi do dieci lire in più.»

Vedendo quell'uomo grande e grosso dal viso buono che ispirava fiducia, verso il quale nutrivamo simpatia, uccidere i pulcini come niente fosse, mio fratello e io ci convincemmo che era una cosa normale, una cosa da fare e basta. Spazzando via paure, indecisioni e soprattutto sensi di colpa, iniziammo a far scoppiare le testoline ai piccoli prima di portarli al nostro amico. All'inizio ci fu qualche riluttanza. Non era facile premere pollice e indice su quei capini fragilissimi, con gli occhi ancora chiusi. Ci frenava un istinto sconosciuto ma presente, come un dolore dentro. Forse era la coscienza di compiere un'azione contro natura. Ma il nostro amico aveva detto che era normale schiacciare le teste agli uccellini per mangiarli. Fino a una certa età, i ragazzini pendono dalle labbra dei grandi. Ciò che gli adulti insegnano ai bambini viene preso come Vangelo. Ogni senso di colpa dettato dall'istinto che, seppur vagamente, suggerisce dove stanno il bene e il male, viene messo da parte senza indugi. Dopo alcuni giorni di caccia, far scoppiare le teste agli uccellini era diventato un gioco. Facevamo a chi era più veloce a frantumarle. Spesso le mamme ci seguivano volando disperate fino alla casa del buongustaio. La raccolta andò avanti per anni, primavera dopo primavera, fino al 1963 quando il nostro committente scomparve nell'acqua del Vajont. Ci ho messo diverso tempo a capire quanto brutale fosse quella pratica. Tornare sui sentieri giusti dopo essere stati educati a ignorarli non è facile. Occorre un intenso esercizio di revisione per mettere i piedi di nuovo sul buono. Tale esercizio può durare anni, e non sempre dà risultati. Alla fine pochi riescono a migliorare, gli altri continuano a percorrere il sentiero sbagliato convinti di stare nel bene, convinti di far giusto. Io sto fra questi ultimi. Non ho più schiacciato le teste agli uccellini, ho fatto di peggio.

Abbandono con la memoria la contrada Mulini che non esiste più. Delle case sono rimasti soltanto i pavimenti di pietra incollati alla terra. Il resto cancellato. Dopo il Vajont un superstite, Svaldin Benetto, salvatosi perché era a Torino, volle ricostruire la casa nel punto in cui si trovava prima che l'acqua la spazzasse via. Fece tutto con le sue mani e i suoi soldi. Per sentirsi meno solo adattò la cucina a osteria. Con la scusa di bere un bicchiere, qualcuno andava a trovarlo. Quando fummo più grandi iniziammo a frequentare quel bar fuori mano. Io, Silvio, Carle, l'Altro Carle, Sepp e compagnia ne diventammo assidui visitatori. Sulla parete di fronte all'entrata aveva attaccato una foto incorniciata, contenente i volti dei famigliari morti nel Vajont.

Quattordici persone. Fratelli, sorelle, nipoti, il padre. Tra loro anche i gemelli autori del presepe che si muoveva con l'acqua. Attaccò quella foto al muro e non parlò più di Vajont per quanto gli restò da vivere. Se qualche turista gli chiedeva informazioni alzava le spalle. Alcuni metri sotto la casa costruì un tempietto corredato dalle foto dei morti di contrada Mulini. Sessantasette foto. Lo scultore Flavio Pancheri di Ortisei scolpì nel tiglio un crocefisso quasi a grandezza naturale. Svaldin lo inchiodò sulla parete di fondo che guarda l'entrata. Fu tutto. Rimase col suo dolore, taciturno e mite, finché non morì a settantadue anni per infarto. Aveva cercato di ridare un po' di vita alla contrada Mulini cancellata dalla morte. Un poco vi era riuscito.

Di notte, quando passavamo da quelle parti, si vedeva la lampadina dell'osteria forare il buio. Pareva un occhio di gufo. Nelle sere d'autunno, quando le nebbie correvano per la valle come fantasmi silenziosi, quel lume accendeva polveri d'oro attorno alla casa. Ma tutto questo non bastava a far rivivere i Mulini. Non vi erano più case, non vi era più gente, né boschi, né prati né alberi da frutta. Tutto piallato quella notte. Rimaneva solo lui, Svaldin Benetto e la moglie Albina, solitari guardiani di quelle terre desolate, graffiate fino all'osso, spazzate dal vento.

Terre dove un tempo ferveva la vita, l'erba cresceva con i fiori, il bestiame con i bambini, e gli artigiani invecchiavano con le loro creazioni tra le mani. Ora non c'è più nulla. Oggi, anno 2006, è rimasta soltanto Albina, indomita e tenace, a vegliare la terra abbandonata. Una selva disordinata e chiassosa è tornata pian piano a dare un po' di verde sui segni spaventosi di quella lontana tragedia, costruita mattone su mattone da uomini arroganti e avidi, la cui unica connotazione era il cinismo.

Proseguo verso oriente. Dal colle del Chastòn arrivano fino in paese canti di galli forcelli. I cuculi sbraitano più vicini, sul Col delle Acacie e sul Col delle Pale. Passo davanti a due case vicine, vuote. Un tempo furono mitiche osterie. Nonostante le separassero solo pochi metri, non vi fu mai rivalità. Quando c'è miseria ce n'è per tutti, non conviene baruffare per rubarsi l'osso. È più utile passarselo, fare in modo che rosicchi un po' l'uno e un po' l'altro. L'osso erano i clienti. Se li tenevano da conto e così andavano nell'una e nell'altra osteria senza beghe o preferenze. In una di quelle bettole accoglienti e pittoresche apparve il primo televisore del paese. Era verso il 1960. Fu una rivoluzione. Alla sera tutti correvano a vedere quei pochi programmi in bianco e nero. Rin Tin Tin lo davano al pomeriggio, l'ora permessa ai ragazzini. Ogni volta mi pareva di assistere a un miracolo. Mai avrei pensato di vedere roba simile. Non tanto per le avventure del cane e del suo giovane amico, bensì per il fatto di vederli a pochi metri dentro una scatola di vetro. Pilòn, un uomo tarchiato e irascibile, approfittava tutte le sere di quella strabiliante invenzione. S'incollava al video e non si muoveva più. Ma non beveva, non consumava nulla, nemmeno un bicchiere di acqua minerale. Alla fine l'oste si era rotto le palle. In fondo aveva piazzato l'apparecchio per incentivare le consumazioni. Una sera che cercavo di trascinare via mio padre ubriaco, lo udii bestemmiare di brutto. Dopodiché, rivolto agli avventori, sbraitò: «Quell'avaro di Pilòn non beve nemmeno se mangia sale!». Con il televisore come concorrente, l'osteria vicina subì un certo tracollo. Consci del problema, gli avventori televisivi, prima di godersi i programmi, andavano a bere nella bettola sfortunata in modo da limitare i danni.

Il mio passo procede accanto al vecchio muro tappezzato di muschio. M'accompagna verso il camposanto. Fino a pochi anni fa il nostro cimitero era una reliquia. Guai toccarlo. Oggi lo è un po' meno. Scavano le fosse con la ruspa, non c'è più il vecchio becchino che lavorava di pala e piccone. Un tempo curavano le tombe una per una, come minuscoli orti. Non mancavano mai rami di mugo e stelle alpine. Fiori ci sono anche adesso ma, come ebbe a dire Rilke, "Oggi, la morte dell'uomo si è fatta più piccola". Si bada meno alla cura delle fosse. Manca la voglia, forse il tempo. Vi sono tante cose da fare, da gestire, in quest'epoca caotica e confusa. Per la prima volta dopo secoli nel cimitero sono comparsi i loculi. Fino a poco tempo fa i morti andavano nella terra, oggi vanno nei loculi. C'è bisogno di spazio. Pare che quassù si muoia più che altrove nonostante la durata della vita sia andata avanti.

È primavera. I due tassi secolari che vigilano l'entrata del camposanto si portano la fioritura addosso. Hanno udito gente piangere e accompagnato quelli che tacevano per sempre. Hanno visto morti varcare la soglia, e vivi che vanno a trovare coloro che non ci sono più. Una visita ogni tanto, lungo le stagioni, anno dopo anno. Alla fine anche quelli che visitavano i loro morti varcheranno la soglia per l'ultima volta. E qualcuno li andrà a trovare finché non verrà il suo turno. Il cancello di Mano del Conte aspetta tutti.

Tempo fa si era deciso di abbattere i tassi per paura che crollassero sotto i temporali, spaccando le lapidi. Sono grossi, hanno due secoli. I tassi crescono piano, un pochino all'anno. Con discorso paziente e ragionando un poco, dissuasi i responsabili del progetto. Per ora i severi guardiani dei defunti sono ancora là, che aspettano il prossimo morto per salutarlo l'ultima volta, per piangere assieme ai parenti. Quando venne stabilito di abbatterli, il becchino disse che me li avrebbe regalati da far statue. Il tasso è un albero eccezionale da scolpire. Duro, compatto, di grana fine, colore rosso fiammato, si presta a eccellente politura. Dopo una mano di cera d'api, il risultato è stupefacente. Le venature gialline emergono dal rosso come fili d'oro che avvolgono a spirale tutta la scultura. Rifiutai decisamente. Non volevo venissero tagliati, ma soprattutto mi sovvenne una storia che raccontava il nonno. Due secoli fa, nel cimitero davanti alla chiesa, era stato abbattuto un tasso di trecento anni. La parte alta fu bruciata, ma i primi due metri, dritti e senza rami, il prete li regalò a un tornitore che cavasse degli oggetti. L'artigiano non lasciò neppure che si stagionasse, iniziò subito il lavoro. In un giorno tornì un arcolaio, un attaccapanni sul quale appese la giacca e una decina di zufoli. Soddisfatto andò a dormire, ma non dormì. A mezzanotte udì rumori strani provenire dalla polverosa bottega. Si alzò per vedere, temeva i ladri. Col lume sollevato varcò la soglia. Quel che vide gli fece accapponare la pelle. L'arcolaio girava da solo a velocità vertiginosa con cigolii spaventosi. La giacca sull'attaccapanni sbatteva in qua e in là, le maniche s'agitavano come braccia che lanciano maledizioni. I pifferi emettevano urla e lamenti terrificanti, tutti insieme, con suoni diversi. Fuggì terrorizzato passando il resto della notte in canonica sulla panca del prete. Ancora tremante ricordò che, mentre torniva, dal legno colava una linfa oleosa che pareva sangue, ma aveva imputato il fenomeno al colore del tasso.

Ne parlò al prete, il quale disse che occorreva benedire la casa immediatamente. Di buon'ora, assieme a un assonnato chierichetto, i due si recarono alla bottega. Aperta la porta videro una scena raccapricciante. Tutt'intorno le pareti erano chiazzate di sangue, la giacca era lorda di sangue, le bocche degli zufoli erano intasate da sangue rappreso come tappi di ceralacca. Il prete benedì, ma gli tremavano le gambe. Disse all'artigiano che si doveva portare il resto del tasso al cimitero, assieme agli oggetti torniti, e seppellirli. Cosa che fecero il giorno stesso. L'artigiano tornò al laboratorio per lavare le pareti, ma non trovò traccia di sangue. Il prete la benedisse una seconda volta e tutto finì. La bottega tornò silenziosa, non si udì più alcun rumore. Ma nelle case dov'era stata bruciata la parte alta del tasso non vi fu pace. Appena si accendeva il fuoco, un lugubre lamento di morti ululava su per la canna fumaria. Urla spaventose, pianti, ruggiti, salivano assieme al fumo lungo le pareti del camino e continuavano a risuonare anche fuori, spandendosi nel cielo e terrorizzando l'intero villaggio. Fu interpellato il vescovo, il quale consigliò di piantare un tasso giovane nel cimitero il giorno dei morti. Gli uomini dissero che il giorno dei morti non è tempo da piantare alberi. La terra è dura, fa freddo, nessuna pianta attecchisce a novembre. Ma il vescovo li pregò di farlo. «Per il vostro bene» disse. Se volevano ridare pace alle anime urlanti nei camini e trovare pace loro stessi, dovevano farlo, a tutti i costi. Occorreva avere fede. Allora, verso la fine di ottobre, sei uomini si recarono in Val Zemola, sotto i boschi della Bécola dove crescono i tassi. Trovarono e cavarono due giovani esemplari. «Due fanno più miracolo» dissero. Il giorno dei morti li misero a dimora nel cimitero. Uno accanto all'altro, subito dopo l'entrata. Parevano chierichetti. La gente era convinta che sarebbero morti di freddo, novembre non è stagione da piantumare. Invece attecchirono. A primavera misero foglioline e, nello stesso momento, cessarono gli ululati lungo le canne fumarie. I tassi stanno ancora là. Sono gli stessi che si voleva abbattere alcuni anni or sono, e che invece furono risparmiati. Ecco perché rifiutai con fermezza l'offerta del becchino che voleva regalarmeli. Se in futuro verranno tagliati per qualsiasi motivo, non prenderò nemmeno una scheggia né un ramo, tanto meno una radice o una foglia per farne uso.

Quando si decise di rimodernare il cimitero, qualche paesano brontolò, alcuni insorsero. Alla gente di montagna puoi fare di tutto, è paziente, tollerante, comprensiva, ma non toccargli i morti. Se gli tocchi i morti sono dolori.

In primavera coprivamo le fosse con fiori dei monti. Se t'affacciavi al portone sentivi profumi di mughetto, moretto e viole. Sortiva assieme a quello delle candele. Gli attrezzi da sepoltura erano pala, piccone, la mazza per piantare le croci e un rastrello coi denti di ferro. Oggi, una minuscola escavatrice parcheggiata in un angolo aspetta il morto. Vi sono tombe in subbuglio, lapidi spostate, rotte, alcune datate prima del Milleottocento. Capolavori di scultura unici. Molte opere sono in corso, stanno aprendo entrate nuove, erigono altri muri, spostano ossa, rimuovono morti. Più che un cimitero sembra un cantiere. Tutto per pochi metri quadrati di terra. Non c'è mai stato tanto rumore in quella terra come durante il periodo di abbellimento. Per secoli vi ha regnato il malinconico silenzio della morte. Quando passavano chiassose comitive di giovanotti, davanti al cimitero abbassavano la voce. Si badava a non suonare il clacson dell'auto nella curva che lo fronteggia. Per non disturbare. Solo il Pine suona un colpo. Per salutare i suoi figli che riposano in pace là dentro. Penso a tutto questo mentre sbircio all'interno, verso il punto dove da poco ha preso posto il caro amico Felice Corona Mela. Sta lì anche lui, ormai, come gli altri, nell'eternità della pietra, sereno e in pace. Assieme a Carle, Roberto, Bepo, Danilo, Ottavio, Celeste, Basili, mio fratello e tutti gli altri. Ci aspettano. Quando cantano i cuculi il cimitero è meno triste. In autunno o d'inverno si avvilisce. Ma la tristezza dei cimiteri è dolce. A maggio il cimitero sorride, rinverdisce, mette foglie e fiori. Nell'anima dei superstiti che entrano a recitare una preghiera e salutare i loro cari, torna un po' d'allegria. La primavera della morte addolcisce le visite, allarga il cielo, lo fa sorridere.

Più avanti inizia la vera e propria via, stretta e lunga fino al vecchio municipio. Gli alberi da frutto hanno messo foglie, i sambuchi invadono cortili e orti, il senso di abbandono regna sovrano. Guardo via Balbi. Vedo la casa dove ho vissuto per anni, da solo. C'è uno spiazzo dove un tempo accatastavano il legname da lavoro. A primavera i vecchi sedevano su quei tronchi ad aspettare sera. Fumavano pipe di terra o di sambuco.

Il sole di maggio illumina la punta del campanile, la croce brilla come fosse d'oro. Fienili e stalle abbandonate mi circondano, imposte chiuse, qualche porta divelta. Dal balcone di uno stavolo occhieggia un mucchio di legna spaccata. Sta lì da prima del Vajont, esposta a solatio, al riparo dalla pioggia, asciugata dal vento. Penso sia diventata secca in oltre quarant'anni. Quei tronchetti dimezzati testimoniano la fuga precipitosa, l'interruzione forzata di ritmi naturali, di giornate laboriose, scandite da fatica, premiate dal riposo della sera accanto al fuoco. Sui balconi la legna diventava dura come osso, bruciava che era una meraviglia. Quella gente non è più tornata a prendersi la legna dal balcone. Nella città dove è andata a vivere non c'è una stufa che riceva tronchi, né un caminetto per bruciare i faggi spaccati ed esposti al sole da mezzo secolo. Ma può essere altro che li frena. Chi li spaccò e li affastellò ordinatamente forse non c'è più e non ha lasciato eredi. Se ne ha lasciati, quei nipoti probabilmente non sanno nemmeno accenderlo il fuoco.

Vedo la casa del vecchio Liròn, la porta sbilenca, l'interno nel caos, panche e sedie marcite dall'umidità. Il tetto lascia passare acqua, la stufa arrugginita senza sportello guarda verso la finestra. Pare una bocca che chiama, che invita il passante a fermarsi e riflettere. Liròn era il re delle erbe. Alto, segaligno, classe 1899, aveva combattuto nei granatieri. Solitario, taciturno, con una dignità e un orgoglio che lo rendevano inavvicinabile. Era un uomo per conto suo, uno che si bastava. Non chiedeva mai nulla, non voleva mai nulla, suo bisogno era il niente. Casomai dava. Da aprile a settembre viveva delle erbe dei prati. In casa sua c'era fuoco nella stufa anche a luglio. Aveva tolto portella e cerchi e li aveva buttati nella discarica. Voleva vedere la fiamma, gli teneva compagnia. Abitavo a un metro da lui, le nostre case stavano incollate assieme. Di seguito venivano tutte le altre, attaccate l'una all'altra come bambine che si tengono per mano. Fino all'ultima detta "la Villa", un chilometro più avanti. Si viveva in promiscuità, ma dignitosi, rispettosi del privato altrui. Da muro a muro si udiva tutto. Se qualcuno faceva l'amore, i letti cigolavano a ritmo. Si sentivano mogli e mariti baruffare, pianti, bestemmie, qualche volta risate e canti. Ma, se chiedevi lumi, nessuno aveva udito nulla. Era la legge del buon vicinato: niente commenti. Rispettavamo i problemi altrui. Soprattutto i segreti che, filtrando dai muri, segreti non erano più.

Qualche metro oltre vedo l'abitazione di un uomo scomparso da anni. Era una casa moderna. Per quei tempi, almeno. Al posto della solita anta di legno aveva la saracinesca. Tutto il paese invidiava quella porta che s'avvolgeva su se stessa. L'uomo viveva con la moglie ed erano entrambi molto buoni. Probabilmente lui aveva militato nei fasci. Un giorno si prese la briga di insegnarmi, strofa dopo strofa, la canzone *Battaglioni del Duce*. Ogni pomeriggio andavo a scuola da lui, per imparare l'inno, assieme a Silvio e l'Altro Carle. Alla fine, poiché ormai si cantava bene, ci dava due biscotti a testa che pescava da un barattolo di vetro. Dopo il Vajont se ne andarono e non tornarono più. La porta di ferro arrugginì. Si inaridirono le guide di scorrimento, il grasso seccò negli ingranaggi, il rullo avvolgente diventò ferro bloccato dalla ruggine. Non fu più possibile aprire quella porta. Sembrava quasi che i coniugi l'avessero addestrata a non far passare nessuno. O loro o niente. Oggi guardo quella saracinesca. In centro reca uno squarcio largo ottanta centimetri. È stata aperta come una scatola di sardine, arrotolando la lamiera come si arrotolava il coperchio delle sardine con la chiavetta. "Che mai sarà successo?" mi sono chiesto. "Uno scasso a scopo di furto? Non credo, la casa è completamente vuota." Pochi metri più in là, seduto sulla soglia, scorgo mio padre. Si gode il sole di maggio, fuma una sigaretta. Chiedo lumi. Dice: «L'hanno venduta, gli eredi o i parenti, non lo so. So che il nuovo padrone è uno da fuori, l'ha aperta con la trancia, senza nessun rispetto. Ma ormai è roba sua, può fare quello che vuole, a me non interessa». Continua a fumare, mi rimprovera come al solito di non aver portato una bottiglia.

Più in là una grande casa doppia, con i muri ancora buoni e il tetto sfondato, mi ricorda il fabbro che l'abitava. Erano cinque in paese i forgiatori ma, come a voler evitare la concorrenza, abitavano distanti l'uno dall'altro. Il primo stava alla contrada Mulini. Giustin Corona Geta, quello della casa doppia, era specializzato in asce, picconi, scuri, zappini e cunei da spaccare tronchi. Produceva, modificava, riadattava, risuscitava attrezzi per il taglio del bosco. Mentre batteva l'incudine cantava a squarciagola. Nelle giornate calde, teneva la porta aperta, lo sentivamo da casa nostra. Ritmava il canto sui colpi del martello. Quando smetteva di picchiare smetteva di cantare. Come a non voler far torto alla voce lasciandola sola, o offendere l'incudine privandolo della voce, li faceva andare assieme. Era un forgiatore eccezionale, nessuno come lui temprava gli attrezzi da taglio. Nemmeno il mitico Mano del Conte. Provava il filo delle asce potando rami di abete bianco secco, che equivale a battere sulla ghisa. Se il filo teneva, la manéra era buona, se saltava la temprava di nuovo, finché nasceva l'acciaio giusto. Una sua scure non aveva mai ceduto alla durezza dei rami di abete bianco. Di questo si vantava parecchio. Ma una volta successe. Giovan Maria de Cengio gli commissionò un'ascia da squadrare tronchi. Giustin la forgiò cantando, come sempre. Poi la provò; teneva. Consegnò l'attrezzo a Bia già fornito di manico. Era un ottimo intagliatore, preferiva dare l'utensile completo per guadagnare di più. Bia de Cengio pagò, ritirò l'ascia e se ne andò a squadrare tronchi.

Il pomeriggio del giorno dopo il boscaiolo tornò da Giustin con l'ascia in mano, brontolando parolacce. Gli mostrò l'attrezzo. Il filo della lama si era sbrecciato vistosamente, ne mancava addirittura un pezzo, come nella bocca un dente.

«Strano» disse il fabbro, «non era mai successo.» «Questa volta è successo» ribatté Bia de Cengio, «come la mettiamo?» «Te la rifaccio a nuovo» rispose Giustin, «non preoccuparti, la rimetto in sesto e ti garantisco che non capiterà più.» E si buttò subito al lavoro.

Mentre smontava il manico, si accorse che, laddove il legno entra nell'occhiello, vi era segno di bruciatura. "Come mai?" disse tra sé. "Ho messo un manico bianco come la neve e me lo trovo scurito dal fuoco." Prima pensò, poi sospettò, alla fine capì. Il lazzarone, per rovinargli la fama di tempratore infallibile, aveva scaldato la lama sul fuoco così che perdesse consistenza. Poi l'aveva pulita e picchiata sopra un tronco. Il filo si era sbrecciato, non aveva più la tenuta giusta.

Il fabbro decise di fargliela pagare. Rifece la manéra come nuova, la temprò in un certo modo, la rimise in manico e la consegnò al proprietario che, ritirandola, disse: «Vedi, che anche tu puoi sbagliare!». Ghignò, sputò per terra, salutò e se ne andò. Il fabbro sorrise e tornò alle sue faccende.

Il giorno dopo, verso sera, Bia de Cengio si presentò nuovamente dal fabbro. Era mogio e teneva le mani in tasca. «Che altro c'è, ancora?» chiese Giustin. «Al secondo colpo la manéra è andata in pezzi. Cinque, per l'esattezza. Solo due colpi. Che cosa hai fatto alla mia scure?» «Ho fatto quello che hai fatto tu!» rispose imperturbato Giustin. «L'ho temprata a modo mio, l'ho resa talmente dura da farla diventare vetro. Così impari a fare il furbo per umiliarmi.» Bia, fingendosi offeso, reagì in malo modo, ma il fabbro lo zittì: il manico era bruciato, si capiva che la manéra era stata vicino al fuoco. «Dimmi, quale artigiano è così stupido da mettere la manéra vicino al fuoco? Nessuno. A meno che non vi sia una ragione. La ragione tu l'avevi: far perdere la tempra alla scure per dire in giro che non sono infallibile come si crede. Ti saresti preso tre soddisfazioni. Prima: dovevo chiederti scusa, seconda: dovevo rifarti l'attrezzo, terza: potevi vantare che una volta tanto avevo sbagliato anch'io. Ma non sei furbo, e nemmeno intelligente. Mentre scaldavi il filo non ti sei accorto che il fuoco anneriva il manico. Almeno potevi toglierlo. Ma se lo toglievi dimostravi di essere intelligente e siccome non lo sei, il manico è rimasto al suo posto. E si è bruciato. Vedendolo, ho capito tutto.» Bia de Cengio non batté ciglio. Solo dopo un po' riuscì a dire: «Era uno scherzo, avevo scommesso con Toni della Val Martin che riuscivo a fregarti». «Invece non ce l'hai fatta» sorrise Giustin, «sei un mona.» Bia riprese: «Adesso sono senza manéra». «Affari tuoi, impari a fare il furbo.» «Non ne faresti una nuova?» «Certo, se me la paghi.» «Quanto vuoi?» «Mille lire per ogni pezzo di quella rotta. Cinque pezzi, cinquemila lire.» «È tanto. A Maniago me la fanno per tremila.» «Allora, vai a Maniago.» «Se vado a Maniago perdo una giornata, soldi per mangiare e bere. Vedi di farmela tu, per piacere.» «Se vuoi la manéra, sono cinquemila lire. Mille per ogni pezzo di quella rotta. E prega Dio: se erano dieci pezzi, faceva diecimila, cento, centomila. Così impari.»

Bia de Cengio si arrese, accettò per cinquemila. Poteva servirsi degli altri fabbri, più a buon mercato, ma non era la stessa tempra. Quelli lavoravano generico, sapevano fare un po' tutto, ma niente di perfetto. Forgiavano ringhiere, zappe, inferriate, chiodi, croci da morto, ma non erano tempratori. Giustin era specialista in attrezzi da taglio. Le asce volevano il bacio dell'acqua sull'acciaio rovente, l'attimo fatale della tempra. Quello era roba sua e basta. Così Bia si fece battere un'ascia nuova di zecca per cinquemila lire. A volte si andava anch'io e mio fratello da Giustin a girare la forgia. Soprattutto per vederlo lavorare. Picchiava sull'incudine con una forza spaventosa. Sotto i suoi colpi, blocchi di acciaio al calor bianco spessi quattro dita rammollivano, si allargavano come pani di burro, mentre uno spolverio di faville incandescenti sprizzava dappertutto. Per non perdere il ritmo, mentre l'occhio studiava il pezzo prigioniero della tenaglia, col martello seguitava a battere a vuoto sull'incudine producendo un suono acuminato da forare gli orecchi. Era un buon uomo, saggio, paziente, mai nervoso con i ragazzini che andavano a vederlo battere il ferro. Un giorno, improvvisamente, mi chiese: «Che numero hai di piede?». «Non lo so!» Mi fece togliere uno scufòn (scarpetto di pezza) e misurò la lunghezza del mio piede sinistro facendomelo poggiare su un pezzo di cartone e scontornandolo col lapis. Avevo undici anni, era primavera. «Tu vai a caccia» disse, «ma non hai gli attrezzi adatti. Ti ho visto.» Anche lui era cacciatore, usciva spesso con mio padre. Siccome io dovevo andare a caccia per forza col vecchio, Giustin aveva avuto modo di notare il mio abbigliamento. Tre giorni dopo mi chiamò che ero appena tornato da scuola.

«Vieni a girare la forgia un paio d'ore e ti do una roba.» Girai la manovella fino a sera, alla fine disse basta. Aprì la porta che dalla cucina menava al ripostiglio, si chinò e prese in mano qualcosa. Venne verso di me. Disse: «Tieni, te li meriti, e ti servono». Era un paio di scarponi neri, vecchi ma ancora buoni. Li voltò con le suole per aria e mi fece vedere il suo lavoro. Al posto del tacco aveva applicato i mitici grif, specie di ramponi a cinque punte dalla forma a U. Nelle montagne della Valcellina erano molto usati da pastori, boscaioli e cacciatori. Quelle calzature venivano chiamate "scarpe a grif" o "scarpe da fer", qualcuno ancora le usa. Giustin aveva forgiato per me i grif e li aveva applicati sotto un paio di scarponi, quelli che era riuscito a trovare. Peccato che erano quattro numeri più grandi. «Ti saranno un po' larghi» disse, «ma crescerai. Ho trovato solo questi. Ti garantisco però che le punte dei grif non le consumerai facilmente.» Aveva ragione. Dopo anni di scorribande sono ancora affilate. Mio padre ordinò che portassi gli scarponi solo quando si andava a caccia o a legna. Dovevo mettere tre paia di calze per riempirli un poco. All'interno calcavo un po' di stracci in modo da arrivare in punta con le dita e tutto andava a posto. Li usai solo per la caccia e la legna, mio padre aveva deciso così. Non feci in tempo a smussare le punte dei grif. Poco tempo dopo il Toc saltò nell'acqua della diga, fummo costretti a sfollare, gli scarponi di Giustin finirono in soffitta dove si trovano tuttora. Adesso mi andrebbero giusti, ma non mi servono più.

Vado avanti nel bagliore di primavera. Alla mia sinistra case diroccate con muri ancora in piedi ma prive di tetto. Sbircio dalle finestre senza imposte. Calcinacci, sambuchi e ortiche secche ingombrano il piano terra. Ortiche nuove premono, hanno voglia di uscire, crescere, scalzare le altre. Prima del Vajont ci abitavano famiglie, c'erano bambini, grida, fuochi nelle stufe. Più in là, finalmente una casa in ottimo stato: imposte nuove, porte nuove, malte nuove. Era la dimora del vecchio Bepi Ditta, gestore del rifugio in Val Mesazzo. Intorno alla metà degli anni Settanta, quando non era ancora ristrutturata, fu per un periodo il mio studio di scultore. Non posso passarci davanti senza provare affetto e nostalgia.

Prima che la tragedia del Vajont cacciasse tutti e chiudesse le porte alla vita, i muri di quel casone a piano terra contenevano la mitica osteria del Cacciatore. In quel locale spazioso e accogliente ogni sera si riunivano cacciatori, bracconieri e personaggi che non avevano tenuto in mano nemmeno una fionda, ma erano in perpetua caccia del bottiglione. L'interno era fatto a modo suo e colpiva per originalità e stravaganza. I tavoli erano tondi anziché quadrati o rettangolari. Sotto il bordo, lungo la circonferenza, cassetti a cielo aperto contenevano carte da gioco, sigarette, scatole da tabacco, fiammiferi. Tutto a portata di mano dei giocatori di carte o di coloro che sedevano a bere. A volte, in piena notte, udivo urla, risate, parolacce, bestemmie, echi di risse. Coperto dal piumino nella stanzetta che guardava il lago, ascoltavo tutto. Molte cose della vita le ho sapute captando, nelle notti senza sonno, le voci provenienti dal Cacciatore.

Sulla parete di fondo, dietro il bancone, un immenso dipinto rappresentava scene di caccia. Su una vetta, un camoscio enorme dominava la valle sottostante. Fatte le debite proporzioni con paesaggio, cacciatori e alberi, quel camoscio risultava più grande di un dinosauro. Era opera del pittore Pocchiesa, un vecchio artista con grandi baffi e cappellaccio. Partito dal bellunese per soddisfare un committente, si era fermato qui. Pocchiesa era un eccellente pittore, non sbagliava proporzioni ai camosci. Lo aveva dipinto appositamente esagerato perché, secondo lui, il camoscio è il re delle rocce, del vuoto, della forza. Insomma, re della montagna intera. Un dio assoluto, sicuro, padrone, perciò doveva essere grande. I cacciatori, quei cacciatori, ben poco capivano di pittura, e ancor meno dell'animo poetico di Pocchiesa. Convinti di andare sicuri, facevano dell'ironia sul camoscio dinosauro. Sovente, quando era presente l'autore, si lasciavano andare a battute piuttosto cattive. Pocchiesa incassava e taceva, certo pativa, ma non diceva nulla, il sarcasmo non merita risposte.

Essere incompresi e bistrattati è la paga degli artisti, un destino che essi stessi si tirano addosso. La sensibilità sta qualche metro più avanti della rozzezza, perciò non può essere compresa. E se, per puro caso, un rozzo la fiuta, state sicuri che vi si scaglierà contro. "La bellezza" diceva Borges "è un modo di destare allarme o inquietudine." Così Pocchiesa pagava la sua intelligenza con la derisione degli ignoranti. Il lato comico di queste faccende è che gli sciocchi sono convinti di essere intelligenti, di sapere e capire tutto. In una lettera a Ivan Leont'ev del 9 giugno 1888, Anton Čechov scriveva: "Non facciamo i ciarlatani e dichiariamo francamente che a questo mondo non si capisce niente. Soltanto gli imbecilli e i ciarlatani sanno e comprendono tutto". Povero Pocchiesa, quante ne ha sentite! Ma, siccome non era né imbecille né ciarlatano, taceva.

Una volta al Cacciatore assistetti a una rissa tra due bracconieri per storie di camosci sequestrati. Pareva che uno avesse fatto la spia avvertendo i guardiacaccia. Prima volò qualche sedia, poi si attaccarono come galli da combattimento. Un omone grande e grosso di nome Rubì si trovava presente. Era amico del più piccolo dei contendenti. Quando si accorse che il suo pupillo stava per avere la peggio, intervenne. Fingendo un certo sdegno, avvicinò i due baruffanti e attaccò a rimproverarli: «Vergognatevi, siete peggio dei bambini, finitela!». Con la mano a badile afferrò la nuca di quello che stava per vincere. Dava l'impressione di volerlo separare dal suo amico. Invece stringeva. Stringeva, eccome! «Non fate gli stupidi, basta, smettetela!» gridava. Sembrava un padre che fa la predica benevola al figlio. Intanto serrava le dita. S'accorsero che stringeva quando il volto del contendente diventò cianotico. Allora intervennero a liberarlo dalla presa che lo stava strozzando. Alla fine ci bevvero sopra. Quello che era stato separato continuava a massaggiarsi il collo.

Una sera entrò un mattacchione, innocuo bevitore. Quel tipo era la favola del villaggio. Ordinò un quarto di vino. Poi, rivolgendosi agli avventori, con tono sprezzante disse: «Cacciatori buoni a niente! Io non sono cacciatore, ma stamattina ho fatto fuori due galli». Era fine aprile, periodo giusto per galli forcelli. Gli avventori si misero a ridere. Allora quell'uomo strambo, fingendosi offeso, sbottò: «Scommettiamo un bottiglione che li ho uccisi?». «Anche due!» rispose uno di San Martino. «Però vai a prenderli e falli vedere.» «Due bottiglioni, e vi porto qui i galli» concluse il matto. «Va bene!» disse quello di San Martino. L'uomo sparì, risucchiato dal battente della porta semiaperta. Dalla strada entrava un profumo oleoso di gemme dischiuse. Provenivano dall'acacia di fronte. Di lì a poco lo strambo tornò con un catino smaltato sottobraccio. Conteneva due galli da pollaio bell'e spennati. Le creste, non più rosse ma violacee, spenzolavano dal capo come foglie morte. «Eccoli» disse, «due galli già spellati, pronti da brodo.» Gli avventori scoppiarono a ridere, tranne quello di San Martino. «Ora paghi due bottiglioni» ghignò il matto rivolto all'altro. «Non pago niente, io intendevo galli forcelli.» L'altro rispose: «Ho detto chiaro che stamattina avevo fatto fuori due galli e due galli sono qua. Se pensavi ai forcelli sono affari tuoi. Adesso paghi due bottiglioni». Il gabbato tentò di ribattere, ma si trovò solo contro tutti. Alla fine fu costretto a tirar fuori il portafoglio e a offrire due bottiglioni allo strambo che si era rivelato più sveglio di tutti.

Non era nuovo, il matto, a quelle sfide strampalate per spillare all'incauto scommettitore un quarto di vino. Una volta entrò al Cacciatore verso sera. Giulivo e provocatorio disse: «Mio cugino dalla Germania mi ha portato una penna che scrive tutti i colori». «Ma va'! Tutti?» chiese uno che lavorava in comune. «Tutti» rispose, «se non credi mettiamoci un litro e te la faccio vedere.» A quel tempo erano apparse sul mercato grosse penne biro che disponevano di vari colori. Bastava premere un pulsante e il colore prescelto metteva fuori il naso. Si trattava di biro colorate, raccolte in un solo tubicino. Forse, fu pensando a quelle che lo strambo propose la sfida. L'altro, convinto che i tedeschi non fossero in grado di creare un tale oggetto, accettò la scommessa. A quel punto il matto si fece dare un pezzo di carta dove segnavano i punti a briscola, si appartò in un angolo, estrasse dalla tasca la penna magica e attaccò a scrivere. Quand'ebbe finito, mise il foglietto sotto il naso dello scommettitore che allibì. «Non vale!» gridò. Il matto, con una normalissima biro, aveva scritto sul foglio una dozzina di nomi corrispondenti ad altrettanti colori: rosso, verde, giallo, blu, viola... Rivolto al rivale, disse: «Vedi, questa penna scrive tutti i colori. Non li ho scritti tutti, ma se vuoi vado avanti». A quel punto il litro di vino era scroccato.

L'osteria del Cacciatore era un porto di mare, un luogo di cultura, se vogliamo, un ritrovo di creativi. La compagnia non mancava. Dentro quei muri fumosi, tra fiaschi di vino e carte da gioco, nascevano idee, progetti, si vivevano e ascoltavano storie di ogni tipo. Racconti di caccia da far impallidire Turgenev, avventure amorose, udendo le quali i giovani tendevano le orecchie. Riguardo la caccia, i seguaci di sant'Ubaldo sparavano bugie a ripetizione. Non mancava qualche rissa, ma veniva sedata subito, il più delle volte ci bevevano sopra. D'inverno, l'enorme stufa divorava ciocchi di carpino come Pavesini. Un chiacchiericcio allegro e scoppiettante usciva dai cerchi di ghisa a tirar su l'anima ai più tristi. La stagione fredda era il periodo delle partite a morra che facevano scricchiolare i tavoli, del braccio di ferro, che i tavoli li spaccava, delle interminabili briscole dove la posta era solo vino. Fuori nevicava e il pacifico silenzio dell'inverno vegliava sulle case sepolte da un metro di neve. La gente se ne stava tappata in casa a intagliare legno.

Il più fortunato avventore del locale era Pintor. Per entrare al Cacciatore non doveva fare altro che allungare un passo. La sua casa stava a un metro dalla porta dell'osteria, e lui era uno che l'osteria la frequentava. Mio padre non era meno fortunato. Bastava che ne facesse dieci di passi ed era dentro, davanti al bancone. Quei pochi metri li percorreva tutte le sere.

Un giorno di primavera davanti al Cacciatore assistetti a un colpo magistrale, irripetibile. Un ragazzo con in mano la carabina Flobert (noi la chiamavamo il Flober) stava sulla porta dell'osteria. Il sole veniva da occidente. Sulla strada, ad altezza d'uomo, avanzava zigzagando controluce nell'aria tremula una farfalla. Il suo volo era una serie di spostamenti febbrili con scatti alti e bassi, destri e sinistri. Sul lato antistante l'osteria, cinque cacciatori "in vacanza" poggiavano le chiappe sul tiepido cemento del muro. Il giovane, di nome Petrin, imbracciò il Flober e, rivolto ai ceffi sul muro, disse: «Volete vedere che tiro giù la farfalla a volo?». I cinque sorrisero. Era evidente che il ragazzo aveva buttato una spacconata, ma quando uno disse: «Neanche capace», perso per perso, ci provò. Alzò il Flober e lo puntò sull'insetto variopinto che ballava nell'aria tremula. La farfalla si trovava controluce, più alta di quando era comparsa sulla via. Si udì il secco paff dell'aria che il grilletto liberava dalla compressione. Nello stesso istante, la farfalla esplose in mille bricioline. Caddero a terra lievi, come polline di fiori. Il vento d'aprile le trascinò subito via. Con un colpo simile, ogni giovane sarebbe esploso in salti di gioia. Petrin non lo fece. Da attore consumato, ostentando completa indifferenza, si rivolse ai cacciatori: «Visto? Volete provare anche voi? Qui ci sono pallini, là ci sono farfalle» disse segnando col mento il prato. Uno dei cinque, scandalizzato da tanta fortuna, esclamò: «Che culo! Mai visto un culo simile, sparisci e non farti più vedere. Se tiri un milione di colpi non ne fai più uno così». Senza scomporsi Petrin rispose: «Intanto l'ho presa. Prova tu a colpirne una, visto che sei cacciatore». A quelle parole l'uomo si adombrò. Aveva capito che mai poteva riuscirgli un colpo uguale. Il caso difficilmente si ripete e nessuno lo padroneggia. Allora levò le chiappe dal muro, si avvicinò a Petrin, lo prese per un orecchio e trascinandolo verso il prato Balbi gli diceva: «Dai, mostrami quanto sei bravo, tira giù un'altra farfalla a volo. Andiamo al prato Balbi, lì ce n'è di farfalle, fammi vedere se riesci a beccarne un'altra e ti regalo tutto quello che ho, compresa la Vespa». Il ragazzo si divincolò, rosso in faccia come un pomodoro. Rispose: «Ti ho già fatto vedere; e lo hai visto bene, tocca a te fare altrettanto. Fammi vedere tu se sei capace di prendere una farfalla a volo, anche per caso». A quel punto l'energumeno lasciò perdere, se ne tornò a posare le chiappe al muro, assieme ai compari, borbottando insulti all'indirizzo di chi lo aveva umiliato. Il ragazzo nel frattempo restò seduto sul margine del prato Balbi strofinandosi l'orecchio infuocato.

Qualche volta incontro il Petrin. Abita in città. Ci vediamo di rado, ogni tanto succede. Immancabilmente gli tiro fuori la storia della farfalla che colpì a volo con un pallino di piombo sputato dallo starnuto del Flober. Per quanti sforzi faccia, non ricorda più quel colpo magistrale creato dal caso. Mi ripete: «Se lo dici tu».

L'osteria del Cacciatore chiuse i battenti la notte del Vajont per non riaprirli mai più.

Molti anni dopo cercavo un buco dove esercitare il mio lavoro di scultore. Bussai a varie porte, tutte restarono chiuse. Nessuno mi cedeva una stanza dove mettermi a scolpire. Nel frattempo, la casa che ospitava l'osteria tornò al vecchio padrone. Domandai a lui se mi affittava la sala del Cacciatore. Il giorno dopo tenevo le chiavi in mano. Era primavera, tempo di rinnovarsi. Cambiamenti importanti, traslochi, matrimoni, viaggi vanno fatti a primavera, quando l'entusiasmo germoglia, prende vita come le gemme sugli alberi. Aprire la porta dell'osteria, dove da ragazzino andavo a recuperare mio padre sbronzo, entrare in quel locale dove avevo origliato fra i tavoli i segreti della vita mormorati o gridati dagli adulti, mi procurò grande emozione. Ma anche malinconia. Il locale, che un tempo pulsava di allegria, voci, risate, bestemmie e canti, era desolatamente vuoto. La pittura sulla parete di fondo non esisteva più. L'opera del grande e altrettanto modesto Pocchiesa era caduta assieme all'intonaco, sbriciolandosi sul pavimento come una crosta di sale. Il bancone era stato tolto, rimaneva il segno perimetrale sul pavimento. I mitici tavoli rotondi non c'erano più, tranne uno, ingobbito dall'umidità, con un piede sghembo. Là dentro si respiravano gelo e abbandono. Il Vajont è stato anche questo: abbandonare tutto, chiudere le porte, andare via. La vita costretta a spostarsi altrove. Ma, nonostante la tristezza, ero orgoglioso di poter occupare lo stanzone che fu la mitica osteria del Cacciatore. Tra quei muri non ero solo, ma in buona compagnia. Mi sentivo circondato dai vecchi avventori del passato, per la massima parte scomparsi. Quel luogo mi ispirava, mi regalava una dolcezza nuova che, ne fui poi certo, avrebbe giovato al mio lavoro stimolando la fantasia a fare buone sculture. Spazzai i calcinacci, rivestii le pareti di polistirolo per combattere il freddo degli inverni. La vecchia stufa Artic di ghisa, che da anni mi segue nei traslochi, la piazzai al centro. In un angolo sistemai il lettino e mi rintanai a scolpire le mie cose tra le accoglienti mura del Cacciatore. Ero circondato da ricordi, nostalgie, memorie. Di notte le visioni dei personaggi strampalati che frequentarono quel luogo venivano a trovarmi. Rimasi al Cacciatore diversi anni, poi la casa fu venduta al gestore del rifugio Ditta, il vecchio Bepi. Fui costretto a traslocare di nuovo. Come perseguitato dal destino, mi infilai ancora in un'osteria abbandonata, quella del Tan, in fondo al paese.

La sorte mi vuole in osteria, come bevitore e come lavorante del legno. La primavera brilla sui muri corrosi delle case, il sole incendia tegole sconnesse, illumina squarci nei tetti, va in fondo, esplora stanze vuote. L'orologio del campanile batte le ore, unico segno di vita del villaggio abbandonato. Mi appoggio al muro dove sedevano i vecchi bevitori, dove quelli alle prime armi si sporgevano a vomitare. Su quel muro, un tempo lontano, cinque cacciatori assistettero al colpo magistrale di Petrin. Guardo quella che fu l'osteria del Cacciatore. Oggi è una bella casetta, finestre e porte nuove, il portico rinnovato, imbiancato a fresco. Bepi Ditta l'aveva ristrutturata con grazia e buon gusto come era nel suo carattere. Bepi non c'è più, la casa è vuota, silenziosa, le imposte chiuse. Vado avanti. La primavera passa veloce: vorrei arrivare in fondo alla via prima che termini. Sulla mia sinistra vi sono alcune letamaie vuote, secche. Niente vacche, niente letame. Prima del Vajont si conviveva con l'odore del letame misto a quello di polenta fumante e cipolle fritte. Le concimaie stavano accanto alle case, vicino alle cucine. L'odore del letame era segno di vita, patate nuove, erba, fieno, orti rigogliosi.

Su una di quelle letamaie, nella primavera del 1970, si chinò il grande scultore Augusto Murer per annusare ancora una volta lo Chanel n. 5 che gli ricordava la gioventù. Nel '70, alcuni ertani tenevano ancora qualche vacca. Più per nostalgia che per tornaconto. Per questo motivo vi erano ancora letamaie in uso. Il grande scultore si chinò ad annusare e disse: «Finalmente un bon odor!».

Sulle concimaie si narrano fatti inquietanti. Trecento anni fa servivano a sbarazzarsi dei nemici. Alla stregua della mafia che usa l'acido per sciogliere i morti ammazzati, in montagna usavano le letamaie. Le faide esistevano anche da noi e non si andava per il sottile. Se moriva un vitello di malattia, mio nonno lo seppelliva nel letame, a un metro e mezzo di profondità. Quando l'anno dopo portavano il letame nei campi, del vitello non vi era traccia, solo qualche osso. Il letame mangiava tutto, come un lupo vorace. Raccontava, il vecchio, che molte sparizioni restarono per sempre nel mistero, perché i corpi degli assassinati finivano due metri sotto, nelle pozze di letame. Era un metodo infallibile per liberarsi di una persona senza lasciare segno. Questo succedeva trecento anni fa, ma le storie si tramandano di padre in figlio. Mia nonna Maria ne sapeva diverse, forse le inventava, me le raccontava. Una è questa.

Un uomo di trentacinque anni se la faceva con la moglie del suo migliore amico, un tipo di poche parole, alto e magro, che di anni ne aveva quaranta. La cosa andò avanti per un bel po'. I due amanti erano convinti di stare al sicuro e che il marito becco non sospettasse nulla. Lei era molto bella, portava sempre due grossi orecchini d'argento. Un giorno scomparve e non si fece più viva. Il marito piangeva, non si dava pace. «Se è finita in qualche burrone, vorrei almeno trovare il corpo!» piagnucolava. Alcuni pensarono che fosse fuggita all'estero, stanca di quell'uomo taciturno, senza carne né cervello, solo pelle e ossa, alto come il campanile. L'amante di lei frequentava come sempre l'amico sconsolato, lo aiutava nei lavori del bosco e nel fieno perché aveva le mucche. Passarono due anni. Il vedovo, ormai rassegnato, non nominava più la moglie scomparsa, segno che il suo dolore si era assopito. La pozza del letame era aumentata all'inverosimile, occorreva liberarla, portare il concime nei campi e sui prati. Furono ingaggiati dodici uomini con dodici slitte cassonate per sgomberare la pozza. Era il tempo dell'inverno, le slitte scivolavano sulla neve veloci e sicure, condotte da uomini che odoravano di letame. Uno di questi era l'amante della donna.

Alla fine, verso le ultime badilate, fu lui a trovare sul fondo della concimaia due orecchini d'argento. Li riconobbe e tremò. Erano quelli della donna. Li fece vedere al marito, che fingendo sbalordimento esclamò: «Chissà come sono finiti lì dentro, li avrà buttati lei prima di andarsene e lasciarmi solo, quella troia!». L'amico restò zitto, aveva capito tutto. Di lì a poco scomparve anche lui. Tutto il paese si fece meraviglia. Due sparizioni in poco tempo davano da pensare. Il marito, in un eccesso di loquacità alcolica, disse: «Sarà andato a trovare mia moglie che lo stava aspettando da qualche parte. Sapevo che se la intendeva con lui, quella troia!». Il tempo passava, il ricordo dei due scomparsi sbiadiva, la letamaia aumentava. Dopo altri due anni, fu tempo di liberarla di nuovo. Furono ingaggiati dodici contadini muniti di slitte cassonate. Era sempre d'inverno, con la neve si fatica meno a tirare il mezzo. Ancora una volta verso la fine del lavoro, che di solito durava tre giorni, sul fondo della buca ormai sgombra dal concime apparve qualcosa. Uno dei badilanti tirò su l'oggetto. Era la fibbia di una cinghia da pantaloni. «Chissà chi l'avrà perduta!» brontolò, mentre la buttava sull'acciottolato. La lavarono sotto il getto della fontana. Quando fu pulita, a qualcuno parve di riconoscere la fibbia dello scomparso poiché era fatta in certo modo, ma non ne fu sicuro. Il vedovo, invece, la riconobbe senza incertezze e volle tenerla. La mise accanto agli orecchini della moglie sulla mensola del caminetto. Ogni tanto guardava quei piccoli oggetti, rideva e si fregava le mani.

Mia nonna mi raccontava molte storie di letame mangiapersone. Una notte di maggio, una donna seppellì nel concime il figlio appena nato, frutto di un amore clandestino. Come per i vitelli e i morti ammazzati, del corpicino non rimase traccia. L'infanticida credeva di essere a posto, invece il piccolo si rifece vivo. Ogni primavera, nel mese di maggio, sul culmine della letamaia spuntava un fiore azzurro, alto più di un metro. Era quello che noi chiamiamo l'anzicioco o fiore del perdono. Lei lo strappava con rabbia, lo metteva nel fuoco, ma il giorno dopo un nuovo anzicioco stava ritto sulla letamaia. Così per tutta la primavera. Il fiore cresceva di notte, più veloce dei funghi. Dopo aver strappato l'ennesimo anzicioco, una sera la donna si appostò nella stalla di fronte alla pozza di letame per vedere spuntare il fiore. Ma si addormentò; quando riaprì gli occhi, l'anzicioco era già cresciuto. E così per molte notti e per tutta la primavera. Aspettava paziente sulla sedia, cercando di restare sveglia, ma a una certa ora una forza misteriosa la conduceva in un sonno di pietra. Non c'era verso di opporsi. Quando si svegliava, il fiore era spuntato. Lo strappava e lo inceneriva, ma la notte seguente un nuovo anzicioco abbelliva la letamaia, senza far rumore. Non riuscì mai a vederlo crescere; ogni volta un sonno di piombo veniva a prenderla. Alla fine si era ridotta a vivere le primavere sulla sedia, di fronte alla montagnola di letame sulla quale ogni notte fioriva l'anzicioco che lei strappava e bruciava. Finché una mattina la trovarono morta, rovesciata in avanti, con la faccia nel letame. L'anzicioco sulla concimaia per la prima volta non era cresciuto, né tornò mai più.

Centoventi anni fa, una di quelle buche accolse i corpi feriti a morte di due acerrimi nemici. La causa fu il possesso di un prato. Si incontrarono in piena notte in quel luogo tetro e buio. Il più giovane fece brillare l'acciaio per primo. L'altro era una vecchia volpe, stava pronto. Benché ferito, riuscì a vibrare due fendenti al rivale. Entrambi crollarono nel letame. Li trovarono al mattino, statue d'argilla verdastra, contorti dagli spasimi della morte. Si erano rivoltati nel concime imbrattandosi di sangue e sterco. Una visione da far paura. Questi erano i racconti di mia nonna. Ogni casa aveva una stalla, ogni stalla una letamaia, ogni letamaia i suoi segreti.

La primavera illumina il campanile, lungo la via non c'è anima viva. Il profumo dei sambuchi, che invadono i cortili, allieta le strade. È mezzodì. Il silenzio e la solitudine colano lungo i muri come un olio scuro. Sulla sinistra l'occhio buio di un portico, del quale non si intravede il fondo, guarda la strada. Di notte diventa un tunnel avvolto nelle tenebre.

In fondo a quel budello s'intanavano le coppie a fare l'amore. Una panca messa di traverso all'entrata segnalava che l'appartamento era occupato. Appena vedevamo una coppietta infilarsi là dentro, sostavamo nei pressi per captare rumori e sospiri. Ma gli amanti, consci di essere a bordo strada, controllavano bene le emozioni. Dal fondo del tunnel non usciva altro che il fiume nero della notte. Piuttosto delusi tornavamo alle nostre tane, accanto al fuoco.

Un pomeriggio, Runio mi chiamò. Era un giovane sui ventotto anni, alto e atletico, con un bel volto. Mi avvicinai ignaro, pensando volesse dirmi qualcosa. Infatti era così. Mi afferrò per un orecchio e sollevandomi da terra disse: «La prossima volta che vieni a spiarmi nel portico, ti mando una fucilata. Dillo anche agli altri curiosi di merda». Poi mi lasciò libero. Filai via con l'orecchio incendiato. Quando fummo adulti e svezzati, i nostri predecessori avevano abbandonato quel luogo. Ormai avevano mogli e casa. A quel punto, il buco degli amanti era nostro. Allora capii la reazione di Runio quando ci appostavamo fuori dall'antro per captare i sospiri amorosi. Anche noi venivamo spiati dai tredicenni, curiosi di udire qualche miagolio di piacere. La cosa ci disturbava parecchio e reagivamo peggio di Runio.

Un'altra casa abbandonata tiene gli occhi chiusi, gli scuri di legno accostati come palpebre abbassate. Accanto c'è un piccolo slargo. Prima del Vajont, un vecchio silenzioso squadrava legname, seduto su uno sgabello in un angolo del cortile. Preparava i pezzi per costruire le slitte. Stava sempre in quel posto, caparbio, tenace, con qualsiasi tempo, giorno dopo giorno, a sbozzare i suoi legni. Li tirava lisci, come piallati, con il solo ausilio dell'ascia da squarto. Faceva quel lavoro da mattina a notte, solo quello, tutto l'anno, anche d'inverno. La sua testa si era inceppata un giorno lontano. Dopo il fermo, l'unica visione che il suo cervello conteneva, l'ultima rimasta nel lampo fugace che generò l'oblio, fu la slitta da legna. Così, finché visse, seguitò pazientemente a preparare i pezzi che compongono il tipico mezzo di trasporto. Lavorava con metodo e costanza. Prima scolpiva i pattini, lunghi un metro e ottanta, rigorosamente di faggio. Poi le traversine di betulla. Alla fine intagliava i pioli portanti di maggiociondolo, quindi le mazze, lunghi bastoni di nocciolo, grossi quanto un manico di scopa. Raccoglieva i manufatti in mucchi mettendo assieme i pezzi della stessa fattura. Non assemblava mai una slitta, intagliava solo gli elementi. Forse aveva dimenticato come fare. Alcuni uomini del paese, per schivare la seccatura di andare in bosco, prendere il legno, lavorarlo e fare la slitta, si recavano dal vecchio per servirsi a piacere. Con un pacchetto di tabacco e un litro di vino portavano a casa la slitta già preparata, solo da montare. L'artigiano lasciava fare. Non si voltava nemmeno. Continuava imperterrito il suo lavoro, mentre gli altri prendevano i pezzi da sotto la tettoia. Un inverno, la cuccagna finì. Era metà dicembre, nevicava. A mezzogiorno il vecchio piantò l'ascia sul ciocco accanto al falò ed entrò in casa a mangiare la solita scodella di polenta e latte. Non tornò più al lavoro. A sera, la scure stava ancora piantata sul ceppo. La mattina, lo stesso. Il camino non fumava. Andarono a vedere. Era morto. Teneva il cucchiaio in mano, seduto sulla panca del cantonale. Fuori seguitava a nevicare. Il funerale fu diverso dai soliti. Anziché portarlo a spalle, lo caricarono su una slitta e lo tirarono al cimitero lungo la via bianca di neve. Sotto la tettoia restarono i legni appena sbozzati. Furono smantellati molti anni dopo il Vajont, cominciavano a crollare sotto il morso dei tarli. Il loro colore non era bianco come un tempo: erano diventati grigi, il grigio della tristezza, dell'abbandono, dell'oblio.

Più avanti il vecchio muro interrompe la continuità della contrada. Un varco dà accesso a una viuzza di ciottoli quasi verticale. In cima c'è una casupola. Più che una casa sembra un nido di rondine. In quella tana viveva un pifferaio che si può definire magico. Gli strumenti li costruiva lui, al tornio, li forava con pazienza e un ferro arroventato. Dava i toni e le note giuste mediante piccoli fori di vario diametro. Montava l'ancia sottilissima di acero e il piffero era pronto. Alcuni li vendeva, molti li regalava ai bambini, ne teneva solo uno per sé. Il suo lo cambiava ogni anno. Diceva che a furia di suonare lo strumento si stanca. Il piffero non è come il violino che più lo suoni e più diventa buono; è come l'uomo, invecchiando perde fiato. I suoi strumenti erano canne di frassino a forma di clarino, lunghe quaranta centimetri. Alla stregua di Stradivari che verniciava i violini, l'artigiano pennellava i suoi zufoli con una mistura di cera d'api, resina, uva di sambuco, grappa e altre diavolerie messe assieme che solo lui conosceva. «La grappa» diceva «li fa cantare con allegria.» Lucidava gli strumenti con una calza di lana, rendendoli brillanti come vetro. Il succo dell'uva di sambuco dava loro un colore viola, signorile, misterioso. Parecchie persone provavano a soffiarci dentro, ma nessuno cavava le melodie che otteneva il pifferaio. Quando suonava lui il tempo si fermava, dall'aria tornavano i suoni come se rimbalzassero sotto il cielo e piovessero sulla testa delle persone. Suonava soprattutto a primavera, un po' meno nelle altre stagioni. Girava per le vie del paese. Chi lavorava nei campi si fermava ad ascoltare, gli artigiani restavano con l'attrezzo in mano, le donne smettevano di pedalare sulla macchina da cucire. Dal suo strumento venivano fuori le armonie della Terra, l'odore delle stagioni, la pace delle sere d'estate, il silenzio dell'inverno, la dolcezza dell'autunno.

Una volta, mentre suonava lungo la via Centrale in una tiepida sera di maggio e la gente sugli usci ascoltava rapita con la scodella di minestra in mano, incontrò un ubriaco. Senza mezze misure, l'omaccio gli strappò il piffero di bocca e lo frantumò sotto le scarpe ferrate bofonchiando che era stufo di sentirlo. Sul paese calò un silenzio gelido, come se fossero morti tutti all'improvviso. Poi la gente si arrabbiò. Molti deposero le ciotole e si avventarono sull'incauto che aveva osato distruggere il magico suono. Lo avrebbero linciato se non fosse intervenuto il suonatore a contenere l'assalto, a proteggere quello stolto dall'ira dei paesani. Quando il tafferuglio fu placato, non prima che il prepotente avesse ricevuto alcuni calci nel sedere, l'artigiano si recò a casa e tornò di lì a poco con un nuovo strumento. La via si illuminò ancora di quei suoni che allietavano la gente. Aveva ripreso a suonare come se non fosse successo niente. Questa volta l'ubriaco si fermò ad ascoltarlo. Finché si accucciò sulla soglia di una porta e si addormentò come un bambino dopo la poppata.

Una volta il pifferaio mi disse: «To', prova questo, soffia un po' anche tu». Mi porse lo strumento. Ero un ragazzino, forse dieci anni. Posai le labbra sull'ancia di acero e cercai di soffiare, ma rinunciai immediatamente. Avevo sentito il tiepido calore della saliva, nonché un odore di aglio e acquavite che mi fecero ribrezzo. Gli riconsegnai il piffero e gli dissi che suonasse lui che era capace. Il leggendario incantatore morì due anni dopo nel bosco della Bécola, dalle parti di casera Galvana. Lo trovarono tre boscaioli in autunno, quando si recarono lassù a tagliare piante da lavoro. L'artigiano era scomparso nel mese di maggio, intorno al 20. Si seppe anche perché sparì in quel periodo. Si era recato lassù proprio allora per cercare il legno da fare i pifferi. Sapeva che, tagliando i frassini nella notte tra il 20 e il 21 di quel mese, gli strumenti suonavano meglio. In quella notte di primavera, tutti i boschi della Terra intonano melodie. Pare che un misterioso segnale percorra l'intero pianeta per dire agli alberi di mettersi a cantare. E quelli lo fanno, a squarciagola. Per questo, i pifferi dell'ertano e i violini di Stradivari suonavano così bene. Entrambi tagliavano le piante la notte di primavera, tra il 20 e il 21 maggio, quando i boschi della Terra cantano assieme. Il nostro compaesano aveva ricevuto dagli antenati quel segreto, che passava di padre in figlio. Lo aveva tramandato attraverso le generazioni un antico liutaio ertano, il quale, si racconta, lo svelò per una botticella di vino a Stradivari quando venne da queste parti in cerca di abeti per i suoi violini.

Alla casera Galvana i boscaioli accesero il fuoco. Uno di loro andò a raccogliere legna nel bosco della Bécola. Notò qualcosa accovacciato sotto un larice. Era un corpo smangiato dalle intemperie e dal tempo. Nonostante la consunzione, riconobbe l'artigiano. Capì che era lui dal cappello di feltro a punta, color marrone, come quello dei folletti, e dai pantaloni verdi alla zuava, che ormai contenevano soltanto le ossa. Accanto al morto, vicino allo scarpone sinistro, stava uno dei suoi pifferi magici. Lungo il foro della canna, andavano e venivano formiche. Entravano e uscivano frenetiche da quel piccolo tunnel che avevano eletto a passaggio strategico per arrampicarsi sul larice. Si era sentito male ma, prima di cadere, era riuscito a trascinarsi sotto la pianta. Un buon posto per morire. Accanto a un albero si muore in pace. I boscaioli volevano portarlo giù, seppellirlo nel cimitero. Quello che lo aveva trovato disse: «Lasciamolo qui, starà meglio che non laggiù, in quella confusione di morti. Farà compagnia a Maria Corona De Fant detta Galvana, che è sepolta da qualche parte qui attorno». Tutti e tre d'accordo, scavarono una buca sotto al larice e sotterrarono il pifferaio magico assieme al suo strumento. Non dissero mai nulla. Si venne a conoscenza del seppellimento solo quando morì l'ultimo dei tre boscaioli e un notaio aprì il suo testamento. Si racconta che certe notti di luna piena, soprattutto in primavera, ma anche nelle altre stagioni, si può udire nitida e dolce la melodia di un piffero che accompagna la voce di Galvana mentre canta la triste nenia della sua morte.

Poco oltre la casupola del pifferaio, corre una strada di ciottoli a pendenza quasi verticale. Si chiama "sciariàda" o "via delle slitte". Le pietre che la tappezzavano lucevano come pepite d'oro per l'intenso transito di slitte colme di fieno e legna, e il continuo limare di scarpe chiodate. La strada si snodava tra muri a secco e scarpate per tre chilometri. Era l'epoca fulgida della mitica sciariàda. Il percorso iniziava all'imbocco della Val Zemola e scendeva fino a tagliare in due il paese per terminare sul greto del Vail, dove dondolavano al vento due ponti di legno sospesi a funi d'acciaio. Era lastricata di ciottoli grossi quanto un pugno, serrati l'uno all'altro dal cemento degli anni, impasto di polvere, sudore e fatica che incollava storie di secoli. Oggi la sciariàda è quasi del tutto scomparsa. Ne rimane un piccolo tratto che corre da inizio paese fino alla chiesa di Beorchia: mezzo chilometro in tutto, forse anche meno. Il resto non esiste più. È stata sbudellata, smantellata dalle ruspe per far posto alle case del paese nuovo. La parte alta, quella che menava alla curva di Costa, se l'è mangiata la carrozzabile per la Val Zemola.

D'inverno diventava una fantastica pista di bob, che percorrevamo con vari attrezzi di scivolamento. Il più formidabile erano le dàmede, galosce di acero con la suola appositamente piallata e levigata, usate alla stregua di un paio di sci. Essendo corte come una scarpa, stare in piedi non era facile, ma, dopo alcuni inverni di allenamento, i neofiti diventavano equilibristi da circo. Partivamo dalla curva di Costa, all'imbocco della Val Zemola, e giù in picchiata lungo quel budello di ghiaccio fino al greto del Vail. Di solito si procedeva accucciati, solo i più bravi scivolavano in piedi. Era difficile non finire col grugno sul ghiaccio. Non usavamo né guanti né berretti. Le mani diventavano viola, il naso congelava ma, dopo la seconda salita, i corpi bollivano come rape nella pignatta. Qualsiasi freddo spariva e non si presentava più fino all'indomani, quando riprendevamo le discese.

C'era un uomo, morto poi nel Vajont, che si metteva davanti all'osteria Pilin con in mano un vecchio orologio Roskopf a cronometrare chi di noi passava più veloce. Era sposato e non aveva figli. Ma, al contrario di molti che nella stessa situazione mal sopportano i pargoli altrui, quell'uomo voleva bene ai bambini come nessun altro. Portava il cappello sulle ventitré, pareva dovesse cadergli in terra da un momento all'altro. D'inverno indossava una lunga palandrana grigio topo, il cui bordo spazzolava la neve. Ogni tanto ci fermava per offrirci un cartoccio di caldarroste che faceva preparare dalla Cate, la padrona dell'osteria Pilin.

Un pomeriggio d'inverno, terso e gelido, assistetti a una prova di coraggio da mettere i brividi. Nel tratto più ripido della sciariàda, quello che mena in paese, un uomo scendeva davanti alla slitta carica di legna, sulla lastra di ghiaccio della strada, rischiando di esserne travolto. Invano alcuni boscaioli cercarono di farlo desistere. Lepre, così si chiamava il temerario, voleva dimostrare a tutti, ma soprattutto a se stesso, che si poteva menare giù una slitta piena anche con la strada in quelle condizioni. Calzò un paio di grappelle, rudimentali ramponi, e si piazzò tra le stanghe di manovra. Cinque uomini, grappellati pure loro, stavano ai lati pronti, casomai, a intervenire. Ma, se il mezzo gli fosse sfuggito, difficilmente l'avrebbero bloccato. Il Lepre sarebbe finito sul muro della casa in fondo alla discesa, spiaccicato dal carico. È quasi impossibile, infatti, sottrarsi dalla guida di una slitta. Le stanghe tengono il pilota prigioniero come tra due muri. Il carico di faggio pesava almeno tre quintali. Lepre fece il segno di croce e si piazzò tra le stanghe. Dalla sottostante osteria Pilin era venuta su gente a vedere. Tutti stavano in silenzio. Lepre, con impercettibili colpetti laterali, mosse la slitta. Piantò le grappelle poco avanti, con due passetti che non superarono la spanna. Per assicurarle saldamente, dava colpi di scarpone sulla superficie vetrata. Cominciò il viaggio verticale. Calava la slitta non più di cinque centimetri per volta. Si fermava, respirava a fondo e guardava il cielo, forse per raccomandarsi a Dio. Attorno a lui, la tensione era al massimo, il silenzio totale. La gente seguiva preoccupata. Passò una vecchia sulla traversa inferiore con un secchio d'acqua in mano. Guardò Lepre e gridò che era matto. Alcuni uomini la zittirono di brutto. La vecchia non ebbe il coraggio di seguire la scena, brontolando improperi verso il pazzo si dileguò come un'ombra.

Il Lepre non mollava. Centimetro dopo centimetro, puntando di precisione i piedi ramponati, guadagnava terreno. Il rischio aumentava quando si affacciavano gli scalini di pietra e la slitta prendeva un sobbalzo. Sull'ostacolo Lepre si irrigidiva, premeva la schiena contro i tronchi, riprendeva fiato e giù, ancora qualche centimetro. Quando raggiunse la traversa bassa, dove poco prima era passata la vecchia, si fermò a riprendere fiato. Ramponò gli scarponi, puntò la schiena, mollò le stanghe e si tolse la camicia. Restò in canottiera. Faceva freddo, ma sudava e fumava. Fumava come un bisonte nel gelo. Aveva braccia fatte a tronco di carpino, nodose, storte, grosse, scure. A vederle si capiva che avevano forza da vendere. A quel punto era quasi fatta, da lì in poi la pendenza diminuiva, ma non bisognava perdere concentrazione. Lepre non la perse. Mosse le stanghe con un colpetto impercettibile e riprese a condurre davanti al carico di tronchi che spingeva come una locomotiva. Superò la curva a gomito, rasentò il muro di casa Centia. Era il punto dove si sarebbe spiaccicato nel caso la slitta lo avesse travolto. Scese adagio, passò davanti alle stalle Mela, Zita e Barbin. Dopo l'ultima curva impegnativa, fermò il mezzo sulla piazzetta davanti all'osteria Pilin. Ci furono applausi, gli pagarono da bere, bevvero tutti. Nessuno, dopo il Lepre, ha mai osato menar giù una slitta carica di tronchi lungo la sciariàda tappezzata di ghiaccio.

Più avanti alcune case abbandonate, situate poco prima della mitica osteria, osservano mute il passante. Gli eredi le aprono di rado, il giorno dei morti, forse, per accendere una candela, spesso neanche allora.

Nella prima casa viveva un uomo che suonava il clarino. La gente di questi paesi era povera ma coltivava svariati interessi artistici. Li esprimeva con passione, e con qualche successo. Ora siamo ricchi, ma interessi zero. Prima del Vajont allietava le feste una banda musicale di trenta elementi diretta da Resiàn, uomo ferrato in musica come pochi, intransigente e creativo. Oltre alla banda esistevano suonatori singoli, che lavoravano in solitaria. Ricordo quattro chitarristi eccellenti più un ottimo trombettista. C'erano due sassofonisti, entrambi ancora sulla breccia, e due violinisti formidabili. Il primo era giovane, simpatico, esuberante, l'altro vecchio e impassibile. Il giovane adesso è in là con gli anni, suona di rado. Il secondo non c'è più. In due suonavano il mandolino. Uno, classe 1922, lo suona ancora. L'altro è morto. I nostri musicisti andavano a rallegrare la gente anche nei paesi vicini, durante le feste comandate, da un Capodanno all'altro. Erano autodidatti, avevano studiato musica per conto loro. Prima di impugnare lo strumento, facevano dieci ore in cantiere o nel bosco a tagliare alberi. Dimenticavo un uomo affabile, virtuoso suonatore d'organo. Era lui che le domeniche accompagnava la messa con l'armonium o l'organo grande che stava dietro l'altare. Tre di quei musicanti avevano composto una splendida canzone di Natale con musica e parole rigorosamente loro. Dello spartito che la teneva in vita non c'è più traccia. Io la ricordo bene, la notte di Natale la ripeto con l'armonica a bocca. Oggi nessuno suona nulla in paese. Salvo i Medium, complesso geniale dei fratelli Corona e i loro figli, tutto tace. La passione musicale pare finita da queste parti. A Erto la musica è morta. Oggi che ci sarebbero mezzi, comodità, scuole di musica a Longarone e Belluno, soldi, i nostri ragazzi hanno poco interesse per le note. Girano in motorino persi nell'indecisione. Vicino alla diga abbiamo la palestra di roccia più famosa al mondo, ma nessun ertano la frequenta. Televisione, motorino e lavoro sono troppo poco per un adolescente. Occorre dirlo: i giovani lavorano, sgobbano sodo, ma faticare solo per l'automobile non basta. Bisogna risvegliare in loro passioni, hobby, interessi che certamente hanno ma tengono segreti o non riescono a esprimere. Far germogliare nei ragazzi l'entusiasmo è dovere di tutti noi. Allora ai giovani tornerà la fiducia e non butteranno alle ortiche la vita e il futuro.

A primavera, la via Centrale brulicava di vita. La sera, i musicisti liberavano strampalati repertori lungo la strada, nelle osterie, seduti sui muriccioli. Soprattutto sabato e domenica, quando avevano una briciola di tempo libero.

Una casa, poco prima dell'osteria Pilin, mi ricorda due sposi novantenni. Camminarono mano nella mano fino agli ultimi giorni di vita. Nelle tiepide giornate di maggio, arrivavano fino al cimitero stretti l'uno all'altra come giovani amanti. Andavano a vedere il luogo del futuro. Quello fu un solido esempio di amore duraturo. Non ricordo casi simili. Era lui che preparava il cibo alla sua bella. Settant'anni di matrimonio e mai un alterco, una rissa, un mugugno. Lo confermava la figlia, morta anche lei in età avanzata. Andavo spesso a trovarli. Il vecchio mi offriva un bicchiere di vino. Lui non beveva, nemmeno lei, ma il bottiglione per gli ospiti stava sempre sul tavolo. Morirono a breve distanza l'uno dall'altra. Settant'anni d'affetto non accettano separazione.

Poco più avanti sulla sinistra c'è la vecchia osteria Pilin. Pietro Filippin, detto Pilin, era un cacciatore formidabile. Morì a Dachau. Deportato assieme a molti altri, di tutti ne tornò uno solo. La vecchia osteria Pilin fino al Vajont fu il simbolo del paese, il riferimento di tutti gli abitanti. C'erano una ventina di osterie sparse lungo la via Centrale: alcune clandestine stavano nelle vie laterali, ma il centro di raccolta era Pilin. Un tempo fungeva da albergo, aveva diverse camere. I viaggiatori, a quei tempi piuttosto rari, potevano pernottare. Ospiti illustri della locanda Pilin nel passato furono il grande alpinista triestino Julius Kugi e, molto dopo, lo scrittore trevigiano Giovanni Comisso. Kugi era venuto con il fido Andrea Komac, guida di Valbruna, nel tarvisiano. Volevano scalare il Duranno. Era il 1982. L'osteria allora si chiamava Il Merlo Bianco, perché i proprietari avevano un merlo albino nella gabbia. I due scalarono la montagna che si trova alle spalle del paese, ma l'oste impose loro la guida di Erto, Giacomo Sartor Maruf, detto il Moro. La sera, prima di coricarsi, Kugi e Komac erano scivolati sull'acciottolato umido finendo culo a terra. L'oste aveva detto: «Questi non arrivano sul Duranno se cadono per strada!». E impose di forza la guida.

Comisso si fermò tre giorni e furono da incubo. Era assieme a un amico, nel novembre del 1946. I paesani, dopo averlo preso a sassate, lo costrinsero a ubriacarsi e a cantare inni fascisti. Pernottarono da Pilin. Di lui rimaneva solo la memoria, la sua nobile figura era scomparsa nei forni di Dachau. Chissà quanti altri ospiti illustri si sono fermati nella mitica osteria senza lasciare tracce. Venivano tedeschi, inglesi, austriaci. Scalavano le montagne. I vecchi ricordavano Lothar Patera, Utterson Kelso, Victor von Glanvell, Carl Gunther von Saar, e tanti ancora. Tutti sostavano al Merlo Bianco, il locale più attrezzato. Si poteva mangiare, bere, prendere da fumare, generi alimentari e altro. Un grande caminetto scoppiettava giorno e notte. Nei pacifici inverni, lunghi e freddi, la gente lavorava parlando sottovoce per non disturbare quella pace sospesa sul paese come una nube di silenzio. La neve era l'unica compagnia di quelle anime fuori dal mondo. Solo alla sera, riposti gli utensili, si trovavano da Pilin a fare progetti per l'estate, di fronte a un boccale di vino. Le donne stavano in casa, accanto al fuoco, a confezionare calze e maglioni. Usavano lana grezza che, una volta indossata, faceva prudere il corpo per settimane.

Prima del Vajont e anche dopo, la Cate mandava avanti la locanda. Figlia di Pilin e moglie del dottor Gallo, guidava con polso fermo il ristorante, il negozio di alimentari e l'osteria. Donna spiccia, senza peli sulla lingua, onesta quanto pochi, buona, generosa, Cate vedeva lontano. Decisa, senza paura di niente e di nessuno, diventò il nostro sindaco. Durante il suo mandato dette una spinta verso l'alto all'economia ertana. Se non fosse caduto il Toc nella diga, per merito suo oggi il benessere del paese sarebbe superiore. A quella santa donna, io e i miei fratelli dobbiamo la vita. Nel '56 nostra madre ci abbandonò e sparì per sette anni. Restammo soli, in balia di nostro padre, che beveva e lavorava un giorno sì e un mese no. Con la scusa che i suoi figli mangiavano poco, ogni giorno la Cate ci regalava una pignatta di minestrone o pastasciutta, polli lessi, brodo compreso, pane, formaggio. A Natale focacce e altre cose. Molti anni dopo ho scoperto che cucinava espressamente per noi. Quello non era cibo che i figli avanzavano, era fatto per noi. Ogni mese ci procurava del lavoro. Dovevamo rimettere nelle apposite casse le bottiglie vuote di birra, chinotto, vino, che i numerosi operai della diga consumavano giorno dopo giorno. A volte ce n'era una montagna. Finita l'opera, Cate ci dava la paga: qualche soldo e un gelato. D'inverno, al posto del gelato, una tazza di cacao bollente che era la fine del mondo. Quante volte sono andato a comperare roba senza soldi! La Cate non segnava nemmeno la cifra sul libretto dei debiti. Chiedevo un etto di conserva, e sulla bilancia ne cadevano tre. Comperavo venti lire di tabacco da naso per mia nonna, lei me ne accartocciava dieci volte tanto. Ero io l'addetto alla spesa. La nonna elencava cosa prendere e io eseguivo.

Sempre senza soldi. Porgevo quel maledetto libretto dei debiti dalla copertina marron chiaro che ha torturato per anni mio padre. Cara la nostra Cate! Dovrei farle un monumento, ma non accetterebbe. Era donna discreta, non cercava notorietà, e nemmeno ringraziamenti. Quello che faceva, lo faceva col cuore e con l'anima grande che aveva.

Dopo il Vajont, l'osteria Pilin venne gestita ancora per qualche anno da lei. Poi cedette le armi. La conduzione passò di mano in mano a diversi gestori. Ma non rendeva più come un tempo. La tragedia del Vajont aveva svuotato il paese. Se n'erano andati tutti. Eravamo rimasti quattro gatti. Nel 1984, la mitica osteria di Pilin si arrese e chiuse i battenti. Fu una perdita dolorosa. Quando si chiude una casa, un bar, un cinema, difficilmente riaprirà di nuovo. Passavo spesso di là. Lo sguardo andava alla porta sbarrata. Mi stringeva il cuore. La Cate è morta alcuni anni fa lasciando un vuoto profondo in tutti noi. L'osteria, abbandonata, è rimasta chiusa per molto tempo. Ma il destino una volta tanto è stato magnanimo con uno dei cari luoghi abbandonati. Sulla scia del successo ottenuto da Marco Paolini con lo spettacolo *Vajont*, seguito dal film di Renzo Martinelli che con lo stesso titolo ha girato i cinematografi d'Italia, oggi la vecchia Erto è visitata da turisti e studenti, soprattutto sabato e domenica. Per noi, abituati alla solitudine, non è poco. Tre ristoranti lavorano bene, assieme all'agriturismo di Passo Sant'Osvaldo. Visto che i turisti facevano capolino, un giovane intraprendente ha pensato di riaprire la mitica osteria Pilin. Ce l'ha fatta. Ha dato un taglio nuovo al ristorante. Ha cavato un bel posticino, modificando di parecchio l'antico assetto del locale. Anche il nome è nuovo. Ora si chiama Gallo Cedrone.

La sera dell'inaugurazione, una giornata fredda di novembre, sotto un cielo grigio ferro e un'aria tagliaorecchie che portava le avvisaglie dell'inverno, si alzarono i calici per festeggiare la rinata osteria. A parecchi uscì una lacrima. Era il miracolo. Per la prima volta nel paese abbandonato riapriva un locale. Un pezzo di storia, di cultura, di memoria, tornava a vivere. Tirammo tardi, ma ne valeva la pena.

La soglia dell'osteria s'affaccia su quella che, non senza una certa pompa, chiamavano la piazza del paese. Sta nel palmo della mano. Alla destra c'è il muro dove, nelle sere di primavera, sedevano a chiacchierare fannulloni, operai tornati dal lavoro, boscaioli, contadini e giovani dal cuore infranto per qualche perduto amore. Nel tiepido calore di maggio, si stava su quel muro fino alle tre di notte a parlare, discutere, fare progetti, baruffare. Era il salotto buono del paese, come un'osteria a cielo aperto. Si ballava anche, su quel palmo di terra, quando una fisarmonica attaccava a rallegrare la sera.

Un pomeriggio eravamo seduti sul muro. L'amico Cele, da poco emigrato nel regno della pace, venne a diverbio con un tizio non del tutto a posto. L'uomo finse di allontanarsi, poi si voltò di scatto e rifilò un ceffone a Cele mentre s'accendeva la sigaretta. Fu veloce come il morso della vipera, nessuno fece in tempo a fermarlo. Vidi Cele piegarsi all'indietro, afferrarsi all'aria con le mani, mulinare le gambe per recuperare equilibrio e infine precipitare di schiena sotto il muro. Due metri di volo, atterraggio sull'acciottolato di pietra. Pensavamo di trovarlo con la schiena a pezzi. Invece, dopo due secondi, sbucò sulla piazza brandendo il ronchetto a serramanico. Aveva gli occhi fuori dalle orbite e ruggiva come un leone. Affrontò il provocatore che lo aveva buttato di sotto piazzandosi davanti a lui. Lo afferrò per la camicia, gli mise il ronchetto sul collo e gridò: «Ti ammazzo!». Senza scomporsi un millimetro, con le mani in tasca, l'altro rispose: «Mi faresti un piacere, io non ho il coraggio di farlo». Cele, che era un buono, lo guardò fisso negli occhi e disse: «No, non ti ammazzo» e lo lasciò andare. «Peccato» rispose quello, «era l'occasione per farla finita.» Si allontanarono entrambi, uno di qua, uno di là della via.

Non passarono molti anni. L'uomo che aveva affrontato il Cele trovò quel coraggio che diceva di non avere e la fece finita.

Sulla piazzetta ci stava tutto. In pochi metri quadrati, addossati gli uni agli altri, si trovavano i servizi essenziali per la gente. Di fronte al muro la macelleria di Giga, uomo di mezza età, con un pizzetto che terrorizzava i bambini piccoli. Invece era buono e gentile. Accanto, un negozio di ferramenta, bombole di gas. Con l'avvento della diga, quasi tutti avevano comprato il fornello a gas e servivano le bombole. Qualche metro più in là, sulla casa d'angolo, altro negozio. Si poteva trovare di tutto: dai chiodini microscopici alle calzature di pezza (i famosi scufòns) e robe di ogni tipo. Di fronte stava un'osteria che faceva anche bottega di fruttivendolo. Oltre a vino e grappa si acquistava frutta e verdura e le solite "spaccaganasce", castagne secche dure come il marmo. Più avanti, un'altra osteria vendeva giornali e riviste. La gestiva Franca che oggi, seppur anziana, ha aperto il bar Julia, nella Erto nuova. Eravamo poveri prima del Vajont, ma in quel palmo di mano avevamo tutto. Ora siamo ricchi e non abbiamo nulla. Niente giornali, né tabacchi, né frutta e verdura, né macelleria, né banda musicale, né suonatori singoli. Niente, tutto finito. La comodità ha eliminato i servizi, forse è bene sia così. Oggi uno sale in auto e in dieci minuti è a Longarone, dove trova di tutto. Vi sono empori, grandi magazzini, centri commerciali, ferramenta superfornite, fruttivendoli, macellerie, tabacchi, giornali. Si paga tutto meno. La velocità e il tornaconto impoveriscono i paesi. Soprattutto alle quote alte.

L'oste-fruttivendolo di quel tempo, nella buona stagione, teneva prodotti che lui stesso coltivava. Le nostre patate e i nostri fagioli erano buoni. Lo affermavano le maestre elementari che, chissà per quali ignote colpe, venivano mandate a insegnare ed espiare quassù, dove subivano inverni da castigo. Le poverine potevano scaldarsi solo con la stufa a legna e nient'altro.

La via continua stretta con case alte, cresciute in fretta per andare su, a prendere il sole. Pietre grigie e rosse, roba del monte Borgà. Lavorate dagli scalpellini di un tempo, il più famoso dei quali fu Jaco dal Cuch, sembrano piallate tanto sono lisce e connesse bene. Hanno sopportato terremoti, guerre, la mazzata del Vajont che le ha spintonate senza riuscire a smuoverle. Le abitazioni hanno muri da sessanta centimetri, travi e solai di larice rosso, proveniente dai magri costoni del Certèn. Legni che durano in eterno, tagliati in luna calante di novembre, verso sera.

Tutte le case del vecchio paese erano fatte così, impenetrabili come casseforti. Ma, con l'abbandono, anch'esse diventano vulnerabili. Quando l'uomo non le cura si avviliscono e cedono. La neve degli inverni un po' alla volta spinge le tegole verso il basso. Lo spostamento crea fessure dalle quali entra l'acqua delle piogge, dei temporali, della neve che si scioglie. L'acqua fa marcire i solai sotto i tetti. Dopo una ventina d'anni i solai crollano. Poi crollano quelli inferiori, uno alla volta, fino al pianterreno. Per ultimo crolla il tetto e della casa rimangono solo i muri, vuoti come una giacca sull'attaccapanni. Così scompaiono dalla faccia della Terra i paesi abbandonati. Dopo anni, vanno giù anche i muri e tutto ritorna alle origini, terra nella terra, roccia nella roccia, legno sopra legno.

La via continua dritta, stretta, con case alte, fino allo slargo della fontana Pinsol.

Nelle sere di primavera, dopo il lavoro quotidiano, la gente sedeva sugli usci a chiacchierare fino al buio. Alcuni s'attardavano anche dopo, quando in cielo apparivano le stelle. Sulla destra c'è uno spiazzo piuttosto grande. Anche il turista meno attento si accorge che un tempo quel vuoto era occupato da case. Al piano terra di una di esse c'era la bottega di Piare, estroso calzolaio di rara abilità, dal carattere buono e simpatico. Fino a quando non gli si pestavano i piedi. A quel punto non ci metteva molto a mandare l'incauto a quel paese, o tirargli una scarpa. La sua bottega era un piacevole centro di raccolta dove si riunivano giovanotti e uomini maturi per parlare di svariati argomenti, non ultimo le donne. Mio padre, prima del Vajont, si era fatto confezionare un paio di scarponi da caccia. Eravamo negli anni Sessanta. Li usò per parecchio tempo. Dopo la tragedia, calzò le scarpe eleganti che tutto il mondo ci mandava. Ereditai gli scarponi di Piare. Con quelli lavorai nel bosco, stagione dopo stagione, più sette anni alla cava di marmo del monte Buscada. Non riuscii a distruggerli. Sono ancora interi, riposti sotto la panca, nella casa vecchia. Quelle che confezionava Piare erano scarpe eterne. Solo la suola si logorava dopo qualche anno. Bastava riportargliele e, in un pomeriggio, ti ridava le calzature con il nuovo battistrada, pronte per cavalcare montagne, boschi, valli e pietraie. Soprattutto, pronte ad affrontare le punte acuminate di neve e pioggia che cercavano di forarle.

Il calzolaio raccomandava di ungerle con la "sonza", miscuglio di grasso suino, resina e cera d'api. Diventavano impermeabili come stivali di gomma. Il procedimento era semplice. Si faceva fondere un chilo di grasso di maiale, una palla di resina grossa quanto un pugno e un bicchiere di cera d'api. Si lasciava raffreddare il tutto. Una volta scaldato il cuoio dello scarpone accanto al fuoco, lo si strofinava con un pezzo di quel sapone. L'operazione doveva essere ripetuta almeno quattro, cinque volte, fino a quando il cuoio non assorbiva più. A quel punto lo scarpone era impermeabile, pronto a respingere gli attacchi degli elementi. E, per di più, diventava morbido come un guanto. Dopo il Vajont, il nostro calzolaio chiuse bottega e se ne andò in città, come il novanta per cento della popolazione. Eravamo tremila, siamo rimasti trecento. Non si curò nemmeno di portare con sé il deschetto e gli attrezzi. Quando capii che la casa stava crollando assieme a quella che la teneva per mano, entrai dalla piccola finestra. Presi a ricordo un ferro del mestiere: l'affilato trincetto che serviva a tagliare cuoio e gomma. Lo tengo nel laboratorio di scultura. Al posto di quelle case, oggi s'è ricavato un parcheggio.

A fianco, sotto il piano strada, c'è un portico diroccato. Era la monta taurina, luogo eccitante dove venivano condotte le vacche per essere fecondate dal toro, un bestione che a noi ragazzini pareva una locomotiva. Non ne perdevamo una, di quelle manovre. Quando ci accorgevamo che un contadino avanzava lungo la via tenendo la vacca in cavezza, le cose erano due: o la conduceva al macello di Valdapont o la portava al toro sotto il portico. Ardevamo dalla curiosità di vedere come faceva il toro a montare sulla mucca. Ormai avevamo capito che i bambini non li porta la cicogna e nemmeno crescono nell'orto, sotto l'insalata. In silenzio ci si accodava al contadino, il quale non aveva nulla da obiettare se quattro o cinque sbarbati assistevano al rito della fecondazione. Il toro, nonostante sembrasse una locomotiva, se la sbrigava in pochi secondi. Ogni volta Sepp, il proprietario dell'animale, ci ammoniva a non essere così veloci quando, più avanti, saremmo montati sulle donne. «Se no, vi ridono in faccia!» concludeva beffardo.

Per meglio accomodare la mucca, il contadino aveva scavato una buca dove la ricevente infilava le zampe posteriori. Così diventava più bassa, il toro avrebbe fatto il suo dovere con maggior facilità. Avevamo tredici anni, spiavamo quelle prestazioni con invidia per il toro che trovava sempre tutto pronto. Ma non eravamo soltanto noi adolescenti ad assistere alle monte. Spesso si avvicinavano donne. Contemplavano quei coiti brevi e violenti con lampi negli occhi. Poi se ne andavano brontolando e facendo battute ma, mentre scantonavano, quegli occhi tradivano desiderio. Fingevano di essere sdegnate, ma se ne andavano sempre dopo che il toro aveva finito il suo lavoro. Sepp commentava cinico: «Vanno a prenderselo anche loro, lo spettacolo gli ha fatto venire voglia». Erano sempre donne sui quaranta, le giovani si vergognavano a spiare il toro e non comparivano mai.

Appena arrivava la primavera, lungo la via Centrale, a destra e a sinistra, si vedevano legni scavati a mo' di recipienti, pieni di gerani. Era un tripudio di colori. All'inizio timidi e pallidi, i gerani nel fulgore dell'estate erompevano con violenza dai balconi e dagli usci come fiamme multicolori. Tutti esponevano qualche fiore. Nella buona e nella cattiva sorte, nella ricchezza e nella miseria, un vaso di gerani non mancava mai a nessuno. Al vecchio Celio e a Cice Caprin il destino aveva tolto tutto. Al secondo anche moglie e figlie. Ma entrambi non smettevano di coltivare fiori per esporli in primavera fuori dell'uscio di casa. Tutta la via Centrale trionfava di gerani. Quando si portavano in processione san Rocco, san Bartolomeo e la Vergine Maria, pareva di passare sotto una galleria fiorita. Da una estremità all'altra del paese era tutto un arco di fiori. Oggi non c'è quasi niente, mancano i fiori, mancano duecento case. Sono crollate. Ma quelle che restano sono ancora le stesse e aspettano che qualcuno entri, accenda il fuoco, metta fuori dell'uscio qualche fiore.

Di fronte al parcheggio dove un tempo stava la bottega del calzolaio, appollaiata sopra l'antica fontana con la vasca di pietra, c'è la casa dell'amico Silvio. All'esterno, montate su multiformi supporti, una ventina di coppie fanno l'amore. Solo quando spira il vento. Sono le sue sculture erotiche, scolpite in pino cembro, mosse da un'elica. A seconda della forza di Eolo, gli amanti di legno si danno da fare con minore o maggiore impeto. Sono alti non più di trenta centimetri. Il mio amico è un misogino, non tollera che la donna faccia l'amore per il puro piacere di farlo. Secondo lui, il dovere femminile è lavorare mentre il maschio si diverte. Per questo motivo si vedono coppie di legno intente all'amore dove la donna, nel frattempo, fa un altro lavoro. Il partner la prende da dietro mentre lei stira, lava i panni, li stende, o rivolta la polenta. Al ritmo del vento batte i tappeti, mentre il marito imperterrito fa i suoi comodi. Alcuni turisti bigotti e bacchettoni si lamentano, dicono che non è spettacolo decoroso. La maggior parte dei visitatori, invece, spia con sorrisetti quelle sculture patetiche. Molti ne comprano. L'autore le cede a pochi euro, ha bisogno di campare.

Un tempo, accanto a quel cortile c'erano una forgia e un incudine sistemati sotto una tettoia di lamiera. Era la fucina di Falin. Esistevano diversi fabbri in paese, almeno cinque. Tutti gli utensili venivano realizzati da loro. Non si pensava nemmeno lontanamente a comprare attrezzi nei negozi. A parte le cose troppo complicate da forgiare, tutto il resto veniva costruito lassù, tra i monti, nelle oscure officine di questi artigiani che sapevano fare di tutto.

Falin era un fabbro speciale. Estroso, creativo, pieno di fantasia, andava oltre le solite cose. Cercava di inventare robe nuove per agevolare la vita e il lavoro in questa terra ripida e avara. Batteva il ferro all'aperto, sotto la tettoia, sempre in canottiera anche d'inverno. Quando nevicava, lo si intravedeva nella bianca foschia che menava il martello. Il fumo e le faville della forgia salivano in cielo a confondersi con i fiocchi di neve. La sua fucina all'aperto aveva la dolcezza di un presepe.

Quando era da invitare gli amici per un bicchiere, usava un telefono tutto suo. Batteva sei colpi sull'incudine con un martello diverso, più sottile, scanditi da un tempo che sapeva lui. I compari, riconosciuto il richiamo, uno alla volta si portavano in loco. Quei colpi significavano un po' di compagnia, un bicchiere accanto alla forgia. Gli amici sedevano in cerchio attorno al ceppo dell'incudine. Non se ne andavano fino a quando la scorta non toccava il fondo. Noi giovani avevamo imparato a riconoscere il canto del martello. Spesso ci si trovava, ospiti del fabbro, a farci un bicchiere. Ogni tanto portavamo qualche fiasco giusto per collaborare, per non essere sfacciati. I compagni di bevuta apprezzavano e in pochi minuti ce lo ridavano vuoto, che andassimo a riempirlo.

Un pomeriggio d'estate, mentre stavamo spiando il toro intento alle faccende amorose, successe un episodio tragicomico. L'animale, contrariato dal fatto che dopo la prima monta era stato allontanato dalla sua bella, spintonò il conduttore, si liberò e partì a testa bassa lungo la via Centrale. Pareva un TIR senza l'autista. Travolgeva tutto ciò che gli capitava di fronte. Per una buona mezz'ora il paese diventò come Pamplona durante la sagra di San Firmino. Fuggi fuggi generale. La gente correva in casa, sprangava la porta. Alcuni salivano sui muri, altri sbirciavano al sicuro sui davanzali alti. Un bar calò la saracinesca. Il toro ogni tanto riprendeva fiato, si fermava, annusava l'aria, zoccolava e poi via, di nuovo al galoppo lungo la strada come una valanga dentro un canalone. Un cacciatore apparve dal nulla, fucile in mano, con l'intenzione di abbatterlo. Fu fermato in tempo. I gerani lungo il marciapiede, sulle soglie delle case, nelle cunette furono ridotti in poltiglia. La staccionata che delimitava un cortile volò in aria come un pugno di stuzzicadenti. Un forzuto contadino si dette da fare per bloccare l'animale. Fu quasi travolto e calpestato. Se la cavò al pelo.

Dalla sua fucina arroccata un paio di metri sopra la fontana, al sicuro dalla locomotiva con le corna, il fabbro Falin osservava la scena. L'animale, sempre più infuriato, batteva di qua e di là, rovesciando tutto ciò che toccava. Una cornata a colpo di falce frantumò lo scuro della casa di Tonia, una vecchietta solitaria che dal primo piano seguiva la scena. Quando vide l'anta demolita, se la prese con il toro chiamandolo sporcaccione e maiale. Gridava «Copéilo!», che vuol dire ammazzatelo. Il fabbro rideva, ma non era tanto da ridere. Quando ebbe finito di ridere, si rivolse ai volontari che cercavano di bloccare l'animale e disse: «Portategli la vacca e si ferma da solo». Restarono di sasso. Dopo aver riflettuto un attimo, il contadino staccò dalla mangiatoia la mucca in calore e la mandò incontro al toro. L'animale tastò l'aria col muso: prima ancora di adocchiarla, la sentì nelle narici. Trotterellando si avvicinò alla sua bella e la annusò. Dopo due secondi era diventato un agnellino. I volontari alla cattura, come i picadores della corrida, si lanciarono sul bestione armati di bastoni, forche e badili. Uno gli infilò nelle narici un anello d'acciaio e si mise a torcerlo. Il toro sollevò le labbra in una smorfia come i camosci quando vanno in amore. Ma lasciava fare, ormai era preso da lei. Anche se lo tagliavano a fette, non si sarebbe mosso di un millimetro. Il "banderillero" più vecchio disse: «Le donne! Quanto potere hanno le donne!». Il toro, dopo aver annusato l'amante, accennò alla monta, ma gli energumeni, più di dieci, lo spintonarono verso la stalla con bastonate sul groppone e badilate ai fianchi. Le torsioni di naso con l'anello gli fecero uscire sangue che gocciolò sulla via. Così ebbe fine la rivolta d'amore del povero animale che, in fondo, cercava di fare solo quello che la natura gli diceva. E lo faceva una volta ogni tanto, quando la mucca sgravata torna in calore. Quelli invece che lo picchiavano e gli torcevano il naso, con le loro mogli lo facevano quando volevano e quanto volevano.

Poco distante si erge il campanile. Sull'onda dei ricordi l'ho sorpassato senza badarvi. Svetta per trenta metri partendo dalla via Centrale, eppure non vi ho fatto caso. Non sempre le cose grandi si fanno notare. È stato la nostra palestra di roccia, per alcuni lo è ancora. I quattro angoli sono formati da pietra rossa a faccia vista. I bordi sporgono per due centimetri.

La prima salita, per quei tempi epica, la compì un formidabile scalatore ertano, Vittorio Corona. Era la primavera del '40, non aveva ancora diciotto anni. Salì a piedi scalzi lungo lo spigolo occidentale, entrò nella cella campanaria, si sporse e salutò. Non pago del risultato, uscì dalla cella come una rondine dal nido, superò gli ultimi metri difesi dal bordo sporgente, e si rizzò in piedi sulla punta. Per anni quell'impresa circolò sulla bocca di tutti. Ne parlavano con sacrosanta ammirazione. Vittorio, che ho avuto la fortuna di conoscere, aveva un coraggio che pochi uomini possono vantare, ma non lo diceva. Casomai erano gli altri che ne raccontavano le gesta. Una, appunto, fu quella salita allo spigolo ovest del campanile di Erto. Scalò diverse montagne, quasi sempre in cordata col dottor Paolo Gallo, Pine e un fratello di Gallo, Olinto, anch'egli eccezionale rocciatore. Nella mia bottega di scultore conservo una foto regalatami dal Pine. C'è lui sulla vetta del campanile di Val Montanaia assieme a un altro ragazzo. La scritta in calce dice: "Pine Bado e Vittorio Corona sul campanile di Montanaia, 15 agosto 1940". Entrambi non arrivavano a diciotto anni. La foto li ritrae seduti presso la piccola campana, avvolti da corde di canapa grosse quanto il polso. Ai piedi portano scufòns, calzatura ertana di pezza trapunta. Li aveva fotografati un altro rocciatore, Toni Corona della Val Martin. D'estate, anche noi giovincelli facevamo le prime arrampicate. Quasi sempre accompagnati da adulti.

La storia di Vittorio Corona, che aveva scalato il campanile di Erto solo con mani, piedi e coraggio, ci entrò nella testa e non si mosse più. Tutti i giorni provavamo a salire un po' più su ma, dopo qualche metro, la paura ci faceva tremare le gambe, gli avambracci s'indurivano, dovevamo tornare a terra. Alcuni, troppo stanchi, non riuscirono a fare marcia indietro. Dovettero saltare. Ci fu qualche caviglia storta, contusioni, botte sul sedere, ma nessuno cedeva. Contavamo le pietre guadagnate una per una. Sette, otto, nove. Prima di superarne un'altra, passavano mesi. Più ci si alzava più il terrore del vuoto, e di non riuscire a scendere, bloccava i movimenti. Dopo anni di tentativi, il migliore non era arrivato che a metà campanile. Tutti gli altri sotto. Fu il punto massimo raggiunto. Nessuno ebbe il coraggio di andare oltre. Da lì in avanti l'altezza era notevole, una caduta significava morte sicura. Nella migliore delle ipotesi la sedia a rotelle. Queste riflessioni fecero scattare l'istinto di conservazione. Capimmo che si rischiava grosso. Allora mettemmo via l'ultimo filo di orgoglio e lasciammo perdere. A quel punto la scalata leggendaria di Vittorio diventò indigesta. Lo diventò quando capimmo che non ce l'avremmo mai fatta, mentre lui, che ai tempi dell'impresa aveva la nostra età, era salito disinvolto come un colibrì, irridendo il vuoto e la paura. Fu un boccone amaro da mandare giù. Ogni tanto ci provavo. Allenavo le braccia con trazioni continue sulla trave del fienile. Ma non era la resistenza che mi fermava a metà campanile. La resistenza non c'entrava. Interveniva la paura a creare indecisione, bloccare i movimenti, far battere il cuore, indurire i muscoli, ansimare il petto. Così, pieno di ansia e tremarella, rinculavo fino in basso, pensando con ammirazione e stizza al coraggio di Vittorio.

Dovettero passare ancora dieci anni prima che l'avventura mi riuscisse. Nel frattempo mi dedicai alle montagne. Dopo aver accumulato un discreto bagaglio di esperienza, allenamento e autocontrollo, il giorno di San Bartolomeo del 1980 arrivai finalmente in cima al campanile come il mio eroe Vittorio Corona. Avevo trent'anni. Lui lo aveva scalato poco più che diciassettenne. Per me fu una grande gioia, quel giorno. Dalla punta, una volta di più, mi resi conto di quanto coraggio aveva avuto il giovanetto Vittorio, quarant'anni prima.

Un tempo, durante le sagre d'agosto, il campanile veniva inghirlandato di fiori, pulito, raschiato. Ogni tanti anni imbiancato a nuovo. Oggi il lato orientale è completamente scrostato, l'intonaco caduto mostra le ossa di pietra, le altre facciate perdono pezzi. All'interno, la prima rampa di scale è crollata, mangiata dall'umidità e dai tarli. Prima del Vajont, durante le processioni della Madonna, san Rocco, san Bartolomeo e sant'Antonio, si saliva alla cella campanaria per suonare campanotto. Era un continuo picchiare con i batacchi sul bordo delle tre campane grandi. Se ne cavava un ritmo le cui origini, tramandate di padre in figlio, si perdono nella notte dei tempi. I bronzi a quel tempo avevano le corde. Intorno agli anni Ottanta furono elettrificate, e fu un bene. Almeno suonano, altrimenti resterebbero mute. Nessuno oggi si prenderebbe la briga di tirare le corde ogni volta che occorrono dei rintocchi. Quando squillano a festa, o annunciano l'agonia di un morto, servirebbero quattro uomini. Dove le trovi, oggi, quattro persone che abbiano voglia e tempo di tirare le corde? Forse le convinci una volta, la seconda ti mandano a quel paese. Non è che manchi cuore o buona volontà, manca tempo. Tutti corrono, hanno fretta, vogliono arrivare da qualche parte, raggiungere obiettivi, posizioni. Altro che suonare! Ben venga, allora, la forza elettrica. Tira le corde in nostra vece. Seppur con rintocchi dai ritmi sempre uguali, almeno ci fa sentire la voce dei campanili. Annunciano l'Ave Maria, il mezzodì, il vespero, la santa messa. E ci accompagnano nell'ultimo viaggio.

Più avanti sulla sinistra una saracinesca chiusa, arrugginita, con tracce di colore azzurro che un tempo fu il vestito della festa, segnala l'osteria Stella di Sabina. Oggi ha riaperto nel paese nuovo con lo stesso nome e l'aggiunta di una pizzeria. Era un locale stretto e lungo, frequentato dai giocatori di carte. Due metri più avanti, sulla destra, una vecchia insegna della birra Moretti indica un'altra osteria chiusa da oltre quarant'anni. La gestiva la Franca, teneva anche i giornali. Erano parecchi i bar, lungo la via Centrale: una quindicina in meno di ottocento metri.

Durante la costruzione della diga, molti operai foresti soggiornavano in paese. I locali, la sera, erano pieni di gente. A volte scoppiavano risse. I maschi stanziali mal digerivano che quelli da fuori corteggiassero le paesane. Anche se non erano loro fidanzate, non tolleravano che uno sconosciuto girasse attorno alle ertane. Si sentivano in un certo modo difensori dell'onore o, se vogliamo, della virtù delle montanare. Le quali se ne fregavano di quei protettori non richiesti. Mostravano invece di gradire la corte di qualche bel giovanotto venuto da fuori. Tanto più che, è risaputo, il fascino dello sconosciuto cattura chi vive nell'isolamento e vede sempre le stesse facce. Ma quando la goccia traboccava, nasceva la rissa. Una volta assistetti a una di quelle battaglie tra galli dello stesso pollaio. Era una sera di primavera, l'ultima prima del tragico 9 ottobre. Un tepore quasi estivo invogliava a uscire all'aperto. Fuori dal bar Stella e da quello accanto gli avventori bevevano e chiacchieravano. Erano ertani, ma anche molti operai della diga. Forestieri, insomma. A un certo punto si udirono bestemmie accompagnate da ruggiti e grida che non annunciavano niente di buono. I due galli apparvero sulla porta del bar. Si beccavano di santa ragione. Pugni, calci, strattoni, camicie sbrindellate. Erano un ertano e un bellunese. Il bellunese non mostrava alcuna soggezione del camoscio stanziale, si difendeva con onore, metteva a segno colpo su colpo. Gli altri non si intromettevano, lasciavano fare. Ma erano pronti. Sarebbero intervenuti solo nel caso fossero apparse armi: coltelli, asce. L'ertano finalmente piazzò un buon destro. Il rivale si sbilanciò, ondeggiò, tentò di afferrarsi alla ringhiera, ma finì sotto il muro dall'altra parte della strada. Due metri di volo. Credettero fosse morto. Per un attimo ci fu silenzio. Non si era fatto niente.

Risalì sulla strada con un balzo e riprese il duello. Il paesano, convinto di averlo fiaccato, mollò la guardia e fu un errore. Venne centrato da due ganci e un calcio nei coglioni. Si afflosciò. Mentre riprendeva fiato, il bellunese gli fu sopra. Lo trascinò per le braccia verso la ringhiera. Gli altri capirono e accorsero. Voleva buttarlo di sotto come l'ertano aveva buttato lui. Parlava con una calma stupefacente. Senza gridare o dare in escandescenze, supplicava gli intervenuti: «Lasciatemi, finisco subito. Devo solo buttarlo di sotto, così siamo pari. Non faccio nulla di male, devo solo buttarlo sotto il muro». Ci volle del bello e del buono per dissuaderlo. L'ertano si riebbe e voleva riprendere la rissa. Non digeriva lo smacco, minacciava vendetta di scure. Alla fine li pacificarono. Erano entrambi ubriachi. Il motivo fu il solito: rivalità per donna. A volte le risse degeneravano. Qualcuno finì in ospedale a farsi cucire tagli in testa o ingessare ossa spaccate. Mai si ricorse a carabinieri, denunce, o si pretesero risarcimenti. Le cose si sistemavano tra i contendenti. Una volta uno di questi si fratturò un braccio. Ero presente. Teatro della rissa un bar fuori mano. La cosa finì bene. Ferito e feritore si perdonarono in attesa di riprendere le ostilità.

La via continua, stretta, case alte su ambo i lati fino allo slargo del bar Alpino. A due metri dall'Alpino, l'osteria Il Cavatore. Poco prima, una piccola osteria stava nascosta tra le case come una cella d'alveare. Non per questo era meno frequentata. Come si può intuire, i posti di ristoro non mancavano. Noi giovani frequentavamo spesso l'Alpino di Giota. C'era il juke-box. Con cento lire ti dava tre canzoni. Suonavamo fino alle due di notte. La Giota era una donna buona. Soprattutto tollerante. Dio solo sa quanto l'abbiamo fatta dannare. Ogni tanto perdeva le staffe e ne aveva tutte le ragioni. Poi lasciava perdere, perdonava.

Prima del Vajont, questo tratto di via era il più popolato. All'imbrunire brulicava di vita. Nelle tiepide sere di maggio, le finestre si aprivano, uscivano suoni di radio, litanie di gente che recitava il rosario. A maggio si onorava la Madonna col rosario ogni sera. La radio era l'unico lusso, la regina della casa. Molti l'avevano comprata con la paga del lavoro in diga. A quel tempo si cominciava a stare bene, nascevano sogni, fiorivano speranze, s'affacciava una vita migliore. Invece è andato tutto storto, non abbiamo avuto fortuna. Automobili ce n'erano poche: due, tre in tutto il paese. Si stava seduti fino a tardi sulle soglie delle case che davano in strada. Non vi era il pericolo che una macchina ti montasse sui piedi. Le notizie passavano di bocca in bocca. Dal cimitero fino al bar Alpino le case erano incollate le une alle altre. Stando seduti all'aperto, uno comunicava con l'amico seduto un chilometro più in là. Il passaparola camminava di soglia in soglia. Non si avvertiva l'assenza di comodità. Era normale. Ci si accorge che mancano le comodità quando le abbiamo conosciute e per qualche motivo ci vengono meno. Allora nascono i problemi.

Oggi la via Centrale è vuota. Salvo una o due famiglie non c'è anima viva in quelle case alte e strette, fatte di pietra scalpellata e legni di larice. In primavera c'è silenzio. A una certa ora dal buio di un balcone escono sciabolate multicolori. È un televisore.

La Giota se ne andò in poco tempo. Una sera non stava bene. Il giorno dopo la portarono all'ospedale. La salutai. Non tornò più: il bar Alpino chiuse i battenti. Tan aveva chiuso Il Cavatore ancora prima, causa il Vajont. Oltre che oste, Tan era un fabbro eccezionale. Sotto il bar teneva fucina. Nei momenti liberi scendeva a picchiare sull'incudine. Forgiava con passione. Ogni tanto faceva qualche lavoretto per amici e parenti. Non gli interessavano i soldi. Quelli necessari li guadagnava al bar. Amava la montagna, la fotografia. Aveva un vecchio apparecchio che usava con bravura. Nel suo bar non accadevano risse. Tan era un uomo buono, simpatico, cercava la tranquillità. Non voleva casini. Aveva tutti gli attributi per far rispettare l'ordine. Alto, possente, un vero armadio. Severo e deciso, sedava le risse sollevando i contendenti per il bavero e portandoli all'aria aperta. Non ha mai alzato le mani. Si limitava a trasferire altrove gli agitati. Nessuno ha mai reagito: lo temevano e lo rispettavano. Era giusto. Anche il più riottoso capiva, per questo non passava a vie di fatto. Capiva che non gli conveniva.

Tan morì giovane, poco più che cinquantenne, a causa del cuore. A me e ai miei fratelli voleva bene. Conosceva la nostra situazione di orfani con genitori viventi. Ci regalava qualcosa, caramelle, cioccolata. A volte costruiva delle fionde e poi giocava con noi a colpire barattoli nella vicina discarica. In una bacheca del bar c'era un vecchio fucile avancarica. Lo guardavo sempre. Un giorno mi disse: «Ti piace?». «Sì.» «Quando sei grande, te lo do.» Allora non immaginavo che molti anni dopo, quando lui e la moglie erano ormai morti da tempo, avrei occupato il suo bar che diventò il mio terzo studio di scultore. Capitò un giorno di primavera. Ero stato sfrattato dal Cacciatore, dove tenevo bottega. Non che mi volessero male, l'avevano venduto al Bepi Ditta per cavarsi un buco di casa. Domandai all'amico Gianni Gallo, nipote di Tan, se mi dava l'osteria dello zio. Tre giorni dopo, traslocavo nel mitico locale del Cavatore.

Oggi abito nel paese nuovo, ma ci ho messo un sacco di tempo per allontanarmi da quello vecchio. Sono state necessarie quattro tappe. Ritardavo la partenza più che potevo. Sapevo che una volta andato, non sarei più tornato. Ma non è detto.

Per non offendere le mura storiche del vecchio bar, dove la presenza degli avventori aleggiava tra i tavoli, nei cartelli della birra Moretti o in un certo vermut reclamizzato da un calendario, lasciai tutto come stava, bancone compreso. In pochi mesi, assieme a damigiane, bottiglioni, bicchieri e bottiglie vuote, si vedevano ora sculture di ogni forma e dimensione. Chi veniva a farmi visita trovava originale quello studio, per metà laboratorio e per metà osteria. Un giorno di maggio, mentre scolpivo e l'amico Ottavio beveva merlot, capitò uno strano tipo accompagnato da un tizio più anziano di lui. Lo strano tipo poteva avere ventotto anni. Disse di chiamarsi Andrea Pazienza e di essere fumettista. Sedette al mio tavolo da disegno e attaccò a scarabocchiare. Mi fece un paio di ritratti. Uno lo tenne per sé, l'altro me lo lasciò in omaggio. Si trattenne fino a tarda sera. Ci piazzammo al bar Alpino, distante due metri, a mangiare e bere. Più bere che mangiare. Mi sembrò un po' matto, ma geniale. Con lui mi trovai subito bene. L'altro beveva poco. Preferì visitare il paese e la frana del Vajont. Era quello che guidava l'automobile, forse per questo non si abbandonò alle libagioni. Io e Pazienza invece sì Ottavio ci tenne compagnia. L'artista lasciò la sua firma sul muro sopra il bancone del bar, assieme a uno schizzo. Là rimase parecchio tempo.

Alcuni anni dopo, per esigenze famigliari, sloggiai anche dal Cavatore. Mi trasferii nel paese nuovo, in un locale più ampio ma di gran lunga meno bello e pittoresco. Durante i traslochi (ne ho fatti cinque) molte cose si trovano, altre si perdono per ritrovarle nel futuro trasloco. Così non riesco più a rintracciare il ritratto, peraltro assai piccolo, che mi fece Andrea Pazienza. Sono certo che da qualche parte si trova, magari in una valigia, o in uno scaffale nella soffitta di casa vecchia. Dall'amico Paolo Cossi, promettente fumettista, ho saputo che Andrea Pazienza morì poco più che trentenne. Era diventato famoso. Oggi i suoi lavori sono molto ricercati dai collezionisti. Che fosse un tipo geniale lo capii quel giorno lontano, nella mia bottega-osteria. Non ho mai capito, invece, come mai avesse deciso di mettere il naso a Erto. Posso comprendere una visita oggi che il Vajont è diventato moda e vengono a vedere la diga da tutto il mondo, ma a quei tempi Erto non si sapeva nemmeno esistesse. Decidere di fare un salto in questi luoghi desolati, perduti nell'abbandono e nell'oblio, era veramente prova di genio, coraggio e fantasia. Spero un giorno di trovare il ritratto che molti anni fa mi fece lo sconosciuto Andrea Pazienza, divenuto in seguito molto famoso. La sua firma sul muro non c'è più. Il bar ha subito modifiche. Al suo interno sono stati ricavati miniappartamenti. Il bancone, demolito, fu dato in pasto al fuoco. Le pareti cambiate, intonacate, lisciate con la calce. Dell'autografo che testimoniava la visita di Andrea Pazienza non vi è più traccia.

Un'altra volta, sempre nel laboratorio-osteria, capitò un personaggio che all'inizio non riconobbi. Quando si presentò, qualcosa mi venne in mente. Portava capelli lunghi, appena brizzolati, e una chitarra. Era metà luglio, faceva caldo. Arrivò di prima mattina. Pareva un'anima vagante, perduta in quel polveroso paese abbandonato dove tutto era aspro e ostile. Chiese se poteva stare con noi, fare due chiacchiere. Con me c'era l'inseparabile Ottavio. Mi faceva da aiutante col bottiglione accanto. Dissi allo sconosciuto che poteva stare finché voleva, non c'erano problemi. Stavo scolpendo all'aperto un tronco di quindici quintali raffigurante i superstiti del Vajont. Si mise seduto e incominciò a suonare la chitarra. Mi accorsi che non era il solito esibizionista, quello che va in giro armato di strumento solo per fare scena, evitando di toccarlo perché non sa suonare. Questo era virtuoso. Produceva degli assolo da fare invidia a Mark Knopfler. Accennò qualche strofa di canzone. Faceva un caldo torrido, il cielo mandava giù calce rovente. Il buon Ottavio aveva messo sotto la fontana un'anguria di quindici chili. Facevamo avanti e indietro dalla Giota a bere birra ghiacciata. Anche il chitarrista, ogni tanto, si concedeva una Moretti. Mangiammo un boccone. Verso le due, il visitatore volle offrire da bere. Tornammo al bar Alpino. Io, lui e Ottavio. Alla quinta birra ci rivelò l'identità. Era Mussida, il chitarrista della Premiata Forneria Marconi. Allora ricordai quei capelli lunghi con fili bianchi e rammentai di averlo visto alla televisione qualche volta. Fui contento di avere cotanto ospite.

A un certo punto Ottavio, ormai su di giri, decise che era ora di mangiare l'anguria. Andai a toglierla dalla fontana, sotto casa di Silvio. Davanti al laboratorio, la posai sul ciocco da tagliare legna. Dissi al musicante che l'aprisse lui. Chiese un coltello. Era uno che parlava poco ma ascoltava parecchio, e ogni tanto sorrideva. Entrai in cucina a cercare un coltello per tagliare l'anguria. Non feci in tempo. Mentre uscivo, vidi Ottavio alzare l'ascia fin sopra la testa e menare un fendente sull'anguria come il boia quando decapita il condannato. Il cocomero si spaccò in due cadendo in terra e sprizzando sangue attorno. Mussida accennò un sorriso. Era più una smorfia, si capiva che la performance di Ottavio lo aveva spaventato. In ossequio alla saggia regola del non si sa mai, spostò la chitarra che stava appoggiata al muro. Mangiammo fette di anguria fresca. Andava giù come ghiaccio refrigerante in quella calura di pece senza un filo di vento. Metà la portammo a un tavolo del bar Alpino, ché si servissero alcuni avventori. Stavamo con la birra in mano, in un cono d'ombra, ventilato dalla corrente d'aria generata dalle porte aperte. Nel tardo pomeriggio, una brezzolina proveniente dalla Val Vajont entrò come un ospite gradito a rinfrescare il paese. Il chitarrista salutò, montò in auto e sparì all'improvviso, come era apparso. Non l'ho più visto, salvo qualche volta in televisione.

Da alcuni anni abito nel paese nuovo, molte cose sono cambiate, parecchie in peggio, poche in meglio. Oggi qualcuno mi chiede l'autografo sui libri, ogni tanto viene a trovarmi un personaggio noto. Questo fa piacere, soprattutto se penso al mio passato. Sono venuti Alberto Tomba, Claudio Magris, Reinhold Messner, Giulio Tremonti, Vittorio Sgarbi e tanti altri. Ma sono incontri programmati, manca la sorpresa, so chi attendere, mi preparo, mi atteggio, mi adeguo, mi difendo. Sono informato, so chi arriva, cosa fa, dove vive. È una piccola soddisfazione quando incontri gente famosa, ne hai letto i libri, ascoltato le musiche, ammirato le imprese. Però, mancando l'improvvisata, tutto cambia. Quando abitavo nel paese vecchio e scolpivo tronchi da mattina a notte, e non conoscevo nessuno, e non facevo autografi, se veniva qualche personaggio a trovarmi era un'emozione unica. La meraviglia bloccava ogni parola. Quei miti, visti solo sui giornali o in tivù, mi parevano dèi calati sulla Terra, entrati a Erto con passo d'uomo.

Una volta, al bar Pilin, conobbi l'attore Enzo Cerusico. Veniva da Roma. Era passato a fare un giro. Lo portai a vedere il paese, devastato dal Vajont. Bevemmo un bicchiere di bianco. Un'altra volta capitò un vecchietto che Silvio e io riconoscemmo immediatamente. A Belluno, avevamo visto più volte il film western *Occhio alla penna* con Bud Spencer. Quel vecchietto, piccolo e rubizzo, era Piero Trombetta. Non ci pareva vero di avere con noi un protagonista del film. Lo facemmo bere. Ci lasciò un pacco di fotografie che lo ritraevano assieme a Carlo Pedersoli, alias Bud Spencer, in varie sequenze di *Occhio alla penna*. Naturalmente il luogo di incontro e di fermata fu l'Alpino. Verso le due di notte, la Giota dovette mettere a nanna sia l'attore che i giovani ammiratori. A quei tempi, nonostante la mazzata del Vajont, c'era ancora vita nel paese vecchio. Qualcuno passava sempre. L'abbandono è venuto dopo, quando hanno costruito quello nuovo, più in alto. Prima ancora erano stati costruiti due centri per ospitare gli sfollati. Uno a Maniago, chiamato Vajont, uno a Belluno, chiamato Nuova Erto. La mia gente se n'è andata a popolare alveari anonimi, sorti in luoghi sconosciuti, senza identità, senza storia, senza radici. Ma col tempo, forse cento, duecento anni, si faranno una loro storia, metteranno radici, creeranno una loro cultura. Ma i miei compaesani resteranno sempre ertani e se vorranno tornare qui c'è posto, è sempre casa loro.

La primavera avanza, le gemme premono, le foglie si allargano. Le puoi sentire crepitare dai sambuchi che invadono i cortili. Sembra il fremito di una pioggia sottile, impalpabile. Gatti randagi guardano dai muri, immobili, fagotti di velluto nero indifferenti, a volte guardinghi. La via perde pezzi. Allo stesso modo che un contadino perde chicchi durante la semina, la via Centrale perde case. Verso la fine si allunga, si apre, si dirada. A destra appaiono campi ripidi, incolti, prati gialli di erba secca mista al verde di erba nuova. In fondo c'è la casa abbandonata con lo spezzone di altalena che pende dal ramo del melo. Se c'è l'altalena, c'erano bambini. Li ricordo. Cinque, se ne andarono dopo il Vajont. Non sono più tornati, non li ho più visti. Il ramo del melo è cresciuto. In quarant'anni un albero mette polpa. Si è tirato dentro il filo d'acciaio. Il legno gli è cresciuto intorno, si è mangiato il cavo come per non lasciarlo andar via. Forse aspetta quei bambini ormai adulti, per mostrare loro la vecchia altalena sulla quale si dondolarono. Fa male al melo il braccialetto d'acciaio, ma non lo molla. Aspetta che qualcuno torni. Vorrebbe rivedere quei bambini. Se non tutti, almeno uno, il più piccolo. Molto orgoglioso, gli dirà: «Vedi? Sono stato fedele, ho tenuto da conto la vostra altalena, non l'ho lasciata cadere, è un bel ricordo conservare l'altalena. Tornate, ogni tanto, a trovarmi!».

Poco più sopra, accanto alla strada, un parallelepipedo di cemento armato dipinto di bianco rompe la monotonia della rampa, dei prati incolti, dei campi terrazzati. È una latrina, forse l'ultimo cesso all'aperto ancora esistente.

Era diventata famosa per i suoi capitomboli lungo il pendio. Ogni volta che i giovani andavano alla leva e tornavano pieni di vino, il primo oggetto con il quale se la prendevano era la vecchia latrina. L'abbrancavano tutti insieme e la facevano rotolare sul ripido prato. Immancabilmente il proprietario, armato di pazienza, paranco e cavo d'acciaio, la recuperava piazzandola di nuovo al posto. Non si rompeva mai. Era un blocco unico di cemento, tenuto insieme da una quantità di ferro da armare un palazzo. I coscritti ritenevano il ribaltamento azione scaramantica, cosa da fare per scacciare la sfiga. In pratica mandare a rotoli la merda del mondo, buttarla lontano. Toccò anche alla mia classe ribaltare il mitico cubo nella primavera del '69. Eravamo una ventina i coscritti del '50. La facemmo ruzzolare fino in fondo. Il giorno dopo ci pentimmo. Tutti insieme aiutammo il proprietario, un vecchio taciturno e mite, a riportarla in loco. Durante la manovra di recupero, l'uomo fece una domanda. «Perché» disse «sempre il mio cesso?» Aveva la voce sconsolata. Armando rispose: «Perché è sul ripido e finisce più lontano». «Ho capito» disse. Non parlò più. Mano a mano che passavano gli anni, i ragazzi della leva si facevano educati, forse più intelligenti. Ciò consentì finalmente alla latrina di restarsene in pace sul cocuzzolo, come una vedetta addormentata. Oggi è ancora là, chiusa a chiave, muta. Nessuno la usa più e nemmeno la fa rotolare, forse le dispiace un poco.

Il paese vecchio è quasi del tutto abbandonato. Le poche famiglie che vi abitano hanno sacrificato il tinello, il sottoscala, o un angolino qualsiasi, per cavarne bagni e cessi. Il mondo si evolve, si evolveva anche allora. Ai tempi della Sade, dopo averci tolto la terra, la tranquillità e la pace, dopo aver devastato la valle, smantellato case, mulini, segherie e boschi, i capoccioni si accorsero che a Erto non esisteva un cesso come si deve. Solo gabinetti all'aperto, piazzati sui colli, la porta verso nord, tutti a secco, senza una goccia d'acqua. Allora pensarono di farci un regalo. Mica stupidaggini, un regalo serio, roba di valore, roba che sarebbe rimasta nella storia. «Diamine» dissero, «facciamo vedere a questi montanari che siamo generosi, noi quando serve abbiamo manica larga. Li aiuteremo a tirarsi fuori dall'indigenza, daremo loro comodità, servizi indispensabili.» Ingaggiarono alcuni operai che si misero a scavare sotto il muro della piazza, poco distante dall'osteria Pilin. Noi ragazzini andavamo a curiosare. «Cosa faranno?» ci si chiedeva. «Una chiesetta? Una cantina? Una galleria?» Non si sapeva. Lavorarono un mese. Alla fine ci fu l'inaugurazione, con tanto di messa e benedizione. Ormai sapevamo tutti cos'era questo benedetto regalo di valore. Erano due cessi, pomposamente definiti pubblici, uno per le donne, l'altro per gli uomini, muniti di turca e acqua corrente. Ce li regalarono, occorre dirlo, e fummo contenti. Già che c'erano, potevano installare anche una doccia, non sarebbe stato male, ma forse pensarono che la pioggia calda era un lusso troppo grande per quei montanari aspri e senza regole.

La via continua, rasenta curve vuote, muri crollati pieni di licheni penzolanti come barbe viola, porte in terra. Due case abbandonate, sulla sinistra, sussurrano il loro avvilimento ai sambuchi che le avvolgono. I sambuchi ascoltano con la testa bassa, fremono alle notizie come sotto i colpi del vento.

Venivano chiamate "ville di Pasqua". In prossimità delle feste pasquali, erano le prime a ricevere l'abbraccio del sole. Quando l'astro superava la cima del Toc e mandava pallidi raggi sul villaggio, le ville di Pasqua godevano da giorni le carezze dorate del sole. I vecchi si radunavano in quel punto per sentire un po' di tiepido. Sedevano su tronchi di abete bianco fumando la pipa. A furia di strusciarvi i pantaloni, il legno era diventato color pece, lucido come cuoio. Al calor del sole, quei vecchi puzzavano di fustagno e tabacco. All'estremità opposta del paese c'erano altri tronchi, dove altri vecchi sedevano per seguire il cammino del sole. Ma, alle ville di Pasqua, il sole arrivava prima, e i vecchi di qua invidiavano quelli di là che avevano già il calore del cappotto dei poveri. Alcuni metri oltre le case che ricevono la luce del primo mattino, sulla sinistra, un metro sopra il muro, c'è una piccola cappella con l'immagine della Madonna. Dalla base al tetto saranno due metri. La statua della Vergine si trova in fondo, vestita d'azzurro, con la corona in testa e lo scettro in mano. Quel capitello era una boa, fissava il punto massimo dove arrivavano le processioni dei santi. Da lì si doveva voltare, fare dietrofront e ripercorrere di nuovo la via Centrale fino al cimitero. Era una regola che si tramandava dalla notte dei tempi, osservata da almeno seicento anni. Si raccontava che dopo quel limite vivevano i pagani, gente senza Dio. I santi non dovevano proseguire. Sconfinare in quella terra di infedeli che offendevano il Padreterno era peccato grave. Ancor oggi, alcuni vecchi chiamano gli abitanti di San Martino "pagans" (pagani).

La leggenda che raccontava mia nonna dice che il capitello venne eretto in onore della Madonna nel 1500. Maria era comparsa per aiutare il figlio. In un momento di debolezza, Gesù stava per avere la peggio col diavolo che s'era messo d'accordo coi pagani. Il Signore stava pregando nel prato, accanto al sentiero dove sorge il capitello. Era passato da Erto in veste di pover'uomo e come tale intendeva comportarsi. Qualunque cosa gli fosse accaduta, avrebbe reagito come un qualsiasi essere umano. Due giorni prima, alle rampe di Marzana, alcuni individui gli avevano tirato sassi. Era scappato, ma, pur sotto spoglie umane, era sempre Cristo. Quando poggiò il piede su una pietra, questa si fuse come un pane di burro. Sul duro sasso rimase per sempre l'orma del piede, il piede di Dio. Quel giorno, i pagani in compagnia del diavolo decisero di tendergli un agguato. Cristo stava pregando. I pagani e Satana apparvero all'improvviso armati di bastoni. Alzarono i legni e si misero a colpire il corpo del Signore. Avrebbe potuto annientarli, invece lasciò fare. Voleva vedere fino a che punto sarebbero arrivati. Soprattutto i pagani. "Mi uccideranno una seconda volta" pensò. Piegato in due, Cristo riceveva gragnuole di bastonate. La Madonna vide la scena e intervenne a difendere il figlio. Apparve ai farabutti guidati da Satana brandendo un forcone di fuoco. Cominciò a menar forcate a destra e sinistra. Il diavolo, che non temeva il fuoco, affrontò la Madonna. La Madonna mutò la forca in croce e Satana fuggì assieme ai pagani. Arrivarono a San Martino, che a quei tempi si chiamava Vigo, e là si stabilirono. La Madonna li ammonì di non passare mai più quel confine, il punto dove avevano bastonato Cristo. La gente venne a sapere tutto e costruì una chiesetta per onorare la Vergine salvatrice. Mai gli abitanti di Vigo osarono passare il confine imposto dalla Madonna. Ma trecento anni dopo, sei pagani armati di mazza partirono di notte e demolirono la chiesina. Quando cercarono di abbattere la statua della

Madonna con le clave, queste rimbalzarono all'indietro spaccando le loro teste. Li trovarono morti, uno sull'altro, con gli attrezzi in mano. Si pensò a una rissa tra di loro. Gli abitanti tirarono su una nuova chiesetta. Fu distrutta da un terremoto. Alla fine una resistette, ed è quella che si può ammirare oggi.

Mia nonna aveva una fantasia incredibile. Questa storia è roba sua. Se avesse saputo scrivere, sarebbe diventata meglio di García Márquez. Inventava di tutto e pretendeva di essere creduta. In caso contrario si arrabbiava e malediceva l'incauto predicendogli guai.

Bastian della Tabaccara abitava poco prima della chiesetta. Era un tornitore di classe, fantasioso, geniale, mai ripetitivo. Veniva detto Tabaccara perché sua madre masticava tabacco e sputava catrame: una vera tabaccara. Alto quasi due metri, occhi grigi, acuminati, baffi spioventi, capelli corti, duri, ispidi come selva di chiodi, lavorava all'aperto. Il suo tornio stava sotto un portico che prendeva luce attraverso un arco di pietra annerito dal fumo. Estate e inverno, l'artigiano faceva volare trucioli nell'aria, il profumo di pino cembro correva per la via. Piovesse, nevicasse o tirasse vento, Bastian della Tabaccara rimaneva a capo chino sul tornio, una gamba al pedale, l'altra sul pianale, le mani come morse serrate all'utensile. Da ambo i lati, alcuni metri cubi di trucioli rendevano l'ambiente caldo e accogliente. D'inverno, quando non bastava più il sorriso di quei riccioli a riscaldare l'ambiente, Tabaccara caricava di ciocchi un bidone di ghisa e lo accendeva. Quella stufa rudimentale mandava calore dieci metri lontano. Molte persone si avvicinavano al recipiente per quattro chiacchiere e per fregarsi le mani accanto al fuoco. Ma dovevano parlare tra di loro. Bastian più di qualche mugugno indecifrabile non pronunciava. E nemmeno rispondeva. Nessuno riusciva a farlo parlare. Viveva rintanato dentro la sua testa, come un tarlo nel legno, come se attorno non ci fosse anima viva. Per sapere l'ora, alzava gli occhi al cielo, sbagliava di poco. Con cielo nuvoloso, di notte, o quando nevicava, l'artigiano guardava in alto e sapeva l'ora. Credo la intuisse a fiuto, la sentiva nel corpo. Il suo guardare il cielo altro non era che un saluto a Dio, un ringraziamento. Bastian era un tipo piuttosto ombroso, ma buono. Una volta passarono davanti al suo antro alcuni turisti, molto rari a quei tempi. Tra loro una donna. Era estate. Bastian faceva volare nell'aria nuvole di riccioli d'oro che sprizzavano da un pezzo di cirmolo ormai diventato un clarino. L'uomo torniva strani pifferi lunghi mezzo metro che davano suoni diversi a seconda del legno. «Suono forte: larice. Suono debole: cirmolo» diceva l'artigiano. Poi aggiungeva: «Suono bello: ciliegio. Suono brutto: acacia».

La donna guardò Bastian attentamente. L'uomo la sbirciò di sottecchi, senza farsi notare. La donna si avvicinò per fargli un complimento, ma trovò una frase infelice. «Oh, che bel rustico!» cigolò. Bastian lasciò il pedale, il tornio si fermò. Con calma appoggiò l'utensile sul clarino che stava rifinendo, alzò lo sguardo, puntò addosso alla signora gli occhi di Satana e ruggì: «E la sua mona, è rustica?». Poi riprese il lavoro. La donna, prima di diventare rossa come le creste dei forcelli, sbiancò. Il gruppetto proseguì verso il centro del paese. Credo abbiano evitato di ripassare dalle parti del tornitore.

Poco prima di Bastian, c'è una bella casa difesa da un portone in ferro battuto montato su colonne di pietra rossa bocciardata. In quella casa c'era il primo mulino mosso dalla forza elettrica. Per quei tempi una novità assoluta. Il fatto che la macina girasse senza la spinta dell'acqua del Vajont lasciò tutti sbalorditi. Lo gestiva una donna dotata di coraggio e intraprendenza. Si chiamava Lucia. Per far passare le strisce di cuoio che andavano alle pulegge, aveva fatto segare i solai di larice nuovi di zecca. Piazzato il motore si mise al lavoro. Parecchi si recavano a macinare da Lucia, era più comodo, non serviva scender sul greto del Vajont. Una vecchietta macinò una volta, dopo di che riprese a frequentare i mulini che stavano sulle rive del torrente. Qualcuno le domandò perché, così anziana, preferiva sobbarcarsi la fatica di scendere al Vajont piuttosto che macinare in paese. L'arzilla vecchietta rispose acida: «Non voglio più saperne di quel mulino, la polenta sa di elettrico». Era convinta che la corrente rilasciasse un odore, l'acqua fresca e pulita del Vajont no.

In primavera, lungo la via Centrale, passavano le portatrici. Lunghe file di donne con gerle sulle spalle spostavano il letame dalle concimaie ai prati e sui campi erti e disagevoli. Concimavano i Lizoi, le Fontanelle, la Serrada e altri luoghi non meno ripidi. Le chiamavano le "ùare", perché lavoravano a ùara, cioè gratis. Una famiglia o l'altra, a seconda del bisogno, ingaggiava le ùare col passaparola. Il lavoro veniva ricompensato con un formaggio o un salame, ma soprattutto aiutandosi l'un l'altro quando si aveva bisogno. Era una regola stabilita da secoli quella di darsi una mano a vicenda e nessuno osava infrangerla. Gli uomini erano addetti a caricare le gerle appoggiate su uno strambo cavalletto a tre gambe. È sempre stato così: in queste valli aspre, abbandonate da Dio, faticavano le donne. Durante lo smantellamento di una letamaia successe un fatto comico che fece il giro del paese. Una portatrice, Apollonia Fumin Ziano, trentenne, bella, mora, occhi color genziana, fianchi larghi, sedere da capogiro, stava con la gerla appoggiata al cavalletto. L'uomo al caricamento, dopo un paio di badilate, allungò la mano su per la gonna di Apollonia. La donna si voltò, lasciò cadere il cesto e si tuffò sull'energumeno. Lo spintonò con tale rabbia che l'uomo finì di schiena nella letamaia. Non paga, gli saltò con le galosce sulla pancia e iniziò un ballo a suon di calci. Il molestatore, sprofondato nel letame che gli impediva i movimenti, non riusciva a difendersi. Così ricevette la paga che meritava. Ma, dopo una bella ripulita, verso sera si vendicò.

Ogni volta che Apollonia metteva la gerla in spalla e

partiva, l'uomo le caricava un'ulteriore badilata di letame dando un forte colpo di pala dall'alto verso il basso. La donna piegava le gambe, perdeva l'equilibrio, si sbilanciava. Il peso, già di per sé notevole, ricevendo quella botta aumentava, la poveretta stentava a reggersi in piedi. A un certo punto ne ebbe abbastanza del tanghero che la torturava con quel giochetto. Si voltò ancora una volta, come al mattino. Afferrò con entrambe le mani una zolla di letame, di quello puro, senza foglia né strame di sorta, e gliela spalmò sulla faccia. L'uomo stava per alzare le mani, ma i badilanti lo fermarono. «Ha ragione lei!» dissero. L'amore, a volte, usa meccanismi imperscrutabili per dichiararsi. Che non sono sempre gentilezza, buone maniere o timidi corteggiamenti. In certe persone la dichiarazione d'amore si palesa a suon di baruffe. Quante volte abbiamo sentito due sposi affermare che all'inizio non si sopportavano? Forse sono l'orgoglio, la timidezza o l'incapacità di essere dolci che rendono battaglieri e riottosi. Sta di fatto che, dopo neanche un anno, Apollonia Fumin Ziano e il badilante Saverio Filippin Cesto si sposarono, ebbero cinque figli, tre femmine e due maschi, e vissero felici e contenti. Per una palpatina, che oggi giustamente verrebbe punita con la galera, quella volta nacque un matrimonio sano e duraturo, allietato da un bel nido di pargoli.

Una di queste portatrici, morta un paio di anni fa, era nota per la leggendaria resistenza. Oggi in paese ci sono i telefonini. Ogni famiglia ha il computer sul tavolo e un paio di automobili in garage. Si lavora la terra con le macchine. Nonostante tutto questo lei portava ancora letame con la gerla. All'inizio di primavera la si vedeva, minuta ottantenne, passare, gerla in spalla, col carico di letame. Se non era letame, erano altre cose: in autunno patate, d'estate legna, panni da asciugare. Copriva distanze da far impallidire il marciatore più allenato. Usava passo corto, quasi un saltello. Non si fermava mai. Per acquistare un oggetto, era capace di andare a piedi fino a Belluno, trenta chilometri, o a Maniago, quaranta. L'ho vista salire su terreno ripido con la gerla piena di letame come fosse vuota. La schiena piegata, il collo tirato in avanti facevano intuire che c'era peso. Ma dal suo sguardo non trapelava nulla. Alla stregua del ginnasta che esegue la croce agli anelli senza che il volto tradisca sforzo alcuno, anche il viso della vecchia restava impassibile. Passo dopo passo, andava avanti per ore senza mai fermarsi. Faceva tenerezza quella formica in scarpetti di pezza, ostinata a combattere la battaglia dell'esistenza con i mezzi primitivi quando intorno trionfava la tecnologia. La casa dove abitava rispecchiava il suo stile essenziale. Una stufa, una panca, un tavolo, una sedia. E basta. In primavera, l'anziana portatrice fioriva come i prati e i rami dei meli. Quando cantava il cuculo e i boschi cambiavano colore, smetteva gli abiti di lana pesante e indossava un completo azzurro chiaro. Con quello andava a messa. Per lavorare usava gonna lunga e giacca grigio chiaro. Una fascia stretta le cingeva la vita. In ultima le sue gambe formidabili la tradirono. Mi chiese un bastone. Scolpii un corniolo con figure di santi. Voleva pagarmelo. Non fece in tempo a usarlo. Non era donna da bastone, quella. Se ne andò prima. Volle andarsene prima. Vi sono vecchi che sanno quando è ora di togliere il disturbo. Si ammalano e muoiono senza pesare a nessuno. Se lo fanno, è per poco.

La via Centrale a primavera diventava mercato, esposizione di prodotti vari, lavori in legno, bacinelle di rame, ceste, gerle, slitte, fiori scolpiti nell'acero. Ciascuno esibiva la propria esperienza, la propria bravura, che non di rado sconfinava nel virtuosismo. Si esponeva non tanto per vendere, ma per far vedere le capacità personali. Era una specie di gara silenziosa, senza rivalità, guidata da onesta stima reciproca. Conoscevo un uomo sui quaranta, capelli scuri pettinati all'indietro. Dalle corna di vacche e buoi, quest'uomo ricavava pesci e uccelli dai lunghi becchi, le code aperte e le ali spiegate. Non capivo come poteva rendere malleabile l'osso duro come ghisa. Un giorno andai a casa sua. Gli chiesi se potevo guardare mentre lavorava. «Puoi spiare finché vuoi» disse, «e anche imparare.» Dopo un paio d'ore capii perché le corna delle vacche diventavano tenere. Le faceva bollire per molto tempo finché assumevano consistenza gommosa. Allora le toglieva dalla pentola con la velocità dei vetrai di Murano. Interveniva poi a colpi di seghetto e raspa fintantoché l'osso rimaneva tenero. Quando riprendevano consistenza, le metteva di nuovo a bollire. Una volta ricavate le forme aperte, coda, ali e zampe, impugnava sgorbia e cesello per scolpire penne e piume. Alla fine, una mano di cera d'api tirata con panno di lana rendeva l'uccello pronto a volare. Quelle sculture erano autentici gioielli, capolavori di perfezione, purezza di forme, levigatezza. Dopo qualche tempo, avevo imparato a fare uccelli e pesci con corna di vacca, ma erano ingenui, grezzi e mal compiuti rispetto a quelli dell'amico. Se rovisto nella soffitta della vecchia casa ertana, tra quintali di cianfrusaglie, attrezzi, santi, cornici, mastelli di legno e libri, sono certo che saltano fuori anche gli uccelli. Il maestro, intagliatore di corna, morì la notte del Vajont, travolto dall'acqua. Mi dispiacque molto. Era uno dei tanti che mi volevano bene. Mi aiutò a sorridere durante il periodo in cui mi ritrovai orfano con genitori viventi.

Tra gli artisti che esponevano le loro opere nella via Centrale c'era anche Genio. Durante la settimana lavorava nei cantieri, nel tempo libero scolpiva aerei di legno che attaccava a un filo da pesca invisibile. Parevano sospesi nell'aria, come se volassero davvero. Passavi per la via Centrale e d'improvviso ti trovavi davanti al naso un cacciabombardiere di frassino che ondeggiava al vento, o un MIG, o una cicogna. Le esposizioni avvenivano a primavera, quando tornava un po' di caldo e ancora non si lavorava a pieno ritmo. Di lì a poco scompariva tutto. Ci si rimboccava le maniche e si partiva. Chi alla volta dei cantieri, chi per la fienagione, chi per le malghe, chi per boschi a tirar su il legname tagliato a novembre e lasciato a seccare. Il paese si svuotava. Solo alla sera riprendeva vita, quando i pendolari della fatica rientravano a casa. I lavori di artigianato venivano realizzati durante l'inverno, accanto ai camini accesi, in attesa del Natale e della bella stagione.

La primavera sta per finire, la via Centrale pure. Dopo la chiesetta della Madonna che cacciò i pagani, un paio di case aspettano gli antichi abitatori. Hanno finestre chiuse, porte sbarrate, cancelli arrugginiti. Una breve rampa alquanto docile mena alla carrozzabile della Valcellina, dove ha termine il percorso. Prima di farsi assorbire dalla statale, la via saluta il turista mostrandogli una casa abbandonata. Sulla facciata occidentale campeggia una meridiana color mattone. Guardo sovente l'orologio silenzioso. Per muovermi da casa devo scendere alla Valuta, che significa piccola valle, non moneta come crede il foresto leggendo il cartello. Passo accanto alla meridiana. Cerco l'ora. La vedo anche quando è nuvolo, per via di un certo riflesso che viene dall'alto. Penso al tempo che passa, alle persone che abitarono quella casa, muta da oltre mezzo secolo. Cammino per le vie del vecchio paese da una vita, ma non ricordo di aver visto la porta di quella casa aperta una sola volta. La meridiana apre i raggi al sole delle stagioni, giorno dopo giorno, anno dopo anno. Mi piace la meridiana perché, come diceva Borges, "dà le ore con modestia, senza rintocchi di campane, senza rumori di nessuna specie". Mi raccontava un vecchio che nella casa della meridiana rossa viveva un uomo, una specie di inventore, un geniale meccanico. Aveva costruito una locomotiva a vapore che faceva girare su un cerchio di rotaie forgiate da lui stesso. Inventava di tutto, ma solo robe che lo stimolavano. Di solito erano cose inutili al viver quotidiano, «le migliori per divertirsi» affermava. La gente non apprezzava. Il vecchio diceva che l'artigiano emigrò, deluso. L'incomprensione di patria, dove sappiamo nessuno è profeta, non lasciò scampo nemmeno a lui. Non tornò più. Prima di abbandonare il paese, però, volle dipingere sul fondo di calcina l'orologio silenzioso. Sotto scrisse: "Gli anni passano di corsa. Prima degli anni le ore, i giorni e i mesi. A che serve il tempo? A morire. Allora meglio inventare cose inutili che fanno perdere tempo".

Ognuno fa quello che gli pare, ma la gente non era d'accordo. A quel tempo un oggetto conservava dignità di esistere solo se era fonte di guadagno. Così l'inventore, che creava cose inutili, se ne andò. Non sopportava le derisioni. Lui voleva giocare, divertirsi, non arricchirsi. Nessuno lo capì, nessuno sa dove sia finito. A sua memoria rimane l'orologio silenzioso, che dà le ore con modestia, senza rintocchi di campane, com'era silenzioso lui, inventore dell'inutile, che fuggì per incomprensione.

Oggi, la meridiana non serve più a nessuno. Tutti sono forniti di orologio. Anche gli oggetti più disparati ne portano uno al polso. Si trova sull'auto, sul telefonino, sullo schermo televisivo, sul computer, sul fornello di cucina. La gente, impegnata a sbarcare il lunario, a far carriera, soldi, ad apparire, a far successo, cammina a testa bassa, non ha tempo di alzare gli occhi per farsi dare l'ora dal cielo che si riflette nell'ombra della meridiana.

Un po' di nostalgia accompagna il termine del viaggio lungo la via Centrale, e con esso la fine della primavera. Percorro la curva della Fratta, mi porto all'inizio della terza via, la Soprafuoco. È già estate.

La prima casa che incontro a Soprafuoco è il bianco edificio delle scuole elementari dove imparai a leggere e scrivere. Mi sembra l'altro ieri e sono passati cinquant'anni. A quei tempi si faceva fino all'ottava, che altro non era se non un monotono ripetere la quinta. Il grande fabbricato, con colonne di pietra a faccia vista e finestroni enormi, svelti a catturare la luce e l'aria pura della valle, oggi ospita il museo del Vajont e il centro visite del Parco Dolomiti friulane. La struttura fu progettata da un uomo di Cimolais, che non era architetto e nemmeno geometra, non era nulla, ma possedeva tre cose essenziali: saggezza, sagacia, sensibilità. Quanto basta per mettere in piedi un edificio semplice, spazioso, funzionale, accogliente, bello e per nulla invasivo, inserito nel contesto del paese come una perla nella collana. Ho conosciuto quell'uomo, un tipo silenzioso, elegante, sobrio come le sue opere. In vecchiaia s'era messo a scolpire il legno con risultati pari a quelli che otteneva disegnando case. Credo sia suo anche il vecchio asilo di Cimolais. Un grande creatore, cui dovrebbero guardare certi architetti di oggi. Soprattutto coloro che hanno progettato l'ammasso di cemento armato che è il paese nuovo di Erto. La chiesa sembra una banca, le aule delle scuole hanno finestrelle da bunker.

D'estate la scuola chiudeva ed era festa. Ma durava poco, bisognava partire per la malga. Il nostro maestro era un ertano vecchio stampo. Si chiamava Osvaldo. Devo a lui, oltre che ai preti del Don Bosco, se ho amato la letteratura, se ho imparato a scrivere, se non sono finito nelle patrie galere. Il primo giorno di scuola lo ricordo come fosse l'altro ieri. Mia nonna non aveva trovato di meglio che mettermi addosso una blusa di tela nera, cinque volte più grande di me. Avvoltolò le maniche, ma il resto toccava per terra. Quando fui nel cortile della scuola i compagni si misero a ridere. Mi chiedevano se ero una bambina. Si avvicinò un ragazzo del quale in seguito diventai molto amico. Si chiamava Roberto, era della frazione Spesse. Per prima cosa pigliò a pugni quelli che mi prendevano in giro. Poi tirò fuori dalla tasca il ronchetto a serramanico affilato come una lametta da barba. A quei tempi tutti, grandi e piccini, giravano con temperino e fionda in tasca. Mi disse: «Non aver paura. Vieni qui che aggiustiamo la cotola». Lo lasciai fare. Con quattro colpi tagliò la parte bassa di quel saio nero chiamato blusa. Non feci altro che sollevare le gambe una alla volta come la donna quando si spoglia, e fui libero dal superfluo. Dalla tela scartata, Roberto tagliò una striscia che mi legò in vita. In un attimo diventai un figurino.

Da quel giorno mi trovai accanto un difensore sempre pronto a togliermi dai guai o dalle grinfie di certi prepotenti che sovente menavano le mani. Anche allora esistevano i bulletti che imponevano il loro dominio con la violenza. Roberto, quattro o cinque anni più grande di me, li faceva fuori tutti. Non era un attaccabrighe, aveva il senso della giustizia come il Garrone del libro *Cuore*. Roberto morì la notte del Vajont. La contrada Spesse, dove abitava, fu cancellata dalla faccia del mondo assieme a Pineda, Liròn, Marzana, Prada e San Martino.

Il maestro Osvaldo d'estate teneva lezione all'aperto. Non sopportava di stare al chiuso, era come noi, amava spazi liberi, boschi, torrenti. Da quando cantava il cuculo al termine dell'anno scolastico, se era bel tempo, studiavamo verbi e tabelline sotto i larici del Col delle Pale, lungo il torrente Vajont, o sui prati della Spianada. Prima di tutto un'ora di ginnastica. Non voleva rammolliti addormentati nella sua classe. Quando occorreva era severo ma non picchiava, al massimo tirava un orecchio. Ma ti scrutava con occhi che te la facevi sotto. Gli volevamo bene. Tutti. Temeva, come poi è successo, la perdita della manualità, ci faceva lavorare molto con le mani. Invitava a scuola artigiani, fabbri, scultori, casari, che ci insegnassero il mestiere. Voleva che ce la cavassimo in ogni frangente. Un giorno fece venire a scuola l'elettricista del paese. Pretese che tutti imparassimo a cambiare una lampadina fulminata usando la maggior sicurezza possibile. Studiare con lui diventava gioco, non vedevi l'ora di andare a scuola. Era un discreto poeta e prosatore. Ha lasciato alcuni libri, tra cui una pietra miliare riguardo alla nostra tragedia. Si intitola *Il mio Vajont*, testimonianze di sopravvissuti corredate da fotografie, alcune autentiche rarità.

Dalla scuola, la via di ciottoli scende una breve rampa inoltrandosi tra una lunga serie di case incollate le une alle altre su doppia fila. La processione di case abbandonate termina in prati incolti e acacie impenetrabili. Tranne due donne, che vivono in una casupola ben tenuta, la contrada è deserta, completamente vuota. Un chilometro di solitudine, di porte e finestre sbarrate, di tetti crollati. La polvere del tempo, quella "tintarella dei secoli", sigilla gli usci come uno strato di colla. D'estate la via cantava di metallo e riflessi d'acciaio perché verso sera i contadini battevano la falce per l'indomani. Seduti a gambe larghe sull'acciottolato, uno qua uno là, curvi sul piccolo incudine picchiavano il martello che cantava come un orologio a pendolo. Toglievano il manico alla falce e lo posavano da un lato, o dietro la schiena, o lo appoggiavano al muro. Noi ragazzi avevamo inventato un gioco rischioso. Consisteva nel sottrarre il manico della falce al contadino senza che questi se ne accorgesse. Quando s'accorgeva, e afferrava il malcapitato, erano botte. Concentrato a battere l'attrezzo, impegno che richiede massima attenzione, il contadino non s'avvedeva del monello che gli rubava il manico. Lo nascondevamo da qualche parte e si attendeva la reazione. Finito di batterla, l'uomo palpava dove stava il manico per attaccargli la falce. Non trovandolo si voltava a cercarlo. Se non lo vedeva mangiava la foglia, volavano bestemmie e ruggiti da spavento. E noi a ridere. A quel punto, anche se ben intenzionati, non potevamo riportargli il manico. Ce lo avrebbe spaccato sulla schiena. Glielo mettevamo sulla porta di casa, in piena notte. Spesso anche il giorno dopo.

Una volta Silvio si fece beccare. Il contadino stava sul chi vive. Fingeva di battere, ma con la coda dell'occhio osservava il manico. Finché lo vide muoversi. D'un balzo abbrancò Silvio. Si voltò di scatto e lo afferrò alle gambe. Silvio, che stava indietreggiando, finì steso di schiena. Il contadino con un urlo alla Tarzan alzò la scarpa ferrata e fece la mossa di schiacciare la testa al nostro amico. Rimanemmo atterriti. Carle disse: «Adesso lo copa». Silvio coprì la testa con le braccia e si girò di fianco. Forse per non vedere. Mormorai: «Non lo copa». Conoscevo quell'uomo, era Celio, non ammazzava nessuno tranne camosci e caprioli. Voleva bene ai ragazzi, non avrebbe torto loro un capello. Ma quel giorno aveva deciso di dare una lezione al giovanotto che gli sottraeva il manico della falce. Calò lo scarpone fino a un centimetro dalla testa di Silvio. Accompagnò la mossa con un urlo da far accapponare la pelle. Pensammo lo avesse colpito, invece si era fermato prima. Aveva solo scherzato. Si mise a ridere. Sollevò il nostro amico per le braccia. «Hai preso paura?» disse. «Bene! Così impari a fare dispetti.» Silvio, alquanto rasserenato, azzardò una domanda. «Come hai fatto a vedermi?» «Ho sentito l'odore» rispose Celio, «sono un bracconiere, non lo sapevi? Gli stupidi lasciano l'odore dove passano. Siccome l'aria tirava dalla mia parte ti ho sentito.» Gli accarezzò la testa e riprese a battere la falce.

Non tutti si comportavano come Celio. Alcuni contadini erano famosi per irascibilità, cattiveria e bastone facile. Uno in particolare. Non sopportava i ragazzini. Appena gli arrivavano a tiro erano guai. Menava legnate anche senza motivo.

D'estate la via odorava di fieno, il paese era invaso dall'effluvio delle erbe secche. I fienili erano attaccati alle case, le stalle pure. Nei fienili si faceva l'amore, si dormiva, si teneva salotto. Le mucche erano parte della famiglia, l'assieme faceva parte della comunità. Stalla, casa, fienile erano la fabbrica dove si produceva il necessario alla sopravvivenza. Tutto stava racchiuso in quel cerchio compatto e inespugnabile. Oggi quel sistema di vita non esiste più, ma il modello è stato imitato. Al posto della stalla e del fienile ci sono la fabbrica, l'officina, la carrozzeria. Lungo tutto il Nord-Est si possono vedere fabbriche di occhiali, di scarpe o abbigliamento con l'abitazione del padrone poco discosta, il più delle volte al piano di sopra. Il villico s'è evoluto, da zappaterra è diventato imprenditore, industriale. Ma non ha perso l'antica regola contadina che voleva tutto unito, sotto controllo, senza dispersione di tempo ed energie.

Soprafuoco, d'estate, brulicava di uomini e donne che portavano fasci di fieno sulla testa. La via è stretta, due portatori insieme non passavano. Salivano ripide scale a pioli per buttare il fascio nel fienile. Erano scalate pericolose, il carico sbilanciava, qualcuno cadeva, si faceva male. Se aveva fortuna ne usciva illeso. Saverio Corona Fumìn rotolò dalla scala. Viveva solo, in una casupola con annessi stalla e fienile. Teneva due vacche, Polina e Gioppa. Da tempo era stufo di fare quella vita. Aveva preso informazioni per un lavoro all'estero. Alla peggio anche in Italia, ma lontano dal paese. Tipo burbero, assai atletico, sui quaranta, nel fiore della forza, era esperto di scale a pioli. Per errore suo non sarebbe caduto. Ma non aveva fatto i conti con un piolo stanco di reggere pesi, di essere calpestato da scarpe ferrate, umiliato dalla fatica.

Quel giorno il piolo fece crack. Saverio cadde all'indietro. Pensò: "Devo mollare il fascio e caderci sopra, o mi spacco la schiena". Intanto che pensava, aveva già fatto i quattro metri che lo separavano dal suolo. Il fascio cadde da un lato, lui dall'altro. Sentì le ossa scricchiolare, le costole piegarsi. Il fiato gli mancò per un bel po'. Si tirò su adagio. Stava in piedi, non era male! Il costato gli doleva, pugnalate a ogni respiro. Sedette sulla soglia della casa di fronte, arrotolò una sigaretta e l'accese. Mentre aspirava, fissò l'accendino a benzina che bruciava il tabacco. Poi guardò il fienile. Era luglio, faceva caldo. Poi Saverio bestemmiò. Ne aveva abbastanza. Faticosamente risalì la scala. Dove mancava il piolo fece il passo più lungo. Il fascio di fieno rimase in terra, non serviva più. Saverio si affacciò alla porta del fienile tenendo i piedi sull'ultimo segmento di scala. Tirò fuori l'accendino e incendiò il fieno. Tornò indietro lentamente, non voleva cadere un'altra volta. All'inizio le fiamme erano corte. Poi s'allungarono, presero forza e vigore. Qualcuno gridò fuoco. Era già tardi. I montanari mollarono il lavoro e presero i secchi. Per fortuna c'era acqua. Ma non bastò a salvare il fienile. Andò completamente distrutto. Le vacche non corsero pericolo, erano in malga. Riuscirono a salvare le altre case, ma l'intera via rischiò di finire in cenere. Cercarono Saverio a casa, per chiedergli conto, era da fargliela pagare. Non lo trovarono. Era già partito. Sulla porta un biglietto: "Le vacche a Pilo dal Crist". Non tornò più. Molti anni dopo, alcuni paesani lo incontrarono a Bellinzona, in Svizzera. Facevano i muratori in quella città. Una sera lo videro all'osteria. Li salutò e uscì. Si spostò a Zurigo. Altri paesani lo incontrarono a Zurigo. Scappava, si sottraeva ai loro sguardi. Me lo disse Cice Mela. Cice non c'è più. Molte storie le devo a lui. Chi percorre la terza via del paese può vedere ancora il fienile di Saverio bruciato, i muri anneriti, qualche mozzicone di trave punta il dito al cielo. Un ferro smangiato dalla ruggine minaccia come una spada.

Più avanti una lunga fila di case con le porte sbarrate. Una sta per crollare, è storta, avvitata su se stessa, sbilanciata dalle spallate del tempo. L'amico Marco vuole salvarla. L'ha comprata, ha fatto un progetto di recupero, forse è ancora in tempo. Su una finestra bassa brilla un rosso di gerani. Dentro non c'è nessuno. Qualcuno ha messo i fiori senza nemmeno aprire l'uscio. Sotto la sporta di un tetto c'è viavai continuo di rondini. Stridono. Portano da mangiare ai piccoli. Guardo su. C'è un sambuco che spunta dai coppi. Tra i rami un nido. Guardo meglio. Di piccoli ce n'è uno solo, piuttosto pasciuto. Deborda abbondantemente dall'aereo giaciglio. Mi viene un sospetto. Monto sulla terrazza di fronte, osservo meglio. Il sospetto si rivela fondato. Un florido pulcino di cuculo sta col becco aperto ad aspettare la coppia di fringuelli che lo rimpinzino a dovere. Il lazzarone, grosso quanto un pugno, è il ritratto della beatitudine. Non so come faccia a stare dentro quella minuscola conca di muschi e piume precariamente incastrata nei rami. Potrebbe precipitare al suolo da un momento all'altro. Di lì a pochi giorni volerà via. Continuerà a farsi imbeccare stando appollaiato sui comignoli. Brutto scansafatiche, è la prima volta che trovo un cuculo in paese. La gente se n'è andata, i cuculi sono arrivati.

C'è una porta sigillata dalla polvere del tempo, la tintarella dei secoli. Ragnatele dappertutto interrompono gli angoli acuti. L'ottone di una vecchia maniglia, un tempo lucida e brillante, ha messo un vestito grigio topo, l'ossido della solitudine. Quella porta dava accesso a un locale non molto grande, ma quanto bastava per contenere un forno a legna per fare il pane. Il fornaio era un uomo grande e grosso, di bell'aspetto e simpatico. Si chiamava Fabrizio, proveniva da Santa Lucia, paesino della pedemontana. Era, come si dice, buono come il pane che faceva. A ogni alba, il profumo dell'infornata si spandeva lungo la via. Alle quattro del mattino si respirava pane. Per andare a scuola si passava davanti al forno. Il buon Fabrizio conosceva la nostra situazione di orfani con genitori viventi. D'estate spalancava le porte per avere un po' d'aria, combatteva il calore che lo cuoceva come il suo pane. Era assediato dal fuoco interno del forno e da quello esterno di luglio. Io e i miei fratelli passavamo di là con la cartella in spalla. Sbirciavamo dentro. Non per curiosare, per farci notare dal fornaio. Ci vedeva. Sorrideva, prendeva tre pagnotte calde e ne lanciava una ciascuno. Ringraziavamo e via di corsa, a divorare quel biscotto prelibato ancora fumante. Non volevamo mangiarlo in sua presenza ma, appena girato l'angolo, facevamo un sol boccone. Quanto era buono quel pane! D'inverno la porta del forno stava chiusa, non potevamo affacciarci per farci notare. Fabrizio ci insegnò come palesarci. «Dovete battere tre colpi, aspettare un poco e battere il quarto.» In questo modo avevamo pane anche d'inverno, quando il fornaio chiudeva la porta a chiave per evitare che alcuni fannulloni si piazzassero nel forno a scaldarsi le chiappe. Tutti i giorni quell'uomo ci ha regalato la pagnotta. A volte, per timore di esagerare, tiravamo dritti senza battere i colpi pattuiti. Se era estate, cambiavamo strada. Ma succedeva di rado. Preferivamo cogliere quel dono fragrante, caldo, buono come un dolce. Fabrizio faceva il pane per la gente del paese. Aveva attrezzature di prim'ordine, compresa l'impastatrice elettrica. Dopo il Vajont chiuse il forno e se ne andò. Tornò al suo paese, ormai a Erto era finito tutto, eravamo tutti cotti, non c'era più niente da cuocere.

Sotto il cortile delle scuole, di fronte alle rovine che l'amico Marco vuole ristrutturare, c'è una vecchia casa abbandonata. Incastrata in mezzo alle altre, pare voglia divincolarsi, uscire dal gruppo muto per raccontare qualcosa. Era la nostra refezione, una piccola mensa dove a turno le classi elementari andavano a mangiare un boccone. La cuoca era Maria, mamma di Carle. Le più buone pastasciutte della mia vita le ho mangiate lì dentro. Le serviva in ciotole d'alluminio e potevamo averne a volontà. Maria era generosa, tre, quattro scodelle consecutive saltavano nelle nostre pance. Spesso mi intrufolavo nelle altre classi per scroccare una porzione in più. La cuoca s'accorgeva, lanciava un'occhiata accompagnata da un sorriso d'intesa. Leccavamo l'alluminio che non serviva nemmeno lavarlo. Tornava pulito, brillante, pronto a farsi riempire di nuovo. Quando entravo con la classe di Roberto, l'amico afferrava la prima porzione per darla a me. Ci si accomodava dappertutto, sulle panche, accanto al focolare, sulle sedie sgangherate. I ritardatari per terra. D'inverno ardeva un falò nel caminetto ed era tutto molto bello e accogliente. Se avanzava un po' di pastasciutta la portavamo a casa, ma era difficile che rimanesse qualcosa in fondo al pentolone.

L'estate illumina la stretta via, il sole a piombo fa risaltare le pietre dell'acciottolato. Appare una casa mezza diroccata. Sulla facciata posteriore c'è una scritta quasi illeggibile, "Vino e licuori". Liquori con la C. La porta è sfondata, si vedono scale di legno, solai, utensili sul pavimento. Un paio di turisti, curiosi e nello stesso tempo impressionati dal silenzio, mi chiedono informazioni. Racconto la storia della vecchia osteria. Era il luogo dove si facevano contratti, si mediava la compravendita di bestiame, di boschi, campi, prati. Diventò leggendaria per le partite a morra, le risse scatenate dalle sfide ma, soprattutto, la perdita al gioco di un'intera montagna per pochi fiaschi di vino. Il padrone del pascolo era un tipo a cui piaceva alzare il gomito. Si chiamava Tommaso Corona de Bartol. Aveva boschi in Val Montina, campi e prati dappertutto e una segheria. Era sua una parte cospicua della Palazza e alcuni lunghi pascoli del monte Buscada. I pascoli stavano a occidente, dalla parte del Borgà dove tramonta il sole. Appassionato di morra e carte, era accanito giocatore. Quando si metteva a giocare restava al tavolo anche tre giorni e tre notti senza mai mollare. Salvo qualche breve pisolino sulla panca, teneva botta come nessun altro. Dicono fosse imbattibile a morra ma, soprattutto, arrogante e supponente. Umiliava gli avversari regalando loro otto punti in una partita che finiva a venti. Vinceva sempre lui. Uno partiva con otto punti di vantaggio e alla fine il possidente lo raggiungeva, lo superava e lo batteva. Non era ben visto. Nessun ricco è ben visto. Era troppo fortunato, aveva terreni, arroganza, donne e vinceva a morra. Ottimi ingredienti per farsi odiare. Era anche piuttosto temuto. Nessuno osava affrontarlo, ma l'idea di farlo fuori e seppellirlo in qualche concimaia era balenata a più di uno.

Quando diventavo arrogante, o rispondevo in tono sprezzante a mia nonna lei diceva: «Valài, valài, prima o dopo san Fermo troverai». Così fu per il possidente. Un giorno incontrò san Fermo. Lo trovò nei panni rattoppati di un taglialegna da poco tornato dai boschi della Stiria. Pare che in Austria avesse fatto fortuna e in breve tempo l'avesse dilapidata per via di donne costose. Si chiamava Santo Corona della Val Martin. Morì travolto da un faggio, gli cadde addosso perché non aveva calcolato la spinta del vento. Questo Santo in ultima beveva. Per bere sfidava gli uomini a morra perché era senza soldi. Un giorno di primavera si trovò di fronte il possidente nella vecchia osteria senza nome. Anzi, un nome lo aveva: "Vino e licuori". Attaccarono a buttar le dita il sabato sera. All'inizio puntavano un litro a partita. Il possidente alzò la posta. Santo non aveva soldi, mise in palio la sua Müller, la leggendaria scure austriaca che lo seguiva da una vita. Il riccone con disprezzo buttò sul tavolo l'orologio Roskopf. Con Santo lo perdette. Il boscaiolo salvò la scure.

Andarono avanti fino al lunedì sera. Santo metteva in palio l'orologio del rivale e vinceva. In questo modo si teneva l'orologio più quello che perdeva l'altro. Il boscaiolo, che non era stupido e per questo aveva fallito nella vita, ogni tanto lasciava vincere il riccone per illuderlo di potersi rifare. Quello ci cascava e insisteva nel gioco. Il lunedì sera aveva perduto molto, ma si trattava pur sempre di oggetti o promesse di lavoro. Ad esempio, garantì a Santo di segargli gratis per sei mesi il legname in segheria. Santo accettava, gli andava bene tutto. E vinceva. Alla fine il riccastro chiamò dei testimoni e propose la puntata che doveva rimanere nella storia. «Mi gioco» disse con aria severa «tutti i prati della Palazza, quelli buoni e comodi, che vanno dalla Valle delle Bisce fino a Forcella Borgà. Se vinco, Santo mi restituisce tutto; se perdo si tiene tutto più la Palazza.» Il boscaiolo accettò. Se perdeva non gli importava nulla. Era un uomo spento, deluso, finito. Forse, già meditava di farsi travolgere dal faggio che lo uccise. Dopo la disgrazia molti dissero che l'aveva cercata apposta, la morte. Santo non era tipo da farsi fregare da un albero. Vinse anche quella partita e due chilometri di pascoli furono suoi. Alla fine, con gesto cavalleresco buttò sul tavolo l'orologio del rivale e disse: «Questo te lo ridò, così potrai guardare il tempo che passa». Il possidente con occhi di fuoco rispose: «Non lo voglio, è roba tua, io me ne posso comprare dieci». Santo raccattò l'orologio e lo regalò a Filìn De Spiz, un omino che assisteva alla sfida, il quale fu ben lieto di ficcarselo in tasca. Il riccone disse a Filìn: «Tienilo da conto, è roba buona».

Non digerì la batosta. Alcuni giorni dopo Santo dovette sottoporsi alle cure del dottor Gregori a Cimolais. Un amico lo trovò nella stalla, pesto e sanguinante. Quattro o cinque individui, mascherati con sacchi di tela in testa, lo avevano bastonato a dovere. Avvenne una notte di luna piena, mentre tornava a casa un po' alticcio. Ci mise un mese a riprendersi. Quando lo incontrava, il possidente lo prendeva in giro: «Santo, cos'hai combinato? Sei caduto dalle scale?». «Sì, le scale dell'inferno» rispondeva il boscaiolo. «Non ti portano fortuna i miei prati, a quanto vedo.» «Neanche a te averli persi» rispondeva Santo. In autunno due artigiani trovarono il riccone nella sua segheria tagliato in due dalla lama della sega come un albero. Si parlò di incidente. A volte capita l'infortunio a coloro che lavorano da soli. Maneggiando attrezzi pericolosi è facile farsi male. Ma parecchi paesani affermavano che incidente non poteva essere, visto che l'uomo era tagliato per lungo come si segano le assi dei solai. Santo andò a trovare uno per uno questi sobillatori. Alcuni giorni dopo, gli stessi dissero che senza dubbio si trattava di incidente. Il caso venne messo in archivio e il possidente sottoterra. Non chiamarono nemmeno i gendarmi, certi fatti si regolavano in privato senza l'ausilio della legge. Non si chiamavano mai, i carabinieri, non erano necessari. Nessuno pianse per il riccone. Santo morì alcuni anni dopo, travolto dal faggio.

Sulla destra dell'osteria c'è un edificio con la porta sbarrata, tenuto ancora bene. Si chiama "posto della fortuna". Il padrone, ormai disperso nella notte dei tempi, costruì l'abitazione sopra una sorgente d'acqua che sgorgava dalla roccia. Aveva anticipato Frank Lloyd Wright (l'architetto della casa sulla cascata) di almeno cento anni. Finita la costruzione, l'acqua vi scorreva dentro come il sangue nelle vene del corpo. Una canaletta passava sotto il pavimento, lo attraversava e dolcemente, come nel cavo della mano, portava l'acqua all'esterno, affinché potessero averne anche i vicini. Il padrone della fortuna non mise mai un rubinetto o un tappo alla sorgente per non privare gli altri del bene prezioso che gli apparteneva, ma che voleva dividere con il prossimo. Era l'unico a quei tempi ad avere l'acqua in casa. Tra quei muri i bambini nascevano, crescevano e diventavano grandi accompagnati dal gorgoglio sommesso dell'acqua corrente. E loro l'ascoltavano come noi ascoltavamo di notte il mormorio del Vajont prima che la Sade gli tagliasse la lingua.

Passarono molte generazioni. Gli abitanti della casa vissero sereni, cullati dal mormorio di quell'amica discreta che viveva con loro, seguiva la vita di famiglia come ospite gradita. Ma un giorno qualcuno le mise il bavaglio. Uno degli eredi, giovane rampollo di larghe vedute, nel 1963, quando il paese tirava su la testa per annusare l'odore di progresso che spirava dalla diga, montò un rubinetto. Lo chiuse e la voce dell'acqua tacque di colpo. Tutta la casa tacque. Diventò triste, mancava la regina, la padrona. Ma si fece sentire di lì a poco. La natura avverte sempre gli uomini quando compiono errori. Anche il Toc aveva mandato segnali prima di crollare nella diga. Gli uomini non vollero ascoltare, furono arroganti, credevano di sapere tutto. Si erano messi sopra Dio. Nemmeno oggi sono cambiati. Vogliono domare, imbrigliare, piegare la natura, piegare Dio.

L'acqua della fortuna, quando capì che l'avevano messa in prigione si gonfiò, dimenò la coda argentea, si caricò come una molla, spaccò la roccia e riprese a scorrere nella vecchia canaletta. Tutta la casa cantò felice. Al nonno del rampollo di larghe vedute, quando sentì ancora la voce della fonte che aveva ascoltato per ottantacinque anni, caddero alcune lacrime. «Lasciala correre» disse al nipote, «non chiuderla più, senti com'è bella, la casa è tornata a vivere.» Il giovane di larghe vedute non volle sentir ragione, fece iniettare nella spaccatura una carriola di boiacca e tappò di nuovo il flusso. Il vecchio si avvilì, ma per poco. L'acqua voleva scorrere nel cuore della casa, come aveva fatto per secoli. Puntò i piedi, spinse da un'altra parte, la croda si spaccò e l'acqua tornò all'aperto. «Vedi» disse il vecchio al nipote, «non vuol star ferma, non vuole essere rinchiusa, la sua natura è quella di scorrere, non si può fermarla altrimenti s'arrabbia e ci butta giù la casa.» Il giovane non ci sentiva. Mai l'avrebbe data vinta a quella ribelle che non voleva farsi domare. Decise di bloccarla di nuovo. Ma non fece in tempo. Un'altra acqua, fermata nel suo fluire da un immenso foglio di cemento, si scatenò. Fu il monte Toc a metterla in moto, cadendole in grembo. Il 9 ottobre 1963 successe quello che tutto il mondo sa. Il vecchio disse al nipote: «Vedi cosa capita quando si ferma il camminare dell'acqua?». Il giovane capì e non cercò più di bloccare la sorgente che scorreva nel cuore della casa. Dopo il Vajont se ne andarono. Sbarrarono la porta, scapparono in pianura, a popolare un luogo nuovo, dentro un paese nuovo e anonimo. L'unica voce rimasta a tenere compagnia alla casa fortunata è ancora l'antica fonte. Nelle notti silenziose del paese abbandonato la si sente borbottare sotto il pavimento di legno. Col passare degli anni si è un po' assopita, forse per malinconia o per solitudine. Stare soli rende taciturni: si parla in fiato corto ma, seppur sottovoce, la fonte borbotta. Nel paese abbandonato la sua vocina si fa sentire, tenue come un canto di ciuffolotto, ma presente. Basta avvicinarsi, accostare l'orecchio all'inferriata e ascoltare. Allora si udirà un piccolo canto di grillo che ogni tanto cambia tono. Un borbottio sommesso come quando una vecchietta racconta ai nipoti una fiaba sottovoce, per non svegliare qualcuno. Il fruscio dell'acqua lungo la canaletta ha un che di misterioso e dolce, profondo e antico come la terra. È sempre là, che mormora, parlotta con le notti silenziose, con i giorni solitari, rabbrividisce al gelo dell'inverno, si crogiola al sole dell'estate. Canta felice, come se tutto fosse tornato, come se non fosse passato tanto tempo. Disse Borges: "Solo ciò che è fuggitivo dura, cioè è il Tevere a durare e non i monumenti di Roma". Così sarà per la piccola sorgente. Quando la casa, rosicchiata dalle intemperie, crollerà sotto le spallate del tempo e l'incuria degli eredi, l'acqua fluirà ancora dalla fenditura nella roccia. Attraverserà il paese per bagnare le ortiche e i sambuchi che invadono i cortili.

Quella è la via che riceve meno sole. Le costruzioni alte attaccate una all'altra su ambo i lati creano quasi un cunicolo. Solo quando l'astro si trova a piombo nel cielo riesce a frugare tra i muri, negli anfratti, lambisce le soglie, pennella d'oro i tetti. In quella via non c'era spazio per cortili. Le case stanno a un metro una di fronte all'altra, spesso anche meno. Vi sono punti in cui, per passare, bisogna girarsi con le spalle a coltello altrimenti si tocca. Certi vicoli sembrano calli veneziane. Stranamente resta la via meglio conservata. Solo poche abitazioni sono crollate dopo l'abbandono del Vajont. Forse perché si tengono così strette tra loro che si sono aiutate, sostenute a vicenda. Ma alcune, nonostante la solidarietà delle altre, non hanno avuto la forza di reggersi in piedi. Spesso buona volontà e altruismo non sono sufficienti a salvare un amico. Le case abbandonate sono come gli uomini. Alcuni tengono duro, altri crollano. Dolore e solitudine fanno cadere uomini e muri.

Sulla destra verso occidente c'erano stalle e fienili, a sinistra laboratori di artigiani. Un tempo, l'effluvio di letame si mescolava a quello dei trucioli di larice e pino cembro, correvano assieme lungo la via a visitare la gente. Nessuno si lamentava per l'odore di letame. Alcuni anni fa passò un turista dall'aria danarosa. Dette un'occhiata al paese e al paesaggio. Gli piacque. Subito si mise a cercare una casa da comprare. Non era tonto, capì di trovarsi in un posto splendido, valeva la pena tenere un pied-à-terre da queste parti. Capì anche un'altra cosa ma non la disse a nessuno. Poteva diventare proprietario con poco più di cinque milioni di vecchie lire. "Poveri montanari" avrà pensato, "con quei soldi a Cortina non compro neanche la porta." Alcuni frettolosi hanno venduto per una pipa di tabacco. Il peggio è che erano convinti di aver fatto l'affare della vita. Per un paio di milioni in più, hanno ceduto pure prati e boschi. Per fortuna oggi hanno aperto gli occhi. Se qualche paesano vende la vecchia dimora, chiede una cifra equa. Ma, pensandoci bene, è meglio cederla a poco che vederla crollare in terra. Chi l'acquista si innamora, le vuole bene, la restaura, la cura, la controlla, accende il fuoco, la fa vivere. Ben vengano, allora, i compratori a pochi soldi: se ciò consente al paese di restare in piedi, sono perdonati.

Il turista dall'aria facoltosa trovò l'abitazione consona ai suoi gusti. La pagò un'inezia, la fece restaurare, ci mise una robusta recinzione di ferro, un cartello con la scritta "Proprietà privata" e, nel tempo libero, vi si installò. Dava poca confidenza agli stanziali. Anzi, non ne dava per niente. Certa gente è convinta che, quando compra una casa o un terreno, l'affare gli dia diritto di fare l'arrogante in terra non sua. Se si sceglie di vivere in un paese foresto, bisogna avere l'accortezza di entrar nell'anima della gente, interpretarne i costumi, rispettarne le regole. In caso contrario si creano incomprensioni, attriti, antipatie. Il fatto che uno compri una casa in un paese non suo non gli dà il diritto di spadroneggiare e fare lo spocchioso. Il nuovo arrivato ebbe subito a lamentarsi di alcune cose. Se la prese con le campane, che al mattino lo svegliavano anzitempo. Andò dal sindaco e dal prete per convincerli a far tacere i bronzi rompiballe. Non si rendeva conto che il rompiballe era lui. Coloro ai quali s'era rivolto lo mandarono affanculo: «Se non sopporta le campane torni a casa sua» dissero. «Sono a casa mia» sbraitò. D'estate, scoprì con disappunto una cosa inaudita. Nei pressi del suo pied-à-terre, una grossa letamaia emanava profumi che lui non gradiva. Era una delle ultime concimaie attive del paese. Chissà cosa avrebbe detto un tempo, quando ogni famiglia ne aveva una accanto all'uscio. Un bel mucchio di letame come giardino sul quale spuntavano fiori. Tornò dal sindaco a lamentarsi. Questa volta minacciò di far intervenire l'ufficiale sanitario. La voce del reclamo circolò in paese come il profumo della letamaia.

Un venerdì pomeriggio arrivò col macchinone dopo aver lasciato la città dove teneva i suoi commerci. Parcheggiò e si diresse al pied-à-terre. Mentre inseriva la chiave nel cancello della recinzione alzò gli occhi. Rimase fulminato. La casa era completamente intonacata di letame. Del buon letame pastoso, scuro, puro come argilla verde, stava appiccicato a larghe chiazze su muri, finestre, porte e scala. E sui gerani della moglie che, essendo un po' debolucci, avevano bisogno di concime. Il facoltoso scattò a passi nervosi avanti e indietro. L'ira lo faceva saltare come un cavallo bizzarro. Bestemmiò e mugugnò più volte. Minacciò vendette, chiamò i carabinieri, denunciò ignoti, sbraitò. Alla fine, dovette chiamare l'impresa di pulizie per far tornare la casa linda come un tempo. Per denunciare un colpevole bisogna beccarlo, in quel caso colpevoli non ce n'erano.

Una sera lo incontrai alla sagra d'agosto nel paese nuovo. Mi avvicinai e sottovoce gli dissi: «I miei paesani sono buoni diavoli, provi a usare la dolcezza, otterrà tutto ciò che vuole». Saltò su dalla sedia come morso dalla vipera. «Allora lei sa qualcosa» sbraitò, «la trascino in tribunale, deve dirmi chi ha insozzato la mia casa!» «Si calmi» sussurrai, «quello che so io lo sa il paese intero, tutti hanno visto il nuovo intonaco alla sua casetta, forse conosco anche i muratori, ma non lo direi nemmeno sotto tortura. Con la guerra si ottiene guerra e non finisce mai. In fondo è lei ospite in questo paese. Non dico che debba fare lo schiavo o il servo, questo mai. Deve soltanto adattarsi un po'. Fra qualche mese non s'accorgerà nemmeno che suonano le campane. E, con un po' di assuefazione, il suo prezioso tubero non sentirà nemmeno l'odore della concimaia. Tra poco verrà l'autunno e poi l'inverno, la letamaia sarà dura come roccia, non profumerà più. Che peccato! Tutto quel buon odore!» Mi guardò come a volermi mangiare vivo, ma tacque. Continuai: «Cominciamo subito ad andare d'accordo, beviamoci un bicchiere assieme». Parve sorpreso. Dopo un attimo di smarrimento, bofonchiando qualcosa andò al bancone e tornò con due bicchieri di vino. E dopo altri due, e altri due ancora. E avanti. Ci tirammo ubriachi fradici. Mi resi conto che cercava in me il complice per tutelarsi il futuro da ulteriori attentati. Gli feci capire che io non ero un capobanda o, peggio ancora, il capobanda. «Qui siamo tutti cani sciolti, all'occorrenza uniti, ma ognuno capo di se stesso.»

Per qualche tempo parve convincersi che gli conveniva stare buono, cercare di legare, farsi un po' di amici. Ma quello era uno abituato a comandare, a comprare il potere con i soldi. Quando capì che quassù con i soldi poteva comprare case ma non gente, si arrabbiò del tutto. L'ultimo appiglio lo cercò nel frastuono che il complesso musicale provocava durante le notti delle sagre d'agosto. I suonatori non guardano l'orologio, finché c'è gente, anche uno solo, suonano. Ci si diverte, si beve, alcuni crollano a terra ma ne restano in piedi a sufficienza per i quali continuare il fracasso con chitarre e fisarmoniche. Il foresto pretendeva di far smettere i musicanti a mezzanotte. Aveva ragione, ma loro non gli davano retta. Voleva chiamare i carabinieri. Gli spiegammo che noi non avevamo mai chiamato i carabinieri. Soprattutto per robe futili. Lui, in pochi mesi, li aveva chiamati quattro volte. Un amico piuttosto alticcio ascoltava la discussione. A un certo punto si accese una sigaretta. Guardò il fiammifero, lo spense con un soffio, fissò negli occhi il facoltoso e disse: «È un mese piuttosto secco, questo agosto, bisogna stare attenti a buttar via il cerino. Vale poco, un cerino, ma può fare milioni di danni. Bisogna spegnerlo bene quando si butta via un cerino». Il piantagrane sbiancò. Aveva interpretato la giudiziosa affermazione dell'amico come una minaccia. Pensò che volessimo bruciargli la casa. Non parlò più. Di lì a un anno vendette il pied-à-terre a un altro tizio venuto dalla città, col rischio di annusare odore di letame pure lui e udire rintocchi di campane. Il riccastro sparì e non s'è fatto più vedere. Il nuovo proprietario, uomo con moglie e figli, è un tipo in gamba. Non si lamenta delle campane, le ascolta volentieri. Non se la prende con le concimaie (sono soltanto due) e tanto meno con le fisarmoniche che suonano nelle notti d'agosto. Forse perché ha lavorato in fabbrica dove rumori e odori sono ad alto livello. Oggi è in pensione. Mi ha confidato che, quassù, il silenzio quasi lo spaventa. È molto contento.

Sulla sinistra, dove stavano i laboratori artigiani, vedo una porta grigia, senza vetri, precisa negli stipiti come lo sportello di una cassaforte. Era la bottega di un vecchio tornitore. Aveva combattuto in guerra, cantava di continuo una strofa di canzone: «Colonnello non voglio il cambio voglio piombo per il moschetto...». Lavorava quasi al buio nella sua tana di pochi metri quadrati, ma da quel buco uscivano meraviglie. Le finestre erano piccole, i vetri indossavano un vestito di polvere che li copriva come tendine di panno grigio. Quando "creava" chiudeva la porta. L'interno diventava quasi buio. Da un filo appeso al soffitto, pendeva una lampadina impolverata come le finestre. L'artigiano non l'accendeva. La luce gli dava fastidio, preferiva stare in semibuio. Anche quando camminava per strada in pieno sole cercava l'ombra. Per averla, si tirava l'ala del cappello sulla punta del naso. Forse era timidezza o, forse, non voleva vedere il mondo troppo in chiaro. Non so come riuscisse a ottenere quei risultati in assenza di luce. Le sue ciotole, pestatali, piatti, scodelle erano di perfezione assoluta. Non creava strumenti musicali, clarini, pifferi o trombette. Solo utensili da cucina. Diceva che prima bisogna mangiare e poi, casomai, suonare. Riempiva dodici sacchi di oggetti, li spediva via treno fino a Padova, poi partiva con la bicicletta diretto in quelle zone, a vendere le sue robe. Poche per volta, giorno dopo giorno, spingendosi fino a Rovigo e Ferrara, sempre a cavallo della bici fornita di capienti portapacchi. Un meccanico di Padova, mosso a pietà nel vederlo pedalare con i sacchi sulla bici, applicò alla stessa un motorino a rullo che spingeva sulla ruota anteriore. Questo aggeggio miracoloso gli alleviò tre quarti di fatica. Andava a benzina, consumava pochissimo. Con un litro di carburante girava per ore. Il propulsore lo rese felice. Smise di lavorare dopo il Vajont, ormai non aveva più senso fare l'artigiano. Quella ormai lontana tragedia è stata un colpo di scure alla nostra civiltà. Ha decapitato la vita. Usi, costumi, tradizioni, cultura, unità, amicizie, lavoro, modo di vivere sono scomparsi. Il Vajont ha spopolato il paese, diviso le persone, creato faide, diaspore, solitudini, silenzio, abbandono. Il Vero Vajont è stato dopo.

Ogni tanto andavo a spiare il tornitore del buio. Lavorava in silenzio, nella semioscurità, con quel viso di bambino timido, concentrato sul pezzo, le mani serrate all'utensile. Per provocarlo un giorno gli chiesi: «Come riesci a fare pezzi così precisi in questo buco che non si vede nulla?». Smise di pedalare, pensò un attimo a testa bassa poi, senza guardarmi, rispose: «Sono le mani che vedono, palpare è come vedere. Sotto le dita la forma la vedi, le mani hanno occhi. Se fai un lavoro guardalo con le mani, ti verrà bene. Quando palpi una donna al buio non la vedi, ma senti se è ben fatta». Replicai: «Prova a leggere il giornale con le mani». Sorrise. «Non serve leggere i giornali, se ascolti sai tutto. Te lo dicono gli altri quel che succede nel mondo, dalla prima all'ultima roba. La gente ha voglia di raccontare.» Insistetti: «Se vuoi leggere un libro lo palpi?». «Non è pericolo che legga un libro, non so leggere, non sono andato a scuola, ho dovuto lavorare, imparare il mestiere. Un poco mi dispiace non saper leggere, ma storie ne so tante, me le hanno raccontate i vecchi. Man mano che diventavo grande le ascoltavo da altri più vecchi. Sono stato uno che ha ascoltato e ascolta ancora.» «Raccontami una storia che sai» dissi. Mi raccontò un fatto udito da un tornitore zoppo, suo maestro.

Due contadini avevano tagliato il centenario melo di San Rocco. Cresceva davanti alla porta della chiesa omonima ed era molto bello. Una vecchia cercò di opporsi all'abbattimento. La cacciarono in malo modo. Li guardò con odio e fece un segno. Quell'albero intrigava il passaggio della processione, per di più era malato. Aveva una ferita sul tronco, una piaga, azzurrina e purulenta come quella sul ginocchio del santo. Il tornitore zoppo passò mentre i due tagliavano il melo. Siccome è legno ottimo da tornio e da sculture, ne chiese un pezzo per sé. Gli regalarono il primo tronco, quello segnato dalla piaga. Il tronco basale è il migliore per essere lavorato. Lo portò a casa e lo buttò a stagionare vicino al caminetto. Il legno seccava velocemente, ma la piaga non asciugava. Continuava a secernere un siero biancastro e a conservare quel colore azzurrino. L'artigiano non ci badò più di tanto. Dopo otto mesi, segò il tronco in pezzi corti e li mise al tornio. Voleva ricavare una partita di palle da rammendare calze. Sono simili a un uovo ma un po' più grandi. Infilate nel tallone della calza o sulla punta, tirano la lana per facilitare il rammendo. In una giornata ne fece trentacinque. Levigate con la cenere e lucidate a cera d'api, brillavano come sfere d'oro. Non avevano la minima imperfezione né tara alcuna. L'artigiano era soddisfatto. Le buttò in una cesta di vimini, che posò sulla panca del caminetto. Si scaldò la solita scodella di minestra e andò a dormire. All'indomani si alzò di buon'ora intenzionato a riprendere il legno avanzato, cavandone ancora uova da calze. Per bere con comodo una tazza di caffè e acquavite, sedette sulla panca del camino. Mentre sorseggiava la bevanda, lo sguardo gli cadde sulla cesta di vimini contenente le sfere tornite il giorno prima. Diventò di pietra. Mollò la chicchera che cadde per terra e si ruppe.

Le sfere da rammendare avevano una piaga, una piccola ferita azzurra larga quanto l'unghia del mignolo. Tutte quelle piaghe buttavano un liquido biancastro che colava come resina oleosa sulla panca e filava giù fino al pavimento di larice. Il tornitore, senza più guardare il cesto, raccolse tremando una brancata di rami secchi e li mise sul fuoco in modo da ottenere un bel falò. Afferrò il cesto e lo buttò nelle fiamme assieme alle uova lacrimanti. Raccattò il melo rimasto e lanciò anch'esso nel fuoco. Le fiamme avvolsero il legno per divorarlo. Si sprigionò un fuoco lamentoso, che emetteva gemiti di pianto. Faville enormi volarono a lambire la parte alta della cappa che prese fuoco, e dopo s'incendiò anche il tetto. Accorsero uomini a spegnere l'incendio o bruciava tutta la contrada. Nei giorni successivi, aiutarono il tornitore a ricostruire la copertura e quel che era andato a fuoco. Quand'ebbero finito, l'artigiano corse a portare una candela davanti alla statua di san Rocco. Pregò e disse: «Basta legno di chiesa o di cimitero».

Ai due che abbatterono il melo andò molto peggio. Mentre tagliavano l'albero, uno si bucò la mano destra con un ramo appuntito. L'altro si ferì allo stinco con la punta della ronca potando gli ultimi rami. All'inizio non ci fecero caso, erano soltanto graffi, nessun motivo di preoccuparsi. Ma, dopo una settimana, s'accorsero che le ferite non cicatrizzavano. Continuavano a secernere pus sanguinolento e, tutt'attorno, la carne s'era fatta viola come vinaccia. Iniziarono a farsi impacchi di acqua bollente e sale, come usava a quei tempi per disinfettare. Niente. Le ferite non guarivano, sanguinavano sporco, con odore cattivo d'infezione. L'alone azzurro s'allargava, incancreniva. Giorno dopo giorno, i due peggiorarono fino a diventare immobili come blocchi di marmo. Non muovevano nemmeno un dito o un sopracciglio. Morirono così, imbalsamati in una durezza vitrea che spaventò tutti quanti. Neppure gli occhi giravano da qualche parte. L'unica cosa che si muoveva in quei poveri corpi pietrificati erano le lacrime che rigavano le loro guance. Spirarono quasi insieme, dopo lunghi giorni di agonia. Nemmeno nella secchezza della morte le ferite cessarono di secernere siero purulento.

Questa è una delle tante storie che mi raccontava il tornitore dell'ombra, senza mai guardarmi negli occhi, senza mai cambiare espressione, sempre col cappello sul naso. Morì d'improvviso, a primavera. Dicono che neppure se ne accorse. Si buttò sulla panca per schiacciare un pisolino. Da quel pisolino non si svegliò più. «Ecco una bella morte» commentò Celio, «bisognerebbe morire così, senza tribolare, senza saperlo, senza accorgersi.»

A mano buona del laboratorio buio, una casa piuttosto grande esibisce muri scrostati, pieni di macchie umide. L'interno, tranne alcuni mucchi di macerie sparse sul pavimento, è vuoto come un guscio di chiocciola beccato dalle gazze. In alto, appiccicate a brandelli d'intonaco, chiazze di pittura d'un azzurro sbiadito paiono nuvole sospese, pezzi di cielo anemico incollati a quelle pareti che un tempo furono stanze con letti, madie, comò e affetti. Era la casa di Cion, un uomo solitario che in ultima beveva ma non disturbava nessuno anche se era vivace. Il vino, anziché abbatterlo o indebolirlo, lo faceva saltare come un grillo. Diventava una scimmia, si muoveva a scatti e lampi, come la vipera che morde. Non stava fermo, balzava su tavoli e banconi d'osteria e poi saltava giù. Pareva uno scoiattolo e aveva già passato i sessanta.

Era stato in guerra con gli alpini in Russia. Quando ne ebbe abbastanza di quella guerra del cazzo non certo voluta da lui, afferrò un badile e si mozzò il pollice sinistro. Stavano per mandarlo a casa, ma qualcuno lasciò intendere la faccenda. Venne rispedito al fronte, la mano fasciata e un dito in meno. Gli andò bene. Doveva essere processato, invece lo mandarono a combattere. Meglio al fronte menomato che marcire in galera. Il plotone d'esecuzione era inutile, esistevano ottime probabilità che venisse fucilato dal nemico, o ucciso dal gelo come migliaia di commilitoni. Invece si salvò, guarì e tornò a casa. Non aveva alcuna difficoltà a raccontare la storia. Non si vergognava di quel gesto messo in atto per salvare la ghirba. Spesso aveva fatto il suo dovere. Mi diceva Klaus, compagno di reparto, che di coraggio ne aveva da vendere. Lo dimostrò più volte. I comandanti lo sapevano, forse per questo gli risparmiarono l'onta del processo. Una volta tornò indietro da un riparo sicuro per recuperare il maggiore colpito da una scheggia alla gamba. Se lo caricò in spalla tra scoppi e fischi di pallottole e lo portò in salvo. Ricevette un encomio solenne. Medaglie niente. Alla fine ne aveva le palle piene di rischiare per decisioni superiori. Sognava i suoi boschi, i campi e i prati dove d'estate falciava cantando. E quella casa grande di cui oggi rimangono solo i muri e qualche crosta azzurra come macchie di cielo morente. Pensando a tutto questo, si tagliò il dito.

Conservò fino alla morte dignità e decoro. Vestiva bene. Per quanto gli consentivano le magre finanze, cercava di essere elegante. Sovente sfoggiava bizzarre cravatte che qualcuno gli regalava più per ridere che per affetto. Calzava sempre gli scarponi. Spesso dormiva nel fienile. Prima di coricarsi si levava le calzature. «Per rispetto del fieno» mi disse. Era alto, magro, con la neve del tempo sui capelli, lunghi e lisci, pettinati all'indietro. Aveva buttato via la chiave di casa. La porta rimaneva aperta giorno e notte, a tutte le stagioni. Diceva che non vi era nulla da rubare. Se qualcuno rubava qualcosa, segno che ne aveva bisogno, perciò prendesse pure. Dopo il Vajont ci trasferimmo tutti a Cimolais. Cion abitava accanto a me, in una casupola fatiscente, solo come il cuculo. Quando mi vedeva voleva offrire da bere. Ogni tanto cucinava. Sempre polenta, formaggio fritto e cipolle. Invitava tutti noi adolescenti a mangiare. Bastava portare vino. Ognuno cercava come poteva di procurarsi un bottiglione. Chi lo sottraeva in famiglia, chi tramite colletta lo comperava dalla Nina, all'albergo Duranno. Memorabili restano i ricordi di bevute giovanili nella casa del Cion, a Cimolais! Sovente capitavano personaggi dal gomito facile, alcuni di mezza età, altri più vecchi. Si rimaneva a bere fino al mattino, poi si filava via, lasciando il nostro amico a dormire sulla panca.

Dalla notte del Vajont, Cion non tornò più nella casa di Erto. Questa s'addolorò, si lasciò andare. Fu la prima a mollare le difese. Il tetto crollò sui solai sprofondandoli. Le nevi degli inverni e le piogge d'autunno si presero la briga di marcire quelle povere cose che avevano visto nascere, invecchiare e sparire il nostro amico Cion. A un certo punto non lo si vide più. Era un dicembre carico di tristezza e di neve, più ostile del solito. Faceva un freddo siberiano. In molte case l'acqua ghiacciò rompendo le tubature. Qualcuno venne a prendersi il nostro Cion, ché non morisse congelato. Furono parenti alla lontana a prelevarlo. Lo portarono in una città del Nord al calduccio dei termosifoni. Un paio di anni dopo si spense serenamente. In ultima non saltava più come un grillo.

Proseguendo un poco a sinistra, una bella casa con gli interni crollati e i muri ancora saldi spia il passante. Archi a volta larga danno luce a un portico ingombro di macerie. Sul fondo, due porte annerite stanno al loro posto, tenute in piedi solo dalla resistenza dei cardini. Nessuna forza, nemmeno quella corrosiva del tempo, è riuscita a strapparle via. Era una casa piena di gente e di bambini, dove regnava allegria perenne. Sotto quel portico anche le baruffe, che ogni tanto accadono nelle famiglie, avevano un che di comico e simpatico. Duravano poco, come i temporali di primavera. Non erano mai cattive né violente. I contendenti si offendevano con acuta intelligenza e l'ironia sulle labbra. Elencavano a voce alta fatti privati che facevano arrossire di vergogna il rivale, che ripagava con ugual moneta e gli interessi. I vicini ascoltavano per aver notizie su cui spettegolare. Nella casa viveva gente di ospitalità oggi introvabile. Chi passava davanti al portico veniva tirato dentro a forza per una scodella di minestra, una fetta di polenta o un bicchiere di vino. A dire il vero quasi tutti in paese erano ospitali, ma gli abitanti della casa col portico lo erano di più.

Nelle sere d'estate, gli anziani sedevano a godersi un po' di fresco sotto gli archi le cui pietre, illuminate dall'ultima luce d'occidente, diventavano d'oro. Prima di morire, il sole infilava i suoi raggi nella stretta via come una spada nel fodero. Allora tutto brillava di un chiaro abbagliante, e un pulviscolo verde e profumato camminava per il vicolo come un fantasma silenzioso. Era la polvere del fieno battuto che usciva dai fienili in lente colonne ondeggianti. A quell'ora la via s'animava di figure. Donne e uomini s'affaccendavano nei lavori minuti, gli ultimi impegni all'aperto prima che arrivasse il buio a mettere tutti in casa. Alcuni bagnavano le pietre del selciato riarse dal calore, altri spazzavano il fieno caduto in terra dai fasci portati sulla testa, un ritardatario finiva di battere la falce. Le donne facevano scaldare acqua sui fuochi esterni per lavarsi. Uomini stanchi chiacchieravano seduti alle soglie, un boccale di vino accanto, bicchieri in mano e pipe in bocca. Verso sera cominciavano ad arrivare voci dall'osteria Pilin che s'animava di canti, discussioni e grida di morra. Tramontato il sole, la contrada cambiava colore. Da gialla diventava grigia. L'astro, andando a nanna, lasciava una luce bianca nel cielo che trasformava le pietre d'oro in blocchi d'argento.

Da bambino nella casa del portico conoscevo una donna. La signora era molto buona e generosa. Ogni volta che passavo voleva che mi fermassi. Mi faceva entrare, chiedeva se avevo mangiato, se stavo bene, se ero contento. Rispondevo sempre di sì. Poi da un cassetto tirava fuori un portamonete e mi dava qualche spicciolo. «Comprati le caramelle» diceva. Avrà avuto trent'anni. È ancora viva, gode ottima salute ma non abita più in paese. Di quelli sotto il portico, famiglia numerosa e buona, nessuno è rimasto a Erto. Sono andati via dopo il Vajont e non sono più tornati. Ogni tanto incontro la donna. Capita quando vado nel paese dove abita. La saluto con affetto. Mi vuol bene come allora, lo dimostra abbracciandomi forte. Ancora mi domanda se sto bene, se ho mangiato, se sono contento. Le rispondo sempre di sì, come una volta, ma spesso mento.

La via scende di colpo lungo una rampa, per poi scattare di nuovo in salita. A destra appaiono case alte e strette somiglianti a torri, con scale di legno esterne. Un tempo quelle assi scricchiolavano sotto i passi delle persone, oggi gemono al soffio del vento che si infila nelle fessure e le scuote. Una debolezza infinita, creata dal canto dei tarli, le ha rese vulnerabili, sensibili al minimo alito di brezza. La mitica osteria del Dozzi sopra la piazza ha il muro del cortile sporto in fuori come la pancia di un bevitore. La pancia preme verso valle, verso quel ripido che dà il nome al paese. Prima o dopo crollerà, di conseguenza andrà giù anche la casa. Le fondamenta non avranno più sostegno, le pietre franeranno una sull'altra come le ossa di uno scheletro quando mancano i legamenti a tenerle insieme.

Le storie che sono racchiuse tra quelle pareti potrebbero diventare un romanzo. Storie, memorie, nostalgie sono le uniche cose che aleggiano in quelle stanze. Il resto è spoglio. L'interno ha i muri scrostati, barbe di muffa bianca come bambagie di neve tappezzano la parete di fondo. L'alto muro di sostegno, oggi spanciato, si prestava ai comizi. Qualcuno, preso da vena oratoria a causa del vino, voleva far sapere ai paesani il suo pensiero. Allora usciva e si metteva sul muro, le mani appoggiate al bordo, il petto in fuori come Benito, e inveiva, cantava, o arringava la gente che stava di sotto, sulla piazzetta. L'uditorio era composto da gruppetti di persone, perlopiù i soliti sfaccendati, che bazzicavano l'osteria Pilin. Famose restarono le arringhe di Pinotto, che da quel muro si scagliava contro tutto e tutti. Non risparmiava nessuno e si esprimeva con impeto ed enfasi, proprio alla Mussolini. Di solito gli spettatori non si scomponevano, al massimo ridevano o lanciavano pernacchie. Ma a volte, quando volavano parole grosse, qualcuno rispondeva per le rime. Allora nascevano dispute a distanza, che erano autentici pezzi di teatro. Una volta Pinotto offese di brutto Sepin de Narmo. L'uomo partì dalla piazza come un fulmine per salire al pulpito del provocatore e dargli una lezione. Per non sbollire l'ira durante il percorso, cercò di abbreviarlo scalando direttamente il muro. Pinotto stava appollaiato lassù, come un gallo sul bastone. A metà scalata Sepin scivolò, non era in condizioni di affrontare arrampicate. Andò giù di schiena tra le risate generali. Quello smacco lo infuriò ancora di più. Si rialzò e affrontò di nuovo la parete. A metà strada venne giù di nuovo come un sasso. Sempre di schiena.

Dal pulpito Pinotto gli disse: «Se fai il giro impieghi meno e non ti fai male». Sepin si alzò meno furente e intraprese la terza scalata con più calma. Pinotto intuì che sarebbe caduto di nuovo. Si sporse e gli tese la mano. Sepin l'afferrò, stava per atterrare ancora. Pinotto lo sollevò sopra il muro e lo depose nel cortile. A quel punto, secondo le intenzioni, Sepin avrebbe dovuto menare colui che lo aveva insultato. Ma, dopo il gesto della mano, non ne ebbe più il coraggio. Si guardarono confusi. Pinotto disse: «Andiamo dentro a bere un gotto». «Però pago io» rispose Sepin accigliato. Si misero una mano sulla spalla e sparirono nell'osteria, lasciando con un palmo di naso coloro che speravano di assistere alla zuffa. Uscirono solo dopo la mezzanotte.

D'estate fioriva una vite che fasciava la parete meridionale dell'osteria. Al tempo giusto, offriva uva nera a grani piccoli piuttosto aspri. Un autunno di scarse finanze, Pinotto la vendemmiò. Era un autunno dopo il Vajont, pieno di sole e di vento. Gli acini panciuti e lucenti tremolavano nel fogliame come grappoli di api nere. Anche se splendeva il sole, per l'amico Pinotto la stagione non brillava. Era rimasto senza una lira. Il vino a quel tempo costava poco, ma gratis nessuno lo dava. Allora pensò di farselo. Aiutato dai compagni di bevute saccheggiò alcune viti che invadevano i cortili, compresa quella dell'osteria sopra la piazza. Riempirono un paio di mastelli, levarono scarpe e calze e, senza nemmeno lavarsi i piedi, si misero a pigiare a turno. Ottennero circa ottanta litri di mosto che, in mancanza di una botte, travasarono in una quindicina di secchi sparsi sul pavimento della cucina. Poi aspettarono impazienti la curva di luna nuova, affinché il mosto diventasse vino. Erano nervosi, spiavano giorno per giorno il mosto con occhi rapaci. Sospettosi, incerti del risultato, ogni tanto assaggiavano. Avevano fretta. Un pomeriggio andai a controllare come procedeva la fermentazione. C'era Pinotto assieme a quattro bevitori. La stufa ardeva vivace, ma aveva la porta aperta. Capii perché. Non avendo voglia di segare la stanga di faggio lunga quattro metri, Pinotto l'aveva infilata nella stufa così com'era. La testa nella bocca del fuoco, l'estremità appoggiata a una sedia. Mano a mano che il legno veniva consumato dalle fiamme, spingeva avanti la sedia. Era una scena da film.

Nubi di moscerini, come un'invasione di cavallette, turbinavano sopra i secchi del mosto ormai diventato vino. A turno i cinque amici, fra i quali il tornitore del buio, si passavano un mestolo di rame e bevevano grandi sorsate di quel vino denso, scuro come sangue di maiale. Al bagliore del fuoco, il mestolo di rame lucido ardeva come una fiaccola. «Domani lo imbottigliamo» disse Pinotto con serietà. Presi una tazza dalla credenza, allontanai con la mano il nugolo di moscerini, l'affondai in un recipiente ritirandola colma di vino. Bevvi un paio di sorsi. Fu come rosicchiare nespole crude. La bocca diventò legno, la lingua s'inchiodò al palato legata da fil di ferro, una raspa s'infilò nel collo. Il corpo reagì, fui scosso da un brivido. Era vino aspro, duro, tenace: imbevibile. A confronto l'aceto è acqua zuccherata. Vino nato sul ripido, nel magro, a quote non commestibili. Pinotto notò la smorfia. Disse: «Basta prendere l'abboccato, neanche il miele è buono se non prendi l'abboccato». Finii la dose fermamente deciso a non prender l'abboccato. Posai la scodella sul tavolo. Era rimasta smaltata da una caligine violacea che non andava via nemmeno a grattarla con l'unghia. Guardai le facce dei bevitori. Tranne Svalt che aveva la barba, tutti portavano dipinti sotto il naso vistosi baffi viola scuro. Il colore del vino ertano aveva lasciato il segno. Alcuni si pulivano il labbro con la manica, ma l'ombra di vinaccia era indelebile come un tatuaggio. In tre giorni finirono tutto il prodotto di quella stravagante vendemmia. Mano a mano che davano fondo alle scorte, i moscerini se ne andavano in altre zone. Quando terminarono l'ultimo secchio non ce n'era più.

Dalla dimora del vignaiolo Pinotto, la via s'impenna verso l'alto. Poco oltre le case dalle scale gementi, ce n'è una ristrutturata. L'ha rimessa a nuovo un ertano che non vi abita, appare solo ogni tanto, nelle feste comandate. Quella casa mi riporta un lamento. Un continuo, straziante lamento che udivo nelle notti d'estate di un anno appartenuto a quelli beati della gioventù. Lo emetteva una donna, la Fanta, ed era un gemito come un rantolo di gufo. Non so cosa avesse, voci dicevano che beveva. Di solito la gente quando beve canta, questa piangeva. Mugolava, si lamentava nella notte come un cane ferito. Durante il giorno non si udiva. Forse la sovrastavano il clangore del paese, le voci, i richiami, le rare automobili. Ma di notte, nelle calde notti di quell'estate senza fine, il lamento tornava puntuale. Verso le undici la misteriosa donna solitaria, vestita di nero, s'affacciava al balcone del primo piano e attaccava a lamentarsi. Probabilmente era malata. Quel pianto doloroso colava sulla via come miele amaro. La invadeva, la colmava, la percorreva da oriente a occidente, entrava nei cortili, nelle stanze, nelle cucine. La gente all'inizio si preoccupò, andò a vedere. Poi capì che quel pianto non era guaribile, non era fisico, era pianto dell'anima, dolore antico nato, forse, quand'era ancora bambina. Spesso invocava la mamma. Avrà avuto sessant'anni e la sua mamma era morta da tempo. I vicini non protestavano, non facevano commenti, non s'irritavano per quella nenia lamentosa che tagliava il buio notte dopo notte. Compativano la donna piangente. Il suo dolore andava rispettato, il suo male di vivere non doveva essere punito con reclami o, peggio, con un ricovero coatto.

Una notte pensarono che si fosse impiccata al cardine della finestra. Infuriava un temporale estivo di quelli matti come i montoni. La bufera faceva sbattere gli scuri dei balconi, le scale scricchiolavano, i tetti fremevano come puledri pronti a partire. Grandine e pioggia sferzavano le case, i meli dei cortili reggevano a stento le manate del vento. Dalla finestra al primo piano della casa piangente, qualcuno vide penzolare una forma scura. Questo qualcuno corse all'osteria, dove alcuni avventori ancora bevevano. Era mezzanotte. «La Fanta si è impiccata alla finestra» disse. «Andiamo a vedere» risposero. «Aspettiamo che smetta il temporale» disse uno, «se è appesa non serve fretta.» «No, bisogna andare subito» replicarono. Presero pila e ombrelli e affrontarono le raffiche di pioggia. Puntarono la luce alla finestra, dove la sagoma scura ondeggiava ai colpi del vento. Un ombrello si girò sottosopra, qualcuno bestemmiò. Mentre cercavano di decifrare il fagotto oscillante, il lamento superò gli scrosci del temporale, cadde con la pioggia sugli uomini che stavano di sotto. «Allora non è morta» brontolarono, «che cosa hai visto?» Non era morta, sedeva vicino alla finestra vomitando nella notte sferzata dalle raffiche i suoi gemiti che risuonavano lugubri come nei film di vampiri. Gli uomini illuminarono l'ombra che penzolava dalla finestra. Era un vecchio cappotto nero che la donna aveva appeso fuori per chissà quale motivo. Forse voleva arieggiarlo prima di metterlo nell'armadio invernale. La lasciarono piangere e tornarono al riparo dell'osteria dove, sebbene fosse luglio, ardevano ciocchi di carpino nel camino. Il cappotto rimase appeso al davanzale tutta l'estate. La Fanta seguitava a piangere.

Non arrivò a vedere il tempo dell'inverno, non indossò il cappotto che aveva appeso all'aria. Morì verso la fine di settembre. S'accorsero che non piangeva da due notti, s'insospettirono, andarono a vedere. Appoggiarono una scala a pioli e salirono. La finestra era aperta, a fine settembre fa ancora caldo. Stava seduta sulla panca, serena, le labbra chiuse, le mani intrecciate sul grembo, il vestito nero, ai piedi gli scufòns, gli scarpetti di pezza. Li faceva lei. Oggi gli scufòns sono estinti, nessuno li sa più fare. La donna aveva smesso di piangere. La bocca, per un anno contorta dai lamenti, riposava tranquilla, rilassata, finalmente in pace. Sulla credenza un santino di padre Pio recava in calce una frase vergata con calligrafia tremolante: "Va in mona anche tu, andate tutti in mona". Sul pavimento bottiglie vuote, croste di pane, croste di formaggio, un crocefisso di legno con le braccia spezzate. Aveva infierito anche su quello. Morte per infarto. Una parente, passando dalla porta sul retro, ogni tanto la riforniva di cibo. L'aveva vista due notti prima mentre spaccava le braccia al crocefisso.

Più avanti c'è una casa il cui stipite d'entrata porta incastonata la testa in pietra rossa di un diavolo ghignante con gli occhi strabici e la lingua di fuori. È "la sciasa dal Diaul". Questo nome porta con sé una storia cupa. Un montanaro alto e grosso di nome Stièfen Corona Larès aveva perso il becco delle sue capre. Era un animale possente quanto il padrone, uno splendido esemplare da riproduzione, tenuto da conto e curato come un principe. Una mattina, ispezionando la stalla, Stièfen s'accorse che l'animale non si trovava nel branco come sempre. Non fu necessario guardare attentamente. Le corna del becco svettavano un metro sopra la schiena delle femmine, se ci fosse stato lo avrebbe notato subito. Si preoccupò. Era una perdita grave quel becco. Un animale così costava un occhio, e non era nemmeno facile trovarne. Pensò che gli fosse stato rubato. Strinse i pugni, guardò in basso e bestemmiò a modo suo, come sempre: «Diavolo porco!» disse. Qualcuno lo informò che il becco aveva attraversato il Vajont verso mezzogiorno, puntando il naso addosso al Pian del Cogol. Stièfen si rilassò e preparò lo zaino per andare a recuperare l'animale. Ci infilò pane, formaggio, la roncola, un pezzo di corda e una camicia di ricambio.

Partì verso l'una. Era intorno metà novembre. Le foglie cadevano a sciami sotto le zampate di un vento gelido, che soffiava a scatti e tagliava come un rasoio. Le raffiche incalzavano una dopo l'altra trascinando dalle montagne folate di aghi ghiacciati che pungevano la faccia, e torturavano le mani. Era quasi un'aria solida velocissima, che arrivava in paese sotto forma di nuvole puntute bianche come neve. Le betulle oscillavano, i carpini si torcevano, i faggi tremavano, i larici stavano fermi. Nel grigiore di quel cielo invernale, ogni tanto faceva capolino il volto di un sole così lontano che pareva non appartenere più a questo mondo. Stièfen Corona Larès attraversò il ponte di legno sul Vajont e iniziò a chiamare il becco a gran voce. Nella tasca esterna della giacca teneva una manciata di sale per ingolosirlo, casomai avesse fatto il riottoso. Laggiù, l'animale non c'era.

Gioanin de Scandol, che aveva la segheria sulla grande ansa del torrente, lo informò di aver visto un caprone infilarsi nella gola del Vajont verso casera Carniar. Stièfen partì in quella direzione, deciso, con passo allegro. Voleva ritrovare il becco prima di notte. A mo' di precauzione, nel taschino dello zaino aveva messo due candele comprate da Prè Zuan, un paesano intraprendente e coraggioso che aveva avuto l'idea di impiantare in casa una fabbrica di candele. Ma quassù era come pretendere di vendere stufe nel deserto. Stièfen non incontrò il becco lungo i sentieri della Val Vajont. Lo trovò nella radura di Carniar, davanti alla baita. Brucava le barbe secche dei licheni che avvolgevano un melo selvatico. Ogni tanto sbuffava, scattava, grattava nervoso. Stièfen gli offrì un po' di sale che l'animale rifiutò sdegnosamente. Brutto segno. Un becco che rifiuta il sale non è un becco, ma qualcos'altro. Ormai s'affacciava l'imbrunire. A occidente una fascia di luce violetta avvolgeva la punta delle montagne come una sciarpa di seta al collo delle signore. Era cessato il vento, gli alberi stavano immobili, pali scuri piantati nella terra. Il freddo aveva reso di ghiaccio le zolle d'erba umida. Il Vajont brontolava qualcosa di indecifrabile. Alla grande ansa s'era incagliata una radice di carpino nero. Sotto i colpi della corrente, muoveva un ramo su e giù come un braccio che maledice il mondo. Stièfen legò il becco con la corda. Pensò: "Parto subito, arriverò a casa tardi ma non voglio pernottare in casera". Quando fece per avviarsi, l'animale puntò gli zoccoli e non si spostò di un millimetro. Stièfen si mise a tirare per convincerlo con le brutte. Il becco si buttò in terra come colpito da una fucilata. Stièfen lo trascinò per alcuni metri. Non ci fu verso, non voleva camminare. Dopo mezz'ora di strattoni e calci, capì che il lazzarone non avrebbe mosso un passo. "Dovrò caricarmelo in spalla" pensò, "forse sta male, ha perso le forze." Per un attimo gli venne in mente di farlo fuori a colpi di ronca, ma era un capitale, non poteva permettersi quel lusso. A malincuore e pieno di rabbia, sollevò il becco con un certo sforzo, se lo mise di traverso sulle spalle alla maniera dei pastori e s'avviò verso casa.

A schiena vuota lo aspettavano due ore di marcia: con quel carico, almeno cinque. Preferì seguire il corso del torrente per evitare che le corna del becco s'impigliassero nei cespugli scheletriti che costeggiavano il sentiero. Il buio era sempre più vicino. Dal fondo della Val Vajont s'apriva l'ombrello nero della notte su tutto il cielo. Le cime mostravano soltanto una scheggia di punta color rosa, che a passo veloce saliva verso l'alto scomparendo nel buio. Gli uccelli dormivano da un pezzo, solo il torrente borbottava, sciaguattava nelle anse, gorgogliava nei salti, ma quasi sottovoce, come se non volesse disturbare tutti quegli animali che erano andati a dormire. A metà strada Stièfen era spossato. Gli pareva che il becco fosse fuso nel piombo. Pesava sempre di più. Dello sfinimento incolpò la lunghezza del percorso. Fu costretto a concedersi pause molto frequenti. Ormai la notte era piena. Tra il nero del cielo e il cupo profilo dei monti baluginò per un attimo la falce della luna. Poi sparì, inghiottita da nuvole d'inchiostro. Civette e gufi cantavano sulla punta dei larici come quando chiamano neve. Stremato, Stièfen arrivò alla base del Balanzìn, il tratto più ostico e ripido. Il sentiero sale verticale a colpi di reni sempre più duri, oltrepassando vuoti da brivido e vecchie frane ossidate dal tempo. Fu giocoforza riprendere fiato.

Depositò il becco e accese una candela. Più che altro per avere compagnia, il sentiero lo conosceva a menadito, poteva percorrerlo anche nelle notti di pece. Con la candela illuminò per un attimo l'animale steso per terra. Ebbe l'impressione che gli ardessero gli occhi come braci di fuoco. Imputò il fenomeno al riflesso della fiamma e non ci fece più caso. Con alcune gocce di cera, incollò la candela su una grossa pietra e riposò. Quando ripartì tentò ancora di far camminare il becco, non ci fu verso. Era un blocco di marmo cementato nel terreno. Mentre lo sollevava gli parve pesasse il doppio di quando era partito. Lentamente se lo tirò sulle spalle, puntò le mani alle ginocchia e con grande sforzo si rizzò in piedi. Soffiò sulla candela, la ficcò nella tasca della giacca e partì.

A ogni passo doveva concentrarsi, mettere un piede davanti all'altro richiedeva sforzi disumani. Aveva l'impressione che a ogni metro l'animale pesasse di più, gli calcava la schiena come la pressa di un torchio. Bene o male superò l'ostico dislivello del Balanzìn. Era distrutto. Voleva riposare, depositare un attimo quel caprone di piombo, ma gli venne il dubbio che non sarebbe più riuscito a caricarselo. Allora sostò in piedi, con testa e braccia appoggiate alla roccia. Il becco, stravaccato sulle spalle, faceva versi come sghignazzi. Dopo qualche minuto a riprender fiato, Stièfen affrontò l'ultimo tratto di sentiero che menava verso casa. Era quasi pianeggiante, si snodava per due chilometri, ma questo non alleviò la fatica. L'animale seguitava ad aumentare di peso. Stièfen imputò la sensazione di schiacciamento a un malessere, una cattiva digestione, un colpo di freddo, o chissà che altra magagna. Passò la costa delle Taje e San Martino, superò la Valletta del Castello ed entrò in paese. Mancava poco a mezzanotte. Attaccò a nevicare. I fiocchi turbinavano nervosi, spinti da quel vento che al mattino tirava giù sciami di foglie e lanciava aghi di ghiaccio sul viso e sulle mani. S'era levato di nuovo, gelido, sferzante, aggressivo. La lampadina all'angolo dell'osteria mandava una luce fioca che pareva giungere da altri mondi. Dentro l'alone di quel tenue chiarore, milioni di faville bianche foravano la notte compatta con crepitio di finissima grandine.

Gli ultimi metri Stièfen li percorse in ginocchio. Il peso era diventato insostenibile. Per arrivare davanti casa, doveva ancora superare una rampa di quindici metri. Fu all'inizio della breve salita che il peso lo schiacciò. Cadde bocconi ma non mollò la presa. Strisciando carponi, una mano sull'acciottolato bianco di neve, l'altra artigliata alle corna del becco, si trascinò pian piano come Cristo sotto la croce. E, come Cristo, per tre volte stramazzò. A ogni caduta piantava il muso nella neve che stava crescendo. L'orologio del campanile batteva mezzanotte quando Stièfen si trovò davanti alla porta di casa. Finalmente poteva liberarsi del caprone. Il peso gli aveva pestato le ossa, fiaccato le spalle, troncato le gambe, tolto il respiro. Pensava fosse tutto finito, invece l'incubo iniziò allora. Durò poco, ma Stièfen non lo dimenticò per il resto dei suoi giorni. E visse cent'anni. Appena ebbe scaricato il becco, mentre stava ancora steso sul selciato coperto di neve, udì una risata allucinante. Più che una risata fu un lungo ghigno, che fece tremare la contrada da cima a fondo. Stièfen si tirò a sedere tentando di capire qualcosa. La fioca lampada dell'osteria mandava una coda di luce fino a lui. Non fece in tempo a vedere nulla. Sentì un calore di forgia spandersi improvvisamente intorno. La neve si sciolse in due secondi, le pietre del selciato presero a fumare. I fiocchi che gli cadevano sopra la testa diventarono acqua calda che lo inzuppò. La risata sardonica seguitava a far vibrare la notte, la via rimbombava come un colossale tamburo. Stièfen si decise ad alzare gli occhi. Mentre li alzava incrociò due zoccoli di caprone. Erano cinque volte più grandi del normale. Sopra gli zoccoli, piazzato a gambe larghe, s'ergeva un uomo alto tre metri, irto di peli, con coda e corna. Sghignazzava da fare accapponare la pelle. Al tuono di quegli sghignazzi, i vetri delle case tintinnavano come percossi dalla grandine. Stièfen piegò la testa, chiuse gli occhi per non vedere e si rassegnò al peggio. Il diavolo smise di ridere e disse: «Sono arrivato qui sulle tue spalle. Tu mi offendi sempre. Ogni volta che ti succede qualcosa maledici il diavolo. Ero stufo di sentirmi offendere. Sono venuto a darti un avvertimento. D'ora in poi mi dovrai rispettare. Ma non basta. Se vuoi salvare la pelle, fai scolpire la mia faccia nella pietra della Val d'Inferno e mettila al posto di quella Madonna che tieni sull'arco della porta. Se non lo fai ritornerò per portarti dove so io». Stièfen sussurrò un «sì» appena percettibile e crollò privo di sensi. Quando si riebbe era coperto da mezzo metro di neve. Si tirò su, entrò in casa, accese il fuoco, cambiò abiti, si buttò sulla panca e s'addormentò come un sasso. Si svegliò più volte, scosso da incubi diavoleschi.

Verso le sei s'alzò e uscì a vedere. Non nevicava più. La luna, mezza soffocata da cupe nuvolaglie, illuminava un paese di zucchero. Il manto di neve, alto quasi un metro, copriva ogni cosa. Mancava ancora un mese ma gli parve fosse già Natale. Si recò nella stalla preso da un dubbio. Accese la lampadina da venticinque candele e scrutò. Il branco era immobile, al centro le corna del becco svettavano come sciabole un metro sopra la schiena delle capre. Era lì, tranquillo, masticava qualche ciuffo di fieno e si faceva scaldare dalle sue donne come un sultano nell'harem. Richiuse la porta e tornò in cucina. Accese di nuovo il fuoco, scaldò una cuccuma di caffè e si mise a pensare. Si sforzava di credere che fosse stato un brutto sogno, ma le ossa peste, il corpo spossato e le gambe sfinite lo riconducevano alla realtà. Aveva portato il diavolo sulla schiena dalle sorgenti del Vajont fino in paese. Ne aveva sentito il calore, l'odore di letame bruciato, la voce di tuono che faceva rimbombare la via e tintinnare i vetri. All'indomani non se la sentì di mantenere la promessa fatta a Satana. Era troppo stanco. Ma due giorni dopo, rimessosi in forze, partì di buon mattino: la gerla sulle spalle, l'Alpenstock in mano. A mo' di precauzione, ficcò nel cesto anche un paio di ciaspe, le racchette che servono a galleggiare sulla neve. Arrivò al paese di Cimolais, imboccò la Val Cimoliana, la percorse fino al laghetto Melùz. A quel punto voltò a sinistra verso la Val d'Inferno. La neve, un metro di cipria finissima, volava sotto i passi come piuma senza opporre alcuna resistenza. Quando fu al Cason d'Inferno s'avvicinò al torrente dove sassi di ogni dimensione, forma e colore sfoggiavano un bel colbacco di neve sulla testa. Ne scelse uno rosso, grande quanto un'anguria. Lo pulì dalla neve, lo soppesò. Fece una smorfia. Lo depose nella gerla, se la cacciò in spalla e affrontò impavido la via del ritorno. Durante il viaggio provò un certo fastidio, quella pietra pesava. Ma quando gli sovvenne quanto pesava il diavolo, fece un segno di croce e allungò il passo. Arrivò in paese che annottava. Mise la gerla dietro la porta senza togliere il sasso.

Il giorno dopo se la caricò di nuovo sul groppone e bussò alla porta di Jaco dal Cuch, il geniale e solitario scalpellino che aveva lavorato una vita nella cava dei bus di Bacòn. L'artigiano stava seduto al cantonale con la pipa in mano. Sul fuoco un paiolo di vino bolliva appeso alla catena. «Buondì.» «Buondì.» «Come va?» «Va» rispose il vecchio. «Jaco, devi farmi un piacere.» «Cosa?» «Cavami la testa del diavolo da questa pietra.» Poggiò il carico sulla panca, uscì dagli spallacci, la calò sul pavimento e tirò fuori il sasso. «Perché il diavolo?» «So io perché, non chiedermi altro, fammelo e basta, ti pagherò quello che vuoi.» «Non voglio niente, non mi faccio pagare il diavolo, non voglio affari con quello. Mi faccio pagare santi, madonne e cristi, diavoli no. Te lo faccio per niente.» «Grazie Jaco, ti darò formaggio e burro e ricotta ma fammi il diavolo.» «Perché proprio quella pietra?» domandò lo scalpellino. «È della Val d'Inferno, da dove viene quel buon uomo del diavolo.» Jaco si stupì a sentire Stièfen parlar bene del diavolo e chiese lumi. «Non posso parlare» rispose, «non farmi dire niente, non crederesti.» Otto giorni dopo la testa ghignante del diavolo in pietra rossa, gli occhi strabici e la lingua di fuori, faceva bella mostra di sé innestata nella chiave di volta sopra l'uscio della casa di Stièfen. Da quel giorno l'abitazione venne battezzata "la sciasa dal Diaul". Stièfen non insultò mai più il principe delle tenebre.

Andando avanti s'incontrano alcune stalle abbandonate e poi ancora case che si tengono per mano, strette le une alle altre come perle di collana. Formano una processione silenziosa, interrotta ogni tanto qua e là dal vuoto di una casa crollata sotto il maglio del tempo. L'estate è stagione buona per impastare la memoria, dovere di testimoni di ogni tempo. Salvare ciò che fu trasportandolo sulla carta è un lavoro triste, ma aiuta a campare.

La via ora fa una gobba come un gatto quando si spaventa. S'arrampica in salita, supera una specie di angolo acuto e cala per alcuni metri. A destra una casa è stata recuperata con smaccato splendore. Sfoggia un poggiolo lucido di pino bianco, il tetto nuovo, la porta di larice, brillante come il poggiolo. Brillante perché verniciata con lacche artificiali che soffocano senza pietà il fiato del legno che è il suo profumo, la sua anima. Dopo alcuni anni esposte alle carezze del sole e ai graffi del vento, quelle vernici mollano la presa, si scrostano, vengono via avvoltolandosi come riccioli di burro. Il legno si difende, se le scrolla di dosso, le caccia via, le sbatte in terra, vuole respirare. Quando finalmente riesce a liberarsi, resuscitare, tornare a essere se stesso, ecco che il padrone si arma ancora di vaso e pennello e applica due mani di nuova vernice su quel legno che faticosamente era riuscito a riprender fiato. Allora, lui, con santa pazienza riprende il lavoro di scrostamento. Il legno dura in eterno se lasciato allo stato naturale, basta tagliarlo in luna giusta.

Prima della casa verniciata, di fronte a vecchie stalle abbandonate, occhieggiano due grandi scodelle di cemento. Erano vasche da letame, le favolose concimaie. Stavano accanto alle case, e nessuno si lamentava dell'odore. E qualcuno era ben contento di annusare quel buon profumo di letame. La prima non ha storia, la seconda ne conserva una bella. Dopo il Vajont fuggimmo tutti dalla terra devastata, ospiti di altri paesi, in attesa di riprendere il controllo, di organizzarci, di tornare a vivere. Le vacche furono vendute, le falci appese in soffitta assieme a rastrelli, forche, vanghe e zappe. Le concimaie, abbandonate a se stesse, aspettarono gli eventi con il loro carico di letame dentro al ventre. La padrona della seconda concimaia era una vecchia che teneva mucche, galline e conigli. Nonostante l'età, riusciva egregiamente a badare agli animali. Salvo qualche buon'anima che l'aiutava a falciare il fieno, per il resto faceva tutto da sola. Viveva in solitudine. Il suo unico figlio era morto a quarant'anni di malattia, dopo esser tornato dall'America, dove aveva passato quindici anni. Quando scoprì che non c'era più niente da fare, venne a morire al suo paese, come il vecchio pugile Primo Carnera.

In paese si mormorava che, oltre alla malattia e allo sguardo triste, avesse portato con sé anche un bel mucchio di dollari, che consegnò nelle mani della sua vecchia. Da quelle chiacchiere sortì un nomignolo che venne appioppato alla donna. Alla morte del figlio iniziarono a chiamarla "la vecchia dei dollari". Ma nessuno li vide mai, quei dollari. Quando chiedevano lumi, la donna rispondeva: «I schei è malideti» (i soldi sono maledetti). Dopo il Vajont la donna si trasferì a Cimolais, un paese vicino, assieme a molti di noi. Altri finirono a Claut, Belluno, Pordenone. La vecchia trascorse in un ozio triste il tempo che le restò da vivere. Morì in miseria nel paese che la ospitava. Era l'estate 1983, aveva ottantacinque anni. Non mise più piede a Erto. Rifiutò di vedere il paese abbandonato; «morto in piedi» diceva lei. Pochi giorni dopo la sua scomparsa, arrivarono le ferie d'agosto. Il programma ertano prevedeva anche la visita del vescovo. Per l'occasione il sindaco ordinò di smantellare le concimaie rimaste colme di letame dalla notte del Vajont. Letame di anni, ormai secco, innocuo all'olfatto. Erano parecchie e furono ingaggiati alcuni uomini con badili e slitte cassonate. Si volevano risparmiare agli occhi del prelato quelle colline di sterco che rimandavano a tempi di fatica e miseria. Occorreva presentare un paese pulito, ordinato, in regola coi tempi, con un cuore che batteva. Era una pura scelta di facciata, il cuore del paese era morto e sepolto da tempo, da quel 9 ottobre 1963.

In pochi giorni gli operai eliminarono il letame delle concimaie situate lungo il percorso del presule. Tale percorso prevedeva l'intera via Soprafuoco fino alla curva del Rio Valdenère. I badilanti attaccarono la concimaia della vecchia dei dollari non appena spuntò il giorno; volevano evitare le ore calde. Verso mezzodì erano quasi alla fine. Il letame, vecchio di vent'anni, non esalava alcun odore anche se, verso il fondo, era ancora pastoso come argilla verde. La profondità conserva freschezza. Mentre caricava la slitta, Jan de Cionte sentì il badile graffiare qualcosa. Tolse il letame che copriva l'ostacolo. Erano schegge di legno, pezzi di assi, lamine di ferro. Alla fine apparve l'oggetto misterioso. Era una cassetta ormai disfatta, marcita dalla potenza corrosiva del letame. Frammisti ai pezzi di legno una montagnola di dollari consunti, sbiaditi, deteriorati dagli acidi del concime, stavano impilati sul fondo, in mazzette legate con spago, appena riconoscibili. Erano ormai poltiglia nella poltiglia. Gli operai mollarono i badili e affondarono le mani nel letame. Avevano capito. Speravano in qualche banconota ancora sana. Alcuni fogli in mezzo alle mazzette parevano buoni, ma appena li toccavano diventavano marmellata verdognola. I badilanti più anziani ricordarono la vecchia dei dollari. Dopo aver riflettuto a testa bassa si misero a inveire contro la donna malvagia, che aveva seppellito nel letame quel favoloso tesoro. «I schei è malideti» diceva. Calcolarono la cassetta lunga più di sessanta centimetri, alta e larga trenta, completamente stipata di mazzette. Di tutte quelle banconote non ne recuperarono una intera, solo poltiglia. «A saperlo» disse il Cionte, «era da seppellire lei nel letame.» «A saperlo era da scavare allora, e prenderci i dollari» disse Pinotto tirando una bestemmia. «A saperlo!» rispose Pin desolato. E aggiunse: «Brutta troia». Un giovane badilante, che ai tempi aveva tredici anni, con pacatezza disse: «È stata carogna, poteva confessare a qualcuno che aveva sepolto i soldi, o darli a un povero, o alla chiesa, visto che pregava tanto». Un anziano spalatore avvilito dalla scoperta rispose: «È sempre così la vita, sono quelli che vanno a messa ogni giorno che te lo mettono in quel posto! Maledetta vecchia farabutta, che Dio ti sputi all'inferno! Tutti 'sti soldi buttati nella merda, si poteva diventare ricchi, che Dio ti stramaledica». Con irose badilate, caricarono sulla slitta il tesoro disfatto: una poltiglia verdastra di dollari marciti assieme al legno della cassetta. Scesero al bar Pilin, per raccontare ciò che avevano visto. Da quel giorno la concimaia venne battezzata "la pozza dei dollari". In pochi giorni finirono di raschiare le ultime letamaie senza più parlare. Pensavano al tesoro. C'erano passati accanto per vent'anni. Il vescovo poté visitare le vie di Erto senza l'onta del concime che aveva dormito sotto le stelle e le intemperie dalla notte del Vajont.

Superato il dosso, la via cala di alcuni metri per riprendere piana verso occidente. A destra e sinistra case abbandonate con porte chiuse invase da erbacce, ragnatele sulle imposte, arbusti nelle grondaie. Finestre pendono da cardini storti, bandiere di legno che sventolano senza pieghe sotto la spinta di un vento rinfrescante. Le case strette, alte, lanciate verso il cielo, paiono alberi che allungano le teste a cercare un po' di sole. Era il tratto di via più nascosto e meno frequentato del paese. All'ultimo piano di una costruzione snella e alta, l'anno prima del Vajont, nelle sere d'estate, dentro una solitaria finestrella s'accendeva una luce che brillava tutta la notte. Era un mistero, quella finestra. Chi si celava dietro ai vetri pallidamente rischiarati dalla lucina? Non lo sapevamo, ma noi adolescenti eravamo curiosi. Nelle notti afose di quell'estate senza tempo, passando dalla via Centrale e alzando lo sguardo verso i cupi bastioni del Borgà, la finestra illuminata appariva all'improvviso. Sospesa nel cielo come in cima a una torre medievale, pareva una lucciola smarrita nel buio di quelle notti silenziose e pacifiche.

Dicevano ci abitasse una ragazza venuta da Torino, figlia di paesani emigrati. Si era ritirata in quella cella monacale per terminare gli studi ma, si mormorava, era tornata soprattutto per respirare aria buona perché era molto malata. Nessuno la vide mai camminare in paese, nemmeno lungo i sentieri del bosco o nei prati che odoravano di fieno, o nei bar. E nemmeno in chiesa. Era una presenza di carne e ossa ma non si vedeva. In quel periodo non vi era nulla che ci affascinasse più di quella lucina sospesa nel cielo. Incuriosiva, creava mistero, inquietava, spazientiva. Passavamo ore a spiare la finestrella dalla via Centrale. Occhi verso l'alto, nuca sulla schiena, aspettavamo che una figura s'affacciasse, un'ombra attraversasse lo specchio di luce. Niente. C'era solo quella lucina gialla, ma dentro non si vedeva nessuno. Era come se un fantasma accendesse la lampada all'imbrunire, per illuminare i ricordi che facevano avanti e indietro in quella stanza alta sulla via. Silvio ebbe un'idea. «Saliamo sul campanile e col binocolo guardiamo dentro.» La sera successiva sottrassi il binocolo a mio padre e assieme a Silvio e Carle salii le verticali scale di legno che menavano alla cella campanaria. Puntammo lo strumento alla finestra illuminata. La stanzetta ci arrivò davanti al naso, ma restammo delusi. I vetri, cinquanta centimetri per cinquanta, erano schermati da esili tendine bianche. Lo sapevamo, ma si sperava che il binocolo le forasse. Invece non le forò, si fermò davanti. Dentro si intuiva la sagoma di qualche mobile, un letto e quella luce malinconica. Ogni tanto passava un'ombra dietro le tendine, ma lo spazio era troppo ridotto per mettere a fuoco. Quei passaggi erano corti e rapidi come voli di pernice, sparivano subito. Così, dopo un poco, tornammo giù sconfitti.

Di giorno la finestra si apriva e una donna sui cinquant'anni metteva fuori delle lenzuola a prender aria. Era la mamma della ragazza invisibile. Abitava al piano terra della casa, il marito era rimasto a Torino per lavoro. La donna, con capelli scuri salvo qualche filo bianco sopra le tempie, accudiva quella figlia misteriosa, nata a Torino e venuta a cercare la salute tra i suoi monti che vedeva per la prima volta. Doveva finire la tesi di laurea ma, soprattutto, voleva sconfiggere quel vampiro che, dicevano, le succhiava il sangue. Nella casa alta e silenziosa, dentro le notti di quella che fu la sua ultima estate, la giovane studiava e si curava, prendeva medicine e si nascondeva. Voleva guarire, sognava di guarire, ma non guarì. Non fece in tempo nemmeno a laurearsi. La tesi rimase nella stanza, da discutere. Forse è ancora là, sola soletta, che parlotta coi fantasmi nel buio di un cassetto. Successe intorno a fine settembre. Il sole s'era abbassato di parecchio, la luce radente illuminava le montagne separando con un taglio di chiaro-scuro le creste affilate, rendendole lucide come asce d'argento. Corse voce in paese che la ragazza della casa alta stava male. Un attacco più forte del vampiro che le succhiava il sangue l'aveva messa a terra. Fecero venire un'automobile per portarla a Belluno in ospedale. Io, Silvio e Carle andammo a vedere com'era fatta questa fanciulla misteriosa. Non l'avevamo mai vista. Ci piazzammo accanto all'uscio. La portò giù un contadino tenendola in braccio alla maniera in cui si portano gli agnelli appena nati. Il viso era bianco come neve, i capelli neri e lunghi dondolavano nell'aria. Aveva la testa reclinata sul braccio dell'uomo che la portava, gli occhi guardavano il cielo. Una mano penzolava trasparente come vetro, l'altra cercava di tenersi alla spalla dell'uomo. Non ce la faceva a stringere, la mano ricadeva. Era bella. Almeno così ci sembrò. La visione di quella giovanetta sfinita, debole, fragile come un fiore di sambuco, pallida e dolce, durò un attimo. Voltò gli occhi e ci guardò. Ci guardò come si guarda qualcuno prima di morire. Vi era in quegli occhi una tristezza infinita, un distacco struggente, una resa totale alla stanchezza, all'abbandono, alla morte. Dopo un po' la visione sparì, la ragazza venne caricata in macchina assieme alla mamma e un'altra donna. L'autista mise in moto e partì. Poco tempo dopo venimmo a sapere il seguito della storia. Dopo un breve ricovero all'ospedale di Belluno, la giovane fu portata a Torino nella sua casa dove morì prima di Natale. Aveva la leucemia e solo ventitré anni. Non dimenticherò quel bel volto rassegnato alla morte, stanco e dolce allo stesso tempo. Un volto di cerbiatto malinconico che se ne andava da questo mondo senza clamore, senza accusare nessuno, soltanto con un po' di paura. Qualcuno chiuse la finestra alta con gli scuri e chiuse anche quelle basse. Infine sbarrò la porta. Da quella estate del 1962 nessuno le ha più viste aperte.

Più avanti c'è un cortiletto pieno di erbe e fiori spontanei. Accanto, sorride mestamente ciò che resta di un orto. I pali che sostenevano la recinzione sono crollati, la rete sta incollata al terreno, dalle maglie arrugginite sbucano fiori e ortiche. Sulla destra, una casa solitaria rompe la fila delle abitazioni che si tengono per mano. Pare che questa casa non voglia avere a che fare con le altre. Era la tana del vecchio Pin, dove dormì i suoi ultimi anni prima di spegnersi nell'ospizio di Longarone. Si coricava vestito, su una ruvida panca, lasciando sempre la porta aperta, estate e inverno. Ogni tanto passavamo a salutarlo. Certe mattine di gennaio, con un gelo siderale, si vedevano i piedi del Pin che spuntavano dalla panca troppo corta per contenerlo. Lo chiamavamo, si alzava e via, da Pilin a bere un bicchiere. Non ha mai acceso la stufa e certe notti si andava a venti sottozero. Gli era diventato tutto indifferente, la vita, il freddo, la fame. I giorni che sorgevano li trascinava nelle osterie. Beveva un paio d'uova a mezzogiorno, il resto vino. Pin non era sempre stato così. Fu un uomo operoso e saggio, attaccato alla famiglia e al lavoro. Era stato capo minatore nelle gallerie e poi fuochino nella cava di marmo del monte Buscada. Si trovava sul Buscada la sera del 9 ottobre 1963, quando il Toc saltò nella diga uccidendo duemila persone. La sua casa venne cancellata come il segno di matita dalla gomma. L'amata consorte sparì con tutti gli altri della frazione Spesse. Il suo corpo non venne mai trovato per una cristiana sepoltura, come non furono ritrovati gli altri. Da quel giorno il Pin morì vivendo. La notizia arrivò alla cava verso mezzogiorno. Qualcuno avvisò gli operai che le frazioni Spesse, Pineda, Prada, Liròn, Marzana e San Martino non esistevano più. I cavatori fecero i conti. Pin disse: «Ho la moglie alle Spesse». Un altro bestemmiò: «Anch'io ho moglie e figli a Marzana». «Partiamo subito» disse Cice Caprin.

Quando furono alla curva di Costa ammutolirono. Lungo la valle, dove c'erano boschi, prati, case, fienili, gente, bambini, chiese e vita, non esisteva più nulla. L'ondata aveva strappato i boschi, scorticato i prati che mostravano le rocce come ossa spolpate. Il mite scalpellino di Marzana puntò gli occhi dove era la sua casa. Non la vide. Non c'era. E nemmeno le altre c'erano. Si sedette su un sasso con la testa fra le mani e pianse in silenzio. Pin gli disse: «Coraggio Toni». Ancora non sapeva che di lì a poco avrebbe subito la stessa sorte. Un altro cavatore cercò la sua casa in Marzana. Vide che c'era ancora. Stava più in alto, l'ondata non l'aveva raggiunta. Tra quei muri vivevano sua moglie e sua figlia. Sedette a piangere anche lui, ma di gioia. Pin disse: «Vado a vedere alle Spesse». Salutò il gruppo e partì. Quando svoltò la curva del Giavàt capì tutto. Ma non serviva capire, alcuni paesani lo avevano già informato. Dell'intera frazione rimanevano solo alcune case nella parte alta. Il resto piallato via. Allungò il passo. Della sua abitazione restavano soltanto le lastre di pietra del pavimento. Pin bestemmiò. Bestemmiava molto, il vecchio Pin. Credeva in Dio e proprio per questo ogni tanto gliene cantava quattro. Non era come certi baciapile, capi di banche, capitani d'industrie, signori di stanze dei bottoni, politici, che vanno a messa tutte le mattine, non bestemmiano e ne combinano più di Bertoldo. Pin se la vedeva in diretta col Padreterno. Quando gli sembrava che sbagliasse, gli tirava le orecchie. Non ho mai conosciuto un uomo con più fede. Sentiva Dio alla stregua di un amico e, come usa tra amici, spesso voleva chiarire alcune cose. Se reputava di avere ragione lo chiamava a rapporto. Era come il protagonista di *Yossl Rakover si rivolge a Dio*, il capolavoro di Zvi Kolitz. Trenta pagine scarse ma immortali, che resteranno nella letteratura del pianeta per quanto durerà il mondo. Yossl

Rakover dice: "Credo nel Dio d'Israele, anche se ha fatto di tutto perché non credessi in lui. Credo nelle sue leggi, anche se non posso giustificare i suoi atti". Poi, rivolgendosi direttamente a Dio: "Ti voglio dire: non tendere troppo la corda, perché, non si sa mai, potrebbe spezzarsi... Hai fatto di tutto perché io non credessi in te... Hai fatto di tutto perché non avessi più fiducia in te, perché non credessi più in te... Ma se con queste prove pensi di riuscire ad allontanarmi dalla giusta via, ti avverto, Dio mio e Dio dei miei padri, che non ti servirà a nulla... Io crederò sempre in te. Sempre ti amerò, sempre, sfidando la tua stessa volontà... Muoio così come sono vissuto, pervaso da un'incrollabile fede in Te".

Pin era uguale a Yossl, credeva in Dio ma, quando serviva, gliele cantava. Non si riprese mai dall'aver perso la moglie e il nido di pietra e legno sul colle delle Spesse. Iniziò a vagare di osteria in osteria, da mattina a notte, senza mangiare, solo bere. Dormiva sulla panca di quella casa abbandonata da anni, che aveva aperto con un calcio. Non chiedeva nulla, non gli serviva nulla, solo qualche bicchiere. Certe mattine d'inverno, assieme agli amici passavo a trovarlo. Faceva venire la pelle d'oca a vederlo. Fuori era meno venti, gelo dappertutto: la porta aperta, Pin disteso sulla panca, vestito malamente, coperto da un piumino, i piedi che sporgevano dall'uscio. Il secchio d'acqua appeso a un gancio sulla parete di fondo era un blocco di ghiaccio. Svegliavamo il nostro amico. Tutte le volte temevamo di trovarlo morto, invece rispondeva. S'alzava, diceva buongiorno con una certa gaiezza, rideva pure, ma era solo per non deluderci. Dentro di sé non rideva. Uno di noi accendeva la stufa. Lo rifornivamo di legna secca per facilitargli l'accensione, ma Pin non faceva mai fuoco. Spesso ci veniva spontaneo rimproverarlo, gli chiedevamo perché si ostinasse a non accendere la stufa. Dava un'alzata di spalle e rispondeva laconico: «A fare che?». Passò alcuni anni vagando sulle rive del lago in cerca dell'anello di sua moglie. Girava ostinatamente tra le macerie, rovistava lungo le coste disossate dall'onda ingombre di legni, tavolame, cocci, pezzi di case, sedie fracassate e tutto quello che aveva portato con sé lo tsunami artificiale della Sade. Ormai il Pin viveva in un altro mondo, s'era messo in testa di trovare la fede matrimoniale di sua moglie. La cercava cocciuto, tra montagne di macerie, senza pensare che era come trovare una pulce nella foresta amazzonica. Quella del Pin è una storia che ho già detto, ma la tentazione di ricordarlo resta sempre sulla punta della penna. Gli volevo troppo bene. Alla fine l'anello lo trovò. Era un cerchietto d'ottone di quelli che fanno scorrere le tendine nel bastone. Secondo lui si trattava dell'anello matrimoniale della moglie e come tale lo conservò nel taschino della giacca fino alla morte.

Certe notti d'estate, dopo essere rientrati alle tre del mattino dalle baldorie, avevamo ancora voglia di scherzare. Allora si andava a svegliare il Pin. Senza farci sentire ci avvicinavamo alla porta aperta e lo tiravamo per i piedi. Perduto nella sua quieta follia, credeva fossero i morti a strattonargli le caviglie. E si metteva a inveire contro di essi chiamandoli per nome. «Sta' attento Carlin, se mi alzo te la faccio vedere io, torna in cimitero dove sei partito, non venire a rompermi i coglioni. Te l'ho detto mille volte che non sono stato io a rubarti la doppietta.» «Basta Maddalena! Non mi piacevi e non ti ho sposata. Non ho mai promesso di sposarti. Se siamo andati qualche volta nel fienile, non ho mai promesso di sposarti.» Se la prendeva con i defunti con i quali aveva avuto diverbi nella vita. Continuavamo a tirargli i piedi. A quel punto con uno scatto felino s'alzava nel buio per attaccare il morto che lo strattonava. Per fermarlo lo chiamavamo. Riconosciute le nostre voci si calmava: «Ah, siete voi» diceva. Accendevamo la luce e davamo fondo al bottiglione che avevamo al seguito. Pin si metteva seduto sulla panca e chiedeva un po' di vino con gentilezza. Poi fumava. A qualsiasi ora della notte o del giorno era pronto a farsi un bicchiere. Ho conosciuto poca gente reggere il vino come lui. Solo Celio e Luiso erano di quella tempra. Nessun altro.

Quando si congedò Zolian dopo quindici mesi di naja alpina, incontrò il Pin a Longarone. Il nostro amico era ormai stabile all'ospizio, ma durante il giorno frequentava le osterie della rinata cittadina. Si trovarono in un bar e attaccarono a quarti di rosso. Zolian era capace di bere; sulla durata ci stendeva tutti. E ci stende tuttora. Ma col Pin, già ultrasessantenne, andò giù. Fecero più volte il giro dei bar, la nuova Longarone ne aveva molti. Ogni volta un quarto di vino e avanti, alla prossima osteria. Pagava l'alpino in congedo, Pin non aveva soldi. Verso sera Zolian si arrese e crollò. S'addormentò su una panca, in un sonno simile al coma etilico. Il Pin, senza fare una piega, lo vegliava. Avevano bevuto uguale, forse il vecchio qualcosa in più perché aveva incominciato prima. Fu una lezione memorabile. L'amico Zolian ogni tanto ama raccontare quella lontana batosta.

La via ora rimpicciolisce come stretta da un pugno. A sinistra occhieggiano tracce di quelli che furono orti rigogliosi. Un fienile contiene ancora fieno di prima del Vajont. Ciuffi malinconici penzolano dalle finestre come ciocche di capelli. Un tempo erano biondi, oggi sono diventati bianchi. Anche il fieno invecchia, incanutisce come i capelli delle persone. Sulla destra s'alza una lunga fila di case mute, con finestre scarnificate, porte chiuse da oltre quarant'anni. Sono ancora in piedi, affacciate sulla via che a quel punto diventa poco più che un sentiero. Un sentiero pieno di fiori, erbe, cespugli. I padroni sono tornati a prendersi il territorio. Eserciti di ortiche fresche, non meno belle dei fiori, difendono il passaggio. La via si abbassa, si assottiglia dolcemente, senza salti bruschi, omogenea come la coda del ramarro. Le case strisciano, si allungano verso il cimitero, sono basse come a ricordare che andando incontro alla morte si deve rimpicciolire, diventare umili.

La continuità della via è interrotta da un rudere di casa bruciata. Le facciate sono annerite, mozziconi di travi penzolanti segnano le ore morte, tizzoni rosicchiati dal fuoco ingombrano l'interno ridotto ai soli quattro muri. Quella casa ha una storia particolare, dopo più di trent'anni si può raccontarla. La chiamavano "la casa delle botti piene". Era stipata di botti piuttosto piccole (venti litri) che un commerciante veronese teneva in deposito lassù. Secondo lui il vino, portato in montagna, acquistava bontà. Ogni sette, otto mesi, il tizio veniva a prendersi le botticelle di vino stagionato sostituendole con quelle contenenti il nettare da migliorare. Ogni tanto ne spillava un boccale per noi giovani, ma molto raramente. Diceva che era un delitto aprire una botte, si rischiava di rovinare il contenuto. A noi non restava che spiare i traslochi con occhi golosi e un po' d'invidia. Una notte, stanchi di spiare, sfondammo la porta e prelevammo due botti, una per noi, una per Celio. L'amico la guardò. Gli brillarono gli occhi da gufo mentre diceva: «Grazie, canajs» (ragazzi). La finimmo in pochi giorni. Il nostro amico pure. Una volta prosciugata, Celio ebbe la sciagurata idea di buttare la botticella nel cortile. Caso volle che il commerciante passasse da quelle parti e la notasse. S'insospettì, assomigliava alle sue. Corse a casa. Trovò la porta accostata ma non chiusa a chiave come doveva essere. Contò le botti. Ne mancavano sei. Qualcun altro aveva avuto la nostra idea e, approfittando della porta aperta, si era servito. Il commerciante tornò da Celio e lo minacciò. «Ti denuncio se non mi dici dove hai preso quella botte.» Celio lo buttò fuori a calci in culo, ma intanto si lasciò scappare una frase: «Me l'hanno data i canajs». Fece i nostri nomi, convinto che l'avessimo comprata. Venne fuori un casino. Il tipo minacciò querela se non gli avessimo versato una somma di rimborso. Eravamo più che d'accordo ma solo per due botti, le altre non le avevamo prese noi. Ma vagliela a spiegare al vignaiolo che con la sorte di quattro botti non c'entravamo. Per non inguaiare il povero Celio pagammo senza fiatare, serratura compresa. La riparò il falegname di Cimolais. Vista l'abbondante scorta di vino che la casa conteneva, l'artigiano disse: «Mi sa che non dura tanto questa porta». Aveva visto giusto ma leggermente in difetto. Infatti la porta sparì, e con lei l'intera casa.

Una dannata notte, che non mancammo di definire maledetta, andò a fuoco tutto: botti, vino, scale, solai, tetto e pareti divisorie. Accorsero pompieri da Belluno e Maniago. Ma intanto che piazzarono i camion, stesero le maniche e pomparono acqua, la casa del vino era diventata cenere. Il commerciante arrivò all'indomani avvertito da qualcuno. Quando vide le rovine ancora fumanti gli cascarono le braccia, le ginocchia si piegarono. Sedette sul muro. Un mio amico, da tempo ormai nel regno dei morti, lo avvicinò e gli disse in un orecchio: «Che peccato, tutto quel vino! Se ce lo dava lo avremmo bevuto noi. È un delitto che sia finito così, tutto quel vino!». «Lo so» rispose il vignaiolo affranto, «ma chi pensava a un incendio?» Il mio amico seguitò: «Con i corti circuiti» e calcò l'accento sulla seconda I «non si è mai sicuri del tutto». Il commerciante se ne andò e non si fece più vedere. Se si fosse degnato (ma a quel punto non gli interessava più) di rovistare tra la cenere, si sarebbe accorto che i cerchi d'acciaio delle botti non c'erano. E non se li era di certo divorati il fuoco.

Più avanti altre case, altre porte sbarrate, cementate dalla polvere del tempo. La via improvvisamente s'interrompe, due case sono crollate aprendo un taglio di luce nell'ombra della strada. Sola, come un albero nella radura, appare la casa misteriosa, la casa di lei, l'indimenticata maga del Soprafuoco. Era una donna taciturna e schiva, di età indefinibile. Raccontava mia nonna che questa vecchia possedeva il Pignàt, un vaso di terracotta sul fondo del quale leggeva il destino degli uomini. Aveva previsto il disastro del Vajont con un secolo e mezzo di anticipo. Una notte, a lume di candela, guardò il fondo del Pignàt. Il giorno dopo recitò una cantilena per le vie del paese. Diceva: «Erto diventerà una cittadina e poi sprofonderà». Così è stato. Il paese, con l'avvento della diga, era diventato davvero una cittadina, ma sprofondò la notte del 9 ottobre 1963. E non è più rinato. E continua a sprofondare, le case crollano una dopo l'altra, anno dopo anno, nell'indifferenza totale dei paesani e dei politici.

La vecchia fattucchiera viveva sola. Dicono parlasse con un gallo che le rispondeva in una lingua misteriosa. Nella sua lunga vita aveva formulato parecchie profezie, alcune si sono avverate. Anticipando di qualche secolo le femministe disse: «Quando la donna metterà i pantaloni, li omeni no sarà più paroni». Oppure: «Quando la donna porterà il cappello diventerà un gran bordello». Mia nonna Maria raccontava le vicende dell'indovina con grande rispetto. Le aveva udite anche lei. Come usava una volta, le storie si tramandavano di padre in figlio perché non si perdessero nelle radure del tempo. La maga aveva molti libri che alla sua morte non furono più trovati. La gente temeva soprattutto un grosso volume, scritto a caratteri indecifrabili, che la vecchia teneva sempre accanto a sé. Lo consultava spesso. Una volta lette quelle pagine, guardava il fondo del Pignàt e mormorava le sue profezie. Disse anche: «Verrà tempo che le macchine lavora per li omeni e le mani sarà morte per sempre». Pare che quel tempo sia arrivato.

Velfa Corona de Tuora aveva una figlia di otto anni, gracile e malaticcia. Un giorno andò dalla donna per conoscere il destino di quella bambina sfortunata. Le disse: «Guarda un po' in quel Pignàt, voglio sapere come andrà la vita della mia fantolina, voglio capire se dura o se non dura». La vecchia cacciò gli occhi inquietanti nel fondo del vaso dal quale traeva il futuro. Levò la testa, fissò Velfa negli occhi e disse: «Portami un tronco di legno, quello che vuoi, lungo quanto vuoi, grosso quanto vuoi». Velfa corse a casa, segò un pezzo di tronco, il primo che le capitò sottomano, e lo portò alla maga. Questa appoggiò al naso strani occhiali, mise il tronchetto sulle ginocchia e, con l'indice contorto come una radice di carpino, attaccò a contare gli anelli che segnavano l'età del tronco. Uno, due, tre... dieci, venti. Si fermò a ventidue. Tolse quella specie di occhiali, guardò la madre e disse: «Ventidue, neanche un giorno in più. Tua figlia vivrà solo ventidue anni, come i cerchi di questo albero». La Velfa tremò, portò le mani al viso e gridò: «Strega maledetta, potevi dirmelo, avrei segato una pianta di cento anni!». L'indovina non fece una piega, guardò la donna, le puntò contro la radice di carpino del dito, e con calma glaciale sibilò: «Tu hai deciso il destino di tua figlia, io non posso farci niente. Sono i genitori che disegnano il destino ai figli. Lo fanno senza sapere e quasi sempre finisce male». E così fu. La ragazza morì all'improvviso la notte di San Giovanni. Aveva appena compiuto ventidue anni.

Una volta passò da lei un boscaiolo che doveva maritarsi. Era curioso di sapere come sarebbe stato il futuro da sposo. La maga non voleva scrutare nel Pignàt. «Non è robe che m'interessa» brontolò. L'uomo insisteva. La vecchia allora si chinò sul vaso per qualche minuto. Alzò il viso e disse: «Non sposarti, ho visto sangue, due volte. Due volte sangue è robe brutte». L'uomo la trattò a male parole e se ne andò. Si sposò tre mesi dopo. Tutto filava liscio. Ogni tanto, rammentando le parole della vecchia, si faceva una risata. Passarono dieci anni, la donna nel frattempo era sparita. Un giorno l'uomo tornò dal bosco con diverse ore di anticipo. Zoppicava. Un tronco lo aveva colpito alla caviglia, era stato costretto ad abbandonare il lavoro anzitempo. Era novembre, il vento faceva cadere camionate di foglie che poi sollevava di nuovo come per non lasciarle in pace. A casa il boscaiolo trovò la moglie a gambe aperte sotto i lombi di un paesano. Ricordò di avere la scure infilata nella cinghia dei pantaloni dietro la schiena. Fu un attimo. Le teste degli amanti rotolarono sul pavimento. Il sangue allagò la cucina, a quei tempi si scopava in cucina dove c'era il fuoco. L'uomo ricordò la profezia della vecchia. Disse: «Aveva ragione». Finì i suoi giorni in galera.

La dimora della maga ha un che di misterioso, e allo stesso tempo sereno. Si ha l'impressione che una pace antica aleggi tra quei muri dimenticati. La casa parla, sussurra come se prendesse i ricordi da una cesta posata sulla panca del focolare annerito. La porta è segnata dalla sgorbia del tempo. Le assi indossano abiti di velluto a coste. Solchi profondi, venature corrose dalle intemperie dei secoli coprono il legno di rughe come il viso di colei che vi abitò. La serratura è di quelle antiche, le cui chiavi pesavano un chilo. Gli scuri sono come la porta, ricamati dalle unghie delle stagioni, e sono chiusi, incollati agli stipiti come tappi nelle bottiglie. Nessuno entra là dentro, nessuno vuole entrare. Oltre quella soglia è regno proibito. Per paura, e per rispetto a lei. A quarantatré anni dal Vajont, tutte le case del paese abbandonato sono state profanate, visitate da ladri, saccheggiatori, collezionisti di cose vecchie. Amanti clandestini le hanno usate come nidi d'amore, agitandosi al buio su vecchi divani polverosi. Le porte sfondate oscillano al respiro del vento, gemono, si aprono e si chiudono cigolando sui cardini arrugginiti come se una mano invisibile le muovesse. La casa di lei è rimasta intatta. Nessuno ha avuto il coraggio di sfondare quell'uscio. La porta è immobile. Piantata tra gli stipiti come un'ascia sul ceppo, segna il confine tra il visibile e l'arcano, la semplicità dei montanari e il mistero di altri mondi, la vita e la morte.

La vecchia se ne andò in silenzio, nel segreto più assoluto com'era vissuta. Nessuno la vide più. Arrivò un inverno da castigo, il freddo faceva scoppiare i faggi, l'acqua gelava nelle fontane, il Vajont era una lastra di ferro. Solo le anse respiravano emettendo fiati che cristallizzavano sugli alberi. La neve era cemento bianco. Verso sera nevicò di nuovo. Tre persone dissero di aver visto fumo nero uscire dal camino della maga. Dopo questo fumo, udirono una lunga risata stridula come il gracidio dei corvi. Da quella sera il camino non fumò più. Passarono tre giorni, non vedendo segno di fuoco, la gente si allarmò. Andarono a vedere. Sulla neve non vi era traccia che segnasse l'uscita della vecchia. Pensarono fosse morta dentro casa. Per non sfondare la porta, tre uomini entrarono dal tetto attraverso un minuscolo abbaino. Ispezionarono l'abitazione da cima a fondo. Frugarono in ogni angolo, nei pertugi più nascosti, dalla soffitta al tinello, nelle stanze, sotto le panche, sotto le rampe delle scale. Niente, nessuna traccia, la donna non esisteva. Non v'era traccia nemmeno dei libri, compreso l'indecifrabile volume che consultava sempre.

Nel cortile, alcune donne scoprirono il gallo parlante appollaiato su un ramo del ciliegio. Si reggeva dritto, a testa alta, immobile come una sentinella. Maneggiando un lungo bastone, la donna più giovane cercò di farlo muovere. Le sembrò di toccare un uccello imbalsamato. Era morto stecchito. Stava abbrancato con gli artigli serrati al ramo come le dita di un alpinista sugli appigli. Riapparvero gli uomini che avevano ispezionato la casa. «Non c'è» brontolarono cupi. Le donne indicarono il gallo sul ramo. Gli uomini si impressionarono, dissero che bisognava lasciarlo dov'era, la vecchia lo aveva messo a guardia della casa. Così il gallo restò lassù, sul ciliegio, sotto le intemperie, nei giorni e nelle notti silenziose della montagna. Neve, gelo, pioggia e vento lo accarezzavano senza spostarlo di un millimetro. Passò l'inverno, venne la primavera, e poi l'estate e l'autunno. Il gallo stava sul ramo, guardiano severo e immobile della casa misteriosa. La gente che passava lo guardava con rispetto, qualche vecchia si segnava. Verso la fine di novembre si levò un vento gelido che grattava la faccia come una raspa. I boscaioli tagliavano l'ultima legna. Era luna calante. Quel vento spinoso portava le prime avvisaglie dell'inverno e il gallo sembrò risentirne. Sotto le manate improvvisamente cominciò a oscillare. Una notte che il vento era più forte, la gente giurò di aver sentito sbattere le finestre della vecchia. Al mattino uomini e donne andarono a vedere. Gli scuri erano chiusi, fermi agli stipiti come incollati. Dettero un'occhiata al gallo sul ramo. Mentre stavano naso all'insù, arrivò una folata di vento circolare che girò attorno al gallo come un tornado. L'uccello si disintegrò e scomparve nel cielo in un turbinio di piume. Di lui era rimasto un bozzolo vuoto, le formiche s'erano mangiate la carne lasciando sul ramo solo l'involucro di piume.

In mezzo al vento scomparve il compagno della maga, l'unico testimone dei segreti di quella casa misteriosa. Della donna che prevedeva il futuro non si trovò mai traccia. Nessuno seppe dove fosse finita. Quelli che avevano visto il fumo nero e udito la risata simile al gracidio dei corvi non avevano dubbi. Si bruciò nel fuoco del camino e sparì nell'aria in mezzo a fumo, faville e alla polvere delle sue ossa. Molti anni dopo un'altra donna venne in possesso del Pignàt. Non si sa come né dove lo trovò. Era intorno al 1920. Anche questa maga incominciò a prevedere il futuro. Ma la sua vita durò poco. È una storia interessante che meriterebbe di essere raccontata.

Più avanti sulla destra una fila di case, unite l'una all'altra come fanciulle che si tengono per mano, spiano dall'alto il vuoto dei campi incolti, le erbacce e ciò che resta di alcuni orti un tempo pieni di verzure. In mezzo alle ultime abitazioni, ce n'è una avvolta da una vite selvatica. Fa uva nera con acini piccoli piuttosto dolci. Quasi sotto il tetto, una porta a vetri guarda un aereo poggiolo che dà sul campo sottostante. Il campo è diventato prato, nessuno lo vanga più. Era la casa del santone solitario, un uomo misterioso e taciturno, alto due metri, magro come un camoscio d'inverno, capelli e barba lunghi mezzo metro, occhi acuminati, sguardo magnetico peggio di Rasputin, il famigerato monaco siberiano. Era un personaggio affascinante, soprattutto inavvicinabile. Stava quasi sempre chiuso tra quelle quattro mura, leggeva molto e passeggiava nella stanza. Raramente si muoveva sui sentieri, nei boschi o nelle valli. Mai lungo le vie del paese. Camminava nella camera, quella alta col poggiolo che guarda il campo incolto. Dalla via Centrale, nelle notti d'ogni stagione illuminata da una fioca luce, la stanza pareva un fanale sospeso nel cielo. Dietro i vetri della porta, la sagoma dell'uomo alto e magro passava e ripassava continuamente fino all'alba. Quando spuntava il chiaro, per qualche ora spariva. Ritornava di nuovo al pomeriggio, a riprendere il suo eterno vagare a lenti passi nella stanzetta aerea che ricordava quella della ragazza malata. Spesso lo si vedeva passeggiare a capo chino, con un libro in mano. Leggeva e camminava, camminava e leggeva, come i preti d'altri tempi col breviario sotto il naso.

Un fine settembre di molti anni fa, dopo il Vajont, l'uva della vite era matura, nera, turgida come bacche di belladonna. Decisi di arrampicarmi sui tralci e riempirne un cesto. Aspettai che l'uomo finisse di passeggiare. Lasciai passare un po' di tempo, presi un secchio e montai sulla vite. Pensavo che l'uomo dormisse dopo il lungo viaggiare notturno. A metà altezza fra il poggiolo e il piano terra, c'era una finestrella circondata dalla vite che dava luce a un'altra cameretta. Attaccai a spezzare il gambo ai grappoli e metterli nel secchio che tenevo legato in vita. Piano piano mi alzavo, perché in alto sembravano più grossi e maturi. Con un paio di bracciate arrivai a livello del balconcino. Seguitavo a vendemmiare tranquillo, cercando di fare meno rumore possibile. A un certo punto ebbi la sensazione di una presenza, come se qualcuno mi spiasse. Ero davanti alla finestrella. Alzai la testa d'istinto. A una spanna dal mio naso, dietro il quadrato del vetro, due occhi micidiali mi stavano osservando. Immobile come una statua, senza muovere palpebra, l'uomo alto mi fissava, pareva volesse annientarmi. Probabilmente stava seduto, vedevo solo la testa e le braccia conserte sullo stipite. Lo guardai anch'io. Eravamo vicinissimi l'uno all'altro, separati soltanto da pochi millimetri di vetro. Gli occhi azzurri come fiori di lino mi tenevano soggiogato, non sapevo cosa dire, cosa fare. Avrei voluto lasciarmi cadere nel campo sottostante, sottrarmi a quello sguardo insostenibile. Ma non ce la facevo, continuavo a guardarlo. Temetti che l'uomo mi lanciasse un'ascia in faccia o sfondasse la finestra con un pugno e m'afferrasse al collo. Furono istanti di paura, pensai al peggio. Invece sorrise. Sorrise, aprì la finestra e disse: «Prendine quanta ne vuoi». Sorrise ancora una volta, s'allontanò dai vetri e sparì. Non vendemmiai più, scesi veloce con l'uva raccolta e filai via. Non volevo incrociare ancora quegli occhi micidiali che incutevano terrore. Quello sguardo duro, freddo, insostenibile, non rendeva giustizia all'uomo che, in seguito ebbi modo di scoprire, era di una bontà disarmante. La natura gli aveva fatto torto a piazzargli in mezzo al viso due coltelli acuminati. Anche il vecchio Pin aveva un ghigno simile, ma meno potente.

Nella buona stagione, quando nessuno lo vedeva, il passeggiatore solitario usciva furtivo dalla porta sul retro per recarsi in un boschetto di noccioli e carpini nani vicino al cimitero, poco distante da casa. Sedeva in una conca d'erba nascosto dalle fitte chiome degli alberi e restava immobile a meditare e guardare passar le auto fino a notte fonda. Scoprii per caso il suo nascondiglio. Un giorno tornavo da una visita a Sepp nella casa sulla montagna. Per abbreviare il percorso attraversai il bosco che dava sulla carrozzabile. D'improvviso m'imbattei nell'uomo seduto sull'erba. Lo salutai. Rispose «ciao». A quel punto avrei dovuto proseguire ma, provocatoriamente, sedetti accanto a lui. Se la mia presenza lo infastidiva se ne sarebbe andato. Invece restò immobile. Cominciai a porgli qualche domanda. Rispondeva laconico, un po' imbarazzato. Sembrava più timido che schivo. Insistetti, evitando accuratamente d'incrociarne gli occhi. Del resto, per vederli, avrei dovuto piazzarmi davanti a lui, perché non voltò mai la testa di un millimetro. Parlava a monosillabi guardando in avanti, verso il Col Nudo. Disse che gli piaceva stare seduto in quel bosco, a pensare e osservare le auto passare. Avrà avuto cinquant'anni. La lunga chioma e la lunga barba portavano i segni di nevicate. Parlava della natura e di Dio con grande rispetto. Puntando un pollice lungo e sottile verso il cielo chiamava Dio «Quello lassù».

Quando passava un'automobile, interrompeva il discorso e la seguiva con lo sguardo finché spariva oltre la curva del Valdenère. Sembrava un bambino che vedesse quell'oggetto per la prima volta. Commentava stupito: «Non so perché la gente corre così». Dopo mezz'ora lo lasciai in pace, non volevo seccarlo di più, come primo contatto poteva bastare. Da quel giorno lo incontrai altre volte nel bosco. Diventammo amici. Ogni tanto andavo a vedere: se c'era mi fermavo, altrimenti dietrofront. Dall'uomo solitario ho imparato molte cose. A lasciar perdere le beghe, non impegolarsi in discussioni inutili, dar ragione agli sciocchi pur di toglierseli di torno, perdonare e non vendicarsi. Mi ha insegnato a pensare prima di parlare, dopodiché non aprir bocca. Da lui ho imparato a stare fermo, a dominare il corpo, a frenare la smania di spostarsi. D'estate si rimaneva seduti nel boschetto anche cinque, sei ore. Io non riuscivo a rimanere immobile. Ogni tanto dovevo alzarmi, fare un giro, qualche passo, un tragitto di pochi metri. Dovevo fare qualcosa che rompesse la tortura dell'immobilità. Lui era come una statua sul piedistallo. Non cambiava nemmeno la posizione del braccio. Stava coricato sul fianco, un gomito nell'erba a sostenere il busto, l'altra mano sul ginocchio piegato, una gamba distesa, lo sguardo al Col Nudo.

Ore e ore nella stessa posizione, senza una piega, un segno di stanchezza, un crampo. Aveva domato il corpo come i monaci tibetani. Piano piano, imparai anch'io a controllare la stanchezza, a dominare la necessità di cambiare posizione, di stiracchiarmi. Non che al vivere quotidiano fosse necessario lo stoicismo, tuttavia ero convinto che, in certi frangenti, disciplinare il corpo mi sarebbe tornato utile. Ogni tanto gli parlavo di donne. L'amico era contrario all'atto sessuale. Lo chiamava «la sporca fornicazione». Su questo punto non ero d'accordo, ma piuttosto di deluderlo fingevo di dargli corda. Però lo provocavo, dicevo che forse qualche volta... Insomma, proprio niente del tutto mi pareva esagerato. Ma lui non si scomponeva, né si alterava. Con calma olimpica, ribadiva la sua teoria sostenendola con argomenti per me poco convincenti. Diceva che dopo «quelle cose» ti prendono delusione, rabbia, pentimento. «Anche dopo mangiato» ribattevo, «o dopo una sbronza, ma intanto si mangia e si beve. Ci si pente sempre dopo.» «Non è la stessa roba» rispondeva. Poi passava a spiegarmi. In pratica insisteva che non serviva la penetrazione, bastava soltanto «girarci intorno», in questo modo si rimaneva puri. Lui diceva «neth», puliti. Un giorno lo udì il Pintor, gran donnaiolo e amante dei bei culi femminili. Lo guardò di traverso con occhi di fuoco e sbottò: «Tu devi essere l'unico uomo sulla Terra che glielo mette fuori».

Il santone aveva un culto speciale per i suoi scarponi. Li venerava, anche se non esistevano più. Li portava dall'ultima guerra. Si erano sfaldati, consumati, sbriciolati. Ogni strappo, breccia o cedimento, li rattoppava con fil di ferro sottile. Anche le suole aveva rinforzate con chiodi da maniscalco. Guai a toccargli l'argomento. Delle sue calzature non voleva assolutamente parlare. Se insistevo, se ne andava. Solo una volta si sbilanciò. Confessò di averle avute in dono da un ufficiale tedesco nel '45. «Prima» disse «non avevo mai portato scarpe, solo galosce e scufòns.» Piano piano azzardai a guardarlo negli occhi. Era un'impresa reggere quello sguardo. Non scavava dentro, non metteva l'anima a nudo. Faceva paura e basta. Eppure quell'uomo era innocuo come un agnellino. Fino a quando non lo guardavi. Poi non eri più sicuro che restasse un agnellino. Invece nella vita non fece male a nessuno; l'unico male lo fece a se stesso. Se si trattava di incontrarci nel boschetto, tutto andava bene. Ma della stanza misteriosa dove per ore, notte dopo notte, camminava avanti e indietro, neanche parlare. Mai vi entrò anima viva, oltre a lui. Una volta gli chiesi se mi faceva vedere il suo luogo di meditazione. «Mai, lì dentro non deve venire nessuno!» disse, e troncò il discorso. Ancora non mi spiego i comportamenti così diversi a seconda dei luoghi nei quali si trovava. Nella stanza, continuo movimento, ossessivo avanti indietro in pochi metri quadrati. Nella radura, immobilità assoluta in seno all'erba. Poco per volta diventò più loquace, anche se mai troppo ciarliero.

Un giorno lo trovai nella radura con un libro sulle ginocchia. «Te lo regalo» disse. Erano le *Rime* di Francesco Petrarca "colle note letterali e critiche del Castelvetro, Tassoni, Muratori, Alfieri, Biagioli, Leopardi e altri". Si trattava del secondo volume, il primo me lo regalò l'anno dopo. Le note erano "raccolte, ordinate ed accresciute da Luigi Carrer, edito per i tipi della Minerva a Padova nel 1837. Prezzo Lire 14 ". Ma era assai mal tenuto, così che si era provveduto a una seconda rilegatura. Fu quello il primo di una quindicina di volumi di cui mi fece dono nel corso di alcuni anni. Lo faceva a intervalli lunghi. A volte passavano mesi prima che comparisse con un altro libro. Li conservo tutti. *I Promessi Sposi* in "nuova edizione a cura di Alfonso Cerquetti, illustrata con 24 tavole del pittore Campi, Ulrico Hoepli editore libraio della Real Casa. Milano 1898". Oppure la *Gerusalemme Liberata* del Tasso "con note raccolte e ordinate per cura di Eugenio Camerini. Edoardo Sonzogno editore, via Pasquirolo 14. Milano 1884".

Non ricordavo tutti i volumi dell'amico. Sono andato allo scaffale impolverato dove li tengo dal 1978. Ho avuto parecchie sorprese. C'è un *Delitto e castigo* tradotto da Luigi Ermete Zapaly per le edizioni A. Barion, del 1929. Ho trovato *Le Istorie Fiorentine* di Niccolò Machiavelli, "Casa Editrice Adriano Salani Firenze, finito di stampare il 25 aprile 1938". Sono saltati fuori *I Malavoglia* di Giovanni Verga, "A. Mondadori Editore, Milano. Prima edizione settembre 1939. Stampato su carta a mano di Fabriano in numero di 499 copie numerate a mano da 1 a 499". Sul risvolto di copertina c'è un timbro a inchiostro azzurro con il fascio littorio e la scritta "Nucleo Universitario Fascista – Cavarzere". Ho scoperto due volumetti del D'Annunzio: *Giovanni Episcopo – Isaotta Guttadauro* e *Canto Novo – Primo vere – Intermezzo di Rime*, entrambi pubblicati dalla casa editrice Madella di Sesto S. Giovanni, il primo nel 1913, il secondo nel 1917. Non allungo l'elenco. Voglio solo ricordare *Le mie prigioni* del Pellico, edizioni A. Barion Sesto S. Giovanni. È un volumetto di centonovanta pagine, con copertina di carta sulla quale è raffigurato il giovane Silvio Pellico a colori, sorridente e felice, intento a scrivere le sue memorie con la penna d'oca, seduto sbilenco, occhiali rotondi, mentre una giovane ancella gli porge un bricco di caffè. A guardare la scena rappresentata, non fosse per le grosse sbarre di ferro alla finestra che rivelano la prigione, si direbbe che i due stiano trascorrendo la luna di miele in albergo.

Un'estate l'amico diradò le gite al boschetto. Riprese a passeggiare chiuso nella stanza. A quei tempi abitavo nella via Centrale parallela alla Soprafuoco, non molto distante da lui. Lo vedevo che faceva avanti indietro attraverso i vetri della porta. Provavo a chiamarlo a voce alta, non si voltava nemmeno. Forse, a quel punto, aveva già deciso. Accanto alla sua stanza c'era una stalla col fienile al primo piano e grandi finestre che davano sulla via. Un giorno d'agosto, verso le quattro del pomeriggio, mi trovavo in cucina. Dalla strada giunse un vociare concitato. Uscii. C'era gente, col dito segnavano il fienile. Guardai verso una delle finestre. Si vedeva la sagoma di un uomo penzolare dalla trave con la corda al collo. Corremmo su. Mi arrampicai sul muro, scavalcai la finestra. Era l'amico, quello che mi regalava i libri. Le sue scarpe di fil di ferro mi dondolavano davanti agli occhi. Aveva deciso di farla finita. Arrivò altra gente. Un vecchio disse che lo aveva appena visto passare con la corda in mano, ma che mai avrebbe pensato... Aiutato da altri, tagliai la corda e lo tirai giù. Era ancora caldo. Arrivò il medico, che quel giorno si trovava in paese. Tentammo di rianimarlo praticandogli a turno il massaggio cardiaco. Fu inutile, diventava sempre più freddo. Smettemmo e gli buttammo sopra una coperta. Prima di coprirlo, lo guardai un'ultima volta. Un groppo mi serrò la gola. Il mio amico, steso sul pavimento, pareva sereno. I lunghi capelli sparsi tra il pulviscolo del fieno, la barba divisa a metà, ai piedi le scarpe di fil di ferro arrugginito. Gli occhi di fuoco si erano spenti. Disteso, sembrava più lungo e più magro, un asceta, un santo ucciso dalla stanchezza del vivere. Me ne andai per non guardarlo un'altra volta. Il solitario, silenzioso uomo dai lunghi passi aveva tolto il disturbo. All'improvviso non era riuscito a sopportare un minuto di più questo mondo. Lo vedeva sporco, persino l'atto d'amore vedeva impuro. Era il 1978. Venticinque anni dopo, mi arrampicai ancora su quella vite per mangiare un po' d'uva. Non portavo con me il secchiello come quando incrociai il volto di pietra del passeggiatore dietro la finestra.

Da tempo non accumulo scorte, consumo le cose sul posto, come la vita. Non cerco depositi, non faccio il ghiro che ammassa quanto più cibo riesce per poi addormentarsi nelle braccia dell'inverno. Noi ci addormentiamo nelle braccia della morte. Dopo i cinquanta, se uno non è proprio tonto, sa che la vita va mangiata direttamente dall'albero, non va raccolta in ceste per farne provvista. Dopo i cinquanta, il tempo si mette a correre, accelera. La velocità fa perdere i pezzi per strada: cadono capelli, denti. La vista diminuisce, si diventa miopi, presbiti, i più sfigati impotenti. Le ossa cigolano, la schiena scricchiola come una vecchia gerla stretta fra le ginocchia. Il recupero dopo una sbronza richiede tre giorni, per non parlare di altri recuperi. È una tristezza. Si tira avanti, allora, con l'accortezza di non fare deposito, di non mettere la vita in banca sperando di ritirarla con gli interessi.

Quel giorno, dunque, mi arrampicai sulla vite semplicemente per mangiare un po' d'uva. Di fronte alla finestrella dell'amico, ebbi la sensazione che fosse ancora dietro il vetro, come la prima volta. Fu così che mi prese la curiosità di visitare la stanza misteriosa, dove per anni aveva macinato chilometri, con scarpe di fil di ferro. Aveva viaggiato in quattro metri di spazio. Il vetro era coperto di polvere. Non si vedeva l'interno. Feci una leggera pressione con la mano e la finestra si aprì lasciando cadere la polvere. Era un pomeriggio di metà ottobre, i merli saltellavano dalle erbacce del campo sottostante fino all'uva. Dalla stanza uscì l'odore stantio e malinconico delle cose abbandonate. Mollai le mani dai tralci, mi afferrai allo stipite, infilai una gamba dopo l'altra e fui dentro.

Mi ritrovai in una piccola stanza col pavimento di legno come hanno tutte le case del paese. Solo il pianterreno è in lastre di pietra. Accostata alla parete, stava una panca di larice con una coperta grigia stesa sopra. Un piccolo tavolo in mezzo alla camera pareva un altare. Nel centro del tavolo un crocefisso di legno e un candelabro col mozzicone di candela ancora infilato. Alcuni libri sparsi qua e là, uno aperto, rivelavano il repentino abbandono della stanza. Forse l'amico stava leggendo quel libro prima di alzarsi, prendere la corda e raggiungere il fienile. Alle pareti erano appesi numerosi ritratti di santi, tutti di carta e senza cornice. Fissati solo con un chiodino al centro, molti si erano arrotolati su se stessi come foglie d'autunno. In un angolo la piccola credenza di ciliegio, di un rosa ormai sbiadito, portava sul pianale un fornelletto a gas a due fuochi. Alcune tazzine impolverate occhieggiavano assieme alla cuccuma del caffè, la mitica napoletana soppiantata dalla moka.

Finalmente vedevo la stanza, la cella monacale dove l'amico aveva trascorso gli ultimi anni di vita. Spostai dalla panca la coperta grigia. Si disfece come una ragnatela. Sedetti su quelle assi consunte, sulle quali quasi certamente egli dormiva. Nell'angolo destro, c'era una stufa di mattoni rossi alta e stretta. La canna fumaria andava a infilarsi in un buco del muro, mezzo metro più in alto. Accanto alla stufa, dormiva un mucchietto di legna spaccata, avanzo dell'ultimo inverno. Il regno del camminatore solitario era tutto lì: una piccola stanza fornita dell'essenziale. Rimasi seduto a lungo, rapito dalla magia del luogo, un nido sospeso sui campi incolti, che ancora mandava segni della sua presenza. Fuori, i merli facevano chiasso. Per beccare gli acini, spintonavano le foglie secche che crepitavano con rumore di cartoccio. Il sole tiepido piegò verso il monte Toc e i raggi incendiarono la stanza che brillò di un polverio d'oro. A contatto con quel tepore, la madia si svegliò emettendo lievi scricchiolii. Si stiracchiava prima del lungo sonno invernale. Mi alzai per cercare la traccia dei passi. Non mi fu difficile. Dalla parte della finestra, una scia scura, larga due spanne, incideva il pavimento tagliandolo esattamente a metà. Era il sentiero segnato dalle scarpe di ferro. Traccia indelebile, tanto il legno era scavato, corroso. Quattro metri l'andata e quattro il ritorno. In linea retta. Per anni. In quel solco l'amico aveva seminato dieci anni di vita. Sbirciai i libri sul tavolo. Una decina, tutti di preghiere, tranne uno. Quest'ultimo s'intitolava *El Goffredo del Tasso cantà alla barcarola dal dottor Tomaso Mondini, e dedicà al lustrissimo e celentissimo sior Francesco Duodo*. Sulla destra qualcuno aveva scritto a matita due date: 1693-1850. Il volume probabilmente veniva letto nella stalla. Qualche pagina porta evidenti macchie di letame. Nei risvolti di copertina gli antichi possessori avevano vergato i loro nomi e cognomi con date ormai lontane nel tempo. Sulle facciate bianche, che separano i capitoli, ognuno aveva scritto a china qualche nota personale. Mentre butto giù questa storia, nell'inverno del 2005, prendo il libro e lo apro. A pagina 103, sulla faccia destra, si può leggere la frase: *Questo libro è stato prima di me, Pietro Filippin, e poi di me, Orazio Filippi, e poi di me, Felice Corona. Erto, il giorno 27 maggio*. E altre date: *1829, 1860, 1884, 1897*. Sul retro copertina di fondo, sono vergate a matita e in stampatello queste parole: *Bonafede Corona, li 18 giugno 1884*. La pagina è piena di scrittura a china talmente sbiadita da risultare indecifrabile. Si può a malapena leggere: *Silvano Corona di Bonafede, li 3 novembre l'anno 1879*. A pagina 320, sulla facciata bianca di destra si legge a stento: *Tutte bagole, queste, ma ben io ò cavà gusto, e questo, l'ora prima di morire. Bonafede Corona.* È un messaggio inquietante, scritto a china, con svolazzi e ghirigori.

Risulta evidente che si passavano il volume tra amici. A pagina 345, in fondo, scritto a matita, si legge: *Orazio ti ringrazio del favore. L'amico Bonafede. Li 4 giugno 1884.* In pratica è un libro nel libro. Non vi è pagina che non rechi sui bordi qualche frase degli antichi possessori. A pagina 266 salta fuori un nome nuovo: *Bastiano Martinelli, 15 magio 1887.* Compare anche un Felice Corona, che firma nel 1879, ma che non può essere mio nonno, visto che nasceva in quell'anno. A pagina 220, fissata con pastello viola, c'è una frase più recente: *Questo libro è di me Corona Orazio Féulo di Giuseppe. 1928.* Altri attestati di appartenenza sono a pagina 207 a matita: *Questo libro è stato prima di Filippin Pietro e poi di Orazio Filippin e di Felice Corona e poi di me Corona Bago e Antonio. Erto li 16 ottobre 1928.* Sulla prima di copertina il tempo si allontana: *26 dicembre 1859. Questo libro...* Non si legge altro, l'inchiostro ha ceduto agli anni. Pagina 64: *È solo lingua dura falsa e mula per zonzer questo e quel con falsi ingani. Astu capío Orazio?*. A pagina 170 c'è uno strano fiore a colori rosso e blu, d'aspetto inquietante, una specie di piovra che si allarga in tentacoli. C'è scritto: *Rèstame questo fior prin de morire. Bastiano Martinelli fornitore di legno. Lì 13 magio 1887.*

Il libro altro non è che la *Gerusalemme liberata* di Torquato Tasso, tradotta nell'antico veneziano dei barcaioli. Le pagine sono divise a metà per lungo, sulla sinistra campeggia il testo originale, sulla destra la traduzione. È composto da 347 pagine che contengono i diciannove canti del poema. Arricchiscono il volume numerose incisioni sullo stile del Doré, ma meno curate. Sono firmate con due G, una in seno all'altra, e una F. Sulla penultima pagina vi è una nota dell'editore che spiega: "Inventario de libri, & altro, che si fabrica, & si edita nella bottega di me Domenico Louisa sotto il portico à Rialto in Ruga degl'Orefici". Segue l'elenco dei libri stampati. Sulla prima pagina, sotto l'incisione di una gondola con due giovani a bordo, un'iscrizione: "Venetia per il Louisa e Isabella Piccini Stolpi à Rialto MDCLXXXX". La seconda pagina sotto il titolo reca questa frase: "In Venetia, MDCXCIII. Per il Louisa à Rialto. Con licenza de' Superiori, E Privilegio...". Una macchia di letame rende indecifrabile il seguito. È un libro molto vecchio. Lo confermano le date.

Quel giorno di metà ottobre, circondato dall'ultimo sole e dai merli chiassosi che becchettavano l'uva tra le foglie della vite, ficcai il volume dentro la camicia assieme a dei libri di preghiera e al crocefisso che tengo sul tavolo dove scrivo. Sono anch'essi libri molto vecchi. Ne cito alcuni, non per mero elenco, ma per far capire la personalità dell'amico che si tolse la vita. Era uomo di letture e di fede, meditava nel silenzio della solitudine.

Filotea francescana ossia Manuale di Pietà pei Terziari di San Francesco del P. Felice da Bergamo predicatore cappuccino. Tip. e Libr. Arciv. Boniardi Pagliani Via Unione N. 20. Milano 1884.

La pia giovanetta: Meditazioni. Col modo di ascoltare la Santa Messa e l'apparecchio alla confessione e comunione del canonico Domenico Nava. Tip. Del Pio Istituto di Patronato, Via Quadronno N. 42. Milano 1869.

Pratica di amar Gesù Cristo, tratta dall'epistola prima di s. Paolo ai Corinti. Opera dell'illustrissimo S. Alfonso Maria de' Liguori. Vescovo di S. Agata de' Goti. Stampato presso Pietro Greppi Librario e Cartolaio. Bergamo Die 23 febbraio 1835.

Quel giorno rubai anche tre libricini dalle dimensioni lillipuziane: sette centimetri per dieci, alti poco più di due. Era la *Divina Commedia* in formato minimo. Sotto il titolo c'è scritto: "Nuovamente annotata da G. C. Passerini. Nuova Edizione interamente rifatta. Firenze, G. C. Sansoni, Editore". I volumetti sono dedicati "al dottore Alfred Bassermann" e stampati dallo stabilimento "G. Carnesecchi e figli in Firenze".

Non vi sono date, il prezzo: L. 1,50 cadauno. Non ho

mai saputo come quei libri fossero arrivati nella casa dei suoi avi, i quali, di padre in figlio, se li erano passati lungo il cammino del tempo fino a quando erano giunti nelle mani del mio amico. Egli, forse premeditando la sua fine, se ne era liberato regalandomene, di tanto in tanto, uno. Con libri e crocefisso nel marsupio della camicia, uscii dalla stanza scavalcando a ritroso la finestrella che ebbi cura di richiudere con un fil di ferro perché le intemperie non entrassero a rovinare quel nido solitario.

A questo punto la via finisce, si perde nei campi d'erbacce, si sfalda nei prati incolti come neve nell'acqua, si corica nell'erba secca e in quella nuova che sta per appassire. Prati rossi e gialli avvertono che ormai è arrivato l'autunno col suo faccione triste. Il viaggio lungo la via Soprafuoco ha richiesto un'estate. C'è voluto tempo per ascoltare la voce delle case abbandonate, raccogliere il grido silenzioso dei fantasmi di pietra che chiedono aiuto. Raccontano storie, le vecchie case. Se il viandante ha la pazienza di fermarsi un istante, potrà sentire storie a ogni passo. Storie di fatica, dolore, morte. Alcune anche liete, ma sono rare. Storie di un microcosmo scomparso. Storie nostre, uguali a quelle del mondo, dove, nonostante tutto, la speranza continua a cantare come il cuculo a primavera.

Autunno

È tempo di percorrere la quarta via, l'ultima, quella superiore che guarda le altre dall'alto in basso come dalla torre una regina i suoi sudditi. È la via più corta, appena cinquecento metri, eppure contiene chilometri di vita. Parte da un fienile e una stalla. Quel fienile fu il mio letto d'ospedale, una volta che rimasi congelato per aver dormito all'aperto in pieno inverno. Una donna mi seppellì nel fieno. Dopo tre ore di vaneggiamenti e visioni, sudando come un ruscello, uscii dalla tana, guarito. Febbre e tremori erano scomparsi.

L'autunno è ormai in paese, i sambuchi nei cortili sono spogli. I rami sottili disposti a raggiera sembrano ombrelli senza tela. Dalle montagne cala un vento malinconico. È diverso dalle allegre, improvvise raffiche d'aprile. Ha fiato largo, il vento d'autunno. Respira, lento come il falciare di un vecchio contadino. Le foglie hanno smesso la tuta verde da lavoro. Indossano abiti da festa. Ognuna ha gusti personali, così si vedono tanti colori. Sotto i colpi del vento, i larici spandono manciate di aghi, come contadini che seminano. Cadono sulla terra con crepitio di grandine leggera. I pini tremano, ma non mollano foglia. Gli aghi si strusciano gli uni sugli altri con canto di cicala. Vasti boschi di faggio sfrascano, ondeggiano, fanno le fusa come i gatti sempre più piano, finché lasciano l'ultima foglia. Dopo zittiscono, dormono. Lungo la via, solo tre camini fumano, il resto è freddo. Prima del Vajont, la contrada cantava. Ci viveva gente allegra che d'autunno festeggiava il tempo del vino e vendeva legna. Poi calava a far baldoria nelle osterie della via Centrale. La prima casa è abitata dalle Gaie. Due sorelle dalla tempra antica, forti e tenaci come cavalle. Sfido qualsiasi maschio a tenere loro testa nei lavori pesanti. Non hanno vent'anni, passano i settanta. Allevano vacche e capre. A casa loro non manca mai una pastasciutta per il viandante. Le capre le lasciano allo stato brado sul monte Porgait, una cote magra che s'impenna ripida e ostile a pochi metri dal paese.

Nel gennaio pieno di neve e freddo di qualche anno fa, quattro sciatori alpinisti di città salirono al Porgait per scendere scodinzolando con gli sci. Vi riuscirono, tanto da magnificare l'impresa con articoli su giornali e riviste specializzate. Era la prima volta che alcuni temerari andavano lassù in pieno inverno, con neve alta e gelo. Almeno così dichiararono: che erano stati i primi. Forse, nel furore dell'impresa, non si erano accorti che una fenditura nella neve, profonda come un solco d'aratro, filava dritta lungo la costa di Lavinàrs fino in vetta al Porgait. Era la traccia delle Gaie, salite il giorno prima, per recuperare il branco di capre in difficoltà. Che fossero arrivate in punta non era una grande impresa, almeno per loro. Lo diventò quando si seppe dell'abbigliamento che le intrepide avevano usato. Gonna di panno, stivali da pescatore, fazzoletto in testa, maglione di lana infeltrita, sacchetto del sale a tracolla, Alpenstock in mano e mani senza guanti. Nell'arco di una giornata erano salite in punta, avevano recuperato le capre e poi di nuovo giù. Nessun clamore, roba normale. Senza rendersi conto, le sorelle sì che avevano compiuto l'impresa. Prime femmine sul Porgait d'inverno con attrezzatura da pescatore sportivo.

Non erano nuove a prestazioni sbalorditive. Una volta, parecchio tempo fa, partecipai alla gara podistica che si tiene da quarant'anni il giorno di San Bartolomeo, patrono del paese. Il percorso gira intorno al perimetro di quella che fu la più alta diga del mondo. In onore dei morti e dei vivi, si fanno i quindici chilometri tutti d'un fiato, e vinca il migliore. Si iscrisse anche una delle Gaie, Maria, la più anziana. Partimmo in centocinquanta. Avevo trent'anni. Correvo. Con me c'era l'amico Carle. A metà percorso, in frazione Pineda, sulla curva del Cristo, ci sorpassò Maria come un razzo. Carle disse: «No!». Io dissi: «Prendiamola, o sarà figura di merda». Accelerammo, ma non ci fu verso di beccarla. Filava come una capra inseguita dall'aquila. Si era tirata la gonna sopra le ginocchia, la teneva con una mano e volava a balzi. Vinse di lungo nella categoria donne, lasciandosi dietro parecchi maschietti. Carle e io tagliammo il traguardo cinque minuti dopo di lei. Da quel giorno mai più corse podistiche. Né lui né io.

D'autunno, le Gaie portano enormi brinthie (gerle molto grandi) di foglie secche per far strame alle mucche. Si vedono passare come un tempo per la via Alta col grande carico sulle spalle. Sotto la brinthia paiono scoiattoli. Riempiono le gerle nel periodo che le foglie si incendiano di colori. Quando passano col carico, sembra di vedere due torce infuocate che camminano da sole. Prima del Vajont, tutti andavano a raccogliere foglie per fare il letto alle vacche. Alcuni usavano sacchi di iuta cuciti assieme. Era un lavoro affascinante raccogliere foglia nei boschi. Si camminava affondando in uno strato alto mezzo metro, con la sensazione piacevole di aprirsi un varco in mezzo a neve di foglie. A ogni passo crepitavano, ridevano, borbottavano, chiacchieravano con chi le stava raccogliendo. Le foglie venivano ammassate accanto alle stalle, in capienti contenitori di tavole di legno. Una volta riempiti, si coprivano con un tetto provvisorio, così che parevano graziose villette. Mio nonno vi dormiva dentro. Le foglie autunnali tengono più caldo di un sacco a pelo. In paese restavano pochi mesi. Mescolate con gli escrementi degli animali diventavano buon letame. In aprile con le gerle lo si portava nei campi, nei prati o nei boschi, dove c'era da tirar su qualche virgulto rachitico. Era allora che le foglie tornavano a casa, all'aperto, dove erano vissute. In questo modo i cicli biologici non venivano disturbati. Dalla natura si prendeva solo quello che serviva e appena possibile lo si restituiva. Anche la segatura e la cenere si riportavano nel bosco. Era roba sua.

Un pomeriggio, verso la metà di novembre, andai a raccogliere foglie sul Col delle Panìe assieme a mio fratello Felice. Era l'anno prima che il Toc cadesse nel Vajont, e sei prima che lui morisse. Era una giornata grigia, di un grigio lattiginoso e freddo che annunciava neve. Il cielo era un catino di smalto bianco. Uniforme, compatto, non lasciava aperto un buco grosso quanto una moneta per vedere oltre. Sopra i boschi, le creste delle montagne avevano un bordo blu che pareva tracciato dal lapis copiativo. Non appena avevamo rastrellato un po' di foglie, io e mio fratello ci buttavamo a faccia in giù nel mucchio per sentire il brusio della terra. E si stava immobili, su quel piumino naturale, con l'orecchio teso. Si potevano udire fruscii, brusii, passi lievissimi e veloci, come se esseri minuti e invisibili, disturbati nel sonno, fuggissero a nascondersi più lontano, sotto la protezione di altre foglie. Ogni tanto ne mettevamo una bracciata nel sacco e si riprendeva ad ascoltare. Era la voce della terra, il suo sussurro antico, mite.

Quando entrambi i sacchi furono riempiti, attaccò a foliscare (fioccare). Le prime faville di neve danzavano nell'aria senza posarsi a terra. Con leggeri buffetti, il vento le teneva in alto come per farle arrabbiare. Io e mio fratello decidemmo di andare a casa. Mentre legavamo i sacchi con lo spago, udimmo un passo che folava neve di foglie. Dopo qualche tempo, comparve accanto a noi una figura. Era un uomo di mezza età, lo conoscevamo bene. Si chiamava Franz, abitava nella via Soprafuoco e aveva molte vacche. Fissandoci con le mani in tasca, disse: «Sapete di chi è la terra, qui?». «No.» «È mia» disse. «E allora? » «Allora anche le foglie sono mie.» «C'è tanta foglia in giro» dissi timidamente, «e noi abbiamo sacchi piccoli.» L'uomo si arrabbiò, mi venne vicino. «Ho detto che è roba mia. Svuotate i sacchi subito o vi taglio le orecchie.» Aveva odore di grappa nella voce e un ronchetto nella tasca della giacca. Lo tirò fuori, lo aprì e alzandolo minaccioso disse: «Svelti!». Vuotammo i sacchi rapidamente, senza più battere ciglio. L'uomo disse: «Bravi, così mi piace. E adesso via da qua». Chiuse il ronchetto, se lo ficcò in tasca, girò i tacchi e sparì. Aveva cominciato a nevicare. Arrotolammo i sacchi, prendemmo i rastrelli e ci avviammo verso casa senza foglie. Nostra nonna Maria brontolò per i sacchi vuoti. Le spiegammo la faccenda. La vecchia concluse che era colpa nostra: «Dovevate andar più alti, nel comunale». All'indomani non fu possibile raccogliere foglie. Quasi un metro di neve copriva la montagna, i boschi, il paese. Veniva giù fitta, silenziosa. Il cielo aveva steso la sua coperta bianca sulla valle e sulle foglie d'autunno, sotto le quali gli esseri minuti e invisibili che brulicavano il giorno prima si erano messi a dormire.

Col passare degli anni divenni amico dell'uomo che ci fece vuotare i sacchi. Non era malvagio, aveva dei principi e pagava sempre da bere. Tenne le mucche finché la forza fisica lo resse. Ai primi cedimenti, mollò tutto e si dette al bere. Era la fine degli anni Ottanta. Quando ci si trovava in osteria, ogni tanto gli ricordavo quell'episodio ormai lontano. Diventava rosso, le mie parole lo imbarazzavano ancora. Rispondeva: «Miserie, miserie!» e troncava il discorso. Abitava anche lui nella via Alta, dove in autunno si onorava il vino e si vendeva la legna.

Dall'abitazione delle Gaie, procedendo al calar del sole, nella fila di case si apre un vuoto come nella bocca quando manca un dente. In questo caso i denti mancanti sono due. Due case sono crollate sotto le spallate del tempo, dell'incuria, dell'abbandono. Una era la bottega di un artigiano, forse il migliore di tutti. Era come Leonardo da Vinci, virtuoso in ogni campo. Sapeva costruire case, scalpellare la pietra, tornire il legno. Eccellente falegname, costruiva madie e casse da morto con la stessa facilità con cui assemblava le doghe delle zangole, dove si batteva il burro, e dei mastelli. Aveva inventato un sistema di sterzo per il bob non ancora sostituito. Tramite un cordino d'acciaio e un rocchetto che s'innesta sul volante, il bob curvava con facilità disarmante. Le costruiva lui quelle fantastiche slitte. Una l'ho guidata anch'io. Erano su per giù gli anni Settanta. Abbandonata a se stessa, la casa dell'artigiano, perdendo un sasso alla volta, è crollata. Ma non è stata la sola, più di duecento l'hanno seguita.

Una volta, passando da quelle parti con Silvio, decisi di dare un'occhiata all'interno. Entrammo dalla facciata che guarda a nord, ormai caduta. C'erano ancora cose e oggetti della vita quotidiana: camere arredate, letti, ceste di gomitoli, suole di pezza per scarpetti e altro. Ci infilammo al piano terra. Era inverno. La neve, entrata di stravento, riempiva buona parte del locale che era stato il laboratorio del mago. Il banco da falegname stava nell'angolo, al riparo dalle intemperie. Nella penombra si distinguevano pialle, sgorbie e scalpelli ben ordinati sugli scaffali, come se l'artigiano fosse andato a bere un bicchiere e dovesse tornare da un momento all'altro. Invece era morto ormai da tempo.

Mentre curiosavamo qua e là, l'occhio mi cadde su qualcosa coperto da un telo. Levammo il telo e l'oggetto apparve in tutta la sua bellezza. Era uno dei mitici bob che l'artigiano costruiva. Lungo due metri, dipinto di blu e rosso, il volante in legno tornito come la ruota dell'arcolaio, pattini di carpino nero con montate lamine d'acciaio per farlo scivolare sul ghiaccio. In due secondi fu nostro. Non curiosammo più. Avevamo trovato quel che bastava e andammo a provarlo subito. Salimmo più volte alla gobba della Croce e poi giù, a manetta, pilotando a turno, lungo il budello della sciariàda, i prati delle Fontanelle, per chiudere la corsa sul greto del Vajont. Avevamo vent'anni, Silvio e io, e la voglia di correre col bob da quando eravamo bambini. Ancor oggi, se si presenta l'occasione, si va a fare qualche discesa. Ma è tutto così cambiato! La casa dell'artigiano non esiste più. Quel bob lo usammo per anni. Era indistruttibile. Un giorno di ghiaccio vivo, dopo aver percorso a tutta velocità il tratto di sciariàda dove il mitico Lepre calò la slitta carica di legna, cozzammo contro la casa che quasi ci restavamo. Il bob non ebbe un graffio, Silvio e io dovemmo ricorrere al dottor Gallo che ci cucì gli strappi. A ventidue anni, entrai a far parte della nazionale italiana di bob. Durante un campionato italiano di bob a quattro a Cervinia, ottenemmo un terzo posto. Pilotava il compianto Claudio Vissà, un ragazzo d'oro, con occhi azzurri come genziane. Gareggiai per tre stagioni, ma l'ambiente mi piaceva poco, troppa disciplina. E così tornai nella valle, a correre in libertà sui bob di legno che costruivamo noi stessi.

D'autunno, la via Alta era ingombra di legna. Cataste a destra, cataste a sinistra, lungo tutto il percorso. La legna da fuoco era messa in un certo modo, un po' alla buona, pronta per l'uso. Quella da lavoro veniva accatastata con accortezza e in posizione ventilata. Doveva stagionare per almeno un anno. Era una via, quella Alta, dove abbondavano gli artigiani: falegnami, bottai, cestai, fabbricanti di rastrelli, manici da falce, gerle. C'erano anche tornitori e scultori. Proveniva da lì il mitico scultore di sant'Antonio, Genio Damian Sguima, che sapeva fare solo statue del santo di Padova. Ognuno era specializzato nel proprio ramo e aveva sviluppato un proprio stile. I manici da falce di Lilan Corona Mela erano inconfondibili per precisione e accuratezza del prodotto finito. Le madie di Chechin Damian Alba si riconoscevano tra mille. Le abbelliva con ricami e ghirigori che sapeva fare solo lui. I rastrelli di Pietro Corona Scandol avevano i denti dispari, fatti di maggiociondolo. Tutti li facevano di carpino nero e in numero pari. C'era un bottaio formidabile, Svalt dei Rondoi, detto "il Mastela". Si vantava che le sue botti, barìl e mastelli non perdevano una goccia d'acqua nemmeno al primo riempimento. Di solito le doghe perdono acqua fino a quando il legno non si gonfia. Un giorno Svalt venne sfidato da Toni Valdapont Ziano che faceva botti e barìl anche lui. Si misero uno di fronte all'altro, con testimoni presenti, e attaccarono a fare un mastello a testa. Non tanto grande, appena venti litri. Mentre Svalt stava assemblando il suo, con mossa fulminea Valdapont Ziano gli infilò un ago tra le doghe. Finirono quasi assieme. Andarono alla fontana e riempirono i mastelli seguiti dall'occhio attento dei testimoni. Il mastello di Svalt Corona perdeva. L'ago infilato tra le doghe aveva fatto il suo dovere. L'acqua usciva lenta, goccia dopo goccia, come resina dal pino. Svalt perse la scommessa, ma non era convinto. Tornò a casa, smontò il mastello doga per doga e scoprì l'ago. Umilmente chiese la rivincita. Sfidò Toni Valdapont a fare una barìl che doveva contenere esattamente undici litri, non una goccia in più o in meno. Lavorarono ancora assieme, uno di fronte all'altro, testimoni presenti. Intanto che assemblava la barìl, Valdapont non si accorse che Svalt Mastela gli sostituiva una doga. Una doga particolare, all'apparenza simile alle altre, in realtà scavata più fonda. Misurarono undici litri di acqua e li buttarono dentro. La barìl di Valdapont teneva mezzo bicchiere di più. Perse la scommessa. A casa smontò il manufatto, ma non riusciva a capire dove aveva sbagliato. Passò le doghe una per una, palpandole col pollice, finché sentì il polpastrello calare più basso. Allora capì. Si complimentò con Svalt Mastela stringendogli la mano.

D'autunno, i legni messi a stagionare emanavano profumo di resine lungo tutta la via Alta. La sera, quando i contadini pulivano le stalle, esso si mescolava al buon odore di letame fresco.

Dopo la casa del Leonardo da Vinci ertano, due cumuli di macerie raccontano ancora di case che un tempo contenevano il calore della vita, il brusio delle famiglie. Una era quella di Toni Mat, un giovane artigiano burlone, mattacchione innocuo, ma le cui rotelle si inceppavano quando la luna andava in colmo. Allora esagerava. Una volta andò a procurarsi legname da lavoro nei boschi di Cima Camp, assai distanti dal paese. Di ritorno, si fermò a bere vino nella frazione di Prada, a due ore buone di cammino da Erto. Bisognava infatti divallare fino al torrente Vajont, passare il ponte Bondi, risalire l'interminabile costa della Cuaga e, finalmente, si guadagnava la piazza. Toni Mat era stanco e aveva bevuto oltre il dovuto. A un certo punto uscì a urinare nella letamaia. Dopo poco lo udirono urlare di dolore. Alcuni avventori corsero a vedere. Toni Mat era steso a terra, si premeva una mano sulla schiena e urlava da far spavento. Disse che era scivolato e aveva battuto la spina dorsale sul bordo di pietra della concimaia. Non riusciva ad alzarsi, a malapena muoveva le gambe. Era un pomeriggio di ottobre. Lo tennero disteso sulla panca dell'osteria mentre allestivano una barella di legno per portarlo in paese. Occorreva far presto, Toni Mat urlava.

Partirono in otto, per darsi il cambio; tutti uomini della frazione Prada con la barella fatta di stanghe di frassino e assi inchiodate in fretta e furia. Calarono fino al Vajont. Breve sosta all'osteria del Bondi e poi su, per le rampe della Cuaga con Toni Mat, che ogni tanto si lamentava nella barella. Il sentiero era stretto e gli uomini faticavano, s'intralciavano a vicenda. Bene o male arrivarono sulla piazzetta di Erto. Stavano progettando di mettere Toni Mat sul carro e trasportarlo a Cimolais dove abitava il dottor Gregoris. Ma non fecero in tempo. Con un balzo Toni Mat saltò fuori dalla barella e gridando «Ve l'ho fatta!» filò via sulle sue gambe come un missile. Lo cercarono fino a notte fonda, decisi a fargliela pagare. Toni non si fece vedere per un mese, fino a quando agli uomini non sbollì tutta l'ira.

Un giorno, il balzano giovane disse che non ne poteva più di fare l'artigiano, che sarebbe andato a cercare fortuna in Australia. Partì a primavera. Nessuno l'ha più visto, né saputo di lui più nulla. Anche la sua tana è franata come tutte le altre. Senza qualcuno che accenda il camino, le case crollano.

Dopo i vuoti, la via riprende con costruzioni ancora sane, alte e strette come si usava un tempo per risparmiare spazio. Una è quella di Leopoldo Corona Strano detto Polte. Uomo buono e corretto, mi insegnò a non vendicarmi. Di lui ho già detto in altre pagine, ma un episodio mi viene alla mente. Una volta, dopo il fattaccio della messa di mezzanotte narrato in *Aspro e dolce*, andai a trovarlo a casa. Viveva solo nella sua torre, alta sulla via. Cucinò una polenta gialla sul fornello e fece friggere una decina di uova con cipolle e formaggio a fette. Pranzammo assieme. Poiché mancava il vino, andai dalla Cate dell'osteria Pilin a prenderne un bottiglione. Finito di mangiare, vidi Polte dimezzare con un coltello la forma di formaggio fresco che stava sul tavolo. Ne incartò una parte in fogli di giornale e me la porse. «Tieni» disse, «questo è buono. Ne ho comprate due forme da Klaus.» L'altra parte la buttò sul pavimento nell'angolo d'entrata. «Cosa fai?» chiesi meravigliato. «È per i miei amici» disse, «devono mangiare anche loro.» Avevo capito, ma feci lo stesso la domanda: «E chi sarebbero questi amici?». «Le sorz (topi)!» rispose tranquillo. «Sono cinque, sei, vengono a trovarmi ogni notte.» Si premurava di dar da mangiare ai topolini. Dissi: «Sacramento, almeno dagli solo le croste!». Polte mi guardò con quella dolcezza disarmante, quello sguardo rassegnato, privo di astio e accuse. «Perché solo le croste» replicò, «hanno diritto anche loro di mangiar buono!» E con un piede spinse il formaggio più in là, dove sapeva sarebbero sbucati i suoi amici notturni. «Ce n'è uno» mi spiegò «che ha più coraggio di tutti. Viene a mangiare anche di giorno. L'ho battezzato Bulìn perché fa il bullo, ma non è ingordo. Mangia quel po' che gli basta, poi se ne va. L'altro ieri ha preso coraggio e mi è venuto vicino. Voleva curiosare. Forse arrivo a "mesticarlo".» Bisogna aver dato fondo alla solitudine per cercare un po' di compagnia nei topi che invadono la casa. Alcuni giorni dopo ripassai. Notai che i suoi amici avevano rosicchiato più di metà formaggio, aprendovi una piccola galleria da un bordo all'altro.

Polte era anche un bravo artigiano. Sapeva fare le brinthie, grandi gerle alte più di un metro e settanta, usate per portare fieno o foglie da strame. Finché sperò di avere qualche gioia dalla vita lavorò con costanza. Quando capì che le gioie sono cibo per i fortunati, lui, che fortunato non era, mollò l'impresa di vivere e si dette al bere. Campava in punta di piedi, senza disturbare nessuno. Si muoveva come un'ombra lungo la via Alta dove abitava. Salutava con un cenno, non si fermava a chiacchierare, non serbava rancore. Quando costruiva le brinthie, amava lavorare nella stalla di Chechin che aveva due mucche. Accanto agli animali si sentiva tranquillo e soprattutto in buona compagnia. Una volta mi raccontò un fatto divertente. Maria Corona Menin gli aveva commissionato una brinthia assai capiente. Era d'autunno e la donna doveva raccogliere foglie per far strame alle vacche. Polte si ritirò nella stalla dove teneva materiali e attrezzi. Si impegnò nei tre giorni seguenti finché terminò il lavoro. Recatosi a casa di Maria Corona, l'avvertì che poteva prendersi la brinthia nella stalla di Chechin.

La donna pagò il prezzo pattuito e andò a recuperare ciò che ormai le apparteneva. Quando fece per portarla fuori, si accorse che la brinthia non passava per la porta. Il cerchio era molto più largo dell'apertura. Polte, concentrato sul lavoro, aveva trascurato le misure classiche. Per accontentare Maria aveva esagerato. La donna, che era furba, andò a cercarlo e gli disse: «Fammi un piacere, Polte, portami a casa tu la brinthia che non ho tempo!». Polte annuì e si avviò verso la stalla di Chechin. Maria lo seguì senza farsi notare. Nei pressi della stalla udì Polte bestemmiare come un turco mentre cercava di far uscire la brinthia dalla porta. Spingeva di qua, tirava di là, la voltava di sotto, di sopra, ma la gerla non voleva saperne di uscire all'aperto. A quel punto la donna si fece sull'uscio ridendo. Polte si vergognò. Spinse più forte finché il cerchio di nocciolo fece crack. La gerla passò, ma col cerchio rotto. Polte urlò alla donna di sparire e di tornare l'indomani se non voleva fare la fine della brinthia. Bestemmiando si rimise al lavoro e questa volta fabbricò un cerchio giusto. Il giorno dopo consegnò la brinthia a Maria Corona Menin, la quale lo guardò sorridendo. Polte mi confessò di essersi vergognato fino a diventare viola. Morì alcuni anni dopo il Vajont. La sua casa è rimasta in piedi per ricordare ai posteri che tra quei muri visse un uomo perbene.

Più avanti un paio di casupole ancora in buono stato precedono uno slargo dove sorgeva una casa che ora non c'è più. Vi abitavano due fratelli gemelli alti due metri, segaligni, simpatici, gran bevitori. Lavoratori infaticabili quando non avevano soldi, bighelloni gaudenti quando avevano qualche lira da far festa. L'abitazione dove campavano assomigliava ai gemelli: alta, stretta, essenziale. Perfino le porte erano più alte, segno che anche i progenitori passavano i due metri. La madre si aggirava intorno al metro e novanta. D'estate i due vivevano in una baita sulle rive del Vajont, là dove il torrente esce dalla gola e si slarga rilassato. Coltivavano patate che vendevano all'ammasso. Una mattina la madre morì, lasciando i due nello sconforto. Li aveva sempre accuditi e loro, a quarant'anni, erano come bambini. Non sapevano nemmeno farsi da mangiare. La scomparsa della madre li rese poeti, così che inventarono una nenia che cantavano nelle osterie. Diceva: «Cantiam, cantiam, che la vecchietta è morta e non darà più fuoco alla pignatta».

Per risolvere il problema, decisero di accompagnarsi a due sorelle. Ma le donne finirono col rovinare l'armonia che regnava tra i gemelli. Riuscirono a farli baruffare e a ottenere la divisione dei beni. I fratelli divisero, dunque, quel po' che avevano: qualche campo, qualche prato, dei boschi. Ma un melo dette filo da torcere. Cresceva esattamente sul confine tra due campi. Una delle donne voleva la sua parte di melo, l'altra pure. Dei fratelli, uno disse a quella che aveva sollevato la questione: «Ti cedo la mia parte, così ti rimane tutto il melo». «No» rispose acida, «voglio solo la mia.» Intervenne l'altra: «Anch'io voglio solo la mia parte, neanche un ramo in più». I fratelli si fecero un cenno. Uno partì e andò a prendere il segone da tronchi. Segarono l'albero a metà in senso verticale. Le signore ebbero ognuna la loro parte. Ma non era finita. Una si voltò verso l'altra e disse: «Se la mia parte si secca, me la paghi cento lire». La sorella rispose: «Anche tu mi paghi cento lire, se muore la mia». I fratelli si fecero un altro cenno. Raccolsero un ramo e si misero a bastonare le sorelle attaccabrighe, ricacciandole a casa loro. Poi ripresero la vecchia vita da gaudenti e ricominciarono a sbraitare «Cantiam, cantiam, che la vecchietta è morta e non darà più fuoco alla pignatta». Il melo morì.

Se ne andarono molto vecchi, a pochi mesi di distanza l'uno dall'altro. In ultima abitavano nella casa allampanata nella via Alta di Erto. Quella sulle rive del Vajont se l'era mangiata l'acqua della diga nel suo lento avanzare verso la catastrofe. I gemelli alti due metri crollarono all'improvviso come vecchi larici abbattuti dalla folgore. Uno era steso sulla panca della stalla. Lo trovò il fratello. Pareva che dormisse. L'altro morì tre mesi dopo. Lo scoprirono i vicini, rannicchiato accanto all'acquaio. Forse, nell'ultimo istante, prima che il cuore si fermasse, aveva voluto bere un po' d'acqua. Lui che aveva sempre bevuto vino, alla fine si era aggrappato al secchio dell'acqua. Qualcuno chiuse la porta della casa con un fil di ferro e un palo di traverso. Non esistevano né chiavi né chiavistelli. I gemelli non chiudevano le porte a chiave, nemmeno durante i mesi che passavano sulle rive del Vajont. Dicevano: «Le case non va chiuse. Se i ladri va a rubare, ti rompono la porta. Ma se la trovano aperta, non la rompono». Quindici anni dopo il Vajont, la casa dei gemelli morì come loro. Crollò, all'improvviso, una notte di forte nevicata. Il peso della neve sfondò il tetto. Cadendo, il tetto tirò giù solai e muri. Fortunatamente accadde di notte, di giorno avrebbe potuto scapparci il morto. Era il febbraio 1978.

La via prosegue più stretta e piena di case abbandonate come nidi di tordo, alcune ancora smaltate e lisce. I nidi di tordo rimangono interi anche dopo anni che gli uccelli sono volati via. Il tratto a occidente sta quasi sempre in ombra, così che la via è come pervasa da un eterno crepuscolo. Ha un non so che di misterioso e inquietante, quasi che antiche tragedie aleggiassero tra quei muri. Quando ero bambino e passavo da quelle parti mi prendeva la paura. Sulla destra, una breve rampa mena a un gruppo di case abbandonate, dove sono cresciuti alcuni amici. Dopo il Vajont sono andati a vivere in città, hanno messo su famiglia, mentre i loro genitori sono morti o sono molto vecchi. Nessuno è più tornato ad aprire quelle porte, a dare aria alle stanze, ad accendere il fuoco. È stato, tuttavia, un tradimento forzato. Perciò il ricordo della casa dove hanno trascorso l'infanzia in alcuni è rimasto piantato come un chiodo in un tronco. Anno dopo anno il legno cresce, avviluppa il chiodo, lo accetta rendendolo parte di sé, quasi un ramo cresciuto all'interno. Ma l'acciaio non è legno, è corpo estraneo, ospite accolto ma non gradito. Ogni tanto la sua punta si fa sentire. Ed ecco che qualcuno di questi amici, furtivo come se provasse vergogna, compare in paese e osserva di nascosto la sua casa abbandonata. Torna a vedere il nido dove è cresciuto, dove ha inseguito le stagioni e si è fatto la scorza. Ne ho sorpresi parecchi di questi pellegrini per affetto, solitari viandanti della memoria. Spiano il passato con gli occhi malinconici di chi ha la certezza che quel tempo non tornerà più e si accontenta di rivedere i luoghi. Quel passato, materialmente spazzato via dagli anni e dalla rovina, si è pietrificato per sempre nel ricordo.

Il venerdì santo del 2003 stavo percorrendo a piedi la via Soprafuoco. Andavo nella Erto vecchia a visitare la chiesa. Svoltai l'angolo della latteria. Vidi qualcuno, immobile, appoggiato al muro di una casa fatiscente. Era un uomo di mezza età. Solo. Lo tenni d'occhio per un bel po' senza che si accorgesse. Pensavo fosse uno dei soliti furbetti che, non essendoci anima viva, entrano nelle case abbandonate attraverso porte divelte per sottrarre qualche vecchio oggetto, un cimelio che ricordi loro la visita ai luoghi del Vajont. Questi individui non si possono neppure chiamare ladri, tutt'al più ladruncoli, meglio ancora collezionisti. Ma, al di là del titolo, resta il fatto che se li becchiamo rischiano grosso. Vige una legge strana, qui: se tocchi il portafoglio, si sorvola; con le memorie dei vecchi, diventiamo cattivi. E questo perché l'aver abbandonato il paese dove i nostri avi hanno scritto secoli di storia ci fa sentire in colpa. Per riscattarci, ci siamo imposti una severa salvaguardia di ciò che resta. È rimasto ben poco, per la verità, ma quel poco lo difendiamo.

Ma quella volta, appoggiato all'angolo della casa fatiscente, non stava il solito ladruncolo. Era uno che guardava il silenzio. Poi fece il giro dell'abitazione. A passi lenti. Ogni tanto si fermava, come se volesse leggere una pietra dopo l'altra. Per terra c'era una vecchia asse da lavare. La tirò su e l'appoggiò al muro. Appena appoggiata, quella si spaccò e tornò a terra in briciole. Fu allora che mi avvicinai: mi era venuto un dubbio, che si rivelò fondato. Salutai lo sconosciuto guardandolo dritto: «Sei Svalt?». «Sì. E tu sei Mauro?» «Sì.» Eravamo amici d'infanzia, compagni sui banchi di scuola. Dopo il Vajont, lui era emigrato a Milano con i genitori. Quarantadue anni che non ci si vedeva. Quando se ne era andato aveva quattordici anni, adesso cinquantasei. Ci abbracciammo. Gli cadde qualche lacrima. «Sono venuto a vedere la mia casa. Ho intenzione di sistemarla.» «Tornerai?» «Difficile, ma voglio che la casa sia a posto.» Era invecchiato, e glielo dissi. Rispose che anch'io portavo i segni del tempo. Si crede sempre che a invecchiare siano solo gli altri.

Spinsi la porta che si aprì con un cigolio. Dallo stipite cadde una cipria grigia come cenere. Entrai per primo, lui mi seguì a distanza, muto. Alcune pareti divisorie erano crollate, in un angolo ci spiava un cubo di ruggine dalle occhiaie vuote. Era il vecchio fornello a legna disintegrato dal tempo, i cerchi di ghisa corrosi, le portelle cadute, la vernice scrostata. Solo i pomelli d'ottone conservavano ancora una certa grazia. Tra le macerie occhieggiava una targhetta ovale di smalto bianco: si era staccata dal fornello. La raccolsi e lessi: "Fabbrica cucine Vittorio Zadra, Longarone". Era la seconda che trovavo in una casa abbandonata. Identiche. Dedussi che i miei compaesani si rifornivano di fornelli da quella ditta. Almeno fino al Vajont. Poi Longarone sparì e con essa anche la fabbrica di Vittorio Zadra. «Tienila tu» dissi porgendola a Svalt, «è memoria tua.» La mise in tasca senza parlare. Volle andare di sopra a vedere la camera dov'era stato da bambino. Lo sconsigliai. Le scale non erano sicure, i solai nemmeno, le assi marcite dalle infiltrazioni potevano cadere sotto il peso. L'amico non volle sentir ragione e salì la prima rampa. Lo ammonii di camminare ai bordi, dove c'erano le travi portanti. «Andiamo in soffitta» disse dopo aver ispezionato alcune stanze, «se c'è ancora, voglio farti vedere il tornio di mio nonno.»

Camminando leggeri come ciuffolotti sulla neve, arrivammo alla soffitta. Regnava la penombra malinconica dei luoghi abbandonati. Odore di vecchio e di polvere impregnava la stanza. Ragnatele impolverate ci sbarravano il passo. L'unica luce filtrava da un paio di finestrelle che guardavano a ovest. Nell'angolo si intuiva una massa scura. Erano travi squadrate, era il vecchio tornio del nonno. Quando lo vide, Svalt si agitò. Aveva lavorato da bambino a quel tornio. Sotto la sapiente guida del vecchio aveva imparato a fare oggetti in legno, non da ultimi certi pinocchi con nasi lunghi e berretto appuntito. «Vieni!» disse. «Ti faccio vedere il tornio.» Nell'entusiasmo di aver ritrovato il giocattolo dell'infanzia, dimenticò di camminare ai bordi. Tentai di avvertirlo. «No di là!» Non finii la frase, Svalt non c'era più. Udii alcuni crack agghiaccianti e vidi l'amico sprofondare nel solaio e sparire come un sasso nell'acqua. Le assi marce gli si erano aperte sotto i piedi e lui era volato giù. Lo chiamai, non rispose. Con cautela, per non fare la stessa fine, scesi nella stanza sottostante. Non c'era. Al centro del solaio un altro buco. Svalt aveva trapassato le assi come una pallottola. Allora andai più giù e finalmente lo trovai. Pensavo fosse morto, invece rideva. Stava disteso su un fianco e rideva piano. Il terzo solaio aveva retto. Se avesse sfondato anche quello, sarebbe finito sul pavimento di pietra. Lo tirai su. Gli chiesi se era ferito. Niente. A parte qualche raspata sul muso e sulle braccia, non si era fatto niente. Aveva rischiato grosso. Tranquillizzato, conclusi: «Vedi? La casa ti ha punito perché l'hai abbandonata». Rispose: «Non mi ha punito, mi ha voluto bene. Se avesse voluto punirmi, mi sarei rotto la spina dorsale». Rise. Sul pavimento c'erano cellulare e portafoglio. Li raccolsi e glieli consegnai. «Andiamo via» dissi, «prima che ci capiti qualcos'altro.» Finimmo all'osteria, a brindare alla scampata disgrazia. Svalt si fermò per le feste di Pasqua. Dormiva in albergo a Cimolais. Una settimana dopo mi salutò e partì. Disse che sarebbe tornato presto per dare inizio ai lavori di restauro. Non l'ho più visto.

A proposito di ladruncoli collezionisti, mi viene in mente un episodio spassoso. Percorrevo con Silvio e Carle la via Soprafuoco, quando udimmo dei colpi provenire dall'interno di una casa abbandonata. Il proprietario non poteva essere, si trovava da tempo nel regno dei morti. Ci avvicinammo senza far rumore. Sbirciammo dalla finestra. Uno sconosciuto, armato di mazza, stava cercando di smuovere dalla sua sede un pesante acquaio di pietra rossa lavorata, di quelli che le famiglie ertane usavano cento anni fa. Aveva già spaccato le colonnine portanti. Con l'ultimo colpo era riuscito a far cadere a terra il manufatto. Pochi metri sopra, sulla statale, stava parcheggiato un furgone aperto, pronto a ricevere il malloppo. Al posto di guida, un giovane che a un certo punto se la dette a gambe. Il tizio, sui quaranta, posò la mazza e, piegato come Sisifo, spinse l'acquaio verso l'uscita. Sulla porta incrociò le scarpe di noi che lo guardavamo. Era quasi mezzogiorno, solo un pazzo poteva tentare un furto a quell'ora. «Cosa fa?» domandai.

«Chi le ha dato il permesso?» Attaccò a balbettare, disse che credeva che si potessero prelevare gli oggetti dalle case quando non c'erano più i padroni. «Come a Gena Alta» bofonchiò, «dove è stato portato via tutto.»

Gena Alta e Gena Bassa sono due paesini nella Valle del Mis, due gioielli incastonati sotto i monti del Sole, in provincia di Belluno, anch'essi abbandonati e condannati all'oblio da una diga. «Qui non siamo a Gena» dissi, «lo rimetta dove stava o sono guai.» Arrivò il giovane che faceva da palo al volante del camioncino. Quando vide la mal parata, scappò. Carle corse a prendere il numero di targa del mezzo. Il furgone era del collezionista, che ci pregò di lasciarlo andare. Gli dissi: «Lei domani torna con malta e cazzuola e rimette l'acquaio dov'era, altrimenti si becca una denuncia per furto, scasso, danneggiamento e violazione di domicilio. E forse anche una rata di legnate. Abbiamo preso il numero di targa, possiamo sapere chi siete». Se ne andò mogio, lasciando sul posto anche la mazza. «Domani mattina sono qui» farfugliò. Il giorno dopo tornò. Assieme a un vecchio muratore rimise a posto l'acquaio. Era un'opera di Jaco dal Cuch, il formidabile scalpellino ertano. Ma, come certe opere d'arte condannate al furto, anche l'acquaio di pietra rossa, dall'interno levigato a vetro e bocciardato all'esterno, era destinato a sparire. Nemmeno un anno dopo, nell'estate del 2005, passando davanti alla casa, sbirciai dalla solita finestra. L'acquaio era scomparso. Questa volta a qualcuno il colpo era riuscito. Informai Silvio che concluse: «È tornato a prenderselo, è stato lui, ce l'ha fatta!».

Camionate di oggetti sono state trafugate dalle case abbandonate di Erto. Da più di quarant'anni i "collezionisti" bazzicano questi luoghi. Ogni tanto qualcuno viene pizzicato: quattro calci nel culo e lo si spedisce al suo paese. Lo estradiamo senza complimenti. Ma il più delle volte i colpi vanno a segno, così che le case rimaste in piedi sono sempre più spoglie. Quelle crollate hanno sepolto per sempre i loro tesori. Forse, tra qualche secolo, se sulla Terra ci sarà ancora l'uomo, qualcuno si aggirerà tra le macerie del paese scomparso, armato di piccone idraulico, in cerca di robe vecchie come nelle tombe etrusche o nelle piramidi si cercano gli oggetti antichi.

A pochi metri dalla casa di Svalt, il milanese, una casupola solitaria piuttosto bassa sembra voler rimproverare quelle alte e strette. Le guarda dal basso in su, come un nano che discute con un giocatore di basket. Era l'abitazione del Burèla, un amico scomparso ancora giovane per via del bere. Figlio unico di madre vedova, si era dato presto al vino. Ci era portato. Da ragazzi prendevamo qualche sbornia, ma, il giorno dopo, ci ritiravamo sulle panche a smaltirne i postumi. Il Burèla disdegnava le panche e seguitava a bere anche il giorno successivo, e l'altro ancora. In osteria, di primo mattino, quando tutti prendevamo il caffè, lui ordinava un bianco. Gli piacevano le donne e cercava di darsi da fare. Era un bel ragazzo, perciò ne trovava, ma non duravano. Capivano immediatamente che non era un partito affidabile. Le donne cercano sicurezze e uno che beve non può darne.

Quando morì la sua vecchia, rimase solo. Non se la prese, seguitò a fare lavoretti per mantenersi e bere vino. La vecchia si era portata dentro un magone che aveva trascinato fino alla morte. Religiosissima, aveva dovuto convivere con i calendari porno che il figlio attaccava ovunque. Dalla cucina alla camera da letto, dalla soffitta alla stalla. Perfino nel cesso all'aperto erano appesi fogli con donne nude. Quando le amiche andavano a trovarla, la vecchia si vergognava di tutte quelle "sporcherie" che pendevano dai muri di casa, ma guai toccarle. Il Burèla non transigeva, se ne mancava solo una, si accorgeva e diventava cattivo. Collezionava calendari osceni da anni, assieme a pagine di riviste ancora più oscene, ingiallite dal tempo. La vecchia morì liberandosi di quel cruccio, il Burèla si emancipò procurandosi film porno e installando il cesso in casa.

Mancando la madre, si rimboccò le maniche: imparò a cucinare, a fare il bucato, riassettare la casa, insomma a sbrigare tutte quelle faccende che toccano ai singoli. Ogni tanto si andava da lui a guardare i film.

L'anno prima di morire, mi confessò un segreto. Disse che era diventato impotente. E, con un certo dolore nella voce, aggiunse: «Purtroppo». Gli chiesi come mai. «È stato il Wc-net» rispose. Da qualche tempo si lavava le mutande col potente disincrostante per cessi, il Wc-net appunto. «Probabilmente» disse «non le sciacquavo bene, l'acido rimaneva nelle mutande, il Wc-net mi ha fregato.» Invece era stato l'alcol a recidergli i tiranti, ma questo non lo avrebbe mai ammesso.

Morì durante la veglia di San Sebastiano, il 19 gennaio del 2004. In qualche casa usa ancora dire rosario la vigilia di San Bastian perché porta la prima viola. Esiste infatti il detto "San Bastian co la viola in man". È un segno di speranza. Non siamo ancora fuori dell'inverno, anzi siamo dentro in pieno, tanto che può nevicare fino a maggio, ma lo spuntare delle viole sotto i noccioli a solatio, rallegra l'animo. Erano in nove a dire il rosario, quella sera, nella casa di Matilde. In un angolo il Burèla farfugliava litanie. Nonostante attaccasse ai muri donne nude, ci teneva a pregare. Sua madre gli aveva cosparso la testa con la cenere della fede. A un certo punto, tra un'Ave Maria e l'altra, s'accorsero che il Burèla si piegava sempre più basso come un ramo sotto la neve. Credettero in un colpo di sonno. La neve si fece pesante, spezzò il ramo, e il Burèla crollò sul pavimento. Morto. Chiamarono medico e carabinieri. Le vecchie attaccarono il rosario dei defunti per la buon'anima del Burèla. Venne allestita la camera ardente al piano terra della sua casa, non prima di averla ripulita e fatto un falò delle centinaia di immagini porno. Il giorno del funerale, il 22 gennaio 2004, qualcuno riuscì a trovare le viole di San Sebastiano e le gettò nella fossa. La casa è ancora là, preda delle intemperie e del tempo, minuscola e raccolta come fu la vita del Burèla e di sua madre.

L'autunno avanza a grandi passi, il vento porta camionate di foglie dai boschi arrugginiti. Le deposita nella via che ne risulta completamente coperta. Il viaggio nel mondo delle rovine e del silenzio continua adagio. Sposto foglie coi piedi come neve multicolore. Nei cortili i meli sono spogli. Le erbacce, piegandosi sotto il peso dell'autunno, aprono lunghe scriminature che mostrano la cotica della terra. Le erbe più deboli cadono sotto la falce di un freddo giovane che si fa già sentire. Mi muovo dentro questo paese solitario, ripido, silenzioso. Cammino a passi lenti. Unici compagni di viaggio, i gatti. Mi seguono furtivi, passo dopo passo, fantasmi vaganti per le vie dei ricordi. Alcuni miagolano, ogni tanto, come per dirmi di aspettarli. Alzo lo sguardo. Un camino fuma, l'unico. È la casa dell'amico Pascal. Vado a trovarlo. Vive solo e ha qualche anno meno di me. La stufa è accesa. Mi offre un bicchiere È l'unico abitante della variante alta. Due chiacchiere e riprendo il passo.

Più avanti una lunga fila di case. Alcune sono crollate, di altre sono rimasti soltanto i muri, i tetti sono precipitati all'interno trascinando solai e pareti. Sopra la porta di un rudere, una faccia scolpita esce dalla chiave di volta come un'apparizione improvvisa. L'unica persona che incontro è di pietra. Il resto è vuoto. Attraverso i buchi delle finestre s'intravedono le macchine sfrecciare sulla statale in alto. Più sopra si affacciano le case del paese nuovo, tetro ammasso di cemento mal disposto, dove un mucchio di sciocchezze architettoniche circolano a piede libero. A sinistra stoppie, prati incolti e campi abbandonati. Lungo il bordo del cielo, aspre montagne turrite, luccicanti come coti d'argento, vigilano sui boschi autunnali che circondano il paese come ghirlande variopinte. Sono i boschi, l'unico capitale che ci è rimasto. È autunno, piove malinconia, piovono foglie, il vento corre per le strade, cerca qualcuno per quattro chiacchiere. S'infila nelle porte scardinate, trapassa finestre senza vetri, entra nei cortili e nelle stalle deserte. Croste di letame secco ricordano il tempo perduto, quando uomini e animali vivevano in operosa armonia. Non trova nessuno, il vento. Se ne va, sbattendo le porte, sollevando le foglie.

Tutto cominciò quella notte. Per noi, la data che cambiò la vita è quella del 9 ottobre 1963. E sarà così in eterno. Allo stesso modo che, per collocare un evento in un tempo determinato, si dice prima della guerra, dopo la guerra, prima del terremoto, dopo il terremoto, noi diciamo prima del Vajont e dopo il Vajont. Su quella data sta il confine, la frattura, il cambiamento che ha separato due mondi, due modi di vivere completamente diversi. Arcaico, laborioso, scandito da ritmi naturali il primo; caotico, confuso, smarrito il secondo. Erto ormai è solo un villaggio abbandonato, silenzioso e triste, dove i giorni non lasciano tracce. Adagiato in una scodella di terra, circondato da boschi impenetrabili, tagliati a fondovalle dal corso del Vajont, attende il colpo di grazia. Limato dal vento, scosso dalle intemperie, spolpato dai predatori come un cervo dai denti delle volpi, il paese sta disteso gambe all'aria senza più fiato. Le case alte e strette, costole di antico dinosauro sbiancate dalla calce, guardano il cielo. La chiesa millenaria è spoglia, la canonica vuota, fatiscente, senza vetri, gli occhi beccati dai corvi. Camminando per il paese si ha l'impressione che la vita non tornerà più in quelle vie. È fuggita per sempre, lontano, in America, per non vedere, non ricordare. Le case, le stalle, i fienili, gli orti: è come se tutto avesse perso il calore, come se tutto fosse diventato di ghiaccio, indifferente, muto, senza voglia di ridere né di piangere.

Oltre il rudere che sputa il ceffo ghignante della chiave di volta, verso occidente, un pezzo di terreno incolto, grande quanto un tinello, contiene la sua storia tragica. È l'unico pezzo di terra mai coltivato dal 1601 ai nostri giorni. Si chiama "'l s-ciamp de le strie", il campo delle streghe.

Nell'autunno del 1601, il 16 novembre, su quel terreno dove si posano i corvi a becchettare, venne impilata una grande quantità di rami secchi. Rami di larice, perché ardono meglio, bruciano veloci e sviluppano un calore che fonde la ghisa. Da tempo la gente del paese guardava con sospetto tre donne sui cinquanta, che pur non essendo parenti vivevano assieme. Sospettavano che fossero streghe. A dire il vero, qualche segno gli abitanti lo avevano colto. Queste donne si muovevano di notte, ma nessuno sapeva dove andassero. Di giorno lavoravano la terra e tenevano un becco e una trentina di capre. Con quelle parlavano come con i cristiani e le capre stavano a sentire. Pareva che capissero, ma la cosa più strana era che rifiutavano il sale. Non c'era verso di fargli leccare un grammo di sale. Possibile, si chiedeva la gente, che quelle bestie non lecchino sale, quando per natura ne mangerebbero fino a scoppiare? Fu da quella stranezza che nacquero i sospetti. Le donne erano arrivate in paese due anni prima, assieme alle loro capre. Dissero che provenivano da Venezia. Un vecchio sentenziò che a Venezia non c'erano pascoli e quindi neanche capre. Comunque furono accettate di buon cuore. Ebbero una casa fuori mano col tetto in paglia e un po' di terra.

A quel tempo tutto il paese era coperto di paglia. Una notte di novembre del 1602 scoppiò un incendio che lo incenerì dalla prima all'ultima casa, facendo dodici morti. Durante l'incendio, che illuminò la notte fino a Cimolais, gli abitanti ricordarono di aver udito un anno prima dalle tre donne strane parole. Si guardarono in faccia senza aprire bocca. Ricordarono che, appena arrivate, parlavano tra loro una lingua incomprensibile e che solo dopo due anni erano riuscite a imparare l'antico dialetto ertano, assai diverso da quello di oggi.

I sospetti si erano infittiti quando la gente aveva scoperto che quattro volte l'anno, vicino al colmo di luna, nel cuore della notte, accanto a un falò sul colle delle acacie, le strane amiche sgozzavano una capra. «Facciano quel che vogliono» dissero allora i paesani, «noi non ci intrighiamo.» Ma, alla settima capra, Putìn Corona del Gobio, un omino piccolo e curioso, le seguì. Tornò trafelato col terrore negli occhi. Raccontò che, mentre la sgozzavano, la bestia urlava come una donna. Allora era scappato. Nessuno gli dette credito, ma tutti cominciarono a stare attenti. Nel frattempo le forestiere continuavano la loro vita riservata, per non dire misteriosa. Ma il più vecchio del paese, quello che nella processione del venerdì santo portava l'asta con in cima il gallo di legno, non tardò a manifestare i suoi dubbi riguardo alle tre donne. Disse che non gli piacevano per niente e che forse sarebbe stato meglio cacciarle via. La gente si oppose, perché fino ad allora non avevano fatto nulla di male. Avessero dato retta al vecchio si sarebbero risparmiati un sacco di guai. Ci fu una moria improvvisa di bestiame. Più di cinquanta capre si abbatterono stecchite. Le donne misteriose anziché dispiaciute parevano contente. Ridevano e ballavano tra di loro sulla piazza. Chiesero ai padroni delle capre morte se potevano prendersi le corna. Questi acconsentirono e così le signore tappezzarono l'esterno della loro casa con ciuffi di corna appesi ai muri.

La vita del paese pareva essersi piegata verso le disgrazie da quando quelle donne vi avevano messo piede. Un giorno sparì un bambino. Venne ritrovato sui pascoli del Porgait senza budella. Era stato ripulito come si fa con gli agnelli. Una disgrazia così grande non era mai accaduta. Pensarono che un'aquila lo avesse sollevato da terra, portato lassù e poi, dopo averlo aperto, ne avesse mangiato le budella come fa con i camosci. Putìn Corona del Gobio, che aveva udito la capra urlare come una donna, assieme a Vittorio Antonio Panci e a un certo Giuseppe Martin de Gòvoi, decise di tenere d'occhio quelle strane signore.

La notte del 15 novembre le videro partire per la solita destinazione misteriosa. Le seguirono a debita distanza. Era quasi colmo di luna, camminavano nella notte chiara come in una stanza imbiancata a calce. Le amiche presero il sentiero che mena ai prati del Porgait. Dopo due ore di marcia giunsero in cima. Era mezzanotte passata. Gli uomini si acquattarono dietro un cespuglio scheletrito dall'autunno. In uno slargo di terra brulla, le megere accesero un fuoco che alimentarono fino a trasformarlo in un grande falò. I tre osservavano senza dir parola. A un certo punto le donne si presero per mano e cominciarono a parlare nella loro lingua strana. In quel momento gli amici si pentirono amaramente di trovarsi lassù. Subito dopo udirono suono di campanacci. Una trentina di capre, più un becco, arrivò in processione per disporsi a cerchio attorno al falò, il muso rivolto alle fiamme. Fin qui poteva essere una cosa normale: a quel tempo la montagna era piena di capre. Così si dissero sottovoce. Ma non aggiunsero altro, perché diventarono di ghiaccio.

Dopo una formula strana recitata a voce alta da una delle streghe, tutte e trenta le capre si trasformarono in donne. Femmine nude, di ogni età, giovanette ventenni e vecchie di ottanta coi seni raggrinziti. Almeno così stimarono gli osservatori paralizzati dietro il cespuglio, col terrore fin dentro le ossa. Il becco diventò diavolo e subito saltò nel fuoco. Le streghe si presero per mano e cominciarono a ballare intorno al falò emettendo urla così feroci da far accapponare la pelle. Le tre amiche, denudatesi a loro volta, si unirono al girotondo tranne una che si allontanò per un attimo. Tornò di lì a poco con in mano un orrendo grappolo di budella e un piccolo cuore su cui si avventarono tutte assieme, ringhiando e mordendosi come cani sopra l'osso. Erano le interiora del bambino. Il diavolo saltò fuori dal fuoco, prese una di quelle invasate e la cavalcò. I tre amici, strisciando pancia a terra, fecero dietrofront come razzi, divallando verso il paese. Appena vi giunsero, svegliarono il vecchio che portava il gallo sul bastone e gli altri saggi del villaggio. Raccontarono balbettando ciò che avevano visto. Se non li avessero conosciuti a fondo, non ci avrebbero creduto. Il vecchio del gallo con occhi glaciali disse: «Bisogna bruciarle subito!». Ecco perché il 16 novembre del 1601, la mattina presto, in un piccolo campo a margine della via Alta, vennero ammucchiati rami di larice. Andarono a prelevarle in dodici, tra i quali anche i tre che avevano assistito al sabba. Erano circa le quattro del pomeriggio, l'ombra del sole segnava quell'ora. Tutto il paese si radunò. Legarono le donne al palo che sosteneva la catasta e dettero fuoco ai rami. Prima di finire in cenere, le streghe, contorcendosi tra le fiamme come cotiche di lardo, lanciarono una maledizione che ancora ci perseguita. «Non avrete mai pace!» urlavano a turno. «Finirete anche voi bruciati. Chi non morirà nel fuoco, creperà di peste, chi non morirà appestato, morirà annegato! Che Satana vi maledica tutti!» I rami avevano preso forza, le fiamme crepitavano come grandine sul bosco. Di colpo le urla cessarono. Nello stesso momento la casa delle donne s'incendiò, incenerendo tutte le trenta capre e il becco. Fortunatamente la casa si trovava fuori mano, altrimenti sarebbe andato a fuoco l'intero villaggio.

La maledizione delle donne misteriose doveva avverarsi di lì a poco. L'anno dopo, il 16 novembre 1602, il paese coperto con tetti di paglia andò interamente a fuoco, compresa la chiesa dove erano custoditi gli antichi registri. Morirono dodici uomini, gli stessi che erano andati a prelevare le streghe per condurle al rogo. Dell'incendio ho trovato precisa descrizione nei nuovi registri della chiesa che partono dal 1605. Nello stesso anno dell'incendio, scoppiò la peste nera che decimò la popolazione. Gli ertani fecero un voto. Quelli che fossero scampati all'epidemia avrebbero messo in piedi la rappresentazione vivente della crocifissione di Cristo, perpetuandola vita natural durante. Ancora oggi, dopo oltre quattrocento anni, ogni venerdì santo un'ottantina di comparse ripetono in piena notte la passione e morte di Cristo su un Golgota che si erge accanto al paese. Mancava la terza maledizione, quella dell'acqua. Arrivò il 9 ottobre 1963 con il disastro del Vajont. Ma non è ancora finita, le streghe sono state chiare: «Non avrete mai pace!» e fino a oggi hanno avuto ragione. Il campo dove vennero bruciate fu recintato con pali di maggiociondolo che reggono il tempo e allontanano il malocchio. Per secoli nessuno osò piantarvi una patata, un fagiolo, un radicchio. Quando i pali cadevano a pezzi, li sostituivano passandosi quell'impegno di padre in figlio, così come di padre in figlio si tramanda la storia delle streghe.

Nella primavera del 1917 si era in guerra. Una donna priva di tabù decise di mettere il campicello a patate. Qualcuno disse: «Lascia perdere quel posto, terreno ce n'è tanto!». Ma lei, cocciuta, seminò proprio là perché era a un passo da casa e c'era da fare. A novembre cavò patate medie e abbondanti. Quando ne tagliò una per stimarne la pasta, invece della solita acquerugiola, colò un liquido rosso sangue. La donna lasciò cadere la patata con un grido. Chiamò gente. Provarono a tagliare altre patate. Buttarono tutte sangue. La donna ricordò che mentre le cavava ne aveva ferita qualcuna con la zappa e subito erano apparse delle macchie rosse, ma non vi aveva fatto caso. La terra aveva subito assorbito quelle gocce che erano così scomparse.

Bruciarono tutto il raccolto sopra un falò acceso nel campo dove erano state seminate le patate e dove erano state arrostite le streghe. Raccontava mia nonna che, mentre le patate ardevano, si sentivano urla e che quelle che urlavano erano donne. Chiamarono il prete a segnare con l'acqua santa il terreno, che fu nuovamente isolato con pali di maggiociondolo. Solo dopo il Vajont i pali crollati non sono più stati sostituiti, tuttavia nessuno ha in testa di seminare quella terra del diavolo. Tre giorni dopo il sabba del 15 novembre 1601, cinque uomini andarono a controllare i prati del Porgait. Del falò acceso dalle streghe non rimaneva traccia alcuna.

Poco sotto il campo maledetto, la via s'impenna con un colpo di reni offrendo alla vista alcune case abbandonate, alte come fiori di anzicioco. Sono impiantate su un terreno così ripido che ci si chiede come fanno a stare in piedi. Per questo tratto di via nutro un affetto particolare. In pochi metri di lunghezza, nemmeno cento, abitarono i miei maestri, che furono anche gli amici più cari, quelli che accompagnarono la mia adolescenza, la impastarono, la guidarono nel bene e nel male.

Una porta di ferro, dipinta con un minio slavato dagli anni e dalle piogge di stravento, mi ricorda la vita solitaria e picaresca di mio zio Pinotto, quello della stravagante vendemmia, con il quale ho passato buona parte della giovinezza. Arguto, sospettoso, gran bevitore, ossessionato dai ladri aveva fatto installare una porta d'acciaio. Non si era curato dell'estetica, tanto meno della tradizione. Ne era venuto fuori un uscio che strideva con le vecchie eleganti porte di legno delle altre case. La seconda ossessione, in ordine di importanza, erano le spie. Si sentiva spiato, controllato da tutti. Non volle mai il telefono in casa. Diceva: «Possono sentirti, sanno quello che dici, quello che fai, con chi parli». Concludeva sempre i discorsi con un "eccetera eccetera". Classe 1923, camminatore infaticabile. Quando le sbornie lo stendevano, alla stregua di mio nonno, Ottavio, Gil e Celio andava a guarirsi in fondo alla Val Zemola, ritirandosi nella baita Galvana o alla Bedin a bere acqua di fonte e osservando digiuni assoluti. Tornava da quelle penitenze bello pimpante, guarito ed entusiasta della vita. Diceva: «Basta, ho chiuso, non bevo più». Mezz'ora dopo era da Pilin con la caraffa di rosso in mano. Tirava avanti la sbornia per un mese, giorno e notte, per poi tornare nella Val Zemola a curare le ferite. Intorno ai sessantacinque anni, il fumo e il vino gli costarono una gamba. Dovettero amputargliela, e fu la sua fine. Privato della possibilità di camminare per boschi e montagne, fu come se gli avessero cavato l'anima. Si lasciò andare e in un paio d'anni morì.

A casa sua si andava a bere a ogni ora, anche alle tre del mattino. Bastava chiamarlo che saltava in piedi come un grillo. È chiaro che bisognava presentarsi forniti di bottiglioni. Una sera di primavera assieme a Piciòt, un comune amico, andai da Pinotto a bere vino. Si parlò un po' di tutto, si fecero discorsi seri e discorsi senza capo né coda, come sempre tra ubriachi. Lo zio voleva scrivere un libro dal titolo emblematico: *Ladri e spie a Erto*. Ma c'era un problema, mancava la macchina da scrivere. L'altro compagno di bevute disse che l'avrebbe procurata lui, la macchina da scrivere. Poi chiese a Pinotto: «La sai usare?». Pinotto rispose di no, che non la sapeva usare, ma che i ladri e le spie del paese li conosceva tutti. Allora Piciòt si mise a ridere che non finiva più. Prendeva in giro Pinotto che cercava una macchina per scrivere il romanzo sui ladri e le spie e non la sapeva usare. Alla fine gli disse: «Buttalo giù a mano, intanto. Poi vedremo». Bevemmo fino alle due di notte. L'allegria stava nei bottiglioni. Finiti quelli, finì anch'essa. Alle due io e Piciòt decidemmo di dormire da Pinotto.

Erano i primi di maggio, sui tetti cantavano le civette, chiamate "gatti con le ali" perché catturano più uccelli del domestico felino. Pinotto, superstizioso com'era, attaccò a fare segni di croce, dicendo che la civetta chiama disgrazie. Piciòt si mise a ridere e si accese una sigaretta. «Lascia che cantino. Noi siamo vivi, no?» «Muore qualcuno» seguitava a borbottare Pinotto, mentre faceva segni di croce. Piciòt lo mandò in mona e chiuse il discorso. Ci buttammo sul letto vestiti, uno accanto all'altro. Avevo ventitré anni, i miei compari passavano i cinquanta. Pinotto spense la luce e la stanza precipitò nel buio. Dalle finestre aperte entrava il profumo dei sambuchi in fiore. La luna in pieno colmo indorava i tetti. Nella gran pace della notte solo rantoli di gufi e strilli di civette, che seguitavano a chiamarsi per storie d'amore. Prima di addormentarsi, Pinotto farfugliò ancora una volta: «Chiamano il morto», dopodiché non si mosse più né brontolò. Piciòt aveva carattere allegro e paura di niente, ma era timido. Nella solitudine della notte estiva si fece coraggio e attaccò a raccontarmi la sua vita. Non lo aveva mai fatto prima, eppure lo conoscevo da molto tempo. Venni a sapere che intorno ai trent'anni era stato sul punto di sposarsi. «Con una di Bolzano» disse. L'aveva conosciuta in quella ordinata cittadina, dove si recava a vendere gli oggetti di legno fabbricati da suo padre. Piciòt era ancora un bell'uomo, dai capelli neri come pece anche se ormai aveva passato i cinquanta. Non molto alto, proporzionato, tutto nervi, veniva da chiedersi che razza di fisico avesse a vent'anni. Quella notte di primavera, al canto delle civette, nella stanza illuminata dalla luna, parlava adagio. Svelò alcuni segreti della sua esistenza, mai rivelati a nessuno. Questa morosa di Bolzano lo amava, ma più di lui amava la propria madre. Piciòt le fece sapere che, dopo il matrimonio, l'avrebbe portata a Erto. L'altoatesina rispose picche. «Al tuo paese mai.» Piciòt cercò di farla ragionare, ma lei sembrava irremovibile. «Non verrò mai al tuo paese» ripeteva, «se vuoi, vieni tu qui. Ci sistemiamo nel maso di mio fratello; è grande, c'è posto per tutti.» Piciòt la guardò negli occhi, le tese la mano e disse: «Ognuno al suo paese, allora, e non se ne parli più». Girò sui tacchi e se ne andò per sempre. Mandò un amico a recuperare la sua roba e gli oggetti di legno rimasti. Se fosse andato lui, forse avrebbe ceduto alla tentazione di rivederla. Non si vantava della sua cocciutaggine e quella notte confessò con rammarico: «Vedi, se fossi stato meno testardo, oggi avrei una moglie e se Dio voleva anche dei figli. Invece niente, sono solo, senza nessuno, come il cuculo. A dir la verità, lei mi aveva scritto più volte, ma io non ho mai risposto. Nella vita cerca di non essere cocciuto. Hai solo da rimetterci».

Lo interruppi con una battuta per tirargli su il morale. Dissi che di donne ce n'erano ancora nel mondo. «Sì, ma per me c'era solo quella» rispose. Poi mi confidò ancora qualche storia privata. Una mi colpì più delle altre, anche se lui la raccontò ridendo. Disse che da bambino era andato per anni con sua nonna a chiedere l'elemosina nella bassa trevigiana. Da giugno a settembre giravano da quelle parti con un carretto pieno di oggetti di legno da vendere.

Per arrotondare, la vecchia spingeva il nipote nelle case a domandare un po' di cibo, qualche lira. Qualsiasi bambino si sarebbe vergognato a mettere il naso nelle famiglie, chiedere un tozzo di pane, cinque soldi. Piciòt mi confessò che invece a lui piaceva. Non era per nulla imbarazzato nel chiedere l'elemosina, anzi era un gioco. Una sfida a intenerire, a muovere a pietà l'animo della gente per ottenere il più possibile. Assumeva un'espressione triste ma non contrita, seria ma non dolorosa. Non rideva mai durante la questua, nemmeno quando c'era da sbellicarsi. Mostrava un'aria lontana, come se il suo cuore fosse altrove, perso nella solitudine del bambino abbandonato che se la deve cavare. Insomma un attore consumato. Se per caso lo cacciavano, e succedeva, guardava gli interlocutori negli occhi, senza rancore, ma con fermezza e disarmante bontà. Ringraziava educatamente a voce bassa e se ne andava. Era la mossa giusta. A quel punto, coloro che lo avevano maltrattato si sentivano pezzi di merda; lo richiamavano indietro e gli allungavano qualcosa. «Ho preso tanti di quei soldi chiedendo l'elemosina che non immagini neanche» mi disse. Per la polenta, usava una sciarpa di tela. Avvolgeva ogni fetta donata nel tessuto con un mezzo giro, finché la sciarpa diventava come la ruota di una moto. Quando era carico, tornava dalla vecchia presso il carretto a depositare il bottino.

Le ore passavano, Pinotto ronfava, io ascoltavo il Piciòt raccontare la sua vita nella tiepida notte di maggio. Sui tetti civette e gufi si chiamavano ancora per storie d'amore. Alla fine, sonno e vino ebbero il sopravvento. Sentivo l'amico borbottare come da un altro mondo, la sua voce diventare remota, interrompersi, riprendere, sussurrare. Ci addormentammo. La mattina, Pinotto fece il caffè. Eravamo un po' imbarazzati per esserci addormentati tutti e tre nello stesso letto. Mi consolai pensando che avevamo dormito vestiti, scarpe comprese, salvando in questo modo l'intimità. Loro ripresero a bere. Li salutai e andai a smaltire i postumi sul monte Borgà, dove a maggio cantano i galli forcelli. Verso sera fui di ritorno. La prima persona che incontrai, entrando in paese, fu Irma Sole, una donna di Forcai. Mi fermò e disse: «La sai l'ultima?». «No.» «È morto il Piciòt, lo hanno trovato sul pavimento di casa alle due del pomeriggio.» Mi venne in mente la notte passata assieme, le sue confessioni come a volersi liberare di qualcosa, le civette di Pinotto che chiamavano il morto. Questa volta l'avevano trovato sul serio. Pura coincidenza, pensai, non credo alle baggianate, meno ancora dopo quel fatto, ma la cosa mi lasciò alquanto scosso. Corsi a informare Pinotto della morte del nostro amico. Diventò bianco come la neve, anche se aveva bevuto attaccò a tremolare di paura. Non trovò altro da bofonchiare se non una continua cantilena: «L'avevo detto io, le civette! L'avevo detto, le civette!».

Pinotto morì una decina di anni dopo. Fumava e beveva, vedeva ladri e spie. «Parlano di me» sussurrava con circospezione, mentre percorrevamo la via per andare a bere all'osteria del Mori. Invece la gente non sapeva nemmeno che esistesse. Un'altra fissazione lo tormentava. Era convinto che gli osti, a sua insaputa, buttassero nel bicchiere una certa polverina che lo faceva diventare matto. Un giorno manifestò il sospetto alla Sabina del bar Stella. Stizzita quella rispose: «Non solo nel bicchiere metto la polverina, ma nelle damigiane, così ti sistemo una volta per tutte». Ottenuta conferma ai suoi dubbi, Pinotto s'infuriò e ci volle del bello e del buono per riportarlo alla calma. Dopo l'amputazione della gamba, fu come se gli avessero tagliato anche la testa. Sensibile, intelligente, fornito di buona cultura, si spense piano, sulla carrozzina, giorno dopo giorno, senza più battere ciglio. Andavo spesso a tenergli compagnia. Una sera mi confessò che avrebbe voluto presentarsi davanti al Creatore con qualcosa di ben fatto, ma non trovava niente nei ricordi che riuscisse a soddisfarlo. Si consolò dicendo: «Comunque, non ho mai rubato né ammazzato, né fatto male a nessuno».

Qui la via si fa stretta. In un angolo c'è una casa della quale rimangono soltanto i muri. Quello a ovest sta per crollare, molte delle pietre più alte sono già a terra. Vi abitava il mio amico maestro Celio, bracconiere, bevitore e filosofo. Lui non c'è più da tempo e la sua casa sta per raggiungerlo. Viene un groppo al cuore nel vedere tanta rovina. Tutte quelle case abbandonate, rose dal tempo, fiaccate dalla solitudine, spintonate dai temporali, dalla neve, dal vento, fanno pena. Sono certo che Celio sarebbe contento se qualcuno abitasse la casa in cui nacque, visse, tribolò e morì. Invece è stata lasciata andare alla malora, come centinaia di altre.

Ho raccontato di Celio in libri precedenti, ma qualcosa di lui ancora mi sovviene. Sensibile e buono, si era spento per troppo olio, come la lampada di Michelstaedter. Quel suo ritiro dalla vita, quella morte morale gli erano caduti addosso suo malgrado, per troppa bontà. La sensibilità gli faceva vedere grandi tutti i mali del mondo, l'intelligenza lo aveva reso caustico fino al sarcasmo, cinico fino a ferire. Non sopportava i falsi, gli ambigui, i finti amici, i poco chiari, i sofistici. Una volta con Celio andai all'ospedale di Belluno a trovare un amico che stava morendo. Al suo capezzale si intrattenevano persone notoriamente poco simpatiche al malato, il quale le guardava con occhio spento ma non privo di sorpresa, come a chiedersi: "Cosa vogliono, questi?". Celio entrò nella stanza, squadrò gli astanti e rivolto al malato disse: «Caro Stièfen, meglio crepare soli che mal accompagnati!». Nella stanza cadde un gelo palpabile. Qualcuno brontolò con disappunto. Poi, uno alla volta, se ne andarono senza aprire bocca. Celio disse: «Quelli non sono amici. Era meglio che restassero a casa. Sono venuti solo per fargli male: loro sani, lui sul punto di morire». Mi parve esagerato, ma non lo dissi. La sera, il nostro amico era morto. Non sospettava, il povero Celio, che pochi anni dopo volti a lui poco simpatici si sarebbero chinati al suo capezzale mentre stava per lasciare questo mondo. Ma non reagì, non poteva muoversi. Sorrise, tuttavia: era tornato buono.

Una volta, verso la fine di maggio, mi portò a galli forcelli sul monte Borgà. Partimmo in piena notte sotto un'acquerugiola fredda che pareva polvere di vetro. Erano gli ultimi giorni buoni per i galli, anzi, era quasi tardi. A fine maggio, la stagione degli amori si spegne e i maschi non soffiano più, non corrono in braccio al cacciatore quando questi fa il verso del rivale. Ci fermammo un attimo da Sepp, nella casa sul costone, a bere un bicchiere di grappa. Sepp disse di aspettarlo, ché sarebbe venuto anche lui. Ci avviammo. Continuava a piovere piano, sopra il paese i boschi sospiravano, un barbagianni solitario piangeva nella notte con tremuli belati. Una certa tristezza si materializzò tra di noi. Celio non parlava, Sepp nemmeno. Domandai che cosa avessero con quei musi. Celio rispose che era il tempo e Sepp gli dette ragione. E aggiunse che tutto questo succedeva per via della solitudine dei boschi di Pradòn. Alle buse di Piàn de Pez, l'acquerugiola si trasformò in nevischio, graffiante come punte di spillo. Si levò un vento tagliente e insieme, vento e nevischio, presero a tormentarci la faccia. L'inverno passato, Celio aveva seppellito la sua vecchia ed era rimasto solo. La perdita lo aveva turbato, così che beveva più del solito. A un certo punto, durante una pausa poco prima dell'alba, disse: «Andate voi, io torno a casa». Sepp e io gli chiedemmo perché. «Mi è venuta in mente mi oma» (mia madre) disse, «scendo giù e vado a trovarla in cimitero.»

Si alzò senza aggiungere altro e si avviò verso valle. In un attimo scomparve nella notte che stava per finire. Il bosco, sferzato dal nevischio, crepitava come un fuoco di frasche. Io e Sepp iniziammo la battuta. Ne valeva la pena, visto che ormai eravamo in alto. Uccidemmo due galletti giovani, i vecchi non cantavano più. «È finita» disse Sepp, «si va al prossimo anno.» Verso le undici, schiarì. Un sole irruento strappò la nuvolaglia tirandola dall'alto verso il basso, come quando si scuoia il camoscio. Un colore albicocca accarezzò i pascoli alti coperti di nevischio. I boschi sottostanti, asciugatisi le chiome, si misero a fumare come carbonaie. In meno di quindici ore avevamo attraversato tutte e quattro le stagioni e ora, forse, spuntava la primavera. «Non si può dire che le montagne non siano belle» disse Sepp guardando in alto. Tornammo in paese e andammo a trovare Celio. Davanti alla porta di casa c'era un fascio di rami di mugo. Li aveva tagliati scendendo dal Borgà per portarli uno alla volta sulla tomba della vecchia. «Questi mi bastano un anno» disse, «finiti questi, niente più fiori a mia mamma.» Semplici frasche di mugo per lui erano fiori.

Davanti alla sua casa c'era una mola ad acqua del diametro di un metro. Tutti quelli che avevano bisogno potevano usarla. Celio non la tirava mai dentro come facevano tutti: la lasciava a disposizione del prossimo. Crollando una parte di muro, le pietre l'hanno colpita e spaccata. Tra le macerie si possono ancora trovare dei pezzi. Ho raccolto una scheggia che conservo a casa. Il contenitore di legno che teneva sollevata la mola, marcito, si è sbriciolato fino a diventare humus. La maniglia che la faceva girare è sparita; forse l'ha presa qualcuno per ricordo. Un giorno Celio mi piazzò a quella maniglia: doveva affilare la scure. Giravo adagio. L'amico aveva cura di non premere troppo le guance dell'ascia sulla pietra per non stancarmi. Finito il lavoro, ci sedemmo a fumare. Celio fissava la mola, era pensieroso. Disse: «Caro canaj, la vità è come quella ruota, da sola non gira, ci vuole qualcuno che muova la maniglia. Io avevo mia mamma. Ma adesso non c'è più e la mola è ferma».

Appoggio i gomiti alla finestra della casa di Celio. Da dentro mi arriva un odore di muschio e pietra morta. Guardo i sambuchi scheletriti. Crescono dal pavimento. L'autunno li ha spogliati, messi a dormire. Sono gli unici inquilini di quei muri un tempo scaldati dal fuoco, oggi vuoti e cadenti. In un angolo occhieggia un tubo di gronda sbudellato, corroso dal tempo. Era il telefono con il quale Celio comunicava con la madre. Lui viveva al primo piano e la vecchia al pianterreno. Dormiva nel tinello. Era un po' sorda, così il figlio aveva escogitato quel sistema di comunicazione. Lo usavano un tempo su navi e sommergibili, ma dubito che Celio lo sapesse. Mi spiegò: «La voce è come una palla di ferro, se la fai rotolare lungo un tubo, la puoi spostare da un punto all'altro e portarla lontano senza che si spenga». Collegò il primo piano al piano terra con un tubo di grondaia allargato alle estremità con imbuti di lamiera. Tramite alcune curve, aveva portato la parte finale accanto alla stufa, dove sua madre trascorreva la maggior parte del tempo in un torpore che assomigliava al sonno. Quando aveva bisogno di qualcosa, il figlio faceva rotolare la sfera della voce lungo il tubo, la vecchia si destava dal sopore e rispondeva. La mattina del 19 gennaio si svegliò, chiamò la madre dal tubo senza ottenere risposta. Gridò più forte. Niente, la vecchia non rispondeva. Di solito a quell'ora era già in piedi da un pezzo. Gli venne il sospetto, corse giù. Sua madre dormiva beata nel lettino del tinello. Ma era troppo pallida. Capì al volo. Non la chiamò più. Appoggiò il dorso della mano su quel viso di neve pieno di rughe. Era freddo come il cielo di gennaio. La seppellirono il 21. Le comari recitarono il rosario per due notti. Quella mattina, Celio perse la manovella che faceva girare la sua mola. In vent'anni, finì frantumata come quella che aveva lasciato fuori casa a uso di tutti. La solitudine rende l'animo limpido, ma crea caratteracci. Celio diventò taciturno, se parlava era per ferire.

La via continua incuneandosi sempre più stretta tra due file di case abbandonate. Per capire che non c'è vita, basta alzare gli occhi al cielo. È autunno avanzato e nessun comignolo fuma. Prima del Vajont, le stufe in questo periodo ballavano la tarantella, spinte alla danza da ciocchi di carpino secchi e duri come osso. Bruciavano così gagliardi da far tremare i cerchi di ghisa. I maiali ingrassavano negli stabbi, pronti a diventare salami sotto le feste di Natale. Quando veniva il freddo giusto, quello che ghiaccia le fontane, li spostavano nel caldo delle stalle, dove avevano un cantuccio tutto per loro. Si voleva bene al maiale come a uno di famiglia. Le donne e i bambini piangevano quando veniva prelevato dalla stalla per essere macellato. Ma quando affettavano i salami, non piangevano più.

C'è una casa sulla destra con una decina di uncini d'acciaio infissi nel muro. Era il posto della mattanza, là dove venivano macellati suini, bovini e caprini. D'inverno non v'era fine settimana che non ardesse un falò nel cortile per scaldare l'acqua. I norcini si davano da fare attorno ai maiali spaccati per lungo e appesi ai ganci. Le teste, appoggiate sul tavolo da squarto, parevano ridere e parlottare tra di loro. D'autunno erano capre, pecore e vitelli a essere appesi per le zampe. Si accendeva sempre il falò. A volte stavano agganciati dei cani, non perché si mangiassero. Quando morivano venivano scuoiati per ottenere le pelli dei tamburi che accompagnavano la processione del venerdì santo. Con pelle di cane, il tamburo suona il doppio che non con quella di capra. Dunque, quando moriva un segugio oppure un bracco, di vecchiaia o incidente, si recuperava la pelle per il tamburo.

C'era un tale, piccolo e gracile, Vittorin Corona Gusiàla, che aveva un tamburo speciale dal suono unico. Secco, acuto, dalla vibrata lunga e dolorosa, quel tamburo non aveva rivali. Infatti, Vittorin, che di professione faceva lo scuoiatore, guidava la testa del gruppo dei battitori. Allora erano più di ottanta. Ma su di lui correvano voci strane. Sua moglie era sparita senza più comparire in paese. Era un donnone immenso, il doppio del normale, e picchiava il marito ogni giorno. La gente sospettava, a volte mormorava che lui l'avesse ammazzata e buttata nella foiba dell'Oiàn. Alcuni sussurravano che l'aveva spinta dentro la voragine ancora viva. Vittorin invece piagnucolava, diceva che lei, dopo averlo abbandonato, era scappata all'estero con un altro. Molti lo credevano. I più cattivi, quelli che disprezzavano Vittorin per la sua mitezza, per la sua sottomissione, sghignazzavano dicendo che non era capace nemmeno di ammazzare le galline, figurarsi una moglie di quella stazza. Erano chiacchiere, e circolavano. Vittorin Gusiàla le sentiva, ma non ci faceva caso. Il tempo andava avanti, anno dopo anno. Passarono trenta Pasque. E per trenta settimane sante, una all'anno, Vittorin batté il tamburo in testa al gruppo dei figuranti. Era l'unico degli ottanta a usare bacchette di frassino. Tutti picchiavano con le classiche mazze a pomello, lui batteva con due scudisci. Diceva che la pelle sentiva più male e che quindi urlava di più. Diventò vecchio e si ammalò. Era la primavera del 1950 e Vittorin Gusiàla aveva settant'anni.

Quand'ebbe la certezza che la signora con la falce stava seduta accanto al letto, mandò a chiamare il prete e due amici. Con un filo di voce disse: «Prima di morire, vorrei parlarvi di mia moglie. Era grande e grossa, mangiava tanto e digeriva male. Allora diventava nervosa e mi picchiava ogni giorno, perché mangiava di continuo. Voi lo sapevate che mi picchiava, ma non avete mosso un dito. Nemmeno lei, reverendo, ha mosso un dito. Un giorno, stufo agro, mi sono messo anch'io a picchiare lei. L'ho picchiata con una soddisfazione che non immaginate. Sto per morire, ma prima di andarmene, devo raccontarvi un segreto. Mia moglie è sepolta nella stalla, sotto la vasca di pietra dell'abbeveratoio. Però ho sepolto soltanto la carne, perché con la pelle mi sono fatto il tamburo che ho battuto per trent'anni. Quante gliene ho date a quella troia, in trent'anni! Mi sono ripagato di tutte quelle che ho preso».

Il prete gli chiese come l'avesse uccisa, visto che era grossa il doppio e sapeva difendersi. Vittorin rispose che l'aveva fatta fuori col forcone da fieno mentre si era appisolata sulla panca della stalla: «L'ho forata nel collo» continuò «e ho tenuto la forca premuta finché non è andata giù. Poi, con calma, l'ho spellata. Ci ho messo tempo, era larga, come scuoiare una vacca. Ho spostato la vasca con la leva e l'ho seppellita là sotto. Ho spinto la vasca al suo posto e l'ho riempita di nuovo. La pelle l'ho messa a seccare in soffitta e poi ho fatto il tamburo. Ne era avanzata tanta... Volevo fare altri tamburi invece l'ho bruciata nel focolare. Prima di crepare vorrei pregarvi di tirare fuori mia moglie da lì e seppellirla con me assieme al tamburo, che è un pezzo di lei». I tre non volevano crederci, ma, quando scavarono sotto la vasca e trovarono le ossa della matrona, si convinsero. Nel frattempo, Vittorin Gusiàla era morto col sorriso sulle labbra. Spirò sussurrando: «Quante gliene ho date a quella troia!». Li seppellirono assieme, tamburo compreso. Chissà che Vittorin non continui a batterlo anche sottoterra. Qualcuno afferma che la notte del venerdì santo si ode il suono di un tamburo dalle parti del cimitero, ma non è cosa certa. Certo è che il mite Vittorin Gusiàla, che pareva incapace di fare male a una mosca, assassinò la moglie, la scuoiò e con la pelle si fece un tamburo.

Accanto alla casa dai ganci d'acciaio, sul lato opposto, sta il rudere di una strana abitazione i cui angoli sporgono in fuori come le pance dei bevitori. Tra poco tempo cadranno, assieme a tutto il resto. È una casa bassa, con uno spigolo smussato per far posto a un sentiero che le passava accanto. La parete a oriente è semicircolare. Anche quei muri hanno visto tragedie. L'ho scoperto nel registro della canonica. Nel 1805, la casa era abitata da due cugini sui cinquant'anni: Bernardo e Arturo Strano, che di cognome facevano Corona. Arturo si dilettava a scrivere poesie che leggeva a voce alta. Era il giorno di San Bartolomeo, patrono del paese, quando scoppiò la rissa. Per beghe di confine su certi boschi a Cima Camp, si disse, ma rancori più profondi si celavano in quelle teste calde. Un gruppo di persone, donne comprese, mosse all'assalto della casa dei cugini. Volevano farsi giustizia da soli, armati di bastoni e forche.

Era sparita della legna a Cima Camp. I cugini avevano sprangato la porta e abbaiavano rabbiosi da dentro. «Andate via» grugnivano, «prima che sia troppo tardi.» Il gruppetto non cedeva, infieriva contro la porta con calci e bastonate. Qualcuno ruppe un vetro della finestra. Fu allora che dentro si fece uno strano silenzio. Un silenzio che gli assalitori, per loro disgrazia, non seppero interpretare. D'improvviso la porta si spalancò. I due cugini, armati di scure e coltello, si avventarono sul gruppo come belve assetate di sangue. Ci furono tre morti, tutti maschi. La chiamarono "la strage di San Bartolomeo". Il registro della canonica riporta questa frase: "I due cugini, a colpi d'ascia e di stiletto, fecero tre morti prima di darsi al bosco e sparire". Il bosco li tenne nascosti fino all'arrivo dell'inverno. Ai primi di dicembre, Bernardo, forse provato dal gelo o più probabilmente dal rimorso, tornò in paese e si consegnò alla giustizia. Gridava che vedeva Dio e che parlava con Lui. Si racconta che venne tradotto in ferri a Venezia e che morì a San Servolo. Arturo, stranamente, ebbe sorte migliore. Fu trovato morto con la faccia nella neve, il giorno di Natale, davanti alla porta di casera Bedin. Lo cercavano da quando Bernardo si era arreso e involontariamente aveva dato qualche dritta. Erano uomini del paese che volevano vendicarsi, ma non fecero a tempo. Arturo, fulminato da un attacco di cuore, era caduto in avanti sprofondando con la faccia nella neve. Centocinquantun anni dopo, allo stesso modo, moriva lo scrittore svizzero Robert Walser. Anche lui il giorno di Natale. Entrambi scrivevano poesie.

La casa dei cugini rimase per lunghi anni disabitata. Nessuno voleva vivere tra quei muri, nemmeno gli eredi più lontani. Dicevano che portasse male. Nel settembre del 1946, arrivò in paese un giovane boscaiolo con in mano un aggeggio che sconvolse la valle. Domandò una casa, qualcuno gli indicò quella diroccata di Bernardo e Arturo Strano. Il giovane l'aprì, cambiò serratura, ripulì dalle macerie stanze e cucina, rifece il tetto e dopo centoquarantun anni il camino della casa maledetta riprese a fumare. Questo ragazzo si presentò a un caposquadra di boscaioli a chiedere lavoro. L'uomo lo osservò per bene. Gli domandò se era capace di tagliare alberi. Il giovane rispose di sì. Il burbero capo continuò: «Quanti metri cubi riesci a fare in un giorno?». «Voi, quanti ne fate?» «Come minimo due.» «Io ne faccio dieci e anche venti» disse il giovane con aria seria. Il capo scattò, punto sul vivo. Convinto di essere preso in giro, insultò il ragazzo e lo cacciò via. Il giovane insisteva, finché quella insistenza incuriosì il capo che volle metterlo alla prova. «Presentati domani alla Costa delle Ciope, in Val Zemola» bofonchiò. Il giorno dopo il temerario apparve sul lavoro a mezzogiorno, suscitando l'ilarità dei boscaioli intenti a mangiare un boccone. Teneva in spalla un fagotto avvolto in un sacco di iuta: «Adesso incomincio» disse. Gli altri risero. Tirò fuori dal sacco un aggeggio mostruoso munito di una catena dentata rotante. Lo mise in moto tirando una cordicella e cominciò ad abbattere alberi a una velocità spaventosa. Ogni venti secondi cadeva una pianta. La pace del bosco venne sconvolta dal ruggito assordante di quel marchingegno. Gli uccelli volarono impazziti, i caprioli saltarono a valle, le ghiandaie si allontanarono con voce disperata. Erano abituati a sentire il ritmico toc-toc delle asce, o il monotono ronzio dei segoni, non quell'infernale fracasso d'aereo. Il caposquadra s'inginocchiò levandosi il cappello: quello che stava vedendo era un miracolo, qualcosa che veniva dalla luna. In poche ore, il ragazzo abbatté quindici metri cubi di legna. Ogni tanto si fermava a mettere carburante e olio nella macchina e riprendeva il taglio. I boscaioli, sbigottiti, lo seguirono passo a passo, senza parole. Quand'ebbe finito, il giovane si voltò verso il caposquadra e disse: «Visto?».

Quel giorno nella valle era apparsa la prima motosega. Il ragazzo si stabilì definitivamente in paese, trovò la morosa e mise su famiglia. Si sistemarono nella casa dei cugini dalla mannaia facile. La donna abbelliva balconi e cortile con gerani e fiori variopinti, ma non riusciva a togliere l'ombra cupa stampata su quei muri. Se fossero arrivati dei bambini, quella casa forse avrebbe cambiato aspetto, sarebbe diventata allegra. Ma la moglie del boscaiolo non concepì alcun figlio e la casa rimase cupa. Lui faceva soldi a palate tagliando alberi a contratto con la motosega. Lei rammendava, cucinava e sperava di restare incinta. Dopo il Vajont chiusero la porta e partirono. Trovarono casa dalle parti di Conegliano, dove il padre di lui un tempo commerciava in legname. Lei morì nel 1986 a sessantacinque anni, senza aver provato la gioia della maternità. Lui la seguì poco dopo. Aveva settant'anni e un bel gruzzolo messo da parte, sul quale eredi senza scrupoli si buttarono come corvi affamati e per il quale ancora si sbranano. La casa dei cugini rimase dunque di nuovo vuota. Con gli anni il tetto è crollato, gli angoli sono spanciati, hanno ceduto in fuori, a tal punto che una buona nevicata sarà sufficiente a far rovinare in terra tutte le pietre. Un altro pezzo di memoria verrà cancellato dalla faccia del mondo. Il ricordo del giovane boscaiolo, invece, è rimasto ancora vivo nella valle e, più di lui, quello dello sbigottimento che lasciò negli addetti ai lavori la comparsa della prima motosega.

Lungo la via che si stringe sempre di più, molte case abbandonate sono scure come se il tempo le avesse dipinte con una mano di caligine. In una di queste, la stalla del Mori, si rifugiò Bastianin, fratello di Zino, dopo aver tagliato la testa con l'ascia a uno della frazione di Valdapont, rivale in amore. La stalla del Mori era di proprietà di un vecchio saggio che in punto di morte l'aveva donata a Felice Corona Menin e alla moglie Maria, con la clausola che l'avrebbero sempre scaldata col fiato delle vacche. Il vecchio Mori non sopportava che la sua stalla fosse fredda e priva di bestiame, così aveva posto condizioni precise perché ciò non accadesse. Se i coniugi Menin non avessero rispettato la promessa, il podestà sarebbe intervenuto a togliere loro la casa. A quel punto, Felice Menin giurò fedeltà alla richiesta del vecchio Mori. Per prima cosa acquistò un giovane toro di razza chianina, lo fece castrare e lo piazzò nella stalla. Rimase là per anni, nel corso dei quali diventò enorme, due metri d'altezza e diciassette quintali di peso. Nel 1949, dopo la guerra, quando Felice Menin era morto da tempo, si dovette macellare il bue bianco dentro la stalla perché dalla porta non passava. Era un animale inquietante, con occhi torbidi e infuocati, che non moriva mai. Masino Finzi Filippi, che aveva doti di veggente, disse che si trattava di una bestia del demonio. Secondo lui dentro a quella pelle viveva qualcuno da non disturbare, altrimenti sarebbero stati guai. Ma Firmin de Bono, macellatore ufficiale del paese, non andò per il sottile. Quando fu ora, mollò una fucilata in testa al bue che crollò a terra facendo tremare la stalla. Ma dopo tre secondi, si levò nuovamente in piedi e si mise a soffiare come una locomotiva. Firmin gli mollò un'altra fucilata. La scena si ripeté. Il bestione crollò e si rialzò di nuovo. Terza fucilata di Firmin de Bono: questa volta l'animale non si mosse più. Si misero a scuoiarlo in cinque, compreso il macellatore. Quando lo squartarono a colpi d'ascia e sega per cavarne le interiora, rimasero interdetti. Il cuore, grosso come un'anguria, batteva ancora, palpitava nella sua sede come un pulcino nell'uovo. Firmin lo forò tre volte col coltello senza timore, bestemmiando e sacramentando. Mentre affondava la lama, nella stalla risuonò un muggito di una potenza che fece saltare i vetri e tracimare l'acqua nella vasca di abbeverata. Subito dopo, l'enorme corpo dell'animale ucciso si mise a fumare liberando una nebbia grassa e appiccicosa che invase la stalla. I macellatori si sentirono soffocare, non vedevano a un centimetro. Precipitosamente cercarono di guadagnare l'uscita. Nella concitazione della fuga alla cieca, qualcuno inciampò nei coltelli degli altri. Firmin cadde fulminato da un fendente al cuore. Forse non fu per caso, gliel'avevano giurata, era l'occasione giusta.

Quando il fumo denso e appiccicoso come una melma caliginosa si diradò, rientrarono con la tremarella nelle gambe a tirare fuori il povero Firmin. Per terra non c'era nessuno. Allora guardarono il corpo disteso del bue che avevano aperto con sega e manéra. Fuggirono urlando.

Firmin de Bono era caduto in avanti sul ventre squartato dell'animale che si era poi rinchiuso su di lui come una orrenda pianta carnivora, e ora se lo stava succhiando piano piano. Dall'interno del mostruoso fiore, di Firmin spuntavano solo le suole delle scarpe ferrate. In poco tempo venne liquefatto e bevuto fino all'ultima goccia e nessuno ebbe il coraggio di fare qualcosa. Il giorno dopo ci fu chi si fece forza e balzò nella stalla a raccogliere le scarpe ferrate di Firmin, unico suo ricordo. Il bue pareva finalmente appagato e morto per davvero. Fecero un enorme falò e lo bruciarono a grossi blocchi, impiegando otto giorni. Quella carne del demonio sprigionò un fumo nerastro con odore di morto, che affumicò le case della via. E scure come piombo sono rimaste.

Il viaggio prosegue nell'autunno, l'autunno dei fantasmi di pietra, l'autunno della morte. Le case si sforzano di non cadere tenendosi per mano. Incontro una casupola modesta, la porta è semiaperta, il focolare di pietra malconcio; la cappa crollata lascia vedere l'imbocco del camino. Il vano nero si spalanca sulla testa del visitatore. Alzo gli occhi e vedo un pezzettino di cielo attraverso la canna fumaria mozzata. In un angolo, un ceppo di larice porta piantata nel cuore l'ascia da spacco. Un'altra scure, vestita di ruggine, è stesa sul pavimento di pietra. Sparse ovunque, bottiglie vuote, fiaschi senza paglia, bottiglioni, un paio di damigiane prive di telaio. La scala che mena di sopra è crollata. Sulla parete di fondo, attaccato al chiodo, un foglio di cartone raffigura un Cristo giovinetto, riccioluto. La mano sinistra regge il mondo sormontato dalla croce, la destra fa il segno della benedizione con le tre dita aperte. Lo tiro via, voglio portarlo con me prima che lo faccia qualche collezionista venuto da fuori. Sul bordo inferiore, appare l'espressione "il Redentore del mondo" scritta in cinque lingue: francese, spagnolo, inglese, tedesco e italiano. A lato si specifica: *Imprimi permittur. Ordin.*

Episc. Limburgensis, e infine *Printed in Germany*. Me lo porto a casa, per una volta colleziono anch'io qualcosa del mio paese.

La casupola è quella dei mitici fratelli Putìn, che vuol dire bambinello, nessuna parentela col presidente russo. I fratelli Samuele, Gioele e Fedele Putìn erano quanto di più bohémien si potesse trovare sul mercato del tempo. Tutti e tre alpini combattenti in Africa, quando avevano alzato il gomito vantavano stragi di beduini etiopi, negri, abissini e altri nemici che gli erano capitati a tiro di fucile. Raccontava Samuele che una dannata mattina si era smarrito nel deserto. Vagò per due giorni senza bere. Alla fine s'imbatté in una capanna dove una vecchia negra arcigna e cattiva gli negò un mestolo d'acqua. Samuele non ci vide più, diede fondo alle ultime forze e ammazzò la vecchia con l'Alpenstock, trapassandole il petto da parte a parte. Poi bevve finché fu sazio. Concludeva il racconto sempre con la stessa frase: «Copài la vecia col pistòck».

Da quella volta non volle più saperne di bere acqua. L'aveva talmente desiderata che in seguito la odiò. Beveva vino, in compenso. E se qualcuno lo rimproverava, si scusava dicendo che aveva «preso la sete in Africa» come altri avevano preso la malaria. Gioele e Fedele accampavano la stessa scusa, ma non volevano raccontare le loro gesta. Vivevano in perfetta simbiosi, come gemelli, anche se avevano caratteri completamente diversi. La loro esistenza era di semplicità francescana, i loro giorni pieni di avventura. Improvvisavano la vita ogni mattina. Prendevano la pensione, «la tiravano», come amavano dire, chiarendo che avevano combattuto e che quella pensione se l'erano meritata. «È pochi soldi» brontolava Fedele, «ma li mangiamo assieme, e, messi assieme, bastano.»

Una volta, nell'osteria di Pilin, a Samuele caddero sul pavimento dieci lire. Aveva appena tirato la pensione. Guardò la monetina con disprezzo, poi sferrò un calcio e le dieci lire finirono sulla strada. Si rivolse agli astanti con fare sdegnoso e disse: «Quando ce n'è, ce n'è». Era gente libera, bella, vivevano alla giornata. Se non avevano soldi, partivano e tornavano in paese con le slitte cariche di legna. La vendevano al primo che capitava e riprendevano a bere finché avevano finito i soldi. Non tagliavano un albero più del necessario. Cantavano sempre. Nessuno li ricorda tristi o abbacchiati. Erano capaci di decisioni fulminee. Un giorno comprarono una forma di formaggio in latteria. Era inverno, un freddo da castigo forava le ossa. La neve scricchiolava sotto gli scarponi come schegge di vetro. I fratelli avevano acceso un fuoco nell'angolo della piazza e si scaldavano seduti su balle di fieno con accanto il bottiglione. All'improvviso si accorsero di aver fame. Cavarono dallo zaino il formaggio e lo posarono a terra. Gioele armeggiò col temperino. Il cagliato, di otto mesi, era stagionato all'ombra, la lama non entrava. «Da' qua» disse Fedele. «Ocio» brontolò Samuele. I due si fecero a lato, mentre Samuele assestava un colpo di scure sulla forma, che si spaccò come un'anguria. Fecero pezzi piccoli e mangiarono chiacchierando tranquilli. Abbrustolivano formaggio sul fuoco e tiravano sorsate di vino. Gran bella gente quei fratelli! Sapevano campare e la vita se la sono goduta. Non ne hanno sprecato un secondo in cose sciocche. Accumulare soldi, lavorare troppo, fare progetti, spolverare la casa, imbiancare, non erano loro preoccupazioni. Dormivano vestiti, spesso senza togliersi nemmeno le scarpe ferrate.

La casa era un antro oscuro con il nero della fuliggine incollato sui muri. Mai data una mano di calce in secoli, nemmeno i loro vecchi che facevano i boscaioli e lasciavano asce, zappini e segoni dappertutto, testimoni della loro arte. Gioele aveva due figli, entrambi finiti in Russia. Uno morì subito e Gioele ringraziò il Signore che gliene aveva preso uno solo. Poco dopo, durante la ritirata, morì anche l'altro. Gioele allora non pregò più, ma nemmeno inveì. Lasciò perdere. Disse che Dio si era dimenticato di lui e che non occorreva tirargli le orecchie. Sua moglie scomparve nel '60, ma viveva da sola. Dei tre, era l'unico sposato.

Dopo il Vajont, i tre fratelli si avvilirono. Presero lo zaino e se ne andarono. Finirono dalle parti di Treviso, a servizio in casa di contadini dove si spensero a turno, uno dopo l'altro. Non cantavano più, non avevano motivo, né voglia, né l'età. Bevevano sempre. Furono sepolti laggiù per espressa volontà. Il loro paese non esisteva più. Non vi era ragione di tornarvi, nemmeno da morti.

Più avanti c'è una casa alta, ancora in buono stato, anche se finestre e porta hanno cominciato a cedere, il tetto è fessurato e i vetri rotti. Vi abitava Alfonso Cipo Corona, detto Fonso. Allevava maiali. Fu uno dei primi ad avere il televisore. Era il 1970. Un tecnico di Longarone gli portò l'apparecchio, montò l'antenna e lo accese. Apparvero figure in bianco e nero. Cipo Fonso ammutolì vedendo persone muoversi nella scatola. Era un tipo semplice, rimasto alla radio a valvole. Si sbronzò per una settimana per festeggiare il televisore. Poi tornò ai suoi maiali. Li allevava con cura. Quando erano grassi giusti, li macellava e faceva salami con l'aglio da vendere. Di portafoglio stava bene e poteva permettersi il televisore. L'apparecchio lo istruì. Seguiva con passione la politica. Finché cominciò a capire. Allora battezzò i maiali coi nomi dei politici che più gli stavano antipatici. «Quasi tutti» diceva. Quando macellava, andava in giro dicendo che aveva ammazzato il tal politico e il tal altro. Pronunciava i nomi con soddisfazione.

Un giorno andai a trovarlo, era inverno. Sopra il televisore stava una scatola da scarpe. Mi avvicinai. C'era dentro una gallina accucciata. «Che roba è?» «È Giustina che cova» rispose, «l'ho messa lì perché ha compagnia, sente discorsi e sta calda. La televisione butta caldo come una stufa.» Aveva le sue idee, le metteva in pratica. Un giorno, i maiali si vendicarono. Lo aggredirono tutti assieme, erano cinque. Se la cavò per miracolo, pieno di morsi e lacerazioni. Appena guarito, ammazzò i maiali a fucilate, uno per uno, chiamandoli coi nomi dei politici. Li regalò ai paesani, ché ne facessero salsicce. Riprese a fare il boscaiolo, il mestiere di un tempo. Ma non era più giovane e si accorse che i tronchi pesavano. Allora si domandò: "Cos'è che non pesa? La piuma". Mollò tutto e filò a Bolzano a confezionare piumoni e trapunte imbottite con penne d'oca nel laboratorio di un nipote. Gli mancava l'indice destro, se l'era mangiato un maiale. La menomazione gli impediva di cucire bene le trapunte. Il nipote lo redarguiva. Dopo un anno, siccome l'indice non ricresceva, le trapunte venivano ancora male. Il nipote si arrabbiava: «Non impari mai!». Fonso gli disse: «Dammi sei mesi di tempo e imparerò». Si fece crescere una lunga barba brizzolata. Al sesto mese salutò il nipote, lo ringraziò, prese il treno e andò a Milano. Scese alla stazione, cercò un posto dove non disturbava gli altri e si mise a fare il barbone. Molti anni fa fui invitato al Mias, il Mercato internazionale di articoli sportivi, a Milano. Una ditta che produce scarpe da scalata voleva che pubblicizzassi i suoi prodotti. Lo incontrai alla stazione. Mi riconobbe. Anch'io lui. Chiacchierammo un po'. Disse che non era mai stato così bene in vita sua. «Non ho più nessun pensiero» concluse. Lo salutai. Fu l'ultima volta che lo vidi. Non so che fine abbia fatto. Non lo sa nessuno, nessuno si è mai curato di saperlo.

La via sta per finire. Nelle strettoie acciottolate il vento va componendo armonie: sibila, sbuffa, tace, riprende a soffiare attraverso le occhiaie delle finestre senza scuri, le porte sfondate. Il paese è un fantasma triste, come uno morto di malinconia. Certi tratti della via sono grovigli di travi spaccate, fratture esposte, ossa che spuntano da cumuli di pietre bianche su cui il vento s'impiglia.

Gosto Nari Filippin viveva quasi alla fine dell'ultima via, in una di quelle case che oggi in forma di macerie siede su se stessa. Aveva fatto il boscaiolo in Stiria e Carinzia. Un'estate rubò alla ditta sette giorni di lavoro per visitare

Vienna. Mollò la scure, prese lo zaino e partì. Amava Francesco Giuseppe. Visitò la Cripta dei Cappuccini dove riposano gli Absburgo. Mi parlava dell'Austria e dell'Impero con venerazione. «Dovresti andare, una volta, a Vienna» mi disse. Non ci sono ancora andato, ma sta in qualche progetto. Gosto Nari era alto due metri, massiccio ma non grasso, gambe come tronchi, quarantasei di piede. Spalle larghe, le braccia carpini nodosi pieni di muscoli, capelli grigi, corti, sparati fuori a raggiera come raffiche di chiodi. Se c'erano dispute in osteria, con lui non attaccava. «È quello che ha rovesciato l'orso» dicevano. Il manico della scure gli durava sì e no due giorni. Cedeva alle sue braccia possenti, si spezzava come un fiammifero. Il fabbro Giustin Corona Geta gli fece il manico con un tubo di ferro. Non lo spaccò più.

Su di lui girava una leggenda che Santo Corona della Val Martin, quando la raccontava, giurava fosse vera. In un paesino della Stiria si teneva la fiera. Fra le molte attrazioni, vi era un orso ammaestrato chiuso dentro un recinto. Il proprietario offriva una grossa somma a chi riusciva ad atterrare l'animale. Ci provavano in molti, ma finivano nella polvere dopo due secondi. Senza far loro alcun male, l'orso li abbracciava e li metteva giù. Le scommesse fioccavano, così che i soldi in palio erano davvero tanti. Gosto Nari studiò le mosse della bestia. Quando la posta fu consistente, il boscaiolo ertano chiese di provare. Si abbracciarono lui e l'orso. Gosto, che aveva osservato l'animale e si era accorto che sollevava l'avversario per togliergli stabilità, lo anticipò alzandolo prima. L'orso si spaventò e cominciò a stringere. Gosto sentì le sue ossa scricchiolare. Si salvò di forza. Puntò le gambe e con uno scatto rovesciò l'orso che crollò di schiena sulla polvere del recinto. Vinse la posta in gioco, mentre gli spettatori lo festeggiarono portandolo in trionfo. Prima di darsi ai bagordi, mise al sicuro i soldi in una banca. Santo Corona, che era presente, gli disse bravo. Poi attaccò a bere anche lui. Dopo il Vajont, Gosto finì a Sondrio, in casa di parenti dove morì a ottantacinque anni. Era diventato uno stecco. Il cancro lo aveva rosicchiato come un tarlo, lo aveva asciugato, sbiancato, ma non domato. Morì ricordando l'orso. «Adesso mi batterebbe una formica» disse.

Accanto alla casa crollata di Gosto Nari Filippin, appena sotto, un'altra mantiene soltanto i muri. Fu abbandonata per causa di forza maggiore nel 1920. Era la casa di Zino, lo sfortunato casaro che si impiccò dopo avere ucciso l'amico Raggio. Prima di suicidarsi, scrisse una confessione giunta nelle mie mani nel novembre del 2003. Quel memoriale è diventato un libro edito da Mondadori. Guardo la casa, le giro attorno, ne studio il perimetro. Nelle sue memorie, Zino dice di aver nascosto le fedi dei genitori in una cavità del muro esterno e di averla sigillata con una pietra.

L'autunno avanza a grandi passi, trascina con sé l'inverno, l'aria è già una lama gelida. Sui meli incolti schiamazzano ghiandaie, mentre i merli becchettano uva selvatica. È appassita, sente l'inverno. Piante ed erbacce piegano la testa, ma non cedono. Invadono tenaci il paese morto. Bisognerebbe dar mano alla scure, alla falce, e sradicare quella boscaglia che occupa le vie, inghiotte i muri, rosicchia gli intonaci. I ciottoli delle stradine, sollevati dalla forza delle radici, hanno fatto la gobba. Fasci di ortiche e biancospini intralciano il passo. Questa era la nostra terra, ci apparteneva. Ora è terra di nessuno. Mi torna alla mente il memoriale di Zino, penso agli anelli dei suoi genitori. Esploro il muro della casa, tasto pietra dopo pietra, ma non li trovo. Giro attorno alla costruzione, quale sasso avrà tolto per nascondere gli anelli? A che altezza?

In un angolo, circa un metro e mezzo verso l'alto, accanto alla finestra che guarda meridione, c'è una pietra diversa. Rispetto alle altre, che sono bianche, è rossa, marmo di Borgà. Sarà quella giusta? Alzo la mano, palpo, provo, non esce. Il tempo l'ha cementata, dal 1920 a oggi la malta ha preso forza, si è mescolata con l'aria, ha lavorato adagio come una colla lenta. Ma non basta la buona volontà delle malte a tenere in piedi il paese. L'occhio mi cade all'interno. Tra le macerie del tetto, solai polverizzati, porte marcite, spunta un ferro curvo. Lo prendo per fare leva sul sasso. È una roncola vestita di ruggine. La punto sotto la pietra rossa, tiro verso il basso. Il sasso viene via lasciando nel muro una bocca più grande del pugno. Infilo la mano con cautela, se ci sono gli anelli non vorrei cadessero tra le erbacce. Le dita palpano, sentono qualcosa, non è polvere non è malta, sembra metallo. Mi alzo col naso, guardo. Gli anelli sono là, uno accanto all'altro. Dopo ottantasei anni sono tornati alla luce. Li prendo, li guardo, mi commuovo. Prima d'impiccarsi Zino li nascose nella pancia del muro, tra le budella di pietra. Se la casa fosse andata a fuoco, i muri avrebbero conservato il tesoro. Se fossero crollati lo avrebbero sepolto. Anche così andava bene. Quegli anelli, due cerchietti d'oro piuttosto sottili, ora stanno sul palmo della mia mano. Prendo quello più grande. Infilo nel medio, balla parecchio. Il padre di Zino aveva dita grosse come manici da vanga. Provo nel mignolo quello piccolo. Non supera l'unghia. La mamma di Zino aveva dita sottili come matite. Ho messo gli anelli nella casa vecchia, dentro un vasetto di vetro, accanto alla bottiglia sigillata a ceralacca contenente ciò che resta di Neve Corona Menin, la ragazza che si sciolse in acqua a ventinove anni, nel 1948.

Vado avanti adagio. Il sole d'autunno è basso, debole come un amore che sta per finire. Spinge in paese una luce d'oro. Sui prati incolti le case gettano ombre lunghe, fantasmi incappucciati fissano le erbe secche. Il sole radente s'infila nelle finestre vuote, riempie le stanze, le colma, le trapassa, deborda, torna fuori come un bambino che gioca a guardie e ladri. Le case paiono illuminate da lampadine, sembrano abitate come un tempo. Invece è soltanto il sole. La via si restringe sempre più, vuole arrivare a un vertice, un punto dove congiungersi, sospirare e finire. Sulla sinistra c'è una casa affumicata come una ricotta. Apparteneva a Ginepro Strano, di cognome Filippin, classe 1910. Era stato in America cinque anni, a cercar fortuna. La fortuna non va cercata, ti trova lei, se vuole, altrimenti niente. Tornò più misero di prima. Riprese il vecchio mestiere, venditore ambulante nei paesi del basso Veneto. A differenza di altri commercianti che vendevano oggetti in legno, Ginepro Strano diventò magliaro, vendeva prodotti di maglieria. «Pesano meno» disse. Dopo anni di lavori massacranti ragionò come Cipo Fonso che si dette a commerciar piumino per non spostare ancora tronchi, per non faticare più. Ginepro partiva a maggio e tornava in ottobre. Diceva che prima di un viaggio occorreva fare tre cose: bere un litro di vino, salutare gli amici e andare con una donna. Secondo lui erano le cose più belle della vita e bisognava farle ogni volta prima di partire. Poteva essere l'ultima. «Un viaggio comporta rischi» diceva Ginepro, «se si deve crepare meglio andar via col cuore in pace.» Ho cercato di rispettare il suo consiglio, per quel poco che ho viaggiato, prima di partire gli ho dato retta. Ginepro andava girovago nel mondo. Diceva che, come nelle dita delle mani e dei piedi, a Erto il sangue arriva meno, si congela. Quassù c'era miseria, non giungeva il sangue della ricchezza. Eravamo poveri, occorreva emigrare.

Ginepro era celibe. L'ultima via verso occidente era la patria dei vedhràns che, tradotto dall'ertano, significa celibi. Vi abitavano individui solitari, stravaganti, geniali, discepoli di una filosofia particolare per non dire unica. Avevano rinunciato volontariamente a prender moglie; ciò non voleva dire che disprezzassero le donne. Tutt'altro. Intuirono che averne una fissa, regolarmente maritata, significava noia e guai. Preferirono saltare qua e là, sull'una e l'altra, finché le forze glielo permisero. Ginepro era uno di questi. Appena tornava a casa eseguiva un rituale. Si recava alla sorgente del Rio Valdenère, s'inginocchiava su una pozza e beveva come un cervo. Era un gesto di purificazione, la festa del ritorno, una specie di battesimo per essere di nuovo presente alla vita del paese. Poi alzava la testa proprio come i cervi e annusava i profumi dell'autunno. Diceva che sentiva gli odori del suo paese anche quando era lontano, in giro per il mondo. Un giorno lo sentii dire a mio nonno: «Quando vado via ricordo gli odori del mio paese. Faccio scorta. Gli odori si tengono a memoria, basta nominarli e ti vengono sotto il naso, li senti come se fossero lì».

La sua casa affumicata possiede una caratteristica che le altre non hanno. La canna fumaria esterna che sale al tetto è larga un metro per un metro. Tutte le altre sono cinquanta centimetri. Il motivo di quella anomalia è semplice. Ginepro Strano, di ritorno da uno dei suoi viaggi, prima di affrontare l'inverno decise di pulire il camino. A dire il vero in paese c'era lo spazzacamino, ma avevano baruffato, e lui osò fare da solo. Mai come quel giorno il detto "A ognuno il suo mestiere" fu più azzeccato. Ginepro tolse la pietra di copertura e si infilò dentro il camino partendo dall'alto. Armato di zappetto scrostava le placche di caligine indurita. Scendeva una spanna alla volta, puntando schiena e ginocchi. Non tenne conto che con gli anni era ingrassato. Giunto alla strozzatura, dove ogni camino fa una piega a esse per favorire il tiraggio, si incastrò. Non riusciva più a muoversi. Aveva le ginocchia piegate, un braccio alzato, il raschietto in mano. Paralizzato dall'incastro, non poteva esercitare alcun movimento, né andare su né giù. Lo prese il panico, per la prima volta scoprì la claustrofobia. Il corpo prese a tremare, aveva l'impressione di venir meno, l'aria gli mancava. Attaccò a urlare, a chiamare aiuto con quanto fiato gli restava. Un po' si vergognò. Lui, così discreto e silenzioso, era costretto a sbraitare aiuto. Ma la paura superava tutto e gridò. Poi riuscì a girare il capo verso l'alto. Vide un quadratino di cielo blu, gli parve lontanissimo. Allora il buio del budello infernale gli cadde addosso come inchiostro oleoso. Seguitò a urlare.

Alla fine qualcuno lo sentì. Fu Apollonia Virginia Damian a udirne le grida. Stava andando nel campo di patate quando s'accorse di certi mugolii profondi che parevano venir dall'oltretomba. Dette l'allarme. Arrivarono uomini con le corde. Le mandarono giù lungo il camino, ma fu inutile. Ginepro non poteva muoversi, tanto meno legarsi in vita la corda. Nessuno osò calarsi per aiutarlo a fare il nodo. Temevano d'incastrarsi a loro volta e non volevano rischiare. Confortato dalle presenze, Ginepro smise di gridare ma non ne poteva più. Alla fine decisero di spaccare un pezzo di camino. Accostarono scale a pioli, impugnarono mazze e demolirono le pietre nel punto esatto dove all'interno batteva il cuore di Ginepro Strano. Comparve la testa nera di fuliggine, gli occhi rossi di paura, infine le gambe e i piedi. Lo calarono dalla scala, Ginepro stramazzò sull'erba secca, la faccia al cielo, felice, libero dall'incubo. Ringraziò i soccorritori, assicurandoli che una cosa simile non sarebbe più accaduta. Lo stesso giorno attaccò a far fuoco all'aperto, sotto una tettoia improvvisata. Passò l'inverno fuori casa, accanto al falò che teneva continuamente acceso. Si ritirava in cucina solo a dormire. «Voglio vedere se il camino del cielo mi incastra» brontolava. Nei giorni umidi il fumo s'appesantiva, stava basso, camminava rasoterra lento come un blocco di piombo, girava qua e là, avvoltolandosi su se stesso, arrampicandosi con fatica lungo i muri della casa che in otto mesi annerì come una ricotta affumicata.

A primavera Ginepro demolì a mazzate il camino che lo aveva imprigionato. Assoldò due muratori, i fratelli Bepo e Toni Corona de Mat. Ordinò loro di tirar su il camino nuovo con un metro per un metro di lato. Costasse quel che costasse. I due si misero di buzzo buono. In dieci giorni portarono a termine l'opera. A quel punto Ginepro Strano tornò a far fuoco dentro casa, come prima d'incastrarsi. Ogni tanto alzava gli occhi verso la cappa nuova e pensava: "La prossima volta non resterò incastrato, là dentro ci passa una vacca". Non avrebbe più pulito il camino. L'anno successivo partì ai primi di aprile. Doveva rientrare a fine settembre. Ritardò. Il 9 ottobre ci fu il disastro del Vajont. Ginepro sentì la notizia alla radio in un'osteria. Era il 1963. Rientrò in paese il 12 ottobre e trovò lo sfacelo. Chi non era morto era scappato, chi non era scappato vagava come un'ombra. Trascurò il rito di bere l'acqua del Valdenère. Non ne valeva la pena.

Mancava la gente, l'armonia, il paese. Non era più la festa del ritorno, ma la vista di un grande cimitero. Non annusò neppure l'aria, sapeva di morte. Dovette evocare i vecchi odori per sentirli come un tempo quando rientrava. «Basta» disse, «qui mai più.» Passò l'autunno e l'inverno a Claut, ospite di un albergo dove alloggiavano altri sfollati. In primavera se ne andò col carico di maglieria. Non fece più ritorno. Nemmeno qualche volta a sbirciare il paese, vedere cos'era cambiato, chi era morto, chi era nato. Nella primavera del '67, il 18 maggio, morì. Venne travolto da un'automobile a Treviso, mentre attraversava la strada per guadagnare la trattoria di fronte. Dicono che in ultima bevesse, trascurasse la sua vita. Gli era caduto addosso il mondo, il suo paese non c'era più.

Proseguo per la via. Alzo gli occhi nell'autunno. Il bosco arrugginito avanza verso l'alto. Un cielo di latte promette neve. La vecchia latrina di legno mostra impudicamente l'interno. Il vestito di assi è caduto, restano i quattro pali portanti, la pedana di larice con il foro a otto per i bisogni. A quei tempi l'igiene era quella che era, cessi all'aperto, quattro assi di larice inchiodate, la buca per accucciarsi, niente acqua corrente. Dopo un paio d'anni la buca era piena, occorreva pulirla. E allora via, con la gerla a portare escrementi nei prati e nei campi.

Una volta io e Silvio segammo la tavola d'appoggio della latrina davanti casa. Sul taglio spargemmo foglie secche e ci mettemmo in attesa nella siepe di San Rocco. Aspettammo un po' di tempo. Arrivò Gervàn de Pianco, aveva per mano un bisogno impellente. Non fece in tempo a calare le braghe. L'asse si spezzò e Gervàn finì sprofondato nella merda. Si tirò fuori insozzato fino alla cintola. Bestemmiando e gridando da far spavento, diceva che avrebbe ammazzato l'autore del misfatto. Non scoprì mai chi fu, sapevamo tacere. Dalla siepe spiavamo le donne quando andavano alla latrina. Avevamo rimosso un'asse quel tanto per vedere. Le riconoscevamo dal culo una per una. La cuccagna finì quando venimmo scoperti. Fu causa di Silvio. Si mise a ridere per una sonora scoreggia sparata dalla signora di turno al cesso. Lei sentì. Tirò su le gonne come un fulmine. Uscì e ci vide infilati nella siepe. Chiamò il marito e gridava: «Sporcaccioni!». Il marito si mise a ridere, disse: «Lascia che guardino, mica te la consumano». La moglie inveì anche contro di lui, pretendeva inchiodasse l'asse per coprire la fessura attraverso la quale spiavamo i culi femminili. L'uomo si rifiutò, disse che ci faceva bene guardare il culo alle donne. «Lo guardo anche io» concluse. La moglie si rivolse a un uomo della contrada il quale, zelante come non mai, inchiodò l'asse alla fessura e lo spettacolo finì. La togliemmo di nuovo, ma ormai il trucco era scoperto. Quasi tutte notavano il pertugio e s'infilavano nell'altro cesso, quello di cemento, in attesa che altri zelanti richiudessero l'apertura.

Il viaggio sta per concludersi, a occidente si vede cielo libero, le case diradano, lasciano vuoti, il blu scuro dell'autunno vi entra come un ospite gradito. Cammino nel silenzio, sento i miei passi cadere sull'acciottolato come colpi di martello. Lungo queste vie batte fievole il cuore della vecchia Erto. Tutto porta malinconia e tristezza. Vi sono paesi che sanno di disgrazia, qui è capitata. Un tempo non era così, si viveva, c'era allegria, bambini gridavano, giocavano, si rincorrevano nel cielo della sera. Spero che qualcuno intervenga a salvare questo antico paese. Potrebbe farlo lo Stato, mettere a posto le vie, ristrutturare tutte le case e poi darlo agli studenti. Creare una grande università. Ospitare facoltà di geologia (abbiamo la frana più famosa del mondo), scienze forestali, scienze naturali, botanica. Non mancano boschi, né pascoli, né torrenti e nemmeno rocce, montagne e fiori. Una volta sistemato il paese, affittarlo agli studenti, a prezzo modico. Nel giro di cent'anni lo Stato recupererebbe la somma investita. Potrebbe essere un'idea, una delle tante. E non saranno cent'anni di solitudine perché tornerà gente, bambini grideranno ancora, i camini fumeranno, perché qualcuno accenderà il fuoco. Può venire chiunque da noi, non solo studenti. Possono venire impiegati a fare le ferie, artisti, poeti, scrittori, gente comune. Allora sì che il paese riprenderebbe a vivere. Quassù si sta bene, c'è aria buona, alla sera aquile e poiane girano sopra il paese, a farsi scaldar le ali dall'ultimo sole. Dove stanno i rapaci c'è aria pura, non inquinata, altrimenti le aquile vanno via, non sopportano cattivi odori. Soprattutto, quassù ancora non nevica firmato.

Si potrebbe fondare una scuola d'arte, artigianato, scultura, intarsio, per salvare gli antichi mestieri. Invitare a tener lezioni gli ultimi artigiani, ce ne sono ancora molti. Una scuola libera, frequentata da giovani, adulti, vecchi. Tutti quelli che vogliono imparare a lavorare il legno possono iscriversi. Tenere corsi serali per coloro che durante il giorno sono impegnati altrove. È un peccato perdere la manualità, l'uso delle mani. Mio nonno diceva: «Non esiste le mani brave, le mani le fai facendo». La sede della scuola d'arte potrebbe essere il vecchio municipio, opportunamente ristrutturato. Recuperare la manualità sarebbe bello. Anche solo per diletto personale. Scriveva Jean Giono: "Esprimere il mondo con la divina abilità delle mani nude". I nostri figli non sanno più accendere un fuoco. Se si perdono nel bosco, se fa freddo muoiono congelati. Non sanno intrecciare un virgulto, piantare un albero, seminare una patata.

Credo sia fondamentale impadronirsi della tecnologia, usare i computer e le invenzioni del terzo millennio. Ma, accanto a tutto questo, come hobby e per salvare la vecchia civiltà contadina bisogna riprendere a lavorare con le mani. Mentre penso queste cose, che sono utopie perché ho la certezza che l'uso di mani operose scomparirà in meno di quindici anni, l'occhio mi cade sulla facciata di una casa, una delle ultime della via Alta. Il tetto è malandato, le finestre sfondate ma i muri sono ancora in buono stato, solidi, perfettamente a piombo, muri da sessanta centimetri, come usava un tempo. È la casa di Pierùt Vilìn Corona, creatore dei più svariati strumenti. Vilìn è morto da molti anni, restano soltanto lievi tracce della sua arte. Sopra lo stipite d'entrata, fissato con due chiodi, c'è un moncone di legno bianco alto una spanna, grosso quanto un manico di scopa, con un rametto sottile come un ferro da maglia che sporge in fuori. È il barometro, una delle tante invenzioni di Vilìn Corona. Per ottenere un barometro infallibile basta l'impiego di un certo legno. Si taglia la cima a un giovane abete bianco in luna crescente. Dal pezzo di punta si tolgono tutti i ramoscelli, tranne uno. La lunghezza di questo può variare dai trenta ai quaranta centimetri. Lo si fa seccare per due mesi all'ombra, possibilmente in locale arieggiato, e il barometro è pronto. Inchiodato all'esterno della casa farà il suo dovere in maniera impeccabile. Il rametto sente arrivare il brutto tempo con dodici-quindici ore d'anticipo. La bassa pressione lo gonfia, lo muove verso l'alto con uno spostamento vistoso, quasi mezzo metro. Al contrario, l'alta pressione lo restringe. Il giorno prima che arrivi bel tempo, il ramo già lo segnala piegandosi lentamente verso il basso.

Quando da bambino facevo il pastore alle malghe Ferrera, Bedin, Pezzei e Galvana, sulla porta di ogni casera il vecchio malgaro aveva inchiodato un barometro di abete bianco. Ma perché solo quel legno? È un legno sensibilissimo, molto ricettivo, sente il minimo sbalzo di temperatura. Il più piccolo mutamento atmosferico, umidità, secco, caldo, lo modifica: reagisce, si piega, soffre, si lamenta, si contorce. Mio nonno diceva che l'abete bianco, soprattutto giovane, è come un cane, percepisce i sentimenti dell'uomo e, a seconda dei casi, gioisce o soffre. Tutti gli alberi sentono l'anima degli uomini, l'abete bianco un po' di più.

Un'altra invenzione di Pierùt Vilìn Corona era il termometro per segnare la temperatura del latte da cagliare. Aveva scoperto un'erba che, immersa in liquido caldo, a una certa temperatura raggrinziva contorcendosi tutta. Quella temperatura corrispondeva esattamente ai 42 gradi che servono a cagliare il latte. Si infila un anello di quell'erba all'indice. Mano a mano che il fuoco scalda il latte, si immerge il dito ritirandolo e controllando l'erba. Se appare ancora liscia, il latte non è pronto. L'operazione si ripete fino a quando l'anello d'erba non esce raggrinzito, contorto come una vite. A quel punto il latte è caldo giusto e si può iniziare la cagliata. Per l'inverno si preparava una bella scorta di anelli. Vilìn, usando ancora dell'erba, aveva inventato un efficiente colino. Da allora quella pianta venne chiamata "erba colina". Se ne metteva una palla grossa quanto il pugno dentro un recipiente di legno senza fondo e si facevano passare i liquidi. L'erba colina tratteneva qualsiasi impurità. Con una scorza di lardo secco aveva costruito anche il barometro da interno. A seconda di bello o cattivo tempo, la scorza si stringeva o si gonfiava, muovendo un bastoncino che indicava due parole: pioggia, sole. Stavano scritte su un'assicella, una a destra l'altra a sinistra. Il bastoncino si muoveva qua e là, come una lancetta. Gran cervello, Pierùt Vilìn Corona.

Abitava nella via dei vedhràns, artigiani geniali e senza mogli. In cimitero, Vilìn si era riservato il posto nell'angolo basso che guarda a tramonto. Vi aveva piantato la croce con il suo nome e cognome. Un giorno vennero a cercarlo dei foresti interessati alle invenzioni. Lo trovarono da Pilin, assorto, che fissava la caraffa di raboso. Parlarono sempre loro, Vilìn ascoltava. Alla fine gli domandarono il suo indirizzo, un recapito, avrà pur avuto una casa. Si alzò, invitandoli a seguirlo. I foresti lo seguirono. Li portò in cimitero, nell'angolo basso che guarda il tramonto dove stava la croce con il suo nome. La fece notare agli allibiti forestieri. Toccandola con lo scarpone disse: «Questo è il mio indirizzo, io abito qui, è solo questione di trasloco. Se volete le mie invenzioni, cercatemi a questo indirizzo». Li congedò e uscì dal cimitero. Traslocò alcuni anni dopo. I foresti non lo cercarono più.

L'ultima casa sta da sola e sorride al passante, come un saluto. È la casa della Madonna del Fiasco. Sulla parete a settentrione vi è raffigurata la Vergine col Bambin Gesù, alcuni putti e un fiasco di vino. La dipinse un pittore maledetto, genio solitario, sregolato e schivo; se provocato, anche rissoso e violento. Un Caravaggio dei nostri monti, rimasto sconosciuto a tutti tranne a noi che ancora lo ricordiamo e gli vogliamo bene. Si chiamava Sistasio Contro, di cognome Corona. Era nato intorno alla metà dell'Ottocento, esattamente nel 1859. Dipinse molte Madonne sulle facciate delle case. La maggior parte si sono staccate dalle malte, o sbiadite dagli anni fino a scomparire. Altre sono crollate insieme alle case stesse. Alcune fortunatamente hanno resistito, sono giunte sino a noi, le possiamo ammirare. Per poco, se non interviene un serio restauro. Una sta appesa all'intonaco di una vecchia osteria, chiusa da tempo. Nella parte bassa del paese, sul muro accanto alla fontana, è dipinto un san Martino o, forse, una fuga in Egitto, non si capisce bene, i colori sono quasi scomparsi. Si nota ancora la Madonna col Bambino in groppa a un cavallo o un asino, e alcune figure di contorno tra le quali sant'Antonio. Altre pitture stanno sparse qua e là, lungo il paese abbandonato. Sono meno di una decina precariamente vive nell'intonaco, pronte a sbiadire al soffio dei venti autunnali che limano le malte un po' alla volta, ai colpi inesorabili del tempo, che anno dopo anno spianano le case rasoterra.

La leggenda della Madonna del Fiasco è singolare. Sistasio Contro ricevette l'incarico da un commerciante di bestiame piuttosto agiato. Disse: «Mi devi fare un tondo con la Madonna e gli angeli sulla faccia a pusterno (nord) della casa, ma soldi niente fino a opera finita». Sistasio era uno che beveva. Senza vino, che lui chiamava "il viola", non lavorava. I committenti, quando vedevano che batteva la fiacca, lo pungolavano: «Muoviti a finire». Rispondeva laconico: «Senza viola il pennello non va». Allora erano costretti a portargli un fiasco, altrimenti non andava avanti. Ma il facoltoso commerciante odiava i bevitori e non procurò del vino al povero pittore il quale, completamente al verde, non poteva nemmeno comprarselo. Gli osti ormai rifiutavano di fare credito a Sistasio Contro, troppi debiti aveva seminato lungo l'avventurosa carriera artistica. Così il nostro pittore si rassegnò a finire l'opera per riscuotere il compenso e darsi finalmente a Bacco. In due giorni aveva dipinto la Vergine, il Bambino e un putto, quando la crisi di astinenza lo travolse. Buttò il pennello contro il muro, guardò la Madonna e gridò: «Se veramente fai miracoli, fa' comparire un fiasco di vino qui, subito, davanti a me». Scese dalla scala e sedette affranto su una pietra di fronte alla sua opera. E in quel momento allibì. Sulla destra, poggiato alle pietre del selciato, stava un bel fiasco di vino rosso, già stappato, pronto a farsi bere. Superato lo sbigottimento, l'afferrò e tirò una sorsata interminabile, poi un'altra, e un'altra ancora. Finito il fiasco, si voltò verso la Madonna e disse: «Grazie!». Ma il ringraziamento solo non bastava. Secondo lui, il miracolo meritava qualcosa in più. Montò sulla scala e in basso a sinistra, accanto alla Madonna, dipinse un fiasco di vino rosso con tanto di etichetta. Non fu un miracolo ma un amico che, in punta di piedi, mentre dipingeva girato di schiena, gli portò un fiasco di vino e, senza farsi vedere, lo posò sul selciato. Da quel giorno, dopo i sorrisi ironici, i paesani battezzarono il dipinto "la Madonna del Fiasco".

Sistasio Contro morì non molto vecchio. Era il maggio del 1919. Aveva sessant'anni quando gli cadde il pennello di mano. Stava dipingendo un san Giorgio che uccideva il drago con la scure. Il drago era un camoscio mostruoso, enorme e cattivo, con quattro corna al posto di due e le narici che soffiavano fuoco. Lo stava affrescando sulla facciata meridionale della casa di Carle dal Bus dal Diaul, su commissione dello stesso. L'anno dopo Carle morì bruciato dentro la casa. In preda alla follia, maledetto e condannato a morte da una strega, appiccò l'incendio all'abitazione lasciandosi arrostire in cucina. La casa incenerì completamente. La pittura, incompiuta, scomparve fusa dal calore e Carle scomparve dalla memoria della gente. Sistasio Contro era caduto di schiena dall'impalcatura mentre dipingeva il san Giorgio. Non si sa se per colpo apoplettico o piede in fallo, allora non si facevano autopsie né indagini. Aveva gli occhi aperti, fissava il drago camoscio come se fosse ancora vivo. Il pennello stava poco discosto, nel prato, la tavolozza era rimasta sull'impalcatura. Finiva così, malamente cadendo a testa in giù, il nostro Caravaggio dei monti. Dovettero passare quarant'anni prima che un altro pittore, il mitico Pocchiesa, tornasse ad affrescare stanze e muri del vecchio paese.

Proseguo come un nomade verso occidente. "I nomadi cavalcano sempre verso il tramonto" disse Brodskij. Sto per uscire dalla via. Poco più avanti iniziano i boschi del Tamer e Col delle Pale. Gli alberi crescono selvaggi, privi di guida. Privi della mano dell'uomo che li curava, selezionava, tagliava quelli in esubero s'aggrovigliano senza ordine. Anno dopo anno le case vengono serrate dall'abbraccio del bosco. Una fitta sciarpa verde s'avvolge attorno al collo del paese. Alzo gli occhi e vedo un camino che fuma. È una casetta graziosa, da poco ristrutturata, stretta dalle altre come una noce in un pugno chiuso. Ci vive Alfred, il cadorino, uomo solitario, gran falegname, abile artigiano, uno degli ultimi che ancora sappia fare qualcosa con le mani. Aveva sposato un'ertana, è rimasto vedovo. Vado a trovarlo. Nella sua casa abbonda il legno, perline di pino cembro odorano dappertutto, anche nei soffitti. Panche, tavoli, sedie, madie, tutto di cirmolo profumato.

Mi offre un bicchiere di vino. Abita al primo piano. Dalle finestre entra la luce dell'autunno, si vedono i tetti in rovina delle case sottostanti. Glielo faccio notare. «Peccato» risponde. È uno che parla poco, si fa capire con gli occhi. Dice: «Tutti prendono la strada, tutti se ne vanno, nessuno più rimane». Lui invece è venuto a vivere qui, nel paese dei morti. «Non c'è più nessuno» mormora mentre si gratta la testa piena di capelli bianchi. Dico: «Torneremo, è solo questione di tempo. Torneremo ad abitare gli antichi luoghi silenti, e tenderemo l'orecchio per ascoltare i vecchi passi». «Magari» risponde, «la vedo grigia, però.» È un uomo gentile, Alfred, un tipo d'altri tempi. Ebbero modo di constatarlo anche Antonio Riccardi e Antonio Franchini della Mondadori. Vennero a visitare la Erto vecchia, nel gelo di un inverno da penitenza. Era gennaio, faceva freddo, il paese silenzioso pareva un fantasma congelato. Tirava un'aria che tagliava la faccia come un coltello. Percorremmo a passo veloce le quattro vie, alla fine, intirizziti, ci trovammo a casa di Alfred dove una stufa di ghisa ballava a pieno ritmo. L'uomo mise a scaldare un bricco di caffè con della grappa e offrì una bottiglia di vino. Trattò gli ospiti con dolcezza, come fossero fratelli. Ci invitò a restare per il pranzo ma gli amici dovevano tornare a Milano, fu giocoforza abbandonare il tepore della stufa e il calore umano del nostro Alfred. Fuori, ci investì la sferzata gelida dell'inverno, uno dei più severi degli ultimi anni.

Il viaggio lungo le vie del vecchio paese sta per finire. Concluderlo con una casa il cui camino fuma gratifica l'anima, anche se so benissimo che una rondine non fa primavera. Speranza ce n'è poca di far rivivere i luoghi dell'infanzia, di salvare le case antiche, di sentire vociar di bambini lungo le stradine silenziose, abbandonate da quarantatré anni. Sui muri di una casa intonacata a calce, lungo la via Centrale, ci sono delle frasi scritte dopo la fuga nella notte del Vajont. Dicono: "Vai che ritorni, ertano";

"Ertano, torna al tuo paesello ch'è tanto bello". Ma «Nessuno torna» come disse l'amico Celio «a dare vita al lume». D'inverno, lungo le vie sepolte e misteriose, il manto bianco rimane intonso, il silenzio regna sovrano nelle notti infinite, e sui monti pieni di neve vigila triste la luna di nessuno. Vorrei che la vita rifiorisse in questo paese di fantasmi. Se noi saremo morti, il che è molto probabile, altri vivranno le quattro stagioni, sentiranno e vedranno quello che abbiamo sentito e visto noi. Le primavere dei disgeli, i canti di galli forcelli, le estati senza tempo, i favolosi inverni che chiudono il paese nel pugno di ferro, gli autunni coi boschi arrugginiti, le foglie multicolori che danzano nell'aria, i venti giovani, taglienti come lame di rasoio, che tirano giù dalle vette le avvisaglie dell'inverno.

Proseguo lasciando sulla destra la casa dal camino che fuma. Accanto ce n'è una ammuffita dall'umidità, sgangherata, senza porte, il tetto sfondato. Apparteneva a Dolo Francesco Canto, un falegname che amava la caccia in maniera patologica. Ogni momento libero saliva sui monti per stanare e ammazzare camosci, caprioli, galli forcelli, cedroni, lepri e quanto gli capitava a tiro. La sua non era una passione, ma una malattia. Se non andava a caccia stava male, subiva crisi di astinenza come quelli che bevono. Le crisi si manifestavano con irascibilità, malumore, tristezza. Solo quando sparava agli animali tornava allegro e in forma. Fu il primo in paese a dotarsi di sega a nastro per il suo lavoro. L'aveva comperata usata a Manzano del Friuli, dove fanno sedie per tutto il pianeta. Funzionava con motore a scoppio. Quel marchingegno gli cambiò la vita, fece un sacco di soldi, il lavoro andava a gonfie vele.

Dolo Francesco Canto fu il primo ad avere la sega a nastro ma anche il primo a portarsi via tre dita dalla mano destra. Un movimento sbadato mentre spingeva un blocco di faggio contro la lama dentata e zack! Partirono d'un sol colpo medio anulare e mignolo. Con lui c'era Cichin

Farina, un apprendista falegname, giovane alle prime armi. Le dita mozzate rimasero inerti tra la segatura. Cichin si spaventò. Francesco Canto, invece, guardò la mano grondante sangue e rivolto al terreo apprendista, mimando uno sparo piegò l'indice e disse: «Niente paura, quello per tirare il grilletto è rimasto». Lo curarono all'ospedale di Belluno. Restò privo delle tre dita, allora non era come adesso che le riattaccano come cucire la manica a una giacca. In seguito lavorò con l'arto mutilato, riuscendo lo stesso a comporre mobili belli e ricercati. L'unica differenza fu che prestava più attenzione maneggiando la sega a motore e aveva tre dita in meno. Quando decise di mollare il lavoro, ormai stufo e avanti con gli anni, regalò il laboratorio all'apprendista Cichin, nel frattempo cresciuto e diventato abile falegname. Cichin Farina aveva ormai passato i trenta, lavorava di buzzo buono e guadagnava. Ma quella sega era maledetta e un giorno portò via le dita anche a lui. Anulare e mignolo finirono nella segatura. Stesso discorso: ricovero a Belluno guarigione e ripresa del lavoro con più attenzione e meno dita. Dolo Francesco Canto fece una brutta fine ma, forse, per lui abituato all'aria delle vette, fu cosa giusta. Sempre meglio che spegnersi in un letto di ospedale o peggio ancora in qualche ospizio. Scivolò da una rupe sul monte Palazza mentre inseguiva il camoscio. Era verso il 20 di novembre. Trovarono il corpo quattro cacciatori saliti alcuni giorni dopo dal Vallon di Buscada. Canto stava a braccia aperte tra i mughi della forcella Salìn, molto mal ridotto dopo un volo sulle rocce di centottanta metri. Costruirono una rudimentale slitta di rami e frasche e lo tirarono in paese per la sepoltura. L'anno dopo il mitico bracconiere Checo de Costantina, durante una battuta, trovò il fucile del povero cacciatore. Stava piantato con la canna nel terriccio, pochi metri sopra il salto di roccia che risucchiò Canto. Portò a casa l'arma, la pulì, la oliò per bene e la tenne come ricordo oltre che per ammazzare camosci e caprioli.

A questo punto la via s'interrompe come mozzata da un colpo d'ascia. Più avanti diventa sentiero, uno stretto pertugio che avanza tra frasche aggrovigliate, aria d'autunno, sterpi ostili di rosa canina, ortiche secche che pungono più di quando sono verdi, cespugli di susini e sambuchi. La rete metallica arrugginita, che al tempo felice circondava un orto, oggi sgambetta il passo del viandante seminascosta da erbacce, loppe e frasche staccatesi dai meli sotto le cesoie dell'inverno.

A proposito di Dolo Francesco Canto, dimenticavo un episodio tragicomico che amava spesso raccontare. Diceva di essere stato cannibale suo malgrado. Una sera d'inverno, la vigilia di un Capodanno pieno di neve, aveva mangiato carne umana. Erano lui e altri quattro amici in casa di Sebastiano Maria de Farto. Bevevano e mangiavano. Mangiavano pane e salame con l'aglio e bevevano vino raboso, aspro e tenace, da legare la bocca come masticare nespole crude. Erano già abbastanza sbronzi quando Bastian Maria, con un'affilata baionetta, affettò ancora un salame. Nell'euforia della festa e del vino, il movimento si fece incauto e Bastian Maria assieme al salame si tagliò anche la punta dell'indice sotto l'unghia. Prima che si rendesse conto, Dolo Francesco Canto afferrò alcune fette, le masticò e le inghiottì. Tra le fette, stava il pezzetto del dito di Bastian Maria e Canto lo divorò senza nemmeno accorgersene. Il ferito avvertì gli amici troppo tardi. Rovistarono tra le fette per trovare la punta del dito di Bastian, ma non la trovarono perché ormai se l'era mangiata Canto. Allora Bastian, rivolto all'involontario cannibale, tamponandosi il dito col fazzoletto disse: «Beviti un po' di grappa, Francesco, che il mio dito non ti faccia male». Andarono giù costanti a bere e mangiare fino al 2 gennaio.

Da quel giorno Dolo Francesco Canto si vantò di essere stato per una volta cannibale. «Ho mangiato carne umana, io, e voi state zitti che non sapete niente.» Così si rivolgeva agli astanti, nelle bettole, quando i discorsi vertevano sul cibo. Una volta in osteria stava ascoltando le imprese mangerecce di Zuan Felice Nir, che elencava minuziosamente quello che aveva ingoiato nella sua balorda vita di bracconiere assaggiatore. Zuan temeva in maniera ossessiva l'arrivo di una carestia, di conseguenza i morsi della fame. Per questo si era allenato a mangiare ogni forma di essere vivente: ghiri, salamandre, lombrichi, bisce, vipere, lucertole, volpi, martore, ramarri e tutto ciò che farebbe inorridire un umano anche se giunto ai confini della morte per fame. Su ogni animale masticato, Zuan esprimeva un giudizio in base alla soddisfazione o al ribrezzo che avevano provato le sue disgraziate papille gustative. Parlò male della salamandra che, seppur spellata e lavata con acqua e sale, dava carne amara e molto acida. Ne uscivano bene, invece, lombrichi, ghiri, vipere e topolini di bosco. Male altresì per i ramarri, che sapevano di zolfo come la corteccia del sorbo montano. Dolo Francesco Canto ascoltò con attenzione, un mezzo sorriso negli occhi, la cicca pendente dalle labbra. Alla fine, con il gomito appoggiato al bancone e la pancia in fuori, si rivolse a Zuan Felice Nir in tono sprezzante e disse: «Va bene, lo sappiamo, hai mangiato tutto, forse anche merda, ma io ho mangiato una roba che tu non hai neanche idea. Io gli ho mangiato il dito a Bastian Maria de Farto e adesso sta' zitto finché non ne hai mangiato un pezzo anche tu!». Bastian Maria, che era presente, si guardò il polpastrello piallato e disse: «No, basta così, è sufficiente un solo assaggio».

Seguito ad avanzare fra sterpaglie secche, erbacce e cespugli. Lo spazio s'allarga, i prati acquistano pendenza, non vi sono più case salvo una lontanissima che pare un ossicino bianco sul costone. È la casa di Bepi Trango Stith, della frazione Piancuèrt, un amico morto da qualche anno. Alto uno e novanta per centoventi chili, si spostava con una Fiat Cinquecento e ancora non si capisce come faceva a entrarci e guidare. Sua moglie, donna rapinosa e fatale, che si diceva lo facesse rizzare ai morti per via del suo corpo e della sua intraprendenza, non lo amava molto. Di lei si invaghì un ricco gelataio che, per ottenerne le grazie, sborsava alla signora somme cospicue e regali di ogni tipo. In pratica manteneva lei e il marito. La gente lo sapeva e mormorava, e quando quelle chiacchiere giungevano all'orecchio di Bepi Trango, questi ridacchiava e diceva: «Le corna sono come i denti, fanno male quando spuntano ma poi ti permettono di mangiare». Alla fine lo piantò e scappò col gelataio in Germania. Su di lei Celio aveva inventato una storiella, o forse l'aveva udita e me la raccontava. In paese morì Falchin del Gobio, uomo solitario e taciturno che non aveva mai avuto femmine. Gli amici lo vegliavano in casa. Passò nei paraggi la donna fatale e Celio le disse: «Vieni dentro, che vogliamo sapere quanto vali. Se veramente lo fai rizzare ai morti, tiraglielo su a Falchin». «Lasciatemi sola con lui» disse la donna senza scomporsi. Rimase col povero Falchin cinque minuti appena, poi uscì.

Il funerale doveva svolgersi al pomeriggio, invece era sera e ancora non succedeva niente. La gente domandò a Celio e agli amici cosa stesse accadendo, perché ancora non si portava fuori il morto? Celio rispose laconico: «Bisogna avere pazienza, ci sono quattro becchini che gli fanno seghe per chiudere la cassa».

Bepi Trango Stith in ultima beveva e con la sua Cinquecento spesso diventava un pericolo pubblico. Ma era simpatico e aveva uno spiccato senso dell'umorismo. Un paio di anni fa, ormai sessantenne e conscio dei danni che poteva provocare alle persone guidando l'automobile, le aveva messe in guardia. Modificando con il pennarello un paio di quelle etichette con stampata la frase "Baby a bordo" che dovrebbero scongiurare gli incidenti e salvaguardare l'incolumità del neonato, aveva scritto: "Bepi a bordo", con tanto di punto esclamativo finale. Quel "Bepi a bordo" suonava come un monito: "Attenzione! Sto arrivando". Ne aveva incollata una sul lunotto posteriore e una sul parabrezza.

Morì di polmonite dopo una notte all'addiaccio sotto il temporale. Sua moglie non si fece più viva.

Il cielo è grigio pallido, compatto, un catino di maiolica. L'aria è fredda, ferma come marmo, un gelo sottile punge il naso, intirizzisce le dita, penetra nelle ossa. È tempo di neve, le condizioni sono giuste, infatti di lì a poco inizia a foliscare. Incontro grosse acacie che sbarrano il passo, irte di spine lunghe come chiodi. Circondate e aggrovigliate da liane e cespugli di rosa canina, mettono le mani avanti e dicono: "Alt, di qui non si passa". Alla mia sinistra vedo un muro lungo, alzo gli occhi, mi trovo davanti al cimitero. Due lastre di marmo ai lati del cancello portano incise delle frasi. Una suona come cupo ammonimento. Dice: "Ero anch'io come sei tu e tu verrai come son io". L'altra, più dolce, riporta l'essenza del vivere in due parole: "Fede e civiltà". Alla fine del viaggio mi trovo davanti alla casa di tutti, l'ultima dimora, quella senza tetto, col cielo aperto che ci accoglierà per sempre. Ora sta nevicando, le folìsche (fiocchi) scendono sulle lapidi, s'incollano al marmo freddo. Sarà neve che dura. I prati gialli e le erbe secche piegate in terra iniziano ad assumere quel colorino bianco trasparente, la cipria impalpabile della prima neve. Tutto sembra ancora più lontano, più triste. Nel silenzio totale i fiocchi piccoli, duri, affilati dal gelo, ticchettano sulle foglie secche con crepitio di lieve grandinata. Passa un corvo imperiale, maestoso e solenne nel suo lento volo. Fa due volte "cra" sopra le tombe e s'allontana verso occidente. Un vecchio melo decrepito, morto in piedi, con le braccia aperte come un crocefisso e un largo squarcio alla base, riceve i fiocchi sui rami. Sembra sussurrare: "Finalmente".

Ormai è l'autunno, tutto torna a dormire, tutto scompare nella pace dell'inverno imminente. Anche i rumori vanno in letargo come ghiri nelle tane. Le case tacciono, ascoltano, sentono la neve depositarsi sui tetti. Quelle senza tetto la ricevono dentro i muri, sui solai, nelle cucine distrutte. La visita della dama bianca entra nel cuore delle case sgangherate. Il paese abbandonato guarda a tramonto con gli occhi malinconici delle finestre senza vetri, sospira adagio con la bocca delle porte sfondate. Era un bel paese, il nostro, adesso non c'è più. Una volpe a salti obliqui attraversa la via, lasciando impronte sulla neve con le unghie come minuscole scarpe ferrate. I due tassi del cimitero sonnecchiano ma non dormono. Devono montare la guardia per vedere se arriva qualche morto. L'unica cosa che ancora funziona nel paese abbandonato è il cimitero.

A volte, ma di rado, qualche ertano fuggito nelle città del mondo, lascia testamento di essere sepolto al suo paese. È un ritorno anche quello, un ritorno per sempre. Allora, quando gli capita di morire, i suoi congiunti o chi per essi lo riportano qui, dove era nato, dove aveva passato l'infanzia e lo mettono nella terra che fu dei suoi avi. Questi funerali "provenienti da fuori" sono strani. Si vedono pochi volti stanziali, molti foresti, facce sconosciute. Persone mai viste accompagnano il defunto nella tomba. Dopo una manciata di terra e un veloce segno di croce, ripartono verso le loro città per non riapparire mai più.

La neve seguita a scendere, c'è nell'aria una pace malinconica, il cielo è calato in basso, alzando una mano lo si può toccare. Cielo di marmo, cielo di neve. Le folìsche non crepitano più, il manto è già alto una spanna, le foglie secche sono sepolte, non fanno da tamburo. Tutto questo accresce la tristezza del silenzio. Lungo le rampe del Rio Valdenère, noccioli e sambuchi si stirano gemendo: sentono il peso sulle braccia. Hanno braccia delicate ma testarde. La neve ne spaccherà parecchie di quelle braccia perché non cedono, vogliono resistere, non si piegano, piuttosto si fanno rompere. Le betulle invece, che sono furbe, hanno stile, arguzia, e non conoscono orgoglio e cocciutaggine, quando sentono che la neve sta per spezzare loro le braccia le piegano verso il basso, scaricano il peso e le rialzano al loro posto. Anche i carpini si fanno rompere le ossa per non cedere un millimetro, e così altri alberi, ma la maggior parte del bosco imita le betulle.

Sono ormai fuori paese, verso occidente, davanti al cimitero. La quarta via è finita, l'autunno cammina sulle mie tracce, nevica, sta per arrivare l'inverno. Scendo per un sentiero aggirando la casa dei morti. La coltre bianca è soffice, i passi non fanno più rumore. Raggiungo la via San Rocco, la percorro a ritroso. Ciuffolotti pigolano sul frassino dalle curve sensuali, sul grande faggio saltellano fringuelli, a ogni frullo cade polvere di cipria. Passo sotto la mia casa, alzo lo sguardo alla finestra, mio padre, il vecchio con la barba, non c'è, né mai più apparirà. È morto il 7 marzo 2006, mentre dormiva, dopo aver bevuto l'ultimo bicchiere. Una bella morte, forse non la meritava. Ma forse sì.

Viene un colpo di vento, come un lungo sospiro. Non è un sospiro, è uno sbadiglio: un grande, pacifico sbadiglio. Il paese vecchio s'è addormentato, lo sento respirare piano sotto la neve. Ha preferito dormire tra le braccia dell'inverno imminente, per non sentire, per non vedere, per non soffrire. Mentre dorme non assiste alla propria rovina. Fino a primavera il letargo lo aiuterà a resistere. Poi, si vedrà.

Abbandono quel regno di solitudine, prendo una scorciatoia e salgo al paese nuovo, quello di cemento, assurdo, senza senso né poesia. Qui, anche la neve che cade comunica qualcosa di brutto, di poco poetico. Fiocchi tra il cemento, bianco nel grigio. Qualcosa di freddo e triste entra nelle ossa. Sogno di essere nella Erto vecchia, coi camini che fumano, e bambini che giocano per le vie tirando palle di neve. Tutto questo solo in sogno perché io vivo in un paese non mio, un paese nuovo di zecca, tirato su in fretta e furia, senza alberi né cespugli, solo cemento e tettoie fredde, inospitali come un letto di ghiaccio.

Spesso i turisti che la domenica vengono a guardare la diga mi chiedono cosa c'è d'interessante da vedere nel paese vecchio. Rispondo che possono visitare il Duomo di Erto. Poi, non trovando alcun Duomo perché non esiste, tornano da me, e s'arrabbiano convinti che li abbia presi in giro. Allora spiego che il Duomo è l'intero paese, con i

Cristi inchiodati ai crocevia, le Madonne nelle nicchie, nei capitelli, gli affreschi sulle facciate dipinti dal povero Sistasio Contro che si stanno sbriciolando sotto i colpi del tempo e dell'incuria. Il Duomo sono le case abbandonate con le porte sfondate, dove si potrebbe entrare a pregare, o meditare in silenzio. Il Duomo sono le vecchie chiese di San Rocco, San Bartolomeo e Beorchia spogliate e abbandonate in favore di una nuova, un cubo di cemento bianco che sembra più una banca che una chiesa. Il Duomo sono le quattro vie che seguono i fantasmi di pietra, da percorrere in pellegrinaggio nelle quattro stagioni, pensando alla vita che fu. «Perché restiamo qui?» ci domandiamo a volte io, Silvio, Carle, Piero Caporal, Piero de Stelin. Quando siamo all'osteria, sfiduciati nel futuro, ci chiediamo cosa restiamo a fare qui. Allora mi rispondo con una frase del grande scrittore Hugo von Hofmannsthal nato a Vienna nel 1874, morto a Rodaun nel 1929 poche ore prima del funerale del figlio suicida. Hofmannsthal si era rintanato in un paesino della Stiria dov'era stato da bambino. Poche case, tanto verde, picchi rocciosi e cieli azzurri. Gli fu chiesto il motivo di quella scelta, lui così famoso, principe dei salotti viennesi, ritirarsi in un luogo anonimo. A quella domanda, lo scrittore rispondeva così: «Amo immensamente questa terra e più passano gli anni più essa mi sembra ricca. Quando sarò vecchio, dai suoi boschi e dai suoi torrenti mi verranno incontro i ricordi dell'infanzia, e il cerchio si chiuderà». Ecco, è per lo stesso motivo che restiamo ancorati qui, in equilibrio sul ripido, precari della vita, col rischio di cadere ogni giorno. Quando saremo vecchi, lungo le vie della Erto morta ci spierà la nostra infanzia, ci sorriderà la nostra adolescenza. Entrambe verranno a rammentarci i tempi felici, quando il paese era vivo e brulicava di gente, e si viveva in pace nel lavoro e nelle feste, e noi eravamo giovani, pieni di esuberanza e di entusiasmo. Cose che oggi non abbiamo più. E non abbiamo più nemmeno il nostro paese.

Indice

«I fantasmi di pietra»
di Mauro Corona
Oscar bestsellers
Arnoldo Mondadori Editore

Questo volume è stato stampato
presso Mondadori Printing S.p.A.
Stabilimento NSM - Cles (TN)
Stampato in Italia - Printed in Italy